흐드러지는 봉황의 색채

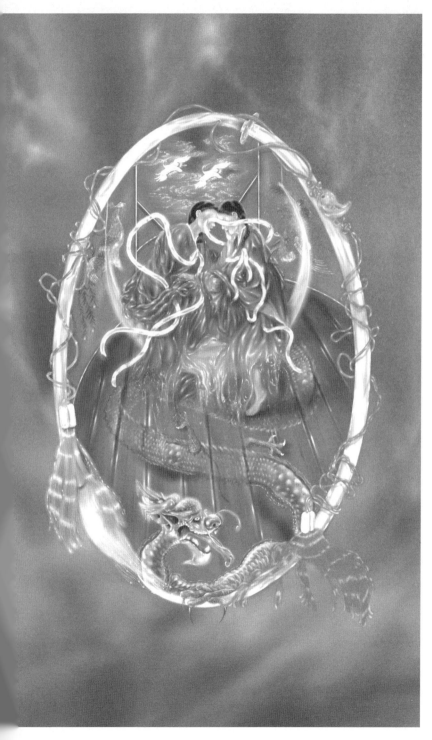

흐트러지는 봉황의 색채

이윤하 지음 · 조호근 옮김

허블

01

기엔 제비는 떨리는 손을 억누르려 애썼다. 안료를 섞어 만든 물감을, 손에 든 붓으로 가볍게 찍었다. 화가라면 누구나 스스로 물감을 만들 줄 아는 법이다.

그는 속으로 되뇌었다.

잊지 마. 너 그림 잘 그린다고. 초조해할 필요 없어.

물론 그런다고 긴장이 풀릴 리는 없다. 예술성의 널찍한 시험장에는 제비 외에도 열한 명의 화가가 앉아 있었다. 창호지를 통해 스며들어 오는 은은한 빛 때문인지 모든 것이 꿈결 같았다. 화가들의 나이대는 다양했지만, 20대가 가장 많아 보였다. 제비 역시 이번 설날이 지나면 스물여섯이 될 터였다.

오늘 이미 세 번의 시험을 치렀다. 시험의 목적은 주요 주제를 묘사하는 능력을 확인하는 것이었다. 처음에는 대나무(쉽다), 다음에는 풍경(전반적으로 쉽다. 야심이 지나쳐서 금강전도를 뛰어넘는 걸작을 시도했다는 것이 문제였지만), 다음에는 인물화(심사관이 감성적인 사람일 경우를 고려해서 새와 노니는 소녀를 그렸다). 지금은 마지막이자 가장 어려운 시험인 꽃 그림이었다.

꽃 그림을 그리려 하면 머릿속이 복잡해진다. 이전 시대에도, 꽃을 잘못 고르면 정치적 성향을 드러내거나 풍자의 의도가 있다고 받아들여지는 경우가 종종 있었다. 이제 그런 실수는 훨씬 더 위험한 상황을 초래할 수 있다. 6년 전, 화국은 라잔 제국에 점령당해 '14행정령'이라는 이름으로 불리게 되었다. 물론 그 전부터도 라잔의 영향력은 계속 커져오기는 했다. 어쨌든 모든 꽃에는 의미가 있으며, 종종 화국과 라잔 양쪽에서 같은 뜻을 가지곤 한다. 언제나 그런 것은 아니지만.

이럴 때는 평범한 쪽으로 가야겠지. 제비는 생각했다. 소심한 선택이었으나 지금은 다른 무엇보다 이 일자리를 얻는 것이 우선이었다. 빚도 빚이지만, 민속화 수집가를 위해서 일부러 어설프게 그린 호랑이나 개구리 그림으로 벌어먹는 일에도 이제 질렸다. 제비는 진짜 예술을 하고 싶었다. 같은 정신을 공유하는 예술가들과 어울리고 싶었다. 설령 그 때문에 라잔 총독부를 위해서 일하게 될지라도.

그의 언니인 봉숭아는 예나 지금이나 이해하지 못할 것이다. 봉숭아는 원하는 만큼 자신과 함께 살아도 된다고 말하곤 했다. 그러나 제비는 민속화를 팔아서 받는 돈이 얼마인지, 자신이 얼마나 빚을 졌는지, 예술성에서 고용한 화가들에게 급료를 얼마나 주는지를 똑똑히 알고 있었다. 라잔인들이 화국 예술을 수련한 사람을 열심히 모아들이는 이유는 알 수 없었지만, 어차피 그리 궁금하지도 않았다. 운이 좋으면 잔뜩 찌푸린 고관들의 얼굴을 조금이나마 덜 찌푸린 초상화로 옮기는 일에 종사하게 될지도 모른다. 그리고 짬이 날 때마다, 달나라 풍경이나 지저귀는 산새를 그리며 욱신거리는 양심을 다스릴 수 있을 것이다.

이대로 머뭇거리면 붓에 묻은 물감이 말라버릴 것이다. 그러면 곤란하겠지? 제비는 입술을 깨물고는 모란 한 송이를 그리기로 마음먹었다. 모란은 라잔과 화국 양쪽 모두에서 무해하다고 여기는 상징이었다. 라잔에서도, 화국에서도 사랑과 번영을 의미하는 꽃이니까.

제비는 빠른 손놀림으로 그림을 마무리했다. 그림 속 모란은 꽃잎 하나가 살짝 벌어져 마치 날아갈 것처럼 보였다. 서양인들이 라잔에 들여온 후 인기를 끌었던, 느슨한 인상파 화풍의 그림이었다. 제비는 수백 년의 전통을 침범하는 외국인들이 영 마음에 들지 않았다. 그러나 외국인이 개입하지 않아도 유행이란 바뀌기 마련이다. 제비도 그 점은 인정하지 않을 수 없었다.

다른 사람들과 마찬가지로, 제비 또한 라잔인이 들여온 현대식 옷을 걸치고 시험장에 입실했다. 봉숭아 역시 불평을 늘어놓으면서도 그런 옷을 장만해 놓았다. 그들은 옛 수도에 산다. 이제는 뭐든 외우기 쉬운 이름을 붙이는 라잔 전통에 따라 '14행정시'라고 불리지만. 이 도시의 일부 구역에서는 전통 복장을 하고 다니면 위험하다. 서양 복식인 셔츠와 바지를 걸치고 사람들 사이에 섞이는 편이 안전했다.

지금 제비가 몸에 지닌 화국의 전통은 셔츠 아래 숨긴 한 쌍의 매듭 부적뿐이었다. 바로 어제, 부적 상인에게서 산 물건이었다. 행운이란 술과 같은 것일까, 아니면 꽃과 같은 것일까. 그렇다면 부적 속 행운은 시간이 지나면서 잘 익어가는 걸까. 아니면 시들어서 바꾸어야 하는 걸까. 제비는 견해 차이를 메우려고 언니에게 매듭 하나를 빌리고, 같은 모양의 매듭을 하나 더 샀다. 하나는 붉은 매듭, 하나는 푸른 매듭이었다. 함께 간직하니 음양의 흐름을 나타내는 느낌이다.

제비는 부적을 대놓고 달고 다니지 않았다. 대부분의 라잔인은 화국인의 미신을 보면 코웃음만 친다. 부적이란 마법만큼이나 효과가 있는데도. 그러나 붉은색과 푸른색 매듭은 또 다른 문제다. 옛 화국의 음양 태극 무늬를 떠올리게 하기 때문이다.

흡수력이 좋은 한지 위에서 물감이 빠르게 말라갔다. 그러나 시험을 끝마치려면 아직 할 일이 하나 더 남았다. 이미 세 번이나 했던 일이다. 죄책감이 가슴을 찌르더라도, 이제 한 번만 더 하면 된다.

제비는 입술을 깨물고는, 라잔어로 빠르게 서명을 써 내려갔다. 그래도 제대로 읽을 수 있도록 신경 쓰기는 했다.

'테세라오 트세난.'

화국 이름이 아니라 라잔 이름이었다. 트세난은 '꽃눈'이라는 뜻이라, 아이러니를 좋아하는 제비의 마음에도 들었다. 화국은 '꽃의 나라'라는 뜻이다. 봄날이 찾아오면 풍경 가득 피어난 진달래와 개나리, 매화를 말하는 것일 수도, 그 민족의 아름다움(또는 고혹적인 매력)을 의미하는 것일 수도 있는 표현이다. 외설적인 시를 얼마나 좋아하느냐에 따라 이느 쪽인지가 달라지겠지만.

제비는 라잔어에 능숙했다. 갈수록 많은 화국인이 라잔어에 능숙해지고 있었다. 그리고 많지는 않아도 일부 화국인이 그렇듯이, 제비도 라잔 이름을 사용하는 쪽이 유용할 때가 있다는 사실을 깨달아 가고 있었다. 어차피 두 민족은 서로 상당히 유사한 이들이었다. 양쪽 모두 흑발에 갈색 눈, 황갈색 피부였으며, 그리 크지 않은 키에 호리호리한 몸매를 지녔다. 라잔 총독부에서는 개명을 장려하며 14구역민을 위한 성명 등록소를 열었다. 14구역민이란 자기네가 다스리는 백성을 일컫는 말이다. 제비는 조금도 망설이지 않고 성명 등록소에서 이름을 등록했다. 물론 언니가 장을 보러 집을 비울 때까지 기다리기는 했다. 언니와 말다툼을 벌이고 싶지는 않았다. 성명 등록비 문제도 한몫했다.

테세라오 트세난이라.

물감이 마르기를 기다리면서, 제비는 그림에 진짜 이름을 적을 수 있는 세상이었으면 좋겠다고 생각했다. 그러나 간절히 바란다고 해서 모두 이루어지는 건 아니다. 지금 당장은 다른 무엇보다 이 일자리가 필요했다.

제비는 시험장에서 내준 그릇에 붓을 헹궜다. 집에서 사용하는 훌륭한 백자가 아니라 흔한 사기그릇이었다. 붓은 자기 것을 가져와도 된다고 허용해 주었다. 예술가의 변덕에 맞추려는 것으로는 보이지 않았다. 자기네들 비용 절감을 위해서겠지.

시험장 앞에 앉은 감독관은 손에 책을 펴들고 냉정한 얼굴로 응시자들을 둘러보고 있었다. 제비는 멍하니 그를 바라보면서, 읽지도 않을 책을 왜 가져왔을지를 추측해 보았다. 어차피 시험장을 일찍 나갈 수는 없었으니, 딴짓할 시간은 충분했다. 이내 그는 마음속으로 감독관의 풍자화를 그리기 시작했다. 저 꼴사나운 매부리코는 제대로 강조해 줘야겠지. 귀에서 삐져나온 회색 털도 그려줄까. 너무 전형적이기는 해도 호랑이처럼 그리는 게 좋겠지? 머리가 벗어진 백호가 사납지만 우스꽝스럽게 포효하는 모습으로.

문득 제비는 움찔했다. 감독관이 마음에 안 든다는 표정으로 그를 노려보고 있었기 때문이다. 제비는 서둘러 눈을 내리깔고 자기 앞에 늘어놓은 네 폭의 그림을 살펴보았다. 그리고 또다시 시선을 돌려 경쟁자들의 그림을 살폈다. 제비는 그 안에서 미숙한 붓질이나 불안정한 구성 같은 온갖 흠결을 찾아내기 시작했다. 자신감이 생겼다. 그의 작품이면 충분히 최상위권이었다.

징 소리가 시험의 끝을 알릴 때쯤, 제비의 머릿속은 쑤셔 오고 있었다. 아침에 먹은 것이라고는 가느다란 닭고기 몇 조각을 얹은 흰죽이 전부였다. 얼른 뭐라도 배 속에 넣고 싶었다.

"그림은 제자리에 놔두고 일렬로 시험장에서 나가도록." 감독관의 걸걸한 목소리가 울렸다. "결과는 사흘 후에 예술성 게시판에 붙을 것이다."

제비는 바깥의 추위에 종종거리며 외투 옷깃을 여몄다. 아직 초겨울이라는 생각에 얇은 외투를 입고 온 것이 문제였다. 집에 있는 두툼한 외투에는 큼지막한 먹물 자국이 묻어 있었다. 언니와 함께 몇 시간을 문질렀는데도 아예 지워질 기미도 없었다.

제비는 끝에서 두 번째로 시험장을 나왔다. 그는 다른 응시자들의 뒤를 따라 복도를 지나 건물을 나섰다. 예술성은 주변의 다른 관청 건물과 조금도 다를 바 없는 모양새였다. 높이 솟은 지붕도, 매화 문양이 아로새겨진 기왓장도. 그러나 제비가 어릴 적부터 사용했던 화말로 된 현판은, 이제 라잔어로 된 새로운 현판으로 바뀌어 있었다.

상관없는 일이라고 제비는 생각했다. 현판이 어느 나라 글자든 예술성은 예술성이니까.

건물 동쪽으로 나와 노점상 거리 쪽으로 걸음을 옮기고 있자니, 다른 응시자 한 명이 그의 옆으로 따라붙었다. 칙칙한 차림새의 젊은 여성이었다. 길게 늘어진 귓불에서 짤랑거리는 귀걸이가 신경에 거슬렸다. 제비는 순간 저 귀를 있는 그대로 그려야 할지, 아니면 미학적인 이유에서 늘어지지 않은 모습으로 그려야 할지를 고민했다.

"이번에는 몇이나 붙을 것 같아요?" 여자는 숨을 죽이며 물었다. 생생한 얼굴, 차가운 공기에 벌써 발갛게 달아오르는 양 볼. 많아봐야 열여섯이나 열일곱 정도로 보였다.

제비는 순간 끓어오르는 비이성적인 질투심을 억누르려 애썼다. "예술성에 자리야 잔뜩 있을걸요." 그는 경쾌한 척하며 대꾸했다. 요즘은 미성년자까지 채용하나? "실례지만, 나는 뭘 좀 먹어야 해서요."

제비는 보폭을 넓히며 걸음을 옮겼다. 시무룩해진 여자의 얼굴은 이내 오후의 인파 속으로 사라졌다. 정부 관료, 심부름꾼, 그리고 가장 이질적인 부류인 자동인형들이 북적이며 오가는 사이로.

자동인형의 모습을 보자 제비는 심장박동이 빨라지기 시작했다. 자동인형은 멀리서 보면 평범한 사람과 크게 다를 바 없었다. 평범하게 옷을 차려입고 깔끔한 검은색 단화까지 챙겨 신고 있으니까. 물론 푸른 군복이나, 가슴에 달린 '영광의 태양' 기장이나, 화국인이 차고 다니면 당장 체포당할 것이 분명한 무시무시한 군도가 '평범'하다면 말이지만. 자동인형은 여기에 추가로, 얼굴에 가면을 쓰고 있다. 눈구멍만 뚫려 있을 뿐 코도 입도 없는, 기묘한 문양이 그려져 있는 목제 가면이다.

　제비도 머릿속으로는 자동인형이 자신을 해칠 리가 없다는 사실을 알고 있었다. 따로 문제를 일으킨 것도 아니니까. 인간 경찰(화국인 부역자든, 라잔인 점령자든)과는 달리, 자동인형은 공정하다. 괜히 주정뱅이를 붙들고 괴롭히거나 뇌물을 요구하지도 않고, 곁눈질했다고 사람을 두들겨 패는 일도 없다. 그러나 자동인형의 사전에는 '자비' 또한 존재하지 않는다. 덤으로 절대 입을 열지도 않는다.

　자동인형 순찰대와 그에 달린 인간 통역병이 제비 앞을 지나갔다. 통역병은 목과 손목에 염주를 걸고 있어서 손쉽게 판별할 수 있다. 제비는 대추와 견과와 흑설탕을 채운 호떡을 파는 노점 앞의 줄에 합류했다. 제비는 언니만큼 단것을 좋아하지는 않았다. 게다가 예술성 공채 합격을 확인하기 전까지는 돈을 아껴야 했다. 라잔인들은 집착에 가까울 만큼 제때 급료를 지급하니, 일단 붙고 나면 안심할 수 있을 것이다. 그러나 지금은 배가 너무 고팠다. 자글거리며 구워지는 호떡 냄새가 흘러 들어오자 배 속이 요동치기 시작했다.

　이 정도는 괜찮을 거야. 제비는 호떡 두 개분의 동전을 세며 생각했다. 제비는 라잔이 침략하기 이전부터 꾸준히 그림 공부를 해왔다. 열심히 돈을 아껴서 최고의 스승에게 수련받기도 했다. 봉숭아는 그런 제비의 열정을 제대로 이해하지 못하면서도, 자신을 희생하여 제비가 그림 공부를 할 수 있게 해주었다. 다른 응시자들의 그림은 전부 훑어보았다. 제비가 시험에 떨어질 가능성은 조금도 없었다.

　제비 차례가 오자, 호떡 장수는 능숙한 동작으로 반죽을 뒤집고 허공으로 던졌다 받으며 특별히 공을 들였다. 제비는 그를 보며 웃어주었다. 물론 별 의미 없는 단순한 호의일 뿐이었지만. 제비 뒤에 선 두 사람은 최근 라잔군의 움직임에 관해 이야기를 나누고 있었다. 라잔군이 반란군을 압박하려고 옛 화국의 천문대에 주둔했다는 모양이었다. 일반적인 천문 지식 정도만 알고 있는 제비와는 달리, 언니는 천상의 존재들의 움직임을 열정적으로 좋아했다. 라잔인들이 별이나 천체의 주기에 관심이 있을 것 같지는 않았다. 아마 고지대를 차지하려고 벌인 짓일 것이다. 군사학에 대해서는 아는 것이 없는 제비도 고지대를 점령하면 유리하다는 것 정도는 알고 있었다.

호떡 장수가 호떡 두 개를 종이봉투에 넣어 제비에게 내밀었다. 제비는 종이봉투에 적힌 글자를 잠시 훑어보았다. 종이봉투는 보통 낡은 시험지를 사용하지만, 때론 중요하지 않은 서류가 사용될 때도 있었다. 이번 종이봉투는 도자기 공예에 퍼져 나가는 서양풍을 배격하는 논평을 잘라 만든 것이었다. 제비는 별로 관심 없는 문제였지만, 그래도 흥미로운 읽을거리이기는 했다. 행인들 사이를 이리저리 빠져나가며 읽기에는 한계가 있었지만.

시가지 반대편에 있는 언니의 공동주택에 도착했을 때쯤, 제비는 호떡 하나를 전부 먹고 남은 하나를 마저 해치울지 고민하고 있었다. 물론 그럴 수는 없었다. 언니와는 마땅히 모든 것을 함께 나누어야 하니까. 호떡도 마찬가지다. 하루 내내 긴장 속에서 시험을 치르느라 뱃가죽이 등에 붙을 지경이라 해도, 그 점은 변할 수 없었다.

이쪽 구역의 셋집은 주로 대가족이 살던 가옥을 개조한 공동주택이다. 대부분 라잔 정부가 도시의 지배권을 손아귀에 넣을 때 저항했던 자들에게서 압류한 집들이다. 제비와 봉숭아는 지금 사는 공동주택으로 이사 오는 문제를 놓고 목청을 높여 싸움을 벌였다. 봉숭아는 어머니의 옛 셋집에 머물기를 원했다. 두 번이나 무너졌던 지붕에서는 물이 새고, 집주인의 거부 때문에 창틀에 쇠창살을 달 수조차 없는데도. (화국은 광산으로 유명했지만, 광산과 광물을 독점한 라잔이 전차에서 군함에 이르는 온갖 병기들을 생산하기 시작하자, 금속 가격은 말도 안 되게 치솟아 버렸다.) 제비는 조금이나마 덜 무너진 집으로 이사하면 조금이나마 덜 비참하게 살 수 있으리라 주장했고, 봉숭아도 마침내 포기하고 말았다.

밖에서 보면 다 똑같아 보이지만, 이 셋집은 그나마 나은 편이었다. 무슨 일이든 절대로 대충 처리하는 법이 없는 봉숭아는, 모든 셋집을 살펴보겠다고 발품을 팔고 월세도 마지막 한 푼까지 깎아냈다. 이제 봉숭아는 이사 자체가 처음부터 자기 생각이었던 것처럼 말하고 다닌다. 제비는 신경 쓰지 않았다. 언니가 행복하면 그걸로 충분하니까.

제비는 문을 열고 들어서며 소리쳤다. "봉숭아 언니, 집에 있어?" 그들은 남의 눈치를 볼 필요 없는 집 안에서는 항상 화말을 썼다. 제비는 신발을 벗으며 말을 이었다. "호떡 사 왔는데…"

봉숭아의 차가운 목소리가 울렸다. "앉아. 할 말이 있어."

제비는 깜짝 놀라서 호떡을 탁자에 내려놓고 외투를 벗기 시작했다. "무슨 일이길래…"

"일단 앉아."

봉숭아는 이미 방 한가운데에 방식을 깔고, 서류 봉투를 든 채 책상다리로 앉아 있었다. 한쪽 옆으로 바둑판이 보였다. 흑백의 돌이 놓인 반상 위에서는 여전히 대국이 진행 중이었다. 며칠마다 돌의 위치가 바뀌었지만, 제비는 아직 봉숭아의 상대를 만나지 못했다. 어쩌면 혼자 두는 중이거나, 정석을 공부하는 중일지도 모른다는 짐작만 할 뿐이었다.

봉숭아는 여전히 짧게 친 머리였다. 아내였던 지아가 6년 전 라잔과의 전쟁에서 전사한 후, 봉숭아는 늘 머리를 짧게 깎았다. 추도 기간이 끝난 후로도 봉숭아는 머리를 기른 적이 없었다. 제비는 머리가 길어질 때마다 잘라주는 게 귀찮다고 투덜대곤 했지만. 봉숭아는 제비가 어릴 적부터, 심지어 어머니가 살아 계시던 시절부터 머리 자르는 법을 가르쳤다. 돈을 아끼기 위해서였다. 그녀의 짧은 머리를 보면서, 제비는 언니가 지아의 죽음을 극복했으면 좋겠다고 생각했다. 벌써 6년이나 지났으니까. 그리고 다음 순간, 자신의 무신경함에 속으로 혀를 찼다.

제비는 외투를 대충 바닥에 던지고는 쌓여 있는 방석을 하나 가져왔다. 평소라면 잔소리가 날아올 일이었지만, 언니는 조용하기만 했다. 제비는 방석을 바닥에 깔고 책상다리로 앉았다. 순간 두려움이 밀려들었다. "설마 집주인이 월세를 올린 거야?"

아니, 더 심각한 문제일지도 모른다. 제비의 빚이 들킨 거라면?

제비를 노려보는 봉숭아의 눈빛이 흔들렸다. "내가 돈 따위의 하찮은 일 때문에 이런다고 생각하니?"

그 순간 제비는 최악의 사태가 찾아왔음을 깨달았다. 평소의 봉숭아는 돈 문제를 아주 심각하게 여기는 사람이었기 때문이다. "그럼 왜 그러는데?"

봉숭아는 절제된 손끝으로 서류 봉투를 열었다. 얼핏 보면 반으로 찢어버리려는가 싶을 정도로 단호했다. "이게 네 방에 있더구나." 그녀는 서류 한 장을 내밀었다.

제비가 처음 느낀 감정은 짜증이었다. 이제 그도 열 살 먹은 아이가 아니었다. 아무리 언니라도, 봉숭아처럼 가장인 언니라도, 함부로 남의 방을 뒤져서는 안 되는 법이다. 제비가 먹물을 사방에 튀기고 화구를 쟁여놓을 수 있도록 방을 따로 준 것 자체가 이 동네에서는 보기 드문 일이었지만, 그 또한 중요한 일은 아니었다.

그리고 두 번째로 느낀 감정은…

"그건 어디서 찾았어?" 제비는 퉁명스럽게 내뱉었다. 어리석은 질문이었다. 방금 언니한테서 들었으니까. 라잔 공민국의 붉은 도장이 찍힌 쪽이 제비 쪽으로 내밀어져 있었다. 너무 똑똑히 보였다.

봉숭아의 눈이 그에 답하듯 가늘어졌다. "테세라오 트세난." 그녀는 어눌한 발음으로 이름을 읽었다. 'ㅌㅅ' 발음은 화말에는 존재하지 않는다. 라잔어에 능숙한 제비와는 달리, 봉숭아는 라잔어를 생존에 필요한 최소치 정도까지만 익혔다. "이건 누구 생각이었을까?"

마치 제비가 술자리에서 무책임한 친구에게 속아서 성명 인증서를 발급받았다는 듯한 투였다. 제비는 큰 소리로 답했다. "내 생각이야."

봉숭아는 창백해질 정도로 입술을 깨문 채 머리를 쥐어뜯었다. 그리고 눈을 감고는 거칠게 숨을 몰아쉬었다. 봉숭아가 다시 눈을 떴다.

"더 할 말 없으면…" 제비는 이대로 말다툼을 끝내고 제대로 저녁을 먹으러 부엌으로 빠져나가겠다는 헛된 희망을 품었다. 어쩌면 봉숭아는 성명 인증서를 받으려면 얼마나 비싼 값이 드는지 모를 수도 있다. 애초부터 그런 발상 자체를 혐오해 왔으니까, 관료제의 톱니바퀴가 돌아가는 방식을 모를 수도 있다.

"내 말 안 끝났어." 봉숭아가 말했다. 그녀는 성명 인증서를 다시 봉투에 넣었다. "너 이런 짓을 하면… 우리 쪽 독립운동가들하고 문제가 생길 수도 있잖아. 이건 내가 태울게. 그걸로 이런 허튼짓은 끝내는 거야."

순간 제비는 분노했다. "그게 무슨 소리야, 태운다니? 그게 얼마나 하는 줄 알고…"

그 말이 입을 떠나는 순간, 제비는 자신이 실수를 저질렀다는 사실을 깨달았다.

봉숭아가 천천히 대꾸했다. "돈이라니. 돈이 어디서 나서?"

제비는 이를 악물었다. 이런 걸 얻으려고 돈을 꾸다니, 봉숭아가 받아들일 리 없었다. 그러니 여기서는 거짓말을 해야 한다. "소일거리들이 있잖아. 벽보도 그리고, 시장에서는 호랑이 그림이 계속 잘 팔리고, 그런 거. 믿든 말든 좋은 그림에는 돈이 들어오거든. 난 그림 잘 그린다고."

"그럼 이건. 이건 왜 필요한 건데?" 봉숭아는 불쾌한 서류를 들어 보이며 말했다.

"있잖아. 우리 밥 좀 먹고 마저 얘기하면 안 될까? 나 굶어 죽을 지경이라고. 오늘 온종일 얼마나…" 제비는 입을 꾹 다물었다. 한심하긴. 봉숭아한테 얘기할 생각이 아니었는데. 적어도 나중에, 시험을 통과해서 전부 결정된 다음에 얘기할 생각이었는데.

봉숭아의 목소리가 변했다. 제비는 언제나 언니의 목소리가 '엄마같지만, 엄마랑 다르다'라고 생각하곤 했다. "오늘 내내 뭘 했는데?" 봉숭아가 말했다. 겉으로는 차분하게 들리는 목소리였다.

먼 옛날의 기억 속에서, 제비의 어머니는 종종 그에게 소리를 지르
곤 했다. 나쁜 마음에서가 아니라, 남편과 사별하고 두 아이를 키우는
고된 삶이 갈 곳 잃은 분노로 변했기 때문이었다. 물론 어머니는 그
리 오래 살지 못했다. 봉숭아는 예전에 자신은 결코 소리 높여 야단치
지 않을 거라고 약속한 적이 있었고, 언제나 그 약속을 지켰다. 그러
나 제비는 종종 언니가 차라리 소리를 치거나, 아예 젓가락이라도 던
져주었으면 했다. 뭐든 이런 적막한 차가움보다는 견디기 편할 것 같
았으니까.

"저녁 먹고 얘기하자고." 제비는 같은 말을 반복하며 고개를 숙였
다. 손이 떨리고 있었다.

"내 말대로 아침을 제대로 먹었어야지." 봉숭아는 이렇게 대꾸했
다. 그게 지금 중요한 일이라도 되는 것처럼.

봉숭아가 화가 잔뜩 나 있을 때조차도, 제비는 언니를 사랑했다. 그
러나 언니는 종종 자기만 다 큰 어른이고 제비는 아직 어린아이인 것
처럼 굴곤 했다. "됐어. 배 안 고프니까." 제비는 자기 방으로 가려고
자리에서 일어섰다. 아니, 솔직히 말하자면 이 상황이 잠잠해질 때까
지 방에 숨어 있을 생각이었다. 어쩌면 자신이 진짜로 어린아이처럼
행동하는 걸지도 몰랐다. 애석하게도, 바로 그 순간 배 속이 거칠게
울렸다. 다른 때였다면 웃음이 나올 만한 상황이었다.

바닥의 방석 옆에 서류를 둔 채로, 봉숭아도 자리에서 일어섰다. 그
리고 제비의 팔을 붙들었다. "내 말 들어."

제비는 얼어붙었다.

"네가 그렇게 똑똑한 짓을 했다고 생각한다면…" 딱히 '똑똑한'을

강조하지는 않은 말투였다. "그냥 전부 나한테 털어놔 봐. 함께 헤쳐 나가면 되잖니. 지금까지 그래왔잖아."

제비는 가슴이 욱신거렸다. 자신이 온종일 어디 있었는지를 말하면, 언니는 이제 우리가 '함께'라고 생각하지 않을 테니까. "크게 문제가 되는 일은 아니야…" 제비는 시간을 벌려고 이렇게 운을 띄웠다. "언니가 무슨 생각을 하는지는 모르겠는데, 도박장에 가서 이번 달 월세를 날리고 왔다거나, 뭐 그런 건 아니니까." 자신이 찾아갔던 사채꾼은 이번 달 말일까지만 돈을 갚으면 된다고 말했다. 그리고 라잔인들은 항상 일정대로 보수를 지급한다. 알아서 해결될 문제였다.

봉숭아는 눈살을 찌푸렸다. 이런, 별로 안 좋은 농담이었나. 봉숭아는 기분이 좋을 때조차도 돈과 관련된 농담을 용납하지 않는 사람이었다. "문제가 아니면, 왜 나한테 털어놓지 않는 건데?"

훌륭한 질문이었다. 답을 들으면 분노할 것이 분명하기도 하고. 좋아, 여기까지 왔으니 그냥 이쯤에서 터트리고 각자 일상으로 돌아가는 편이 나을 것이다. 봉숭아도 제비가 돈을 더 가져오기 시작하면 마음이 풀릴 것이다. 언니도 방석을 바꾸고 싶다고 했으니까. 지금 쓰는 방석은 이제 거의 너덜너덜해지고 있었다. 제비는 돈에 구애받지 않고 물건을 살 때마다 언니가 짓는 환한 표정을 좋아했다. 제비에게 필요한 화구를 사다 주려고 꼼꼼히 절약한다는 사실을 잘 알기 때문에 더욱 그랬다. 봉숭아는 온종일 일하느라 집을 비웠고, 때로는 밤에도 일을 하러 나갔다. 정확히 무슨 일인지는 제비에게 털어놓지 않았지만. 제비는 언니가 좀 더 안락하게 살 수 있기를 바랐다.

제비는 어깨를 펴고 살짝 고개를 숙였다. 마치 친구에게 뭔가를 부탁하는 것처럼. "오늘 예술성 공채 시험을 봤어. 괜찮게 친 것 같아. 합격하면 정규직이 되는 거야. 지금껏 해오던 필사나 싸구려 그림보다 훨씬 많은 돈을 벌 수 있어."

봉숭아는 제비의 팔을 놓았다. 그 짧은 찰나의 순간, 제비는 언니의 화가 모두 풀렸다고 생각했다. "너 무슨 이름으로 시험에 등록했니?"

"그게 뭐가 중요한지 모르겠…"

"바로 그거야. 넌 뭐가 중요한지 모르는 거지." 봉숭아의 입매가 구겨졌다. "대답이나 해."

제비는 고개를 들고 언니와 정면으로 눈을 마주했다. 언니의 눈매가 가늘어졌다. 어쨌든 제비는 손아랫사람이었다. 거역하고 반항하는 일은 용납할 수 있더라도, 동생으로서 대놓고 불손하게 구는 것은 완전히 다른 문제였다.

그러나 상황이 여기까지 온 이상, 예의 따위는 사소한 문제였다.

"테세라오 트세난이라는 이름으로 등록했어." 제비는 봉숭아의 적대적인 침묵 앞에서도 당당히 말했다. 다른 수가 없었다. 그는 방점을 찍듯이 그 외국어 이름을 완벽하게 발음했다. 봉숭아가 근처에 없을 때, 시장이나 번화가를 오가며 주의 깊게 연습한 결과물이었다. 그의 입에서 말이 연달아 쏟아져 나왔다. "요즘 화국인들 취급이 어떤지 알잖아. 라잔인은 자기네 민족부터 채용한다고."

아차. 계획보다 더 많이 말해버렸다.

봉숭아는 평온한 어조로 말했다. "정복자들에게 굴종하겠다는 생각을 품은 것부터가 이미 그릇된 일이야. 하지만…"

제비는 황급히 입 다물라는 동작을 취해 보였다. 아무도 없는 집 안이라고 해도 해서는 안 되는 말이 있는 법이니까.

그러나 봉숭아는 조금도 개의치 않았다. "네가 저들의 일원인 척 흉내 내는 것은 그보다 더 나빠."

"이걸 흉내라고 할 수는 없잖아." 제비는 항변했다. "나는 그냥 그들이 믿고 싶은 대로 믿게 놔둘 뿐이고…"

"이쪽 구역에는 라잔인이 살지 않는다는 건 알고 있겠지? 놈들의 말단조차도 선량한 사람들을 몰아내고 사치스럽게 산다고. 네 혈통에 대한 진실도 머지않아 밝혀질 텐데, 그러면 너는 어떻게 될 것 같니?"

"나는 그냥…"

제비는 반박하려 입을 열었지만, 장맛비와 말다툼을 벌이는 것처럼 무력한 느낌만 들었다. 아주 약간이지만 봉숭아의 목소리가 높아졌다. 그녀의 목소리는 팽팽하게 조율한 악기의 현처럼 느껴졌다.

"지아가 어떻게 죽었는지 알면서!"

물론 알고 있었다. 봉숭아는 그 일을 입에 담지 않았다. 언니의 아내 지아는 라잔의 침략을 물리치는 전쟁에 투입됐고, 전장에서 결투가에게 살해당했다. 화국의 상징색인 화려한 붉은색과 푸른색 무늬 복장을 하고 있었지만, 또한 라잔의 상징인 영광의 태양 팔목 장식을 달고, 라잔식의 곡도를 든 사람이었다고 했다. 어차피 지아는 결투가에게 당하지 않았더라도 포격이나 총탄에 목숨을 잃었을 가능성이 컸다. 검과 창을 든 화국의 구식 군대는 전차와 현대적인 소총을 장비한 라잔군의 상대가 될 수 없었으니까. 전부 라잔인들이 서양인들에게서 훔쳐 왔다고 전해지는 기술이었다. 제비는 아직도 그 끔찍한 날을 기억했다. 화국군 전령이 찾아와 소식을 전하고 전사의 상황을 생생히 알리던 순간을, 그리고 언니가 아무 말도 없이 보냈던 뒤따른 일주일을.

이럴 줄 알았어야 하는데. 제비는 일그러지는 표정을 가다듬으려 애쓰며 생각했다. 그는 단지, 봉숭아를 행복하게 해주고 싶었다. 언니가 성명 인증서를 찾아내지만 않았어도 모든 일이 무탈하게 흘러갔을 것이다. 행운의 부적이 이 정도로 아무런 도움도 안 되다니.

봉숭아의 몸이 떨렸다. "지아가 알았다면 충격을 받았을 거야. 정말로…" 그리고 다음 순간, 제비는 언니가 흐느끼고 있다는 것을 깨닫고 경악했다.

제비는 반사적으로 언니를 향해 손을 뻗었다. "언니, 나는…"

"썩 꺼져." 봉숭아가 제비를 향해 쏘아붙였다. "그렇게까지 라잔인들 밑에서 일하고 싶다면, 살 집도 놈들에게 내달라고 해. 나는 부역자와 같은 지붕 아래 살 생각 없어." 그녀는 성명 인증서를 제비 쪽으로 내던졌다.

제비는 멍하니 언니를 바라보았다. "설마 진담은 아니겠지." 그렇게 말하면서도, 그의 손은 소중한 성명 인증서를 집어 들고 있었다.

봉숭아의 싸늘한 시선만으로도 충분히 대답이 되었다.

제비는 먹먹한 심정으로 자기 방에 들어갔다. 자신을 지켜보는 봉숭아의 시선을 느끼면서, 돈과 옷가지와 가장 중요한 화구를 최대한 빨리 챙겼다. 이 집에서는 1초도 더 머물고 싶지 않았다. 언니가 저런 기분인 상황에서는.

문을 나선 다음에야, 제비는 호떡을 그대로 두고 왔다는 사실을 깨달았다

02

언니의 공동주택에서 멀어져 가며, 제비는 외투의 옷깃을 단단히 여몄다. 차가운 저녁 바람이 소매를 따라 올라와, 목도리 속으로 파고들었다. 제비는 비참한 기분으로 생각했다. 언니도 곧 진정될 거야. 내일 돌아와서 함께 아침을 먹게 되겠지. 그러면 전부 괜찮아질 거야.

그러나 제비는, 봉숭아가 화해 따위는 생각조차 않고 있을 것이라는 암울한 느낌에 사로잡혔다. 평소 언니는 지아 형부의 이름을 입에 담지 않았다. 그 이름이 등장했다는 것만으로도 언니가 얼마나 분노했는지를 가늠할 수 있었다.

며칠 재워줄 친구는 여럿 떠올릴 수 있었지만, 장기적 해결책은 될 수 없었다. 월말까지는 빈털터리 신세였다. 다시 돈을 꿀 수도 있겠지만, 그리고 싶지는 않았다. 제비는 갈수록 조여드는 절망 속에서 몸을 떨었다. 엎친 데 덮친 격으로 너무 배가 고팠다.

제비는 걸어서 반 시간 거리에 있는 학의 처소로 걸음을 옮기기 시작했다. 학은 뛰어난 서예 실력 덕분에 라잔 공민국의 하급 관료로 일하며, 동시에 미술상으로도 활동하고 있었다. 옛 시절이었다면 학은 시인이 되었을지도 모른다. 유려한 문장력에, 뛰어난 학식으로 황관의 고전을 자유자재로 인용하며 명성을 떨쳤을 것이다. 지금 그녀는 틈날 때마다 라잔의 시를 화말로 번역하는 작업을 하고 있었다. 제비는 그런 물건이 지하 시장에서 수요가 있다는 것 자체를 이해하지 못했지만, 학은 합리적인 돈벌이라면 뭐든 손대는 부류의 친구였다.

보통 부역자는 그렇게까지 대놓고 활동하지 않지만, 학은 변신술을 쓰는 여우 요괴인 구미호 일족이었다. 화국인들은 구미호의 심기를 거스르려 하지 않았다. 구미호는 여행자를 유혹하여 간을 빼 먹는 것으로 유명하니까. 이내 사람들은 학이 라잔인 주위를 맴도는 것도 나쁘지 않다는 결론을 내렸다. 그녀를 거스를 정도로 멍청한 라잔인들은 간을 빼 먹힐 테니까. 제비가 그런 소문을 이야깃거리로 꺼내자, 학은 웃으며 자신은 전통파가 아닌 현대적인 구미호고, 더 나은 방식으로 먹고살 수 있다고 대꾸했다.

성명 인증서를 받으라고 권한 것도 학이었다. 제비로서는 그녀의 호의에 기대볼 만했다. 게다가 학은 자비로운 요괴니 막다른 골목에 몰린 예술가에게 하루 이틀 정도 잠자리는 부담 없이 제공해 줄 것이다. 제비도 그녀에게 부담을 지우고 싶지는 않았지만, 친구 중에서는 학의 형편이 가장 나았다.

나중에 갚으면 되잖아. 제비는 가로등 아래로 걸음을 옮기며 생각했다. 아직 주황색 태양이 지평선에 걸려 있는데도, 자동인형 하나가 벌써 나와서 등불을 밝히는 중이었다. 제비는 해가 질 때까지는 모든 가로등에 불이 들어와 있으리라 확신할 수 있었다. 조금도 늦지 않게, 정확하게 같은 순간에.

라잔의 통치에서 이것 하나는 마음에 들었다. 물론 언니 앞에서는 차마 말할 수 없었지만. 라잔인들은 거리를 정비하고, 청소부를 고용하고, 14행정시의 중심부에 전기를 들여왔다. 물론 이런 외곽 구역까지는 전기가 들어오지 않았다. 가로등은 전부 평범한 가스등이었다. 제비는 종종 이쪽 구역에도 전기가 들어왔으면 좋겠다고 생각했다. 조명이 환해질수록 거리가 안전하게 느껴질 테니까. 물론 자동인형 순찰대 덕분에 도시의 거의 모든 구역에서 강력범죄가 사라지기는 했다. 자동인형은 밤낮을 가리지 않고 잠을 잘 필요도 없으니, 조명 따위는 큰 의미도 없을 것이다.

기왕 몽상을 시작한 김에 털어놓자면, 제비는 환한 전등을 설치한 널찍한 작업실도 갖고 싶었다. 봉숭아는(이젠 언니 생각만으로도 가슴이 쓰라렸다) 큰 방을 제비에게 넘겼다. 화구를 들여놓을 공간이 필요하기도 했지만, 그보다는 큼지막한 북향 창문이 달려 있다는 것이 더 큰 이유였다. 다른 방은 등나무 덩굴에 가려서 온종일 그늘인 데다 여름이면 말벌이 꼬이곤 했다. 일출과 일몰에 구애받지 않고 적절한 조명 속에서 내키는 시간에 작업할 수 있다니, 허황하고 사치스러운 이야기로밖에는 들리지 않았다.

학에게 줄 간단한 선물을 준비해 가는 게 좋겠지? 제비는 그 생각을 하며 한숨을 쉬었다. 직업을 얻을 때까지는 동전 한 닢도 아껴 써야 했지만, 예의로라도 선물 정도는 챙겨야 할 것이다. 호의를 원한다면 이쪽에서도 호의를 베풀어야 하는 법이다. 세상은 그런 식으로 돌아가는 법이 아니던가?

제비는 책이 쌓인 좌판 쪽으로 걸음을 틀었다. 책을 파는 노점상은 어디서도 흔히 찾아볼 수 있었다. 많은 상인이 옛 화말 책이나 화국 반도의 북쪽에 있는 황관에서 수입해 온 책들을 팔았다. 요즘에는 라잔어 책도 늘어가고 있었다. 라잔 당국에서는 책의 유통을 통제하려 했지만, 그리 철저하게 통제하지는 않았고, 딱히 성과를 내지도 못했다. 대놓고 선동적인 책을 유통할 정도로 머저리가 아니라면 큰 문제는 없었다.

외팔이 서적상이 낡은 앉은뱅이 의자에 쭈그려 앉은 채로, 장부를 굽어보며 재고를 정리하고 있었다. 두 사람은 서로의 모습을 확인하고 고개를 끄덕였다. 두 사람 모두 머리를 비대칭으로 잘랐기 때문이다. 요즘 수도의 '그애'들은 그렇게 머리를 깎는다. 라잔인들은 남자나 여자 한쪽의 삶을 택하지 않거나, 또는 상황에 따라 남녀를 오가는 그애의 존재에 당혹스러움을 느끼곤 했다. 그러나 라잔인들은 그애를 방치하는 편을 택했고, 제비는 그 사실에 감사했다.

"괜찮은 시집이 있을까요?" 제비는 적절한 존댓말로 행상인에게 물었다. 봉숭아에게(생각하니 다시 가슴이 쓰렸다.) 배운 것 중 하나였는데, 상인에게 부드럽게 대하면 흥정에서 손쉽게 우선권을 잡을 수 있기 마련이다.

"어떤 시집을 찾으시오?" 상인도 부드럽게 대꾸했다.

"신간이면 뭐든 괜찮아요. 기왕이면 라잔어 책으로요."

"따로 찾는 시인은 없으시고? 요샌 키이암이 아주 인기가 좋다오."

"괜찮을 것 같네요." 제비는 얼른 대답했다. 해가 지평선을 넘어가기 전에 목적지에 도착하고 싶은 마음이 가득했다. 학은 늦게까지 깨어 있는 편이었지만, 그래도 너무 늦게 찾아가면 민폐니까.

"친구에게 선물하려는 거로구먼." 행상인은 알겠다는 듯 대꾸했다. "손님은 시에는 아예 흥미가 없으시겠지? 아마 키이암의 이름조차 들어본 적이 없을 것 같구려."

"바로 맞히셨네요. 저 때문에 불편하신 건 아니겠지요?"

행상인은 어깨를 으쓱해 보였다. "어쨌든 돈은 돈이지 않소. 손님께서 책장마다 낙서를 가득 채우시든, 찢어서 뒤를 닦는 데 쓰시든 나는 상관 안 한다오. 책은 책일 뿐이니."

"그렇게 말씀하신다면야." 제비는 불쾌한 감정을 억누르지 못하고 이렇게 내뱉고는, 충분히 값을 흥정한 다음에 돈을 치렀다.

계속 걸음을 옮기는 제비의 머리 위로 밤하늘이 드리웠다. 그는 서두르는 와중에도 잠시 걸음을 멈추고 일렬로 늘어선 반짝이는 별의 띠를 올려다보았다. 보석이 박힌 '달의 허리띠'였다. 봉숭아는 한밤중에 제비를 데리고 옥상으로 올라가 별자리의 이름을 알려주며, 천상의 주민들에 대한 옛날이야기를 들려주곤 했다. 화국의 천문가들은 망원경을 발명한 이래 천상의 온갖 천체들을 직접 관찰했다. 때론 천체의 움직임이 사람들에게 의문을 불러일으키고, 무성한 뒷소문을 몰고 오기도 했지만.

학은 흔히들 완곡하게 '순결 구역'이라 불리는 지역에 있는 수수한 단독주택에 살았다. 제비는 해가 지고 얼마 지나지 않아 그곳에 도착했다. 순결 구역이라는 이름은 '충분히 돈만 내면 순결한 사람도 구할 수 있다'라는 뜻이다. 봉숭아는 순결 구역을 혐오했다. 제비는 나중에야 알게 된 사실이었지만, 지아가 결혼 전에 종종 이곳에 들러 매춘부들을 찾았기 때문이었다. 뭐, 그런 이들도 먹고살기는 해야 하는 법이니까.

제비는 순간 자신이 안 좋은 때에 찾아왔다는 사실을 깨달았다. 낡은 김칫독을 괴어서 대문을 활짝 열어놓은 모습이 눈에 띄었기 때문이다. 안뜰을 돌아다니는 사람들이 보였다. 웃음과 떠들썩한 대화 사이로, 제비의 귀에 다른 소리가 들려왔다. 악공을 불렀나? 피리와 북소리가 들렸다. 악단은 보통 세 명으로 구성되니, 어딘가에 가야금을 뜯는 사람도 있을 것이다. 이런 연회 자리에는 너무 소리가 작아서 어울리지 않겠지만.

돌아갈까. 아니면 다른 친구를 찾아가거나. 제비는 머뭇거리며 그런 생각을 했다. 그러나 이미 여기까지 온 데다 선물까지 사버렸다. 더군다나 안쪽에서 음식 냄새까지 솔솔 흘러나오고 있었다. 고기 굽는 냄새와 온갖 양념 냄새, 신선한 과일 향기에 절로 군침이 돌기 시작했다.

젠장, 알 게 뭐야. 최악의 상황이라고 해봤자 쫓겨나서 다른 친구네를 찾아 헤매는 정도가 고작일 텐데. 제비는 잠깐 벽 뒤에 붙어서 손가락으로 머리를 쓸어 넘기고는, 그대로 당당히 안뜰로 걸음을 옮겼다.

거의 모든 사람이 라잔어로 대화하고 있었다. 학이 제비를 초대하지 않은 이유도 알 법했다. 제비는 라잔어가 유창하니 가벼운 대화 정도는 들키지 않고 넘어갈 수 있을 것이다. 그러나 학은 봉숭아가 라잔인을 어떻게 생각하는지 잘 알고 있었다. 학이나 구미호 종족 자체도 별로 좋게 평가하지 않았다. 그러나 상황이 이렇게 된 이상, 언니의 의견에 구애받을 이유는 없었다.

제비가 들어서자 몇몇 사람이 그쪽을 돌아보았다가, 별 관심 없다는 듯 다시 고개를 돌렸다. 화려하게 차려입은 손님들로 가득한 연회장에, 잡동사니로 가득한 배낭을 메고 들어왔으니, 어울리지 않는 손님이 분명했다. 그러나 제비는 주변의 시선에는 조금도 개의치 않았다. 봉숭아는 라잔 당국을 혐오했지만, 화국 사회에는 언제나 계급 질서가 존재해 왔다. 꼭대기 계급이 라잔인이든 옛 정부의 학자, 귀족 관료들이든 큰 차이는 없었다. 봉숭아는 절대 그렇게 생각하지 않았지만.

제비는 한동안 사람을 피하느라 이리저리 휘둘렸다. 학은 대체 어디 있는 거야? 우선 만나서 인사를 하고 상황을 설명해야 할 텐데. 그러나 사람이 너무 많은 데다, 아무리 둘러봐도 학은 찾을 수 없었다.

젠장, 알 게 뭐람. 아무래도 조금 배를 채우고 찾아다니는 편이 나을 것 같았다. 제비는 슬금슬금 음식 쪽으로 다가갔다. 식탁에는 반쯤 손대지 않은 음식이 상다리가 휘어지게 차려져 있었다. 제비의 예상과는 달리, 고기는 그리 인기가 없는 모양이었다. 그는 문득 의심스럽게 다시 코를 킁킁거렸다. 저거 간이잖아? 학이 농담이랍시고 차려 놓은 모양이었다.

"못 보던 얼굴인데." 제비가 꼬치 하나로 손을 뻗는 순간, 높고 날카로운 목소리가 끼어들었다.

제비는 곁눈질로 상대방 여성을 살폈다. 화려한 공단 외투만 봐도 얼마나 부유한 사람일지 알 수 있었다. 저런 짙은 쪽빛 직물은 이 동네에서는 아예 본 적도 없었으니까. 제비는 최대한 정중한 말투로 입을 열었다. "실례했습니다. 이 집 주인이 제 친구라서요. 성함을 들을 기회를 얻지 못했습니다만?"

부유한 여성은 눈썹을 올리며 제비를 위아래로 훑어보았다. 시선이 잠시 먹물 흔적에 머무는 것이 느껴졌다. 제비는 가장 좋은 외투를 꺼내 입지 않은 것을 후회했다. 하지만 이곳에 오기 전까지는 외투를 더럽히고 싶지 않다는 생각이 전부였다. 연회와 참석자의 신분에 대해 미리 알고 있었다면 상황이 달라졌겠지만.

아무래도 별로 안 좋은 생각인 모양이었다. "이만 가봐야겠네요." 제비는 갈망 섞인 눈빛으로 꼬치를 쟁반에 올려놓고는 몸을 돌렸다.

그리고 서둘러 떠나려다가 학과 부딪칠 뻔했다. "트세난!" 학은 활짝 웃으며 그를 불렀다.

학은 화국인치고도 작은 키에 몸집은 토실토실했다. 제비는 별로 신경 쓰지 않았지만, 부역자 외에는 제대로 먹지 못하는 시절이니 못마땅하게 여기는 사람도 있을 법했다. 게다가 좋은 옷까지 걸치고 있었다. 아까 여성의 공단 외투보다는 덜 화려한, 붉은 여우색 외투였다. 학이 돈을 아끼는 여우여서는 아니었다. 제비는 최근의 정치 상황을 헤쳐나가는 그녀의 노련한 솜씨에 배울 점이 많다고 생각하고 있었다.

"널 초대할 생각을 못 해서 정말 미안해." 학은 말을 이었다. "잠깐 잊은 모양이야."

자신이 초대받지 못한 이유야 제비도 잘 알고 있었으니 아쉽게 여길 일도 아니었다. "아주 훌륭한 연회네." 제비는 이렇게 답했다. 적어도 학은 그를 라잔 이름으로 불러줬다. 그런 사소한 것까지 챙겨주는 모습이 고마웠다.

"치아자 선생님, 제 친구 트세난은 만나보신 건가요?" 학은 이렇게 말하며, 제비가 막 쟁반에 올려놓은 꼬치를 집어서 아무렇지도 않게 그의 손에 돌려주었다. 고맙기도 해라. "이 친구, 예술가랍니다."

"예술가라고요, 과연." 치아자는 여전히 미심쩍은 표정으로 대꾸했다. "당신 어느 유파 출신인가요?"

"원래는 흐르는 불도마뱀 유파에서 수련했습니다." 제비는 솔직하게 말하면서도, 조금 괜찮은 거짓말을 준비할걸 그랬다고 생각했다. 제비도 라잔인들이 흐르는 불도마뱀 유파를 괴짜라고 여긴다는 것 정도는 알고 있었다. 그래도 정식 유파로 인정해 주기는 했지만. "하지만 요즘은 네 벗 유파 쪽으로 노력하고 있습니다." 이쪽 유파야말로 따분할 정도로 존중을 받는 유파였다. 네 벗이란 네 가지 식물, 즉 대나무, 매화, 난초, 국화를 뜻한다. 여기서 시연해 보이라는 청을 받는다면 제비가 무사히 흉내 낼 수 있는 유파는 그곳밖에 없었다. 추위에 손이 얼어붙은 지금은 더욱 그랬다.

"그 정도면 그럭저럭 괜찮군요." 치아자는 이렇게 말했다. 자신의 인정이 제비에게 무슨 의미라도 있다는 듯이.

"여기 치아자 선생님은 골동품을 다루셔." 학은 제비의 손을 두드리며 말했다. 반응하지 말라는 경고였다. 제비가 라잔인으로 가득한 안뜰에서 어리석은 일을 벌일 리가 없는데도. "오늘 오신 손님들은 다들 그쪽 분들이야. 치아자 선생님, 시간을 뺏어서 죄송해요. 트세난이 친구하고 한 바퀴 둘러봐야겠네요."

제비는 서둘러 고깃덩이를 꿀꺽 삼키고는 꼬치를 내려놓았다. 학을 따라가면서도 계속 군침이 도는 먹거리를 힐끗거리며 돌아보았다. 그래도 학 덕분에 꼬치 하나라도 챙겨 먹어서인지 배 속 상황도 조금 나아졌다. "골동품?" 학의 손짓에 따라 집 안으로 들어가면서, 제비는 낮은 목소리로 물었다.

"그래, 골동품. 요즘 라잔 수집가들 사이에서 최신 유행이거든."

들어본 적도 없는 얘긴데. 제비는 이렇게 대꾸하려다가, 자신의 무지를 숨기는 편이 낫다는 결론을 내렸다.

이제 학의 얼굴에 어린 웃음도 조금 덜 억지스러워 보였다. "인맥만 좀 있으면 제법 돈을 만질 수 있다고. 그래, 물론 직접 거래를 하는 인맥은 아니야. 그저 사람들을 서로 소개해 주고 배려를 좀 받는 거지. 밥 벌어먹고 살기 힘든 시절이니 눈치껏 알아서 챙겨 먹어야 하지 않겠어?"

"그렇겠지." 제비는 대꾸했다. 14행정시에는 아직 낡은 사고방식이 곳곳에 남아 있었다. 과거에도 전문 화공이나 서도가는 제법 돈을 벌 수 있었다. 그러나 예술에 대한 진정한 경외는 주로 그림을 곁다리로 수련한 귀족이나 시인, 기생 등의 아마추어들에게 바쳐졌다. 화국인의 미학 관념에서는 보통 정제되고 숙련된 기술보다 진솔하고 즉흥적인 재기를 높이 평가했다. 제비는 그런 기준에 대해 양가감정을 지니고 있었지만, 자기 생각을 입 밖에 내고 싶지는 않았다. 자기 고객이나 다른 온갖 예술가들의 심기를 거스를 필요는 없으니까.

집 안에 들어온 학과 제비는 신발을 벗어서 낮은 신발장에 올려놓았다. 거실은 곳곳에 세워놓은 종이 등 덕분에 완전히 다른 분위기가 되어 있었다. 제비는 냉소적으로, 그 종이 등의 형태가 화국과 라잔 어느 쪽의 양식으로도 보일 수 있다는 점을 곱씹었다. 가운데 살이 들어간 둥근 모양에, 먹으로 적어놓은 글귀도 무병장수를 기원하는 것뿐이니, 저 물건에 거북함을 느낄 사람은 별로 없을 것이다.

탁자와 병풍을 곳곳에 배치한 덕분에, 거실은 학이 언급한 온갖 골동품을 전시하는 작은 미궁으로 변해 있었다. 처음으로 제비의 눈을 사로잡은 물건은… 설마 저거 모조품이겠지. 하지만 일렁이는 등불 때문인지 완전히 진짜처럼 보였다. 화국의 어느 옛 왕조에서 만든 사슴뿔 형태의 금관이었다. 금박을 입힌 섬세한 가지 뿔마다 물방울 모양 곡옥이 짤랑거렸다. 진짜 옥돌인지는 알 수 없었지만, 모든 면에서 진품처럼 보였다.

"네 생각이 맞아." 학은 머뭇거리는 제비의 모습을 알아채고는 이렇게 말했다. "내가 의뢰한 학자들은 진품이라고 감정했어. 값어치를 따질 수 없는 물건이지. 그 가치도 알아보지 못한 사람들 덕에 사당에서 곰팡이만 뒤집어쓰고 있었고."

제비는 그녀의 말을 제대로 듣지도 못했다. 진열된 온갖 보물에 사로잡혀 탁자 사이를 돌아다니고 있었기 때문이다. 비파 모양 칼날의, 녹이 슬어 초록빛으로 변한 연약한 청동 단검. 종종 고물상에 등장하곤 하는 물건이었다. 순백으로 빛나는 백자 화병, 오늘날에도 상당히 값어치가 나가는 청자 화병. 구름과 학 문양이 들어간 물건도 있었다. 화려한 자개 장식이 들어간 칠기 분갑. 비단 족자에서는 먼 옛날의 부처와 보살들이 밖을 내다보고 있었다. 뻣뻣해 보일 정도로 잔잔한 얼굴에, 금칠한 피부에는 붉은 옷을 두른 채로.

"이건 엄청난데." 제비는 이렇게 말했다. 뭐라도 말해야 할 것 같았기 때문이다. 다른 이들과 마찬가지로, 제비도 어느 정도는 이런 예술품을 접하며 어린 시절을 보냈다. 흘러간 옛 시절의 풍요가 이제는 외국인들의 유희를 위해 이곳에 모여 있었다.

우리를 지배하는 외국인들 말이지. 제비는 이렇게 생각하며 자신이 처한 현실을, 아니, 그들 모두가 처한 현실을 받아들이려 애썼다. 봉숭아 언니라면 생각이 다르겠지만, 그래봤자 달라질 일은 없었다.

학은 유물 각각의 출처에 대해 즐겁게 재잘거렸다. 한쪽의 금박 향로며, 다른 쪽의 목각 오리 조각품을 가리키면서. 아무래도 라잔인들이 묘지나 사원이나 사당으로 탐사대를 보냈던 모양이었다. 그래, 저렇게 매력적이고 원초적인 아름다움으로 가득한 물건을, 아무도 감상할 수 없는 곳에 방치해서는 곤란할 테니까.

실제로 저 예술품을 창조해서, 저마다 나름의 이유로 그 위치에 두었던 이들도 있을 것이다. 그러나 라잔인의 약탈은 그 '나름의 이유'에는 포함되지 않을 것이 분명했다.

제비는 호흡을 고르며 평정심을 유지하려 애썼다. 그가 신경 쓸 문제가 아니다. 그가 해결할 수 있는 문제도 아니다. 학이 골동품 거래를 주선한다고 해서 뭐가 문제겠는가? 그녀에게도 먹고살 권리가 있는데.

제비는 거실을 거닐고 있는 다른 사람들의 존재를 알아챘다. 일부는 눈앞에 놓인 귀중한 예술품에는 아예 눈길조차 주지 않았다. 제비의 귓가로 대화 몇 마디가 흘러들어 왔다.

"⋯단호한 대처가 필요하다는 걸세." 걸걸한 남자 목소리였다. "대대적인 반란이 일어난 것이 아니라면 총독 각하께서 그런 극단적인 지시를 내렸을 리 없잖나."

반란? 제비는 심장이 거세게 뛰는 것을 느꼈다. 그래, 물론 독립군에 대해서는 들어본 적 있었다. 허접한 벽보를 붙였다가 자동인형 순찰대에게 즉각 뜯겨 나가고, 산속에 숨어 있다가 별 의미 없는 습격이나 벌이는 자들.

조금 높은 목소리가 대꾸했다. "하지만 파루간-나무처럼 외진 곳에서 말인가? 아, 이런. 열심히 연습하는데도 화말은 너무 복잡해. (이번에는 거의 제대로 발음하기는 했다.) 자음을 제대로 발음할 수가 없다니까. 언젠가는 제대로 쓸 수 있게 되겠지."

그거 고맙군요. 시도라도 해주셔서. 제비는 속으로 감사했다. 이야기를 듣자 하니 저 사람들은 '빨간나무'라는 장소 이야기를 하는 모양이었다. 라잔인의 형편없는 발음 속에서 화말을 해석하는 일에는 이제 익숙해져 있었다. 제비는 들어본 적 없는 장소였지만, 그리 이상한 일은 아니었다. 화국에는 작은 촌락이 가득했다. 두세 가구의 작은 마을에서 번창하는 소도시에 이르기까지. 대부분은 어원을 거슬러 올라가면 빨간 나무나 큰 바위 등 지형지물을 묘사하는 이름을 가졌다.

학은 여전히 재잘대고 있었고, '빨간나무' 이야기를 하던 사람들은 자리를 떴다. 제비는 그 일을 마음 한편으로 밀어두었다. 여기 수도의 평범한 사람들에게 영향을 끼칠 이야기라면, 어차피 곧 소식을 듣게 될 것이다. 그럴 가능성은 적으리라 생각했지만.

"…달에 말이야. 천상의 존재들이 저 위에서 살 수 있다면, 인간이 그러지 못할 이유가 있겠나. 교통수단 문제만 해결하면 될 일이지."

"기술성에서도 비행 기계를 만드는 방법을 발견하지 못했다고."따분해하는 목소리가 대꾸했다. "게다가 한심한 천상의 존재들이나 그 애완동물들에 대체 왜 신경을 쓰는데? 하늘에는 흥미로운 것이라곤 아무것도 없다고. 옥토끼라도 잡으려고 그러나?"

"…차 좀 들겠어?"학은 배낭 쪽으로 가볍게 손짓했고, 제비는 천문에 대한 흥미로운 대화를 엿듣는 일을 포기했다. "배낭 좀 내려놔, 보관할 장소를 찾아줄게. 허리가 아프겠네."

"그래, 고마워."제비는 웃는 얼굴로 감사를 표했다. 게다가 온종일 아무것도 마시지 못한 터라, 탈수 때문에 머리가 쑤셔 오기 시작했다.

두 사람은 부엌으로 슬쩍 들어갔다. 밖에 차려진 엄청난 양의 음식을 생각하면 터무니없이 좁아 보이는 공간이었다. "주방 담당이 필요하면 논개 동상 옆집에 사는 김 씨네를 추천해 줄게."학은 묘한 미소를 지으며 차를 따랐다. "뭐라고 해야 하나, 독특한 취향을 만족시키는 데에 재능이 있는 사람들이거든."

"그래? 평범한 음식처럼 보이던데."제비는 눈웃음치며 말했다. 학이 먼저 말하지 않을 생각이라면, 간 꼬치 이야기를 먼저 꺼낼 생각은 없었다. 학이 고개를 끄덕이자, 제비는 배낭을 풀어서 조리대 한쪽에 기대놓았다. 그리고 눈앞의 찻잔을 들어 단숨에 들이켰다. 예의를 차리기에는 너무 목이 말랐다.

학은 비밀을 털어놓듯 목소리를 낮췄다. "평소만큼 매운 음식이 하나도 없다고! 겉보기는 똑같아도 가장 덜 매운 고추장을 썼단 말이야. 손님들이 입에 불이 붙어서 도망치는 꼴을 보고 싶지는 않았거든."

제비는 웃음을 머금었다. "넌 정말 사려 깊은 집주인이라니까. 그래서 하는 말인데… 이런 부탁 하기에는 안 좋은 상황이라는 거 알지만, 일주일 정도 어디서든 재워줄 수 있을까?"

"아하." 학의 얼굴이 동정심으로 찌푸려졌다. "맞혀볼까. 너희 명예를 아는 언니께서 마침내 폭발하신 모양이지?" 그녀는 배낭을 보며 알겠다는 듯 고개를 끄덕였다. "그래도 짐을 꾸릴 시간은 있었나 보네."

"뭐, 그렇지." 제비는 쓴웃음을 지으며 대답했다. "너한테 폐를 끼치기는 싫지만…"

"무슨 헛소리야? 친구 좋다는 게 뭐겠어. 그냥…" 그녀는 미소를 머금었다. "다들 돌아간 다음에 뒷정리하는 거나 좀 도와주면 돼."

"그럼, 당연하지."

"그래서 시험은 좀 어땠어?"

제비는 활짝 웃음을 지었다. "잘 본 것 같아. 우리 언니가 돈 가지고 얼마나 투덜대는지 너도 알지? 일단 신입 상여금을 들고 돌아가서…" 아, 그 전에 우선 자신의 빚부터 갚고. "꼬박꼬박 월급을 가져다주기만 하면, 언니도 금방 정신을 차릴 거야."

"제발 그랬으면 좋겠네. 너희 언니 고집이야 익히 알고 있으니까. 그래도 지금은 예술로 밥벌이할 수 있다는 것 자체를 고마워해야 하는 시대라고!"

제비는 억지로 웃음을 터트렸다. 해묵은 논쟁이었다. 학은 봉숭아의 예술에 대한 태도를 이해하지 못했다. 봉숭아는 언제나 묵묵히 제비의 예술 활동을 지지해 줬지만, 제비는 봉숭아가 치른 희생을 똑똑히 알고 있었다. 언니에게도 나름의 꿈이 있었을 텐데도.

봉숭아는 재혼을 해야 했다. 아니면 적어도, 가문을 이어나갈 아이를 입양하기라도 해야 했다. 그녀가 첫째였으니까. 부모님이 젊은 나이에 병으로 세상을 뜬 후로, 봉숭아는 제비의 양육자가 되었다. 그리고 제비는 예술가이기 때문에, 전통에 따라 자신의 예술과 결혼해야 했다. 연인 정도는 괜찮았고, 제비도 연애한 적은 있었지만, 결혼은 말도 안 되는 생각이었다. 결혼을 시도한 예술가가 조금이나마 있기는 했지만, 그런 이들은 순식간에 세간의 관심에서 사라졌다. 불공평한 일이긴 해도 제비가 바꿀 수 있는 문제가 아니었다.

냉엄한 진실을 털어놓자면, 화국군 전사자의 남은 배우자와 결혼할 사람은 찾기 힘들었다. 그것도 라잔인과 싸우다 전사한 사람의 부인이라니. 게다가 아이를 키우려면 돈이 든다. (옛말에 따르면, '아이는 돈을 잡아먹는다'. 봉숭아는 여덟 살 터울인 제비 앞에서는 그 표현을 꺼내는 법이 없었다. 그러나 제비도 그 점에서는 생각이 크게 다르지 않았다.)

"결국 잦아들 거야." 마침내 제비가 입을 열었다. "그냥 며칠 정도 묵을 곳만 있으면 돼. 시험 결과가 나오고 우리 언니의 화가 풀릴 때까지만."

"그야 문제없지." 학은 웃음을 지었다. "그래도 네 가방은 안전한 곳에 두는 게 좋겠다. 골동품으로 착각하는 사람이 나올지도 모르니까! 내 침실에 가져다 놓을게. 그래도 되겠지?"

"고마워. 그런데 너, 손님들 대접하고 다녀야 하는 거 아니야? 그러려고 연회를 연 걸 텐데. 차린 음식 조금만 먹어도 된다면야 나한테 신경 쓸 필요는 없지만…" 여기서 충실히 먹어놓으면, 그만큼 돈을 덜 써도 될 것이다. 친구의 호의를 계산적으로 이용한다는 느낌은 들었지만, 지금은 별다른 방법이 없었다.

"그래, 마음껏 먹어." 학이 제비의 배낭을 챙겼다. "이건 내가 알아서 할게. 나중에 보자고."

제비는 학을 보내고, 빈 찻잔을 놔둔 채 거실로 돌아왔다. 그리고 발걸음을 늦추어 일렬로 다가오는 세 명의 라잔인을 아슬아슬하게 피했다. 그중 한 명은 푸른색과 금색의 라잔군 군복을 입고 있었다. 라잔인들은 제비에게는 별로 신경 쓰지 않은 채, 목각 조각상 하나를 놓고 손짓하며 소리 죽인 대화를 나누고 있었다. 그들은 이내 알아들을 수 없는 심한 사투리를 섞어 쓰기 시작했고, 제비는 대화를 이해하기를 포기해 버렸다. 제비가 보기에는 일부러 한 행동이었다. 자기네들끼리 안심하고 대화를 나누기 위해서일 것이다.

뭐 어때, 외국 수집가들한테 팔려 나가는 게 내 작품도 아니잖아. 제비는 이런 생각을 하며 쑤셔 오는 양심을 애써 달랬다. 문득 그는 두 마리의 매가 허공을 맴도는 그림 앞에서 발을 멈췄다. 화국의 옛 국기에 그려진 붉은색과 푸른색의 태극 음양 문양을 떠올리게 만드는 그림이었다.

더 끔찍할 수도 있었다고. 제비는 다음 그림으로 옮겨 가며 자신을 달랬다. 이번 그림은 엄밀하게 말해 유물이라고는 할 수 없었다. 일부 현대 화가들이 선호하는 파스텔풍 채색에서는 새 물감 냄새가 풍겨 오는 듯했다. 서가와 책들을 묘사한 방식에는 서양의 새로운 기법인 '원근법'이 적용되어 있었다. 북쪽의 황관이나 라잔 열도를 방문한 서양 철학자들이 들여와서, 제비 세대의 화가들 사이에서 유행하게 된 기법이었다. 옛 화국 조정에서는 서양인의 출입을 금했지만, 그래도 영향력은 꾸준히 스며들어 오고 있었다.

눈앞의 그림이 내비치는 기하학적인 현실감에, 제비는 매혹되면서도 동시에 초조해졌다. 중요한 것은 외견을 엄밀하게 묘사하는 것이 아니라, 대상의 내면에 깃든 정신을 잡아내는 능력이다. 내 생각이 맞겠지? 적어도 학이 지금 이 자리에 없다는 점은 다행이었다. 학은 예전부터 원근법에 매료되었다고 공공연하게 말하고 다니곤 했으니, 말다툼으로 번졌을지도 모른다.

제비는 고개를 저었다. 나도 슬슬 중요한 일들에 집중해야지. 먹고 살 방법이라든가. 그는 신발을 다시 신고서는, 자신을 유혹하는 음식 접시가 가득한 안뜰로 걸음을 옮겼다.

학의 집에서 머문 지 사흘째 되는 날 아침, 제비는 일찍 일어나서 학이 출근하기 전에 잠깐 얼굴을 마주했다. 학은 이미 어제처럼 도시락까지 싸놓은 상태였다. 대체 잠은 언제 자는 거야? "오늘 밤에는 축하 자리를 열어야겠네." 학은 웃음을 머금고는 제비 앞으로 도시락 하나를 밀어놓았다. "이건 내가 대접하는 거야."

"아니, 안 그래도 되는데. 지금껏 이렇게 잘해줘 놓고서."

"무슨 소리야. 갚을 기회는 앞으로도 한참 많을 텐데." 학은 한쪽 눈을 찡긋했다. 순간 눈동자가 여우처럼 호박색으로 변했다가 다시 평범한 갈색으로 되돌아왔다. "너희 언니도 초대하면 어떨까?"

"봐서." 제비는 순간 치밀어 오르는 짜증을 숨기며 대답했다. 봉숭아와 승리의 기쁨을 나누고 싶지 않았다. 언니도 학만큼이나 그의 성공에 크게 기여했음이 분명한데도.

제비와 학은 함께 집을 나섰다. 길을 한두 번 건너고 나서는 헤어져야 했지만. 오늘은 가을 추위가 제법 덜했다. 물론 오래가지는 않을 것이다. 정부에서 발표하는 달력에 따르면, 이제 얼마 지나지 않아 첫 서리가 내리는 날이 찾아올 테니까. 제비는 상황에 맞게 예의 바른 옷차림을 갖추고, 꼭 필요한 물건 외에는 손에 들지 않았다. 물론 예술성에서도 오늘부터 바로 그림을 그리기 시작하라고 요구하지는 않을 것이다. 합격 후에도 수습 교육 기간이 2주 있다고 들었으니까.

제법 일찍 떠났는데도, 도착해 보니 공고판 앞에 사람들이 몰려 서 있었다. 대부분은 호기심에 이끌린 구경꾼인 듯했다. 응시자 수의 두 배도 넘어 보였으니까. 제비는 두근대는 가슴을 억누르며 사람들 사이를 비집고 들어갔다. 공고문의 글씨가 눈에 들어왔다.

첫 번째 종이에는 '공채 인원'이라는 표제 아래 다섯 명의 이름이 적혀 있었다. 제비는 목록을 읽고 또 읽었다. 모든 것이 현실이 아닌 것만 같았다. 마침내 그의 눈길이 종이의 맨 아래 찍힌, 시험 결과를 인증하는 예술성 인장에 도달했다. 이건 말도 안 돼.

다섯 명의 이름. 제비의 이름은 그 안에 들어 있지 않았다. 라잔어 이름도, 화말 이름도.

03

어쩌다 이런 곳까지 오게 된 건지, 제비는 제대로 기억할 수조차 없었다. 그는 '외팔이 전사' 석상에서 남쪽으로 세 개 떨어진 건물의 허름한 휴게실에 있었다. 일부 사람들은 그 석상의 팔이 라잔의 침략 전쟁에서 파괴되었다고 주장하지만, 사실은 10년 전 어떤 훼손범이 끌을 들고 부숴버린 것이었다. 2층 휴게실 발코니에서는 석상이 아주잘 보였다. 훼손된 석상의 모습이 그의 내면을 표현하는 것 같았다. 제비도 오른팔이 잘렸거나 심장을 도려내 버린 듯한 기분이었으니까.

그는 흐릿한 눈으로 소주잔을 바라보다가, 다시 홀짝이기 시작했다. 사실은 그대로 한 번에 들이켜 버리고 싶었지만, 이런 기분에서조차 도저히 한 번에 들이켤 수 없을 정도로 지독하게 맛이 없었다. 술을 좋아하지 않는 사람은 취하기도 쉽지 않다. 꾸준히 오래 노력하면결국 술기운이 올라오기는 하지만.

근처 건물의 기왓장에 반사된 햇빛에 눈이 부셨다. 와당에는 대부분 도깨비나 유명한 장수의 얼굴이 그려져 있었다. 평소의 제비라면 이런 친숙한 문양을 자기 나름대로 변형한 낙서를 끼적이고 있었을 것이다. 멀리서도 알아볼 수 있도록 자신의 색을 담뿍 담아서. 그러나 지금은 무슨 일이 있어도 그림만은 그리고 싶지 않았다.

어떻게 시험에 떨어질 수가 있지? 감독관이 그가 화국인이라는 사실을 알아챈 걸까? 실력을 유감없이 발휘했음은 분명했다. 제비는 감독관들이 보자마자 감탄할 것이라고 확신하고 있었다.

이런 생각에 빠져 있느라, 제비는 누군가 다가오는 기척을 알아채지 못했다. 학이 누군가와 함께 어느새 그의 앞자리에 앉아 있었다. 제비는 학의 목소리에 깜짝 놀라 고개를 들었다.

"널 쫓아다니는 게 얼마나 힘든지 모르지?" 학은 불그레한 얼굴에 살짝 숨을 몰아쉬고 있었다. 뛰어온 것이 분명했다.

제비는 천천히 눈을 깜빡였다. "여기서 뭘 하는 거야?" 그리고 문득, 방금 너무 무례한 투로 말했다는 것을 깨달았다. "아니, 그러니까, 너 바쁘지 않았어?"

제비는 학의 동행인을 힐끔거렸다. 맵시 좋은 남성용 베이지색 외투를 걸치고, 놀랄 정도로 선명한 보라색 스카프를 두른 대담한 차림새의 사람이었다. 스카프에는 둥지를 튼 새의 문양이 그려져 있었다. 여성적인 모티프다. 낯선 이는 라잔어로 말하기 시작했다. 낮고 따스한 목소리였다. "우리 초면인 듯하군요. 학에게서 무슨 일이 있었는지 들었습니다. 정말 유감입니다."

"내가 뭘 잘못했는지 모르겠더라고요." 제비는 멍하니 중얼거렸다.

학이 낯선 사람까지 데려와서 자신의 실패를 구경시키고 있는데도 신경 쓸 생각조차 들지 않았다. 어차피 합격자 명단을 떡하니 길바닥에 내붙였으니, 관심이 있다면 누구나 알고 있을 것이다.

봉숭아 언니도 알고 있겠지. 그 점은 확신할 수 있었다. 그리고 언니에게 돌아간다면, 애초에 그가 쫓겨난 이유인 그 언쟁을 다시 시작하게 될 것이다.

사채꾼도 알고 있을 것이다. 아직 모른다 해도 금세 알게 될 테고. 이달 말일 전까지 돈 들어올 구멍을 찾아야 했다. 이제 열이틀밖에 남지 않았으니까.

"시험관이라는 작자들은 까탈스러우니까." 학은 팔을 뻗어 제비의 손등을 두드렸다. "다음에 자리가 나면 다시 응모할 거잖아? 분명 아슬아슬했을 거야."

그녀의 동정에 제비는 짜증이 솟구쳐 올랐지만, 학은 함부로 대하기에는 너무 좋은 친구였다. "그게 언제가 될지 누가 알겠어? 게다가 지금 당장은 언니하고 화해하든가 다른 살 곳을 찾아야 한다고." 제비도 끝없이 학의 집에 빌붙을 수 있으리라고는 생각하지 않았다.

"그래, 그래서 여기 렌 씨를 모셔 온 거야." 학은 낯선 이에게 고개를 끄덕였다.

렌은 앞으로 몸을 기울이며, 스카프 끝자락을 쥐고 매력적인 동작으로 뒤로 넘겼다. "방위성에서 일하는 친구들이 있거든요. 이런 제안을 하기에 별로 좋은 상황은 아닌 것 같은데, 학 씨가 당신이 지푸라기라도 잡고 싶을 거라고 해서요."

"그런가요." 제비는 눈앞의 렌이 왜 그런 소리를 하는지도 전혀 알지 못하고 있었다. 방위성에서 발주하는 선전용 벽보 같은 작업은 웬만하면 피하고 싶었다. 다른 무엇보다, 그런 벽보는 아무런 효과도 없다. 자동인형을 일부러 친근하게 그려, 순찰대가 지나갈 때마다 사람들이 손으로 액막이를 그리거나 숨을 곳을 찾아 도망치지 않게끔 한다… 라니. 그런 게 가능할 리가 없으니까.

"방위성에서 사람을 구하고 있어요." 렌은 제비의 두려움을 확인하듯 이렇게 말했다. "그중에서도 특히 화가를 찾고 있다고 하더군요. 그쪽에 가서 무슨 일인지 확인해 보는 것도 나쁠 건 없잖아요?"

무례하게 굴면 안 돼. 제비는 생각했다. 어이없는 일거리기는 해도 학은 나를 도우려 한 거잖아. "배려해 주셔서 고맙습니다. 하지만 다른 곳부터 시도해 보고 싶어요." 그 정도로 절박한 것은 아니었으니까. 적어도 아직은.

렌은 어깨를 으쓱했다. "뭐, 기억 정도는 해둬요." 그는 사뿐하게 자리에서 일어나 학에게 고개를 숙였다. "나중에 또 뵙지요."

렌이 아래층으로 내려가자, 학은 제비를 향해 얼굴을 찌푸려 보였다. "말이라도 좀 끝까지 들어보지 그랬어."

제비는 깜짝 놀라서 학을 바라보았다. "아직 막다른 골목은 아닌데. 조금 더 열심히 찾아보면 될 거야."

"요즘은 이쪽 업계에서 기회를 잡기가 쉽지 않단 말이야." 학은 이렇게 말했다. 대놓고 말하지만 않았을 뿐, 라잔인이 예술계에 끼치는 영향을 암시하는 말이었다. "난 그냥 돕고 싶어서 그런 거야."

제비는 억지로 웃음을 지어 보였다. "그래, 고마워, 학."

사실 그는 이렇게 묻고 싶었다. '라잔인이나 그쪽 예술품 수집가들

과 어울려야 할 정도로 기회가 적다는 소리겠지?' 우정을 유지하고
싶다면 대놓고 입 밖에 낼 수 없는 질문이었다. 게다가 제비 본인이
예술성에 지원한 것도 별로 다를 바 없는 행동이기는 했다.

학은 몸을 일으키며 쾌활하게 말했다. "글쎄, 또 뭔가 이야기가 나
올지도 모르니까 귀를 쫑긋 세우고 있을게. 하지만 너무 오래 기다리
진 마. 빨리 마음을 추스르고 움직이기 시작하는 게 덜 힘들 테니까.
세상일이란 원래 그런 법이거든." 그 말을 남기고 그녀도 휴게실을
떠났다.

남은 열이틀은 꾸준히 흘러갔고, 제비는 지난 일주일 동안 굳게 닫
힌 온갖 문들에 조금씩 익숙해져 갔다.

언니네 집 문 앞에서 걸음을 멈추고, 안에서 들리는 소리에 귀를 기
울이며 거의 1시간을 서성이기도 했다. 처음 두 번은 문간에서 소리
만 들었다. 봉숭아와 다른 낯선 이들의 목소리가 들렸다. 세 번째로
방문했을 때는, 낯선 목소리를 애써 무시하며 마음을 다잡고 문을 두
드려 보았다. 그러나 봉숭아는 응답하지 않았다. 제비는 거의 30분
동안 문을 두드리다가, 결국 포기하고 물러가야 했다.

예전에 함께 일해본, 무명 화가의 민속화를 다루는 중개인을 찾아
가서 일거리를 청해보기도 했다. 제비는 무명으로 작업해야 하는 이
쪽 일거리를 지독하게 싫어했다. 이런 부류의 작업물에 자기 이름을
붙이는 것도 싫기는 마찬가지였지만. 중개인의 화랑은 여전히 허름한

꼴이었다. 흐릿한 조명에, 평소처럼 도식적인 그림만 사방에 가득했다. 호랑이 그림만 아홉 점이 눈에 띄었다. 전부 요즘 시장의 요구에 맞춘 거칠고 진한 필치의 그림이었다. 그중 여섯 점은 아예 누구의 것인지 구별이 불가능할 정도였다. 전부 다른 화가들의 작품일 텐데도.

중개인은 제비의 시선이 향하는 곳을 알아차렸다. "호랑이는 이제 됐어. 요즘은 호랑이 그림이 선동적이라는 소문이 돌더라고." 신음하는 목소리였다.

제비는 어이없는 웃음을 속으로 삼켰다. 호랑이가 선동적이라고? 호랑이는 화국 미술에 수백 년 동안, 아니 어쩌면 더 오래전부터 존재해 왔다. 산지기이자 변덕스러운 신령이면서, 동시에 옛이야기 속에서는 조부모를 잡아먹고 손자에게 속아 넘어가는 우스꽝스러운 존재로 그려지곤 했다. 제비는 할아버지 할머니들이 손자들처럼 속일 생각도 못 하고 얌전히 호랑이에게 잡아먹히는 이유를 이해할 수가 없었다.

반면 호랑이 신령은 전사의 수호신이기도 했다. 라잔 총독부는 독립군이 호랑이 신령에게 영감을 얻는 사태를 두려워하는 걸지도 모른다. 호랑이 신령이 아군으로서 신뢰하기 힘든 존재이기는 하지만.

"세상 돌아가는 꼴을 따라잡기가 힘드네요." 제비는 좌절을 삼키며 말했다. 도식화된 호랑이 그림은 질릴 정도로 그렸지만, 덕분에 눈을 감고도 그릴 수 있다는 장점도 있었다. 솔직히 말하자면, 호랑이 그림의 쓸모가 다했다는 사실에 좌절하는 자신이 한심하게 여겨지기도 했다. 처음 배울 때부터 조금도 즐겁지 않았던 단순한 기교일 뿐이었는데.

"뭐, 가져온 그림이라도 있어?" 중개인은 여전히 투덜거리는 기색으로 물었다.

중개인은 조건을 말했다. 분배율이 더 낮아져 있었다.

그게 무슨… 제비는 이를 악물고 숨을 들이쉬었다. 여기서 분통을 터트려 봤자 좋은 일은 없을 것이다.

그러나 중개인은 그의 표정을 읽어냈다. "자네한테 악감정이 있는 게 아니야. 이 동네 자동인형 통역병이 뇌물을 더 요구하고 있다고. 이런 사업이 어떤 식으로 돌아가는지 알잖아."

"알았어요." 제비는 한숨을 쉬었다. 굳이 여기까지 올 필요도 없는 일이었는데. 민속화는 잘해봤자 불확실한 일거리 정도밖에 될 수 없었다. "고맙습니다."

제비는 화랑을 나섰다. 중개인은 고개조차 들지 않았다.

다른 이런저런 장소에서도 별 소득은 없었다. 제대로 된 일거리가 이렇게 부족했다니. 게다가 그 일거리를 놓고 이렇게 많은 예술가가 경쟁하고 있었다니. 어떻게 지금까지 이걸 모르고 살았던 걸까? 두말할 것도 없이, 전부 봉숭아의 지원 덕분이었다. 봉숭아의 품에서 보호받으며 살아온 덕분에 푼돈을 긁어모으려고 헤맬 필요가 없었으니까.

제비는 초상화 유파 몇 군데에도 문의해 보았지만, 초상화는 화국이 점령된 후로 계속 인기가 시들해져 왔다. 라잔인들이 도입한 유행에 적응한 일부 초상화가는 몸값이 치솟기는 했다. 물론 놀랄 만한 일은 아니었지만, 제비가 따로 들은 완곡한 소문에 의하면, 그런 자리에 오르려면 온갖 뇌물과 연줄을 동원해야 하는 모양이었다. 유파 한 군데에서는 제비에게 자기네 쪽에 가입하라고 권유하기도 했다. 제비도 회비를 낼 돈만 있었다면 진지하게 고려해 봤을 것이다. 유파의 일원이 되면 수수료를 떼 가기는 해도 고객과 접촉이 가능해지니까. 그러나 1년 치 회비를 선불로 치를 엄두는 도저히 나지 않았다.

제비는 공동주택의 월세도 확인해 보았다. 학도 언젠가는 나가라고 눈치를 주기 시작할 테니까. 제비는 낯선 사람과 함께 생활하는 일을 끔찍이도 싫어했지만, 어차피 쫓겨나기 전에 썼던 언니네 집만큼 호사스러운 방은 구할 수 없을 것이었다. 어쩌면 여관방을 잡고 매주 방값을 내면서, 얼른 집으로 돌아갈 수 있기만을 바라는 편이 나을지도 모른다.

이런 온갖 일들은 당장 눈앞에 닥친 구직 활동에는 조금도 도움이 되지 못했다. 제비는 판화공이나 간판장이 쪽으로 미리 연줄을 만들어 놓지 않은 것을 후회했다. 자기네 나름대로 패거리가 있는 분야라서, 연줄이 없으면 그쪽으로는 파고들기가 쉽지 않다. 연줄을 만들려면 뇌물이나 술이나 선물이 필요하다. 결국에는 전부 같은 문제로 돌아오는 셈이었다.

그래, 고고한 척 고전 미술이나 공부하니까 결국 이런 꼴이 되는 거라고. 제비는 포장마차에서 매콤한 어묵을 놓고 흥정하면서 생각했다. 총독부 부서 중에는 판화공에게 벽보 외주를 주는 곳들도 있다. 물론 제비는 그림을 그리고 싶었다. 그러나 일거리는 제비 쪽이 아니라 판화공 쪽으로 떨어진다. 뭐, 어차피 전공을 바꾸기에는 너무 늦었으니까.

포장마차 주인은 어묵을 눈곱만큼 퍼주었다. 제비는 따지기 시작하려다 생각을 고쳐먹었다. 온종일 구직 활동을 하느라 기운이 빠져서 말다툼할 기력도 없었다. 게다가 지난 며칠간 학에게 잘 얻어먹기도 했다.

그날 저녁에도, 다음 날과 다음다음 날 저녁에도, 제비는 방위성 건물 앞까지 걸어갔다가 머뭇거리며 돌아오기를 반복했다. 아직 그 정도로 절박한 것은 아니라고 생각하면서. 그러나 그가 지원한 다른 일거리는 하나같이 제대로 풀리지 않았고, 학과 짤막하게 얼굴을 마주하는 일도 갈수록 힘겨워지기만 했다.

아직 그 정도로 절박하지는 않다고 되뇌이고는 있었지만… 사채꾼이 자신을 잡으러 오기까지는 이제 닷새밖에 남지 않았다.

시험 결과가 나붙은 지 8일째 되던 날, 자욱한 안개에 휩싸인 잿빛 아침이 도시를 방문했다. 심지어 낙엽과 쓰레기가 썩어가는 냄새조차 먹먹하게 느껴졌다. 평소 제비의 불운을 생각하면, 오늘은 비가 내릴 것이 분명했다.

제비의 발은 자신의 의지와는 다르게 1번 구역으로 향했다. 한때 관청 구역이라 불리던 곳이었다. 그는 라잔인들이 다양한 관청 건물로 재사용하고 있는 옛 궁궐 앞을 걸어가다가, 마침내 방위성 건물 앞에서 발을 멈췄다.

안 될 건 뭐야? 그냥 한번 둘러본다고 문제 될 건 없잖아? 제비는 미심쩍은 얼굴로 건물을 올려다보며 생각했다. 방위성은 궁궐의 서쪽 구역을 차지한다. 과거에는 가을과 연관 있는 신수인 서방백호의 깃발이 걸려 있던 곳이었다. 그러나 이제는 단순히 라잔어로 '방위성'라고 적힌 나무 현판이 걸려 있을 뿐이었다.

제비의 어린 시절 기억 속에는 옛 궁궐과 정원의 모습이 흐릿하게 남아 있었다. 이곳을 차지한 라잔인들은 조금도 망설이지 않고 신식 조경 작업에 착수했다. 음식 부스러기를 조르는 비둘기나 까마귀나 까치들은 인간들의 사정에는 조금도 신경 쓰지 않았고, 라잔인 관료 중에는 직접 새에게 먹이를 주는 이들도 있었다. 라잔을 상징하는 벚나무가 곳곳에 심어진 모습을 보면서, 제비는 이제는 익숙해진 양가감정에 휩싸였다. 이미 잎은 거의 떨어졌다. 그러나 봄이 오면 다시 화려하고 아름다운 이국의 꽃이 가득 피어날 것이다.

당연한 일이지만, 옛 궁궐 주변의 거리에는 자동인형 순찰병도 더 많았다. 자동인형 한 무리가 옆을 지나갔고, 제비는 너무 대놓고 그쪽을 바라보지 않으려고 노력했다. 자동인형이 쓴 가면에는 처음 보는 색의 문양이 그려져 있었다. 기묘하게 일렁이는… 주황색? 녹색? 색을 명확히 짚을 수 없다는 사실이 껄끄럽게 느껴졌다. 새로운 안료일까? 그렇게 생각하니 호기심이 끓어올랐다.

자동인형 통역병은 제비 쪽에는 관심을 보이지 않았다. 아니, 정확히 말하자면 거리의 다른 사람들 이상으로 관심을 보이지는 않았다. 그래도 제비는 소중한 성명 증명서가 들어 있는 가방을 꾹 움켜쥐었다. 물론 라잔인이 작심하고 시비를 걸어온다면야 막을 수 없을 것이다. 성명 증명서는 그저 그런 상황에 처할 가능성을 어느 정도 막아줄 뿐이다.

다른 관청들과 마찬가지로, 방위성 앞에도 게시판이 있었다. 라잔인이 체계적이라는 사실만은 분명했다. 예술가에 대한 온갖 고정 관념이 무색하게도, 제비는 체계적인 구조를 좋아했다. 뭐든 적재적소에 붙어 있으리라 확신할 수 있으니까.

오후 늦은 시각이라 게시판 앞에도 사람이 별로 없었다. 흰색과 회색 복장의 공무원 하나가 오래된 공고문을 떼어내는 모습이 보였다. 제비는 그 내용을 슬쩍 훔쳐봤다. 수수께끼의 숫자와 이름이 가득한 종이, 구내식당 안내문, 새들에게 먹이를 주지 말라는 경고문. 바로 옆에서 목발을 짚은 여성과 그녀를 닮은 아이가 새들에게 먹이를 주는 모습에는 아무도 신경 쓰지 않고 있었지만.

"남은 공고문을 떼어내기 전에 조금만 읽어봐도 될까요?" 제비는 적당히 존대하는 라잔어로 공무원에게 물었다.

공무원은 어깨를 으쓱했다. "편할 대로 하시죠. 하루 더 붙어 있다고 신경 쓸 사람이 있는 것도 아니니." 그렇게 말하고 그녀는 걸음을 옮겨 사라졌다.

이내 제비는 근속 미술가를 구하는 공고문을 발견했다. 그냥 예술성에서 빌려 와도 되는 거 아니야? 제비는 이렇게 생각했다.

그리고 바로 옆에서 부드러운 목소리가 대답한 순간에야, 제비는 그 의문을 소리 내어 말해버렸음을 깨달았다. "흥미가 있나?"

제비는 휙 몸을 돌리다가 실수로 혀를 깨물었다. "제가 화가거든요." 속마음이 그대로 튀어나온 모양이었다. 그동안 아무 수확 없이 발품을 파는 데 너무 지쳤기 때문일까.

말을 건 사람은 남자였고, 게시판을 치우던 여자와 똑같은 흰색과 회색의 제복을 입고 있었다. 호리호리한 몸매에 머리가 조금 벗어진 듯했다. 그리고 제비가 지금껏 본 중에서 가장 괴상하게 생긴 나무 지팡이를 짚고 있었다. 마치 소총 개머리판 아래 총신이 있어야 할 자리에 다듬은 나무 지팡이를 붙인 것 같은 모양새였다. "예술성 쪽에서 본 적은 없는 친구 같은데."

"아, 아니에요." 제비는 얼굴이 달아오르는 것을 느끼며 대답했다. "저는 개인 사업자거든요." '무직'을 그럴싸하게 포장하는 표현이었다.

남자는 눈썹을 슬쩍 들어 보였다. "흠, 방해하지 않을 테니 마음껏 읽게나." 그는 미소를 지었다.

영 어색한 상황이었지만, 제비는 예의를 지키며 여기서 빠져나갈 방법을 떠올릴 수가 없었다. 게다가 여기까지 와서 쫓겨나는 것도 너무 한심한 일이었다. 일단 발을 들인 이상, 적어도 공고문을 제대로 살펴보기는 해야 할 것이다.

제비는 내용을 마저 읽었다. 초봉 항목에 도달했을 때, 그는 입이 떡 벌어지고 말았다. 얼마라고? 뭔가 조건이 있겠지? 수상쩍은 조항을 숨겨놨을 거야.

"별도의 조건이 있는지 궁금한 모양이군." 남자가 말했다.

"마음을 아주 잘 읽으시네요." 제비는 대답했다. 짜증 난다기보다는 어리벙벙한 느낌이었다.

남자는 가볍게 웃었다. "자네가 표정을 전혀 숨기지 않으니 말일세."

"음, 좋아요." 제비는 말했다. "여기서 일하는 분이라면 말인데, 아니 아니라도 좋으니까, 수상쩍은 조건이 있는지 알려주실 수 있나요?"

답변이 돌아올 거라 기대하지는 않았는데, 놀랍게도 남자는 입을 열었다. "미술 작업부 부장이 수수께끼의 죽음을 맞이한 덕분에 다들 초조한 것뿐일세."

제비는 깜짝 놀랐다. "저는 못 들어본 얘긴데요." 그는 열심히 머릿속을 헤집었다. 물론 대부분의 정부 관청이 그렇듯이, 방위성도 재능 있는 예술가를 쓰고 있으리라 짐작은 하고 있었다. 그러나 작업부 부장을 대신하는 자리를 공개 모집한다고?

안타깝게도 차가운 빗방울이 떨어지기 시작했다. 게시판 위에는 따로 지붕이 있기는 했지만, 덩달아 바람도 거칠게 불기 시작했다. 공고 문들이 사로잡힌 새들처럼 펄럭이기 시작했다. 이대로 가면 집까지 도착하기도 전에 홀딱 젖어버릴 것이다. 그래, '집'까지.

"그런 조그만 우산으로는 도움이 안 되겠는데." 남자는 고개를 젖히고 날카로운 눈으로 하늘을 바라보다가 말했다. "이건 어떤가. 내 근무처도 이곳이니, 따라오면 그 일자리에 대해서 자세히 알려주겠네."

나한테 해를 끼치지는 않을 거야. 제비는 쿵쿵거리는 심장을 향해 속삭였다. 그래도 망설여지기는 매한가지였다.

남자는 말을 이었다. "적어도 소나기가 그칠 때까지 기다렸다가 어디든 원래 목적지로 향하는 편이 낫지 않겠나. 경험해 봐서 아는데, 이 게시판 지붕은 별로 도움이 안 되거든."

"감사합니다." 제비는 승복하듯 말했다.

남자는 제비를 이끌고 방위성의 본관 건물로 들어섰다. 보일락 말락 다리를 절고는 있어도 걸음걸이는 단호했다. 제비는 그 또한 밖에서 비를 맞고 싶지는 않았으리라 짐작했다.

인간 경비병 두 명과 푸른색으로 칠한 가면을 쓴 자동인형 두 대가 출입구에 서 있었다. 남자와 제비는 아무런 제지 없이 그들 앞을 통과했다. 경비병들은 묵례만을 보냈고, 자동인형은 인간적인 느낌은 조금도 없이 미동도 하지 않고 그들을 보내주었다. 제비는 다시 한번 자동인형에게 이 세상이 어떻게 보일지를 생각했다. 어쩌면 방위성에서 일하다 보면 알게 될지도 모른다.

문득 제비는 스스로 다그쳤다. 예술성에서도 차인 주제에, 방위성에서 너를 받아들일 이유가 있겠어? 게다가 방위성에서 일한다니, 진짜로 부역자가 되고 싶은 거야? 봉숭아와 의견이 갈리기는 했지만, 제비도 그쪽으로는 거부감이 있었다. 군을 위해 일하는 것은 기념 초상화나 풍경화를 그리는 것과는 엄연히 다른 부류의 일이었다.

본관 안으로 들어오니, 공무원과 하인들이 바쁘게 복도를 오가고 있었다. 건물 내부는 불안할 정도로 평범해 보였다. 천장의 들보는 다섯 가지 기본색으로 칠해져 있었다. 적색, 황색, 청색, 흑색, 백색. 벽에는 초상화가 걸려 있었다. 초상화의 주인공들은 하나같이 옛 라잔식 찰갑을 입고 있었다. 화국의 옛 학자나 귀족들처럼 도포 차림이 아니었다. 화가의 서명도 전부 라잔어였다. 제비는 화국의 마지막 왕조인 진달래 왕조 때 이 복도가 어떤 모습이었을지를 떠올려 보려 했다. 그러나 머릿속에서 덧칠하려고 아무리 애써도, 눈앞에 펼쳐진 라잔의 존재감이 그런 시도를 그대로 억눌러 버렸다.

남자와 함께 2층으로 올라가는 계단에 발을 들이면서, 제비는 남자에게 1층 사무실을 달라고 하지 그랬냐고 물을 뻔하다 간신히 입을 다물었다. 남자 본인이 다리를 절면서도 전혀 불편한 기색 없이 계단을 오르고 있기 때문이기도 했다.

둘은 이내 명패도 안 붙은 평범한 문 앞에 도착했다. 복도 양 끝에 있는 자동인형들은 그들에게 조금도 반응하지 않았다. 남자는 문을 밀어 열고는 제비보다 앞서 집무실 안으로 들어갔다.

"방이 서양풍인 건 용서하게." 남자의 목소리에는 제비가 이해할 수 없는 묘한 아이러니가 섞여 있었다. "자네도 짐작하겠지만, 내가 골반이 안 좋아서 이쪽이 낫거든."

그는 로코코풍의 화려한 장식에 군데군데 흠집이 있는 책상 뒤편으로 걸어가서, 마찬가지로 화려한 의자에 자리를 잡고 앉았다. 제비는 초조한 기색으로 맞은편 의자에 앉았다. 무시무시한 깨달음이 그의 머릿속을 뒤덮기 시작했다.

"각하께서 평범한 관료가 아니실 줄은 생각하지 못했습니다." 제비는 천천히 입을 열었다. 이제 그는 극존칭과 최상위의 인칭 대명사를 사용하고 있었다.

"자네를 속일 생각은 아니었다네." 남자가 말했다. "사실 이미 알고 있을 줄 알았는데, 자네를 지켜보니 모르고 있다는 게 명백해지더군. 그래, 자네 짐작이 맞네. 지라이 하판덴일세. 방위성 장관 대리지."

제비는 밀려오는 충동을 이겨내려 안간힘을 썼다. 당장이라도 눈을 감고 지난주에 산 매듭 부적을 더듬고 싶었다. "각하 정도의 지위에 계신 분께서 하찮은 행인을 붙들고 말을 거시리라고는 상상도 못 했습니다."

"하찮음의 여부 따위는 견해 차이일 뿐이지." 하판덴이 대꾸했다. "자네는 우리 부서 주변을 한동안 맴돌았잖나. 경비병들이 눈치챘다네. 따라서 자연스럽게 나도 흥미를 품게 되었고. 이제는 그런 게 내 직무니 말일세."

제비는 호기심을 주체하지 못했다. "그럼 예전에는 뭘 하셨는데요?"

"한때는 저격수였지." 그가 말했다. 기묘한 소총 형태의 지팡이도 그것으로 설명이 되는 듯했다. "아주 먼 옛날 일이었다네. 어쨌든…" 그리고 조금 사과하는 투의 목소리로, 하판덴은 자신의 부하들이 방위성에 접근하는 제비의 모습을 본 정확한 일시를 열거하기 시작했다.

제비의 뱃속에 싸늘한 응어리가 맺혔다. 그게 전부일 리가 없었으니까. 장관 대리씩이나 되는 사람이 제비를 위협으로 여겼다면, 그냥 즉각 체포해서 눅눅한 감방에 던져 넣으면 끝나는 일이었다. 그러면 봉숭아는 두 번 다시 그의 소식을 듣지 못하게 될 것이었다. 그런 일이 벌어지지 않았다는 말은 곧 그가 제비에게서 원하는 것이 있다는 소리였다. 제비는 살해당했다는 그 예술가가 이 일과 연관이 있으리라 짐작했다.

"그래." 제비가 어떤 표정을 지었는지는 몰라도, 하판덴은 그의 얼굴에 반응하듯 말했다. "공고문에 적어놓았듯이, 지금은 예술가가 필요한 상황이라네. 우연인지 모르겠지만 자네 정도면 내 목적에 적합할 것 같더군. 예술성에서는 자네의 쓸모를 찾지 못한 모양이지만 말이야."

제비는 얼굴을 찡그렸다가 곧 자신의 행동을 후회했다. 하지만 생각해 보면, 자신은 이미 벼랑 끝까지 몰릴 대로 몰려 있는 상태였다. "어떤 쓸모 말씀이신가요?" 그는 경계하며 물었다. 혹시라도 그가 원하는 자리를 얻지 못하도록 하판덴이 사주한 건 아닐까? 이 일자리를 받아들일 수밖에 없는 상황으로 몰아넣으려고? 보수가 이렇게 좋은데 사람들이 줄 서서 응모하지 않는 이유가 무엇일까? 뭔가 수상쩍은 냄새가 났다.

이어지는 하판덴의 설명은 세심하게 조율한 느낌이 들었다. "우리 쪽에서는 예술가를 고용하기가 쉽지 않다네. 사람들은 보통 자동인형과 연관되는 일을 꺼리는데, 우리 쪽에서는 바로 그 자동인형 때문에 예술가가 필요하니 말일세. 게다가 그쪽 연구에 매진하던 전임자 이세미가 비명횡사한 상황이니, 사람을 뽑기가 더 힘들어지지 않겠나. 현재 고용 중인 예술가들도… 전부 참여 중인 작업이 있고. 대놓고 말하자면, 우리에게는 새로운 피가 필요하다네."

엮여서는 안 되는 일자리라는 생각밖에 들지 않았다. 제비는 입을 열었다. "저를 생각해 주셔서 정말 감사합니다. 하지만…"

하판덴은 말을 이었다. "자네가 주거지와 수입원을 찾고 있다는 사실은 알고 있네. 그리고 특정 대금업자에게 상당한 빚을 졌다는 것도. 고용 계약에 그 빚의 변제도 포함되도록 주선해 줄 수 있네."

가벼운 관심이 아닌 것이 분명했다. 미행을 붙이거나 첩자를 풀었을 것이다. 제비는 학의 친구인 렌이라는 사람을 만났던 일을 떠올렸다. 렌이 제비의 정보를 하판덴에게 넘긴 것일까?

"이제 가봐야겠어요." 제비는 한층 다급한 목소리로 말했다. 지붕에 떨어지는 빗방울 소리를 들으면 폭우가 쏟아지고 있는 것이 분명한데도. 그러나 지금 이 막다른 골목만은 어떻게든 벗어나고 싶었다. 조금 젖는 정도로 죽지는 않을 것이다.

"우선 이야기를 끝까지 듣는 게 어떻겠나." 하판덴의 어조는 여전히 정중했지만, 목소리에는 슬쩍 날카로운 기색이 섞여 들었다. 제비는 그와 자신의 어마어마한 지위 차이를 되새겼다. "자네가 시험에서 제출한 그림을 살펴봤지. 게다가 자네한테는 성명 인증서까지 있으니… 이런저런 절차를 금세 처리할 수 있지 않겠나. 자네는 내 목적에 부합하는 사람일세."

제비는 온몸을 떨면서 서 있었다.

"부디 앉아주게." 하판덴은 이렇게 말하고는 책상 윗면을 툭툭 두드렸다. "자네 언니가 기엔 봉숭아라지. 알고 있겠지만 자네 언니는 반란군과 연줄이 있네."

제비는 순간 찬물을 뒤집어쓴 기분이었다. 언니가 정말로…? 아니, 사실 여부는 중요치 않았다. 라잔인 관료, 그것도 고위 관료가 언니를 고발한다면 봉숭아는 그대로 끝장이었다. 화국인들 사이에서도 독립군의 정보를 팔아넘길 정보원은 수도 없이 많았다.

게다가 봉숭아를 아는 사람이라면 누구든 설득력 있는 추궁이라고 생각할 것이다. 젠장, 제비 본인도 그렇게 생각했다. 그가 집에 틀어박혀 몇 시간이고 그림만 그리는 동안, 봉숭아는 일하러 나가거나 이름 모를 방문객을 맞아들이곤 했으니까. 제비는 한 번도 봉숭아에게 설명해 달라고 부탁한 적이 없었다. 당연한 일이었다. 봉숭아는 손윗사람이며 집안의 가장이니까. 따라서 그녀가 어떤 일에 연루되었는지 제비로서는 알 도리가 없었다. 독립군이나 과격파와 연줄이 있어도 자신이 알 리가 없었다.

제비는 여전히 공손한 말투로 말했다. "부디 정확히 어떤 제안을 하시는 것인지 알려주실 수 있을까요? 지금 상황에 대해서 솔직하게 터놓고 대화하고 싶어요."

"자네가 이성적으로 나와서 정말 다행이라 생각하네, 트세난." 하판덴은 당연하다는 듯이 그가 등록한 라잔어 이름을 사용했다.

제비는 이 상황에 대해서도, 그 빌어먹을 성명 인증서에 대해서도 조금도 이성적인 기분이 아니었다. 그러나 여기서 말을 끊지 않을 정도의 분별력은 있었다.

"선지급 상여금과 어디에도 뒤지지 않는 월급을 제공하지. 대금업자 문제 처리와는 별개로 말일세." 하판덴이 숫자를 부르자 제비의 눈이 휘둥그레 커졌다. "작업 현장에서 숙식을 해결해야 할 것이며, 이동에도 약간의 제약이 따를 걸세. 그래도 틈틈이 경호 병력을 대동하고 외출을 할 수는 있겠지. 죄수 취급을 하는 건 아닐세. 자네가 참여하는 계획이 기밀을 요구할 뿐이지. 그 대가로 자네 언니를 체포하지 않겠네. 언니가 자네가 바르게 행동하도록 보증인이 되어주는 셈 치게나."

잠깐이지만 제비는 그대로 몸을 돌려 걸어 나가는 상상을 했다. 사실 봉숭아와의 문제가 완전히 해결된 것도 아니었으니까. 괴물처럼 옹졸한 마음 한구석에서 봉숭아에게 자신을 쫓아낸 대가를 치르게 하라는 속삭임이 들려왔다.

그러나 어차피 선택의 여지는 없었다.

제비가 생각을 입 밖에 내지 않았는데도, 하판덴은 고개를 끄덕였다. "그럼 결정된 거로군."

제비는 패배를 받아들이고 비참하게 자리에 주저앉았다.

04

한동안 서류 더미가 끝없이 이어졌고, 제비는 읽을 생각도 없이 전부 서명을 마쳤다. 그리고 하판덴을 따라 집무실을 나섰다. 아직도 어안이 벙벙한 제비의 얼굴을 보며 그는 말했다. "오전 일정은 비워놓았거든. 내 몸소 자네가 이곳에 익숙해지도록 돕겠네." 딱히 자부심이 끓어오르지는 않았다.

제비는 용기를 끌어모아 학의 처소에 놓고 온 자신의 화구 이야기를 꺼냈다. "허락해 주시면 화구를 직접 가서 가져오고 싶은데요…"

하판덴이 대답했다. "자네 친구 집에서 회수해 오라고 사람을 보내 놨네. 새 작업장에 도착하면 자네를 기다리고 있을 걸세."

예전이라면 자신의 화실을 가지게 된다는 생각만으로도 흥분했을 것이다. 그러나 지금 이 상황에서는 힘겹게 수긍하는 것이 고작이었다. "사람이 죽어나갈 정도면 위험한 일인 모양이네요." 제비는 문득 말했다. 어차피 이 일에 얽매이게 될 운명이라면, 적어도 최대한 정보를 모아야 했다.

전임자인 이세미라는 사람의 사망에 대한 뒤틀린 호기심이 생겨난 것도 사실이었다. 일반적으로 사람들은 예술가를 위험한 직업으로 간주하지 않지만, 그래도 목숨을 잃는 사람들은 나온다. 안료의 독성에 중독되거나 가루를 너무 들이마시는 경우가 대표적이었다. 게다가 지금은 자동인형까지 개입된 상황이었다.

"위험을 피할 수 있도록 이미 충분히 조치를 끝냈네." 하판덴은 이렇게 말했다. 별로 안심이 안 되는 소리였다. "그쪽 조치 문제는 베이가 설명해 줄 걸세."

"베이라는 분은 누구신가요?" 제비는 적절한 존칭을 골라서 조심스레 물었다.

"드주게 베이. 우리 부서의 수석 결투관이네. 그녀가 자네의 감독역을 맡을 걸세."

제비는 그 말에 혼란에 빠졌다. 결투가 예술과 무슨 관련이 있단 말인가? 그러나 생각해 보면, 애초에 제비는 라잔 관료제의 복잡한 구조에 대해 별로 아는 게 없었다. 그래도 모든 정부 부처에는 그 명예를 수호하는 수석 결투관이 배정되어 있다는 것 정도는 알고 있었다. 화국인은 가능하면 결투 같은 야만적인 풍습은 피하려 애쓴다. 물론 성난 라잔인 결투가가 화국인 따위에게 선택권을 줄 리가 없었지만.

"이미 아실 것이 분명하지만…" 제비는 이렇게 운을 띄웠다. 실수로라도 하판덴을 얕보는 것처럼 보이면 곤란하니까. "저는 화가입니다. 조각가나 금속 세공인이 아니에요. 금속 공예에 관해서는 아는 게 없어요."

"자네에게 맡길 일은 그쪽이 아닐세." 하판덴이 말했다. 지팡이가 바닥을 두드리는 소리가 그의 대답과 함께 불길한 대조를 이루었다. 그러나 솔직히 말하자면 제비에게는 지금 이 상황 자체가 충분히 불길하게 느껴졌기 때문에, 그깟 지팡이 소리는 넘길 수 있었다. "자네는 가면 쪽 업무를 맡아주면 되네."

전 가면 제작자도 아닌데요. 제비는 이렇게 되받아칠 뻔했다. 그러나 순간 자동인형의 모습과 그들이 뒤집어쓰고 있는 기괴한 색색의 가면 모습이 머릿속에 떠올랐다. "가면에 그린 문양이 중요한 거였군요. 그렇죠? 그 가면으로 생명을 불어넣는 건가요?"

"그건 딱히 기밀도 아닐세." 하판덴이 냉담하게 대꾸했다. "어렵잖게 알아차릴 수 있는 일이기도 하고."

"그러면…?"

"시범을 보여주라고 손에게 일러두겠네."

그러시든가. 제비는 속으로 투덜댔다.

두 사람은 1층으로 내려온 다음, 건물을 가로질러 다른 계단 앞에 도착했다. 인간과 자동인형 경비병 무리가 그 앞을 지키고 있었다. 이번 계단은 아래로 향하고 있었다.

제비는 이 시점에서 눈을 깜빡였다. "이쪽 구역은 얼마나 오래된 건가요?" 그는 물었다. 다시 몸이 떨리기 시작했다. 물론 궁궐에 발을 디딘 것 자체가 처음이었지만, 이곳에 지하 공간이 있다는 이야기는 금시초문이었다. 그리고 공기가… 층계를 따라 훅 밀려오는 공기에서 금속과 화염의 냄새가 풍겼다. 불길했다.

"자네 생각이 맞네." 하판덴은 계단의 첫 단을 디딘 채로 말했다.

"이 아래는 신축한 공간이지. 특정한 실험 때문에 여유 공간이 더 필요했다네. 위로 공간을 늘릴 수는 없고, 나머지 건물은 이미 다른 부처들이 선점했으니, 내려갈 수밖에 없었지."

제비는 자신에게 공포증 같은 것이 있다고는 생각해 본 적도 없었다. 그러나 지금은, 너무도 선명하게, 불쾌한 감각이 자신을 조여 오고 있었다. 땅속에 파묻혀 보존된 고대 짐승의 뼈를 파내어 사고파는 사람들을 본 적은 있었다. 그러나 옛 궁궐의 지하에 그렇게 많은 수가, 통로 벽에 박힌 채로 존재하리라고는 상상도 하지 못했다. 제비는 이 생물들이 생전에 어떤 모습이었을지를 상상하려 애썼지만, 쉬운 일이 아니었다.

뒤에 홀로 남고 싶지 않았던 제비는 서둘러 하판덴을 따라갔다. 적어도 층계참에는 조명이 환했다. 전기 조명을 사용하고 있으니 비용이 상당히 나갈 것이다. 제비는 전기가 어떤 식으로 작동하는지 알지 못했으나, 인공조명이 공짜가 아니라는 정도는 아주 잘 알고 있었다.

햇볕의 따스함이 없는 전기 불빛은 왠지 오싹한 기분이 든다. 게다가 열기도 별로 느껴지지 않는다. 바깥 정도는 아니지만, 이곳의 공기 또한 소름 끼칠 정도로 싸늘했다. 그리고 밖에 비가 내리는 중인데도 건조하기만 했다. 동굴 속이 아마 이런 느낌이겠지. 물론 제비가 아는 동굴이라고는 옛날이야기 속에 등장하는 산적 소굴이나 호랑이 신선의 은신처 정도가 고작이기는 했다.

"승강기도 있다네." 하판덴의 말투는, 마치 자신보다 제비가 계단을 힘들어하리라 생각하는 것처럼 들렸다. "하지만 주로 화물 운송에 사용하지. 보안 검사 때문에 귀찮기도 하고. 그리고 베이와 '아라지'

를 만나기 전에 먼저 몇 가지 말해둘 것이 있다네."

아라지라. 제비는 속으로 그 단어를 화말로 바꿨다. 폭풍. 화국인 관점에서는 상서롭지 못한 이름이었다. 그러나 라잔인들은 화국인들과 다른 의미를 부여할 수도 있을 것이다.

"정복자를 돕는 일에 거부감이 들 수도 있겠지." 하판덴이 말했다. "다만 자네의 업무가 한층 높은 차원의 애국이 되리라는 사실은 내 장담하지."

친구들 사이에서도 꺼내기 곤란한 주제라는 점은 차치하더라도, 제비는 터져 나오는 헛웃음을 억누르려 애써야 했다. 애국? 아마 라잔을 위한 애국이겠지. 이런 일이 어떻게 화국에 도움이 된단 말이야? 게다가 이제부터는 거리를 순찰할 자동인형을 만드는 일에 협조하게 될 텐데.

"자네 표정은 안 보이네만." 앞장서 걸음을 옮기던 하판덴은 슬쩍 한숨을 뱉으며 말을 이었다. "분명 내 말을 믿지 못하리라 생각하네. 그럼 이렇게 말해보겠네. 무질서는 화국이든 라잔이든 어느 쪽에도 도움이 안 된다네."

제비는 순간 무의식적으로 헉 소리를 냈고, 하판덴은 걸음을 늦추며 그를 돌아보았다. "나는 '14구역민'이라는 단어를 사용하지 않으려 한다네. 자네 민족에게는 독자적인 정체성이 있고, 정체성이란 그 존재만으로도 충분히 가치를 지니니까. 물론 자네 입장에서는 내 말을 신뢰할 수 없을 테지. 그런 자세도 틀린 것은 아닐 게야. 하지만… 이렇게 생각해 보게. 자네도 서양의 예술이며 서적이며 사상이 침투해 오는 모습을 직접 목격했을 테지."

제비는 아무 말 없이 고개를 숙였다.

"서양 세력의 침투에 맞서려면 우리는 하나로 뭉쳐야 한다네." 순간 제비는 깜짝 놀라고 말았다. 하판덴의 목소리에 서린 열기가 느껴졌기 때문이다. "수단은 좋지 못했지만, 그래도 대의를 위해서라면 그 정도는 감수해야겠지."

"저는 정치는 잘 모르는데요." 제비는 이 주제에서 벗어날 방법을 찾아 머리를 굴리며 말했다. 적어도 제비가 아는 바로는, 화국은 서양의 상인이나 외교관이나 철학 서적의 입국을 막으며 알아서 잘해나가고 있었다. 물론 외국의 기술이나 사치품이 물밀듯이 들어오는 것을 그리 오래 막아내지는 못했을 것이다. 적어도 전기나 자동차 같은 것들은 부유한 사람들 사이에서는 알음알음 퍼졌을 것이다.

"이거 실례했군." 하판덴은 고개를 숙이며 말했다. "사실 자네가 정치에 신경 쓸 필요는 없지. 자네 역할에만 충실하면 그만이야. 하지만 나는 말일세, 내 사람들이 우리 부처의 궁극적 대의를 이해하면 더 훌륭히 역할을 수행할 수 있으리라 생각한다네."

제비는 '내 사람'이라는 단어에서 느껴지는 직설적인 소유욕에 속으로 움찔했다. 그 온갖 서류에 서명하기 전에 제대로 읽어봤어야 할지도 모른다는 생각이 들었다. 물론 그랬다고 달라질 것은 없었겠지만. 제비가 이곳을 벗어날 수 있을 리도 없었고, 봉숭아가 복종의 담보로 잡혀 있는 상황도 변하지 않았을 테니까.

그들은 그렇게 몇 층을 계속 내려갔다. 제비는 계단의 숫자마저 놓쳐버렸고, 제대로 숫자도 헤아리지 못하는 자신에게 속으로 욕설을 내뱉었다. 이윽고 다시 경비병들이 등장했다. 이번에도 이 부서의 표준 구성대로, 인간 둘과 자동인형 둘이었다.

자동인형 가면의 문양을 기억해 뒀어야 하는데. 자동인형을 뒤로하고 복도를 반쯤 가로질렀을 때, 제비는 문득 생각했다. 아무리 당황했다고는 해도, 방금 본 문양을 바로 떠올리지 못한다니 곤란한 일이었다. 나중에는 이러면 안 될 텐데. 물론 조금만 있으면 자동인형 가면에 대해서는 자신이 원하는 것보다 훨씬 많이 알게 되겠지만 말이다.

이어지는 복도는 기묘한 각도로 구불구불 꺾이기를 반복했다. 제비로서는 그 안에 숨은 규칙을 조금도 이해할 수 없었고, 지나치게 열심히 파악하려 애썼는지 이내 머리가 욱신거리며 아파 오기 시작했다. 복도 양쪽에는 문이 달려 있었다. 화국이나 라잔의 목조 건물에 달린 흔한 미닫이문이 아니라, 경첩이 달리고 금속판이 붙은 문이었다. 금속판에는 이름도 글자도 없이 오직 숫자만이 적혀 있었다.

복도 끝에 있는 이중 금속문 앞에도 경비병들이 서 있었다. 제비는 인간 경비에게 말을 붙여보고 싶다는 무의미한 충동을 느꼈다. 좋아하는 소설이 무엇인지, 오늘 점심으로 무얼 먹었는지 따위를 묻고 싶었다. 이 지하 시설의 감옥 같은 분위기를 누그러뜨릴 수 있는 질문이라면 뭐든 좋았다. 그러나 제비도 하판덴이 지켜보는 앞에서 그러지 않을 정도의 분별력은 있었다.

경비병들은 하판덴이 들어갈 수 있도록 양옆으로 도열해 섰다. 덕분에 제비는 문에 새겨진 구불구불한 문양을 확인할 수 있었다. 에나멜처럼 보이는 안료가 문양 내부를 채우고 있었다. 제비는 처음에는 자주색이나 갈색이라고 생각했지만, 더 자세히 보니 방금 멍든 상처의 우중충한 색감에 더 가까워 보였다. 문양을 기억하려 할수록 두통이 더 심해질 뿐이었다.

하판덴은 왼쪽 문짝의 빈 공간에 손 전체를 가져다 대었다. 문이 소리 없이 열렸고, 하판덴은 문 안쪽으로 걸음을 옮겼다. 제비는 잠시 전전긍긍하며 머뭇거리다 서둘러 그를 따라갔다.

두 사람은 널찍한 동굴처럼 보이는 공간으로 들어섰다. 상당한 크기와 날카롭게 깎인 벽면을 보니 인공적인 공간이 분명해 보였다. 갑자기 눈앞에 널찍한 공간이 펼쳐지자, 제비는 순간 아찔한 감각에 사로잡히며 혼자 발이 걸려 비틀거렸다. 하판덴이 손을 뻗어 그를 붙들어 주고는 바로 손을 뗐다. 제비는 불쾌함이 섞인 감사의 말을 내뱉었다. 무례한 행동이 마음에 안 들기는 했지만, 그렇다고 이 자리에서 고꾸라지고 싶은 것도 아니었으니까.

지하 공간의 벽 근처에 사람이 몇 명 서 있었다. 모두가 회색과 흰색의 옷 위에 똑같은 검은색 완장을 차고 있었다. 방위성 소속이라는 뜻이었다. 제비로서는 그들이 무얼 하고 있는지 판별할 수가 없었다. 어쩌면 그냥 구경만 하는 걸지도.

이곳의 조명은 층계참과 복도에 켜져 있던 차갑고 선명한 빛과는 달랐다. 우선 명확한 광원을 찾을 수가 없었다. 마치 출렁이는 물을 통해 비치는 것처럼, 파도처럼 일렁이는 듯한 기묘한 느낌이 들었다. 제비는 어릴 적에 이와 비슷한 모습을 본 적이 있었다. 어머니가 돌아가시기 전에, 제비와 봉숭아를 근처 호수에 데려가 주셨던 적이 있었다. 수도를 떠나서도 나흘이나 걸리는 여행이었다. 제비는 산적이 등장할까 걱정하면서도, 내심 산적에게 납치당하여 모험이 펼쳐지지 않을까 기대하고 있었다. 봉숭아가 통행량이 많은 도로에는 산적이 등장하지 않는다고 안심시키며 재미를 망쳐버렸지만. 그가 생각하는 바다란 그 호수와 비슷한 곳이었다. 다만 사방으로 훨씬 널리 뻗어 있고, 훨씬 거칠 뿐이었다.

그러나 제비의 숨을 멈추게 한 것은 그 조명이 아니었다. 수수께끼의 통로를 통해 순환되는, 얼음처럼 차가운 공기의 거친 숨소리도 아니었다.

눈앞에 기계 용이 있었다.

지금껏 마주친 모든 자동인형이 인간 형태를 하고 있었기에, 제비는 자동인형이 인간 형태인 것이 당연하다고 생각해 왔다. 그러나 생각해 보면 인형 장인들이 다른 형태의 자동인형을 만들 수 있다고 해서 이상할 것은 없었다. 조각가라면 옥을 깎아서 곰 모양도, 오소리 모양도 만들 수 있는 것이 당연하지 않은가. 게다가 금속은 두들겨 형태를 바꿀 수 있는 소재기도 하니까.

불타는 갈기와 발톱을 가진 용마라면, 제비도 여러 번 그려본 경험이 있었다. 민속화에서 행운을 부르는 소재로 널리 사용되기 때문이다. 그러나 어깨높이만 해도 제비 키의 세 배에, 거대한 덩치가 동굴 공간을 가득 메우는 눈앞의 용은, 말과는 조금도 닮은 구석이 없었다. 쐐기꼴의 머리에는 색칠한 나무 가면을 쓰고, 둘둘 말린 전선이며 비쭉 튀어나온 가시 따위가 그 주변을 장식하고 있었다. 가면의 눈구멍 뒤편에서는 봉황을 닮은 붉은빛이, 마치 불길처럼, 그 불길을 향한 갈망처럼 번득였다. 구불거리는 몸의 관절은 아예 다듬을 수조차 없을 정도로 기괴하게 변질되며 자라버린 판금 갑옷처럼 보였다. 거대한 꼬리 끝에는 네 개의 흉측한 가시가 달려 있었다. 용의 동체가 원을 그리듯 꿈틀거리며 움직였다. 아니, 기하학에서 그렇게 미묘하게 뒤틀린 곡선을 원으로 인정해 준다면 그렇게 부를 수 있을 법한 모습이라고 해야 할까. 그제야 제비는 사슬의 존재를 눈치챘다. 반들반들하게 다듬은 돌바닥에 부딪히며, 구속을 노래하는, 타악기처럼 감금의 소리를 연주하는 사슬을.

평범한 울타리로 가둬놓기에는 눈앞의 용이 너무 거대했다. 그 때문인지, 아니면 다른 이유가 있는지, 이곳의 관리자들은 용을 우리에 넣지 않았다. 사실 용이 들어갈 크기의 우리를 만드는 것만으로도 보통 일이 아닐 것이다. 대신 누군가 동굴 바닥에 기분 나쁜 녹색으로 원을 그려놓았다. 제비는 용이 이 원을 넘지 못하는 것이리라 짐작했다.

"아라지." 하판덴이 입을 열었다.

용이 움직임을 멈추었다. 그리고 마치 포식자를 본뜬 석상처럼 버티고 섰다. 자세만 보면 그대로 쇠사슬을 끊고 한쪽 앞발을 내리칠 것만 같았다.

폭풍이랬지. 제비는 다시 생각했다. 이제는 확실히 용에게 어울리는 이름이라는 생각이 들었다.

용신은 호수나 구름이나 안개에 깃든다. 황관과 라잔과 화국의 옛이야기에 공통으로 등장하는 존재다. 화국에서 가장 좋아하는 용신은 해저 용궁에 사는 용의 여왕으로, 공물을 받고 뱃사람을 지켜주며, 자식들을 보내 벼농사에 필요한 비를 뿌려준다. 용이란 언제나 자비로운 존재였다.

그러나 눈앞의 아라지를 보면서, 제비는 그런 이야기가 기계 용에게 얼마나 들어맞을지 의심할 수밖에 없었다. 설마 이 용이 이세미 씨를 죽게 만든 것일까?

하판덴이 목소리를 높였다. "베이, 우리 손님을 맞이해 주겠나?"

손님 좋아하시네, 하고 제비는 생각했다. 그러나 실제로 말을 끊을 생각은 조금도 없었다.

회색과 흰색 제복 차림의 사람 하나가 동굴 반대편 벽에서 떨어져 나와 그들 쪽으로 다가왔다. 큰 키에 상대방을 놓치지 않는 포식자의 눈, 갈색 피부 한쪽에 그려 넣은 추상적인 비대칭 무늬의 문신이 인상적인 여성이었다. 밤처럼 검은 머리 타래는 허리까지 물결치며 흘러내렸다. 분명 결투에는 실용적이지 못하겠지만, 싸울 때는 틀어 올릴지도 모르는 일이었다. 제비는 그녀를 그리고 싶어 몸이 근질거렸다. 그러나 맹금류의 풍모를 지닌 이 여성의 심기를 거스를 생각은 조금도 들지 않았다.

"연락은 받았습니다." 베이의 모습이 그의 시야를 완전히 사로잡았다. 연기와 부드러운 가죽 냄새가 코끝을 간질였다.

어째서 이 사람을 알아차리지 못한 거지. 제비는 베이의 허리춤에 매달린 결투용 검을 눈치채고 이렇게 생각했다. 하판덴이 베이의 직책을 조금도 숨기지 않았는데도 말이다. 도금한 검의 날밑이 번득였고, 칼자루는 일종의 매듭 장식으로 싸매놓았다. 옻칠한 검집이 일렁이는 조명 속에서 잔혹하게 빛났다. 형부가 때 이른 죽음을 맞은 후로, 제비는 결투를 좋은 눈으로 볼 수가 없었다. 그녀에게 치명상을 입힌 무기가 바로 라잔의 휘어진 검이었기 때문이었다. 라잔인들끼리 서로 적진을 향해 마상 돌격을 하던 시대의 유물이었다. 언젠가 제비와 봉숭아 둘만 있는 자리에서, 봉숭아는 라잔이 전쟁으로 통일되어 강성해지는 대신 얌전히 공멸해 버렸으면 좋았으리라는 이야기를 한 적이 있었다. 물론 제비는 이 순간에 그런 민감한 이야기를 꺼낼 생각은 조금도 없었다. 그것도 수석 결투관이 될 만큼 솜씨 좋은 전사 앞에서는.

"드주게 베이다." 여성은 제비를 돌아보며 고개를 숙여 보였다. "그대의 이름은 무엇인가?"

"테세라오 트세난입니다." 제비는 조금 다부진 투로 말했다. 이곳에서까지 굳이 화말 이름을 사용하려 애쓸 생각은 없었다.

"새로 온 예술가라고 했지." 베이는 하판덴을 향해 고개를 끄덕였다. 제비는 두 사람의 몸짓에서 서로를 꺼린다는 느낌을 받았다. 흥미로운 일이었다. "여기부터는 제가 맡도록 하겠습니다, 장관 대리 각하."

"고맙네." 하판덴도 똑같이 쌀쌀한 투로 말했다. "혹시라도 무슨 일이 생기면 즉각 내게…"

"여기부터는 제가 맡겠습니다." 베이는 같은 말을 반복했다.

용은 흥미를 잃었는지 다시 걸음을 옮기며 동굴 안을 맴돌기 시작했다.

하판덴은 그 이상 다그치지 않고 물러났다. 땅을 울리는 지팡이 소리가 어쩐지 묘하게 들렸다. 용의 사슬이 바닥을 때리는 소리와 대구를 이루는 것 같았다.

베이는 흥미로운 표정으로 제비를 찬찬히 살폈다. 문득 그 시선을 의식한 제비는 그녀가 자신에게서 무엇을 보았을지가 궁금해졌다. 그녀의 복장은 평범한 관료보다 훨씬 세련된 맞춤복이었고, 어딘가…

독특했다. 베이를 마주 살펴보던 제비의 시선에, 행운을 부르는 매듭 부적처럼 보이는 물건이 얼핏 들어왔다. 옷깃 아래로 이어지는 노란 끈이 보였다. 제비는 순간 우울해졌다. 기념품으로 살 정도는 되지만, 드러내고 다닐 정도로 훌륭한 물건은 아니라는 소릴까? 그러나 이런 생각을 입 밖에 낼 수는 없었다.

"분명 질문이 있을 텐데." 베이가 입을 열었다. 격식 없는 말투는 아니었다. 방금 만난 사이이기도 했고. 그러나 하판덴보다는 확실히 예의를 덜 차린 말투였다. "장관 대리는 뭐든 직설적으로 털어놓는 성격이 아니니까."

제비는 여전히 불안했지만, 그래도 어디서든 대화는 시작해야 한다. 이번에는 모험해 볼 때였다. "쇠사슬에 묶인 자동인형은 처음 보는데요. 우리는 언제나… 자동인형이 안전하다고만 들어왔거든요. 혹시 여기에도 사연이 있는 걸까요?"

"훌륭하군. 자기 보호 본능은 있는 모양이니." 베이가 말했다. "이곳의 사람이 모두 원 밖에 서 있다는 사실은 이미 파악했겠지."

"네, 그건 알고 있었어요."

베이는 갑작스레 그를 향해 웃음을 지어 보였다. "그리고 그대는 저 안으로 들어갈 수 있는 소수의 사람 중 하나로 자원한 거다. 용의 공격이 닿을 수 있는 곳에 말이지. 그대의 임무 중 하나가 바로 그것이다."

끝내주네. "왜 쇠사슬로 묶어놨는지는 설명해 주지 않으셨는데요."

"그래, 그 이야기라면." 베이가 말했다. 그녀는 걸음을 옮기고 있는 용 쪽을 흘끗 돌아보았다. "빨간나무에서 벌어진 사건에 대해서는 들은 바가 있나?"

베이의 발음은 완벽했다. 순결 구역에서 흔한 억양이 조금 섞여 있을 뿐이었다. 제비는 베이가 여가 시간에 뭘 하든 신경 쓸 바가 아니라고 자신을 다독였다. 적어도 그녀가 화말로 뭔가 말할 때마다 그 뜻을 짐작하려 애쓸 필요는 없을 테니, 그 점만은 다행이었다.

하지만 빨간나무라니… 제비는 머릿속을 뒤졌다. 분명 최근에 들은 지명인데, 그게 어디였더라? "어디서 들은 것 같기는 한데요." 그는 머뭇거리며 대답했다. "그런데 어딘지는 모르겠어요." 빨간나무라, 붉은색 나무. 마을인가? 사당인가?

"소문을 들었을 수도 있겠지." 베이는 씁쓸한 기색이 섞인 어투로 말했다. "학살극의 소문을 잠재우려고 온 힘을 다했더군. 안 먹힐 거라고 장관 대리에게 경고했는데도 말이야."

제비는 무의식적으로 한 발짝 물러섰다. "학살이요?" 믿기 힘든 소리였다. 그러나 번득이는 발톱과 무시무시한 주둥이를 가진 용이 눈앞에 있으니, 믿을 수도 있을 듯했다. "어쩌다 학살이 일어난 건데요?"

하판덴이 이 자리를 메울 사람을 찾지 못한 것도 당연한 일이었다. 특히 주변 사람들이 누구나 빨간나무 사건을 알고 있다면. 제비는 용처럼 생긴 괴물의 소문이 퍼지지 않았다는 점이 놀랍다고 생각했다. 그런 광경은 쉽게 잊기 힘든 법이니까.

베이의 미소가 슬쩍 뒤틀렸다. "마음이 바뀌었다고 비난할 생각은 없다. 아라지는 시험형 전투 병기다. 심지어 전차보다도 진보한 병기지. 온 부처의 기대를 받는 물건이었다. 빨간나무는 고립된 장소기 때문에 실험장으로 선정된 것이다. 예전에는 그곳에 라잔군 주둔지가 있었지."

있었다고. "통제에 실패한 거로군요."

"정확하게 무슨 일이 벌어졌는지는 모른다. 이세미가… 그러니까, 그대의 전임자가, 뭔가 실수를 한 거다. 나도 그 사건이 일어난 장소에 있던 건 아니다. 다른 곳에 임무가 있었거든. 용이 주둔지 전체를 휩쓸었다. 놈을 제압하고, 가면을 벗기고, 다시 이곳 시설로 데려오려고 추가 병력을 투입해야 했지. 기밀 유지 때문에 상당히 복잡한 작업이었다."

제비는 어이없다는 듯 웃음을 터트렸다. "저렇게 큰데 어떻게 비밀로 감춰요?"

"통째로 제작된 것이 아니니까." 베이의 손짓을 보면서, 제비는 문득 형부가 보여주던 방어 동작을 떠올렸다. "분해해서 부품별로 가져온 다음, 이 아래로 내려와서 다시 조립한 것이다."

어느 정도는 말이 되는 소리였다. 라잔의 병참 담당 군인들이 언제나 물자를 도시 내외로 옮기고 있으니까. 짐꾸러미가 조금 늘어났다고 해서 신경 쓸 사람은 아무도 없었을 것이다.

"가면은 왜 다시 씌운 건데요?" 제비는 용의 머리를 힐끔거리며 질문을 던졌다.

"같은 가면은 아니다." 베이가 대답했다. "일단 연구해서 문양의 문법을 수정하려면 가동해 놓는 쪽이 유용하리라 생각했기 때문이다."

"당신은 이 사건에 어떻게 연관된 거예요?" 제비는 이렇게 물으면서도, 자칫 잘못하면 자신의 새 감독관과 거리가 멀어질지도 모른다는 두려움을 느꼈다. 물론 제비는 그녀를 좋아하지 않았다. 아니, 정확하게 말하자면, 결투가에 대한 편견을 고려하면 아직 좋아하기에는 일렀다. 그러나 지금은 그녀의 호의에 그의 생존이 달린 상황이었다. 아라지가 다시 날뛸 때도 곁에 싸울 수 있는 사람이 있어주는 편이 나았다.

다시 뒤틀린 미소가 떠올랐다. "그대의 감독관이 장인이나 행정가가 아니라 결투가인 이유가 궁금한 모양이로군. 검술 연습 말고는 하는 일도 없는 작자들인데 말이지."

"어느 정도는 그렇죠." 제비는 흠칫하며 대답했다.

"내가 이 임무에 자원했다." 베이는 불편할 정도로 올곧은 눈빛으로 말했다. "이세미는 내 벗이었다. 물론 자동인형을 상대로 하는 복수가 부질없는 일이라는 것 정도는 나도 알고 있다. 자동인형은 우리가 시키는 일만 한다더군. 그 사건도 악의 때문에 벌어진 것이 아니라 끔찍한 사고일 뿐이었겠지.

그러나 동시에, 나는 다른 학살극이 벌어지지 않도록 최선을 다하고자 한다. 이세미와 오랜 시간을 함께 보냈으니, 그녀의 생전 사고방식에 대해서 조언을 해줄 수도 있을 것이다. 수첩에 기록으로 남기지 않은 부분을 말이다." 베이는 쓴웃음을 지었다. "이세미의 조수가 지나치게 동요해서 종적을 감춘 것이 애석할 뿐이다. 비난할 수는 없는 일이지. 애석하지만 그 여성의 목에는 이제 현상금이 걸려 있다. 중요 기밀을 알고 있으니 어쩔 수 없는 일이다."

제비는 얼굴을 찌푸렸다. "이 공방에도 제대로 된 장인이나 예술가는 많을 텐데요." 그의 말에 베이는 고개를 끄덕였다. "그중에서 한 명 골라서 업무를 맡기면 안 됐던 건가요?"

"나도 장관 대리에게 그렇게 건의했다." 베이가 말했다. "그러나 현재 소속된 예술가들이 동료의 죽음에 깊이 동요했다는 문제 외에도, 모두가 각자 전쟁 수행에 필수적인 계획에 소속되어 매진 중이다. 우리는 이미 인력이 부족하다. 새 인원을 추가하는 건 피할 수 없는 일이었지."

제비는 그 말을 믿지 않았다. 물론 찬찬히 생각하지 않으면 '거의' 말이 되는 것처럼 들리기는 했다. 그러나 아예 기초부터 새로 시작해야 하는 완전한 신입을, 하필이면 이 계획에 투입할 이유가 있을까? 앞뒤가 맞지 않았다.

하지만 봉숭아를 위해서라도 이걸 해내야 해. 제비는 숨을 고르며 다짐했다. 하판텐과 베이가 뭔가를 숨기고 있어도 관계없는 일이었다. 어차피 저 두 사람도 제비에게 일급 기밀까지 믿고 털어놓지는 않을 것이다. 일부터 하고, 걱정은 나중에 해도 된다.

"말씀하신 것을 들으니 기록이 아직 남아 있나 보네요." 제비가 말했다.

"그렇다. 우선 숙소부터 안내하고, 다음에는 주로 작업을 수행할 작업장으로 이동하겠다. 자동인형에게 명령을 내리는 방식 또한 시범을 보여줄 생각이다. 그대의 마음에 들었으면 좋겠군."

제비는 고개를 끄덕여 동의를 표했다.

직원 숙소는 지나칠 정도로 용의 동굴과 가까웠다. 귀를 기울이면 용이 움직이는 소리가 흐릿하게 들려올 정도였다. 문마다 입실자의 이름만 적은 종이쪽이 붙어 있었고, 제비의 이름도 벌써 누군가가 붙여놓은 상태였다. 방 자체는 소박해도 조명 상태는 괜찮은 편이었다.

베이는 제비에게 조명용 스위치와 사용법을 알려줬다. 공간도 상당히 널찍했다. 벌써 두툼한 요와 누비이불, 옻칠한 작은 상 두 개와 술 달린 방석이 도착해 있었다. 작은 책꽂이에는 세 권의 책이 나란히 왼쪽으로 기대 있었다. 제비는 책을 훑어보고 싶어 몸이 근질거렸지만, 베이는 그대로 그를 이끌고 방을 나와서 작업장으로 걸음을 옮기기 시작했다.

다행스럽게도 작업장은 평범해 보였고, 칸막이로 개인별 작업 공간이 나뉘어 있었다. 방 뒤편에는 옷장과 작업용 도구를 보관하는 수납장이 있었고, 참고 작품을 수납하는 선반도 보였다. 몇몇 다른 예술가들이 눈에 띄었으나, 자리에서 일어나 그들에게 인사를 하는 사람은 없었다. 적어도 아직은.

"다들 바쁘니까. 인사는 점심시간에 하게 될 거다."

이세미의 옛 작업 공간은 최근에 깔끔하게 청소한 듯, 공책과 서류가 깔끔하게 정렬되어 있었다. 제비의 배낭과 화구도 이미 탁자 옆에 놓여 있었다. 분명 수색을 끝마쳤겠지. 라잔인들은 제비가 장난삼아 그린 낙서 외엔 딱히 문제가 될 것은 찾지 못했을 것이다.

그보다는 벽에 줄지어 걸린 가면 쪽이 훨씬 흥미롭게 느껴졌다. 머리끈의 매듭으로 매달려 있는 가면들은 하나같이 인간형 자동인형에 사용하는 것으로 보였다. 문양과 색상은 전부 제각각이었다. 제비는 용에게 씌웠던 시험용 가면이 있는지를 베이에게 물어보았다.

"안전 수칙 문제로 파쇄해 버렸다." 베이가 대답했다. "내 결정은 아니었지만. 항의하기도 전에 실행해 버렸더군."

상황을 파악할수록 새 직업이 점점 더 꺼림칙하게 여겨졌다. 그는 안료가 든 작은 단지들을 가리키며 물었다. "저건 뭔가요?"

"물감이다." 제비는 그 평범하고 직설적인 대답에 안도했으나, 이어지는 베이의 설명은 그 안도감을 순식간에 증발시켜 버렸다. "자동인형의 움직임의 비밀이 담겨 있지. 이 물감이 자동인형에게 생명의 환상을 부여한다. 우리가 원하는 특정한 성질, 이를테면 충성이나 용기 등도 물감을 통해 부여되지." 그리고 베이는 목청을 높여 말했다. "숀, 새 화가가 도착했다. 시범을 보여줬으면 하는데."

머리가 벗어져 가는 라잔인 남자가 칸막이 뒤에서 모습을 드러냈다. 작업복 위에 먼지가 자욱했다. "이리 오게." 그는 제비에게 이렇게 말하고는, 베이 쪽으로 어색하게 꾸벅 묵례했다.

흥미가 솟아난 제비는 숀을 따라 그의 작업 공간으로 향했다. 작업대 위에는 다양한 크기의 막자와 사발이 놓여 있었고, 그 옆으로는 알아보기 힘든 이름표가 붙은 단지가 여러 개 보였다. 작업대 옆으로는 수많은 그림이 위태롭게 쌓여 있었다. 제비는 그 그림들을 빼앗아서 제대로 보관해 두고 싶은 마음을 애써 억눌렀다.

숀은 맨 위의 그림을 들더니, 눈을 찌푸리고 그 모습을 살폈다.

"이거면 되겠군. 어쩌면 '용의 미궁'이 나올지도 모르니 시험해 봐야지. 그 안료는 아무리 많아도 부족하니까."

뭘 어떻게 시험한다는 거야? 용의 미궁은 또 뭐고? 제비는 이렇게 생각했지만, 일단 작업을 마저 본 다음에 질문하는 편이 나을 듯해 보였다.

"잠깐만요." 그러나 그림이 제대로 시야에 들어오자, 제비는 입을 열 수밖에 없었다. "그 그림, 〈호랑이 신선 사당의 남문〉이잖아요."

진달래 왕조 이전 시대의 화가인 니양의 가장 뛰어난 대표작 중 하나였다. 제비가 엄청나게 흠모하는 작품이기도 했다. 남문 한쪽의 수풀 속에 몸을 숨기고 있는 호랑이의 모습이 특히 마음에 들었다. 수련 시절에 이 그림을 수없이 따라 그렸지만, 지금 눈앞의 그림처럼 뛰어난 모작은 그려본 적이 없었다.

"이건 누가 그린 모작인가요?" 제비가 물었다. 물론 이 작품의 모작은 화국 전역에 넘쳐날 것이다. 그러나 이 그림은 색이 상당히 바랬는데도 불구하고 거장의 필치가 엿보였다. 몰랐다면 거의⋯

"진본이야." 손이 말했다. 그의 주름진 얼굴에 환한 미소가 떠올랐다. "이번에도 그 학이라는 14구역민이 우리를 위해 구해 왔지."

순간 제비는 그 말의 심각성을 제대로 받아들이지 못했다. 학의 사업에 대해서 아예 모르는 것도 아니었으니까. 그러나 다음 순간, 손은 거의 천 년은 묵은 그 귀중한 그림을 잡더니 반으로 찢었다. 제비는 울부짖으며 앞으로 뛰쳐나가려 했지만, 순간 베이가 팔을 뻗어 그를 붙들었다.

"지켜보도록." 베이는 이렇게 말하며, 몸을 뒤틀지 말라는 경고가 될 정도로만 제비의 손목을 강하게 쥐었다.

제비는 공포에 질린 채로 눈앞의 광경을 지켜보았다. 손은 그림을 잘게 찢은 다음, 조각을 한 줌 쥐어서 사발에 넣었다. 종이가 저런 도구에 갈릴 리가 없는데도. 그러나 다음 순간, 막자와 사발에 흐릿한 잿빛이 감돌기 시작했다. 멀리서 웅얼거리는 듯한 알아들을 수 없는 소리도 울렸다. 마법이었다.

그림을 빻는 손길이 멈추자, 종이가 있던 자리에는 고운 노란빛의 앙금만이 남았다. 구역질을 참으려 애쓰는 제비 앞에서, 숀은 작업을 이어나갔다. 그는 끈적한 나무진과 벌꿀과 물과, 제비가 알아보지 못하는 다른 여러 재료를 섞어 용매를 만든 다음, 거기에 앙금을 쏟았다. 저 앙금이 아마 안료일 것이다. 완성된 물감을 바라보는 제비의 눈에 눈물이 차올랐다.

"보고 있기가 괴롭지?" 자신이 방금 화국에서 가장 이름난 건축물 그림을 파괴했다는 사실은 안중에도 없는 것처럼, 숀은 가볍게 말했다. "내 추측이 맞았군."

"당신은 틀리는 법이 없으니까." 베이는 고개를 기울이며 말했다. "그림의 종류에 따라 서로 다른 마법 효과를 품은 안료가 만들어진다." 그녀는 아직 제비를 붙든 채였다. "숀은 방위성에 적합한 그림을 골라내는 안목이 있지. 그 때문에 이곳에서 일하게 된 것이다."

끝났어. 제비는 침울하게 생각했다. 이 모습을 목격해 버렸으니 이제 절대로 도망칠 수 없을 거야. 적어도 병사를 붙이지 않고서는 이곳을 나갈 수도 없을 거야.

제비는 이 순간 자신이 예술성 시험에서 떨어진 것이 아닐지도 모르겠다는 생각을 했다. 그 시험 자체가 방위성에서 꾸민 계략일지도 모른다. 하판덴이 그를 압박해서 이 자리로 밀어 넣을 수 있도록. 아니면 실력이 너무 뛰어나서, 라잔인들이 그가 이 업무에 적합하다고 결정을 내린 것일지도 모른다. 만약 그렇다면 재능 때문에 함정에 빠진 셈이었다.

"이건 인간으로서 용납할 수 없는 짓이에요." 미처 자신을 억누르지 못하고, 제비는 이렇게 속삭이고 말았다. 학이 주최한 연회에 참석했던 골동품 수집가와 미술상들이 떠올랐다. 화국 도자기와 그림 근처에 대머리수리처럼 몰려 있던 그들의 모습이. 작품이 진본인지 모작인지 판별하는 법을 배우려 애썼던 수많은 나날도 떠올랐다. 이제 모작만 남은 작품은 과연 얼마나 될까? 완전히 사라진 작품은 또 얼마나 될까?

베이는 제비를 놓아준 다음 그의 얼굴을 마주했다. "그대의 임무는 이 안료와 이미 효과가 알려진 마법 문양을 사용해서 용에 사용할 새 문법을 만들어 내는 것이다. 용이 광포해지지 않고 전쟁 병기로 사용될 수 있도록."

제비는 그가 마저 입에 올리지 않은 경고를 알아차리고 그대로 입을 다물었다. 방위성의 수석 결투관을 자신의 담당자로 붙인 이유를 이제야 알 것 같았다. 제비가 이세미의 조수처럼 도망치려 들 경우, 그를 베어 없애는 것이 베이의 임무일 것이다. 그가 도망치려 시도하면 베이는 그를 지구 끝까지 추적해서 머리부터 발끝까지 단칼에 베어버릴 것이다. 제비도 그 점만은 확신할 수 있었다.

05

내가 옛 궁궐의 지하에 살고 있다니. 생각할수록 비현실적이었다. 봉숭아나 학이 자신을 찾고 있을지 궁금했다. 그리고 앞으로 얼마나 더 오래 찾아다닐지도 궁금해졌다. 방위성에서 제비의 가족과 친구들에게 상황을 설명해 줄까? 아니면 적당한 변명 정도로 넘어갈까?

비밀 지하 기지의 삶에 대하여 제비가 가장 먼저 깨달은 사실은, 주변의 시간이 마치 응고하는 것처럼 졸아든다는 것이었다. 복도와 공동 공간의 조명을 아예 끄지 않기 때문일지도 모른다. 물론 작업장과 개인실에 시계가 있기는 했다. 작업장의 시계는 벽에 붙어 있고, 개인실의 시계는 서랍장 위에 놓아두었다. 추가로 작업장에는 수수께끼의 약어로 일정을 적어 넣은 커다란 달력도 있었다. 물론 그 옆에는 공구나 톱니바퀴나 일그러진 성기 모양의 낙서도 있었다. 예술가라는 족속의 천성은 어디서든 변하지 않는 모양이었다.

어쨌든 제비는 작은 개인용 달력을 요청했고, 이내 지급되었다. 싸구려 종이에 인쇄해서 그런지 벌써부터 잉크가 배어 나와 있었지만, 세월의 흐름을 파악하는 데는 충분해 보였다.

베이는 나머지 예술가와 장인들을 한 사람씩 소개해 주었다. 예술가는 수가 그리 많지 않았다. 장인은 톱니 장치 전문가부터 금속 공예사, 모형을 제작하는 조각가와 학자에 이르기까지 분야별로 다양한 이들이 모여 있었다. 베이의 말에서 유추한 바에 따르면, 학자들은 라잔인들이 파괴하기를 원하는 미술품이나 공예품의 진위를 조사하는 일을 맡은 모양이었다. 그런 짓을 하고도 떳떳하게 살 수가 있냐고, 제비는 묻고 싶었다.

제비를 반길 생각이 조금이라도 있는 예술가는 숀뿐인 듯했다. 제비는 이내 자신이 모두가 꺼리는 인물과 어울리게 되었다는 사실을 알아차렸다. 적어도 베이는 거리를 두되 예의는 지켜서 그를 대하는 것처럼 보였지만. 다른 사람이 없을 때 이 사실을 캐묻자, 베이는 한숨을 쉬며 시선을 돌리더니 이렇게 대답했다. "숀은 지나치게 자주 지시에 반발한다. 그럴 때마다 모두가 피해를 보지. 그러나 장관 대리는 그런 행동을 참아 넘기는 편이다. 안료를 제조하는 기술이 너무 뛰어나거든."

두 사람은 제비의 방에서 함께 이세미의 기록을 검토하는 중이었다. 베이가 작업장의 직원들을 방해하고 싶지 않다고 주장했기 때문이었다. 제비는 다른 화공들이 작업하며 잡담을 나누는 모습을 직접 보았기 때문에, 거기서 이야기를 나누며 작업한다 해도 별로 다를 바 없다고 생각했다. 그러나 제비는 베이를 관찰할 기회를 놓치고 싶지 않았다.

그러면 안 된다는 것을 알고 있으면서도, 제비는 이미 베이에게 끌리고 있었다. 그녀에게서는 소금기와 땀내와 백단향 냄새가 풍겼다. 제비는 그녀의 머리카락을 쓸어 넘기며 얼마나 부드러운지 확인하고 싶다는 갈망에 사로잡혔다. 절대로 실현될 수 없는 욕망이기에 그쪽으로는 생각하지 않으려 애썼지만, 그녀의 주변을 맴돌 때마다 끌리는 감정을 억누르기가 갈수록 힘들어졌다.

"언제나 장관 대리 이야기만 하시네요. 장관님 본인 이야기는 들어본 적이 없어요." 이세미의 속기체인지 암호인지 모를 엉망인 글씨를 해석하던 도중에, 제비는 조심스레 이런 질문을 던졌다.

맞은편에 앉아 있던 베이는 잠깐 놀란 표정을 지었다가, 뒤이어 살짝 슬픔이 섞인 미소를 지었다. 짧은 순간이지만, 라잔 전설 속 검성의 현신 같던 그녀의 표정이, 자신만의 개성과 의문을 가진 한 명의 사람처럼 보였다. "그대는 이 부서의 권력 구조를 제대로 모르는 것같군. 대외적으로도 실제로도, 장관 대리는 14구역 내에서는 방위성의 수장인 셈이다. 방위성 장관 본인은 라잔에 거주한다. 장관 대리는 그녀에게서 지령을 받는다. 14구역에 거주하는 사람들은 종종 그 차이를 생략하는 듯하더군."

"저는 아예 몰랐어요." 제비는 어색하게 자기 손을 내려다보며 이렇게 말했다.

"그대가 알고 있었어야 할 까닭이 있는 것도 아니잖나. 이곳 사람들조차 실수로 하판덴을 장관이라고 부르곤 한다." 베이는 자기 쪽에 있는 서류 한 장을 넘기며 덧붙였다. "아하, 여기 개략도가 있군. 이게 도움이 되겠나?"

"네. 좋아요." 제비는 그 종이를 받아서 조심스레 펼쳐보았다. 그러나 도면에 초점을 맞추려는 순간 눈이 욱신거리기 시작했다. 도저히 읽을 수가 없었다. "이게 대체…?"

"그대도 그런가?" 베이는 쓴웃음을 지었다. "이세미가 방범 대책이라고 말해준 적이 있다. 가장 중요한 내용은 '용의 미궁'이라는 물감으로 기록했지. 바로 이게 그 물감의 효과다."

그렇다면 첫날 손이 보여준 안료가 바로 이것인 셈이었다. 제비는 실망한 눈으로 나머지 서류 더미를 바라봤다. "이걸 해제할 방법은 없나요? 특수 렌즈를 사용해서 도면을 본다든가?"

"그런 도구가 존재할지도 모르지만, 적어도 이세미는 말해준 적이 없다. 남은 그녀의 유품 중에서도 그런 물건은 보이지 않더군."

"남은 유품이라고요?" 제비는 이세미의 조수가 달아났다는 사실을 떠올렸다. "그 조수라는 사람이 이세미 씨의 물건을 얼마나 가지고 갔나요?"

"서류는 대부분 두고 간 것 같다. 업무상 지장이 있지는 않을 거다."

제비는 한숨을 쉬었다. 자신의 전임자에 대해 알아갈수록, 부서 내부의 뒤틀린 정치 역학과 거리를 유지할 가능성은 착실히 줄어들어 갔다. 어쨌든 질문한 김에 마저 물어볼까나… "그 조수라는 사람 이야기를 더 듣고 싶은데요."

"그녀의 이름은 미라이다." 베이는 사뿐한 어조로 답했다. "장관 대리가 이세미와 미라이를 함께 고용했다. 미라이는 원래 이세미의 도제였으니까. 두 사람은 빠른 속도로 성과를 내기 시작했고, 장관 대리는 아주 흡족해하셨다. 그러나 이세미가 죽은 뒤로, 미라이가 이세미와 가까웠다는 점이 문제가 되었다."

"미라이는 바로 모습을 감춘 건가요?"

"선후 관계는 정확하게는 파악이 안 된 상태다." 베이가 대답했다. "아라지를 시운전하기까지의 과정이 꽤나 혼란스러웠기 때문이다. 본국의 본청에서 상당한 압박이 들어왔으니까."

고국이 아니라 본국이란 말이지, 하고 제비는 생각했다. 묘하게 선을 긋는 느낌이었다.

"미라이가 사라졌다는 사실을 깨닫기까지 꼬박 일주일이 걸렸다. 도박장에 틀어박혀 있거나 연인의 품에서 평온을 찾고 있는 줄로만 알았지. 장관 대리의 첩보원들이 도시 경비병들에게서 믿을 만한 정보를 입수해 왔다. 학살에 대한 보고서가 도착한 바로 그날 밤, 통금 직전에 서대문으로 빠져나갔다고 하더군."

제비는 조금씩 깨닫기 시작했다. 베이의 냉철한, 살얼음이 낀 목소리 안에는 지워지지 않는 분노가 서려 있었다. "미라이 씨와 잘 알던 사이인가요?"

"아니, 그 정도는 아니다." 그러나 베이는 잠시 망설였고, 제비는 그녀가 진실을 말하는지 의심스러워졌다. "그렇지만 미라이는 방위성에 충성을 맹세한 사람인 것은 분명하다. 그렇게 도망치는 것은 비겁자의 행위다."

나는 저런 짓 하면 안 되겠네. 제비는 경계심에 등골이 저릿저릿해지는 것을 느끼며 생각했다. 금욕적인 아름다움에도 불구하고, 베이는 숙련된 살인자다. 제비는 그 사실을 절대 잊으면 안 된다고 단단히 다짐했다.

　제비가 아라지를 방문해서 가장 먼저 한 일은, 다양한 각도에서 밑
그림을 남기는 것이었다. 제비가 방문할 때면, 용은 어슬렁거리는 것
을 멈추고 그를 지그시 굽어보곤 했고, 제비는 동상처럼 꼼짝 않는 용
의 모습을 마음껏 그림으로 옮겼다. 관절의 이음매도, 낫처럼 휘어진
무시무시한 발톱도, 가시가 박힌 꼬리도, 전부 감탄스럽기만 했다. 베
이의 말에 따르면 이 용은 전차 제압용 병기로서 개발되었다고 한다.
우월한 기동력과 마법 능력을 보유하고 있기 때문이었다. 후자는 지
금은 비활성 상태였지만.

　"라잔 말고도 전차를 가진 나라가 있어요?" 제비가 물었다. 화국의
독립군이 그런 전쟁 병기를 손에 넣었다면 분명 소문이 퍼졌을 텐데.

　"서양인들이 가지고 있다." 베이가 말했다. "하판덴이 두려워하는
적이 바로 그들이다."

　제비는 서양인들이 화국을 찾아올 이유가 있느냐고 물어볼 뻔했다
가 다시 생각을 정리했다. 제비는 외국인을 본 적도 없었지만, 그들에
게도 화국의 광산은 분명 쓸모가 많을 것이다. 라잔이 서양 국가들과
싸움을 벌이려고 벼르고 있다는 점이 안타까웠다.

　제비는 빨간나무 학살에 대해서도 질문을 던지고 다녔다. 묘하게도
아무도 그 이야기를 꺼내려 들지 않았지만. 아니, 내가 괴팍한 호기심
이나 채우려고 이러는 줄 알아요? 제비는 다른 예술가들이나 방위성
의 병사들에게 이렇게 소리치고 싶었다. 솔직히 말하자면 어느 정도
는 호기심 때문이기는 했지만. 용의 문법을 수정해야 하는 제비로서

는 곤란한 노릇이었다. 정확히 어떤 문제가 발생했는지를 확인해야 하니까.

아라지는 다른 사람을 물끄러미 지켜보거나, 그렇지 않을 때는 끝없이 원을 그리며 쇠사슬을 질질 끌고 걸어 다니기만 했다. 적어도 제비가 보기에는 도망치려는 시도는 조금도 없었다. 물론 이 용은 단순히 움직이는 조각상일 뿐일지도 모른다. 몇 년 전에 박람회에서 구경한 태엽 장치 장난감을 크게 키운 것처럼. 경계심을 풀고 싶어질 정도였다. 물론 실제로 그럴 정도로 어리석지는 않았지만.

제비는 마법 문양의 어휘를 공부하는 데 상당한 시간을 들였다. 마법 안료의 힘과 어휘 목록을 함께 사용하면, 자동인형을 움직이는 문법을 만들어 낼 수 있다. 문법이란 자동인형에게 지시할 행동의 목록과도 같은 것이다. 단순한 문법만으로는 아라지가 종종 그러듯이 같은 자리에서 뱅글뱅글 돌거나 우뚝 서 있게 만드는 정도가 한계다. 그러나 복잡한 문법은 생명 그 자체를 모사하는 것이 가능하다.

"만들어 낸 문법은 네헨한테 가서 검사를 받으라고." 한번은 손이 이렇게 일러주었다. "네헨은 경험이 많은 사람이니까, 실수로 너를 공격하는 문법을 만들어 버리면 지적해 줄 거야."

제비는 몸을 떨었다. "조언 감사합니다." 이후 제비는 이것저것 생략된 것이 많은 안내서를 따라 여러 가지 문법을 구성해 보며 시간을 보냈다.

"넌 재능이 있어. 특히 14구역민치고는." 네헨을 다섯 번째로 찾아갔을 때, 그는 제비에게 말했다. 두 사람은 제비가 가져온 아라지의 문법 수정안을 검토한 후였다. 전투용 지시를 삽입한 것은 이번이 처음이었다.

제비는 몸을 뻣뻣이 굳혔다. "무슨 말씀이신지 모르겠는데요."

네헨은 손으로 입가를 가렸다. "이런, 미안. 말이 샜네. 억양이 너무 완벽해서 나도 처음에는 확신을 못 했거든. 아무한테도 말하지 않을게."

"고맙습니다." 제비는 미심쩍은 투로 대답했다. 솔직히 말하자면 네헨보다 일찍 알아챈 사람이 없는 게 놀라울 지경이었다. 아마 하인들은 제비가 선호하는 음식을 보고 알아챘을 것이다. 구내식당에서는 라잔식인 듯한 음식과 제비에게 익숙한 화국 음식이 골고루 나오는데, 제비는 화국 음식을 거부할 수 있을 정도로 의지력이 강하지는 않았다.

"자, 문법 이야기로 돌아가서," 네헨은 서둘러 운을 띄웠다. "여길 보면 '기지를 방어하라'와 '명령권자를 따르라' 사이에 모순이 발생하지?" 네헨은 자기 연필을 들어 세로로 늘어선 문양들을 가리켜 보였다. "이렇게 모순이 발생하면 자동인형한테 선택권이 생겨. 무슨 말인지 알겠지? 그러니까 우리는 역설이 발생하지 않도록 최선을 다해야 하는 거야. 그래야 자동인형의 행동을 완벽하게 예측할 수 있으니까."

"그러니까 최대한 선택할 수 있는 여지를 제거해 버린다는 거로군요." 제비는 이렇게 말하면서, 통제된 상태로 존재해야만 하는 자동인형들을 떠올렸다. 일말의 동질감이 느껴졌다. 자신도, 자신의 민족도, 선택권을 완전히 빼앗긴 것은 마찬가지였으니까.

네헨은 제비를 보며 환히 웃었다. "그래, 바로 그거야."

제비는 종종 장인들을 방문하기도 했다. 그들은 자동인형의 내부

구조에 관한 질문이라면 뭐든 답해주었다. 그러나 애석하게도 용 모양 자동인형이 제멋대로 행동한 이유는 그들도 알지 못했다. 똑같은 기술을 사용한 인간형 자동인형은 완벽하게 복종하기 때문이었다. 네헨의 말에 따르면, 아라지에게 사용한 문법이 보통 이상으로 복잡하기는 해도, 훨씬 제압하기 쉬운 소형 자동인형을 대상으로는 충분히 시험해 봤다고 한다.

자신의 연구 결과와 문법 해독에 성공한 이세미의 일부 자료를 기반으로, 제비는 장인 한 사람에게 아라지에게 씌울 가면을 추가로 제작해 달라고 주문했다. 장인은 불평 한마디 없이 그의 말에 따랐다. 자신이 제안한 문법에 따라 가면에 문양을 그리고 사용할 생각을 하면 모골이 송연해졌지만, 일단 그건 나중에 걱정할 문제였다.

2주 정도가 지나자, 제비는 혐오감에도 불구하고 작업실에서 더 많은 시간을 보내게 되었다. 예술품을 갈아서 안료를 만드는 숀은 계속 그에게 친절하게 굴면서, 사용할 예술품을 고르는 방법과 그걸로 만든 물감의 성질을 파악하는 방법을 설명해 주곤 했다. 제비는 역겨움을 참으며 그에게서 비결을 전수받았다. 숀이 훼손하는 예술품은 회화 작품만이 아니었다. 이번에 제비에게 연습을 시키려고 가져온 물건은 낡고 망가진 나무 분갑이었다.

"상태가 좋은 진본 쪽이 낫기는 하지." 숀이 말했다. "하지만 이번에는 처음 하는 거니까, 소모해도 되는 물건을 사용해 보자고."

제비는 후회할 소리를 하지 않으려고 입 속 살을 꾹 깨물었다. "환원시키기 쉬운 예술품이 따로 있는 모양이죠?" 숀이 곁에 앉으라고 손짓하는 것을 보며, 제비는 조심스럽게 질문해 보았다. '환원'은 숀이 사용하는 용어였다.

"옛 신관들이 축복을 내린 도구로 작업하는 거잖나." 숀은 평소처럼 거칠게 대답하며 막자와 사발을 가리켜 보였다. "그러니 이걸 쓰기 전에 힘으로 환원을 시켜야 할 때도 있다고."

표현은 상당히 예쁘장했다. 환원이란 예술품을 가루로 만들기 전에 직접 부수거나 갈기갈기 찢는 행위를 일컫는 것인데. 처음에는 막자와 사발에 다른 용도가 있나 생각하기도 했다. 아무리 라잔인 신관이라도, 오로지 예술품을 파괴하려는 목적으로 이런 의식을 개발했으리라고는 상상할 수 없었기 때문이다. 아무리 마음에 안 드는 예술품이라 해도. "보여주세요." 제비는 힘없이 중얼거렸다.

숀은 사발 하나를 고르더니, 막자와 함께 제비 앞으로 밀어놓았다. "한 조각 떼어내 봐. 장갑이 있어야겠는데." 그는 이렇게 말하며 장갑 한 벌도 건넸지만, 장갑은 제비의 손에는 너무 커서 우스꽝스러워 보였다. 숀은 덩치가 작은 편이 아니긴 했다.

제비는 얌전히 앉은 채 생각했다. 고통스러워야 하는데. 별로 귀한 물건도 아니고 이미 망가지기는 했지만, 이런 물건을 부수면 내 몸에서도 피가 흘러야 마땅한데. 아주 옛날에 학이 말해준 바에 따르면, 라잔인 수집가들에게도 어떤 기준이 있다고 한다. 어느 정도로 해지면 '매력적'이지만, 어느 정도를 넘어가면 가치가 손상된다는 것이다. 물론 제비로서는 이해하기 힘들 정도로 헷갈렸지만.

이 분갑에도 먼 옛날 어느 장인의 노력이 깃들어 있을 것이다. 누군가 이 물건을 고이 간직하거나 선물로 받았을지도 모른다. 이 안의 화장품으로 단장을 했던 사람도 있을 것이며, 그 일부가 희미한 향기로 스며들었을지도 모른다. 분갑을 내려놓고 춤을 춘 사람도, 시를 쓴 사람도, 연인을 만난 사람도 있을지 모른다.

이 상자에는 무수히 많은 이야기가 깃들어 있을 것이다. 제비는 그런 생각을 하며 손에 힘을 주어 나뭇조각 하나를 뜯어냈다. 예상보다 훨씬 적은 힘으로도 충분했다. 나뭇조각이 그의 손을 찔렀다. 피가 차올랐다.

"장갑을 껴야지. 반창고 갖다줄까?" 손이 말했다.

"피가 섞이면 결과가 달라지나요?" 제비가 물었다. 이번에도 괴팍한 호기심이었다.

"내가 확인한 바로는 달라지지 않아."

그러니까 실험은 했단 소리로군. 혐오스럽기는 하지만 납득은 되는 말이었다. 라잔인들이 화국인보다 '정결함'에 더 신경 쓴다는 소리는 들은 적이 있었다. 아니, 다른 방식으로 신경 쓰는 쪽일지도 모르겠다. 그러나 옛 궁궐 지하의 사람들은 정화 의식에 별로 신경 쓰지 않는 것처럼 보였다. 제비가 볼 수 없는 곳에서 몰래 의식을 치르는 것이 아니라면.

손이 주의 깊게 지켜보는 가운데, 제비는 조각을 잘게 빻기 시작했다. 사발 안에서 예전에 목격했던 흐릿한 잿빛 광채가 일렁이기 시작했다. 제비는 라잔의 마법과 연관되는 일 자체가 싫었지만, 그 효과 자체는 부정할 수가 없었다. 아무리 낡고 무른 목재라도 이렇게 쉽게 가루로 변할 리가 없었으니까. 게다가 원래 조각의 부피에 비해 훨씬 많은 양의 가루가 생겨나기도 했다.

"이게 안료야." 손은 만족한 듯 말했다. "이건 '매력' 같은데? 우리

계열의 작업에서는 별로 필요하지 않은 안료지. 우리 쪽 자동인형은 예쁘게 만들 필요가 없으니까."

"어떤 안료가 만들어질지는 확신할 수 없는 거지요?"

"일반적인 안료처럼 다양한 효과가 나타난다고 생각하면 돼. 그래서 적절한 재료 공급처를 확보하는 일이 상당히 중요한 거라고."

그럴 거라 생각했지. "다음에는 저번에 봤던 그런 과정을 거치는 건가요?"

"그렇지. 정제, 물감 혼합. 흔히 하는 것들이지."

뭔가 숨기고 있다는 느낌이 들었다. 하지만 무엇을? 아니, 더 중요한 문제가 있다. 여기서 더 캐물었다가는 자신이 위험해지는 것은 아닐까?

제비는 일부러 무심한 투로 말했다. "나무에 그리든 비단에 그리든 별 차이도 없을 테니까."

장광설을 유도하려고 계산한 질문이었다. 제비가 아는 화가 중에서, 화폭의 재질에 따른 차이점을 놓고 떠들어 대기를 싫어하는 사람은 없었으니까. 그러나 숀은 입을 꾹 다문 채로 고개를 끄덕일 뿐이었다.

순간 제비에게 한 가지 생각이 떠올랐다. "혹시 그러면… 살아 있는 예술가의 작품을 환원시켜 본 적은 없나요?" 다른 이들이 숀을 싫어하는 이유가 이것일지도 모른다.

"아니, 안 돼, 안 돼." 숀은 강조하듯 고개까지 저으며 말했다. "그런 건 안 해."

"왜요?"

"아무 효과도 없으니 할 이유도 없지."

예술가들의 반대 때문이라고는 하지 않았다. 라잔인들이라면 애초에 예술가들의 반대 따위는 장애물로 취급조차 하지 않았겠지. 따라서 작자가 죽어야만 의미가 생기는 셈이다. "그렇다면 이세미 씨의 조수가 죽어서 어디 논두렁에 처박혀 있는 게 아니라는 정도는 확인할 수 있겠네요?" 미라이가 뭐든 예술품을 남기고 떠났다면, 숀이 그걸 환원시켜서 효력 있는 안료가 나오는지를 확인할 수 있었을 것이다. 그렇다면 그녀의 생존 여부도 판별할 수 있었을 테고.

숀은 입술을 꾹 깨물더니 이내 고개를 끄덕였다. "이제는 그런 짓 안 하지. 초기에 시도해 본 적이 있었거든. 살아 있는 예술가에게 두둑한 보상을 주고 작품을 가져왔지. 한 번도 성공하지 못했어. 그리고 사람이 죽었는지 확인하려고 이런 일을 해서는 안 되는 법이야. 예술을 점치는 일에 낭비하면 안 되지. 게다가 자기 그림을 그렇게 마구 찢어내는 일은 미라이가 정말 싫어했을 거야. 그 자체로도 훌륭한 라잔 예술품인데."

이 작업장에서 파괴하는 예술품이 모두 화국 것이라는 점은 그리 놀라운 일도 아니었다. 라잔의 예술품이 훨씬 구하기 쉬운 것이 분명한데도. 이곳의 작업은 속을 들여다볼수록 더욱 수상쩍게 여겨졌다. "그래도 말이에요. 미라이 씨를 체포해서 이리 데려오는 일이 그 정도로 중요하다면…"

"어차피 미라이가 죽었는지 살았는지 그것밖에는 알아낼 수 없잖아. 연기가 퍼지는 방향으로 점을 치는 거랑은 달라. 미라이가 어디 있는지는 가르쳐 주지 않는다고."

"그렇죠. 고맙습니다." 제비는 말했다. 손에게서는 원하는 답을 얻어낼 수 없을 것이다. 그렇다고 해서 다른 방식으로도 답을 찾을 수 없다는 이야기는 아닐 것이다.

드주게 베이는 제비를 감독하는 업무를 계속했다. 최소한 하루에 한 번은 그와 면회하고, 종종 더 자주 만나기도 했다. 이 지하 시설의 별명인 '여름 궁전'의 유래 또한 베이를 통해 알게 되었다.

그날은 베이가 제비에게 저녁 식사를 가져다주었다. 제비가 이세미의 서류에 한껏 집중하느라, 예술가들을 부르는 구내식당의 호출 소리를 듣지 못했기 때문이었다. 물론 주방은 원칙적으로 24시간 열려있기는 하다. 이곳을 만든 사람들도 예술가의 시간관념에 대해서는 어느 정도 파악하고 있기 때문이다. 그러나 정해진 시간 이외에 식사를 주문하면 하인들이 귀찮아질 것이다. 제비는 한번 열중하면 휴식을 취하지 않는 사람이기는 했지만, 동료 화국인으로서 하인들을 필요 이상으로 힘들게 하고 싶지도 않았다.

"그 정도로 재미있나?" 제비는 쌀밥과 도토리묵을 번갈아 입에 퍼넣으며 기록에 대한 기록을 남기고 있었다. 베이는 그 모습을 보면서 부드러운 목소리로 물었다. "하긴 '여름 궁전'에 별로 볼만한 것이 없기는 하지."

여름 궁전… 제비도 몇 번 들어본 표현이었다. "왜 '여름 궁전'이라고 부르나요? 그 표현을 사용하는 사람이 몇 있었는데, 물어보니 바로 당황하더라고요. 뭔가 숨겨진 이야기가 있을 것 같은데요."

베이는 쓴웃음을 지었다. "아무도 말해주는 사람이 없던가? 그리

대단한 이야기는 아니다. 이세미 때문에 붙은 별명이라 다들 꺼리는 거겠지. 이세미가 처음 여기 들어왔을 때, 짬이 날 때마다 장지문에 그림을 그렸다. 여름의 정원 풍경이었지. 그렇게 진짜 하늘을 갈망하는 모습이 재밌다고 생각한 사람이 있었고, 덕분에 그런 별명이 생긴 거다."

제비도 공감할 수 있었다. 자연조명과는 달리, 전기 불빛에는 온기도 다채로움도 없었다. 제비 역시 며칠에 한 번씩은 경비병을 대동하고 지상으로 올라가서 정원에 서 있곤 했다. 햇빛과, 썩어가는 젖은 낙엽의 냄새와 시끄러운 까치 소리를 온몸으로 흡수하면서.

"그 장지문 그림은 지금 어디에 있나요?" 제비는 물었다. 아무리 연관 없어 보일지라도, 이세미의 연구를 이해할 때 도움이 될 수도 있을 테니까.

베이는 고개를 저었다. "나도 모른다. 부서졌을 것 같군."

당신도 모른다고요? 제비는 이렇게 물을 뻔하다가 마음을 다잡았다. 자신은 죄수일 뿐이며, 어떤 질문은 입술이라는 감옥 안에 가둬두는 편이 낫다는 것을 되새기면서. 제비는 종종 베이를 믿으면 안 된다는 사실을 잊어버리곤 했다.

하긴 베이가 항상 정중하게 그를 대하니 그럴 만도 했다. 정말로 솔직하게 말하자면, 제비는 그녀가 아침마다 공용 공간에서 수련하는 모습을 보는 것이 즐거웠다. 붓놀림처럼 유연한 움직임, 완벽하게 균형 잡힌 늘씬한 몸매까지. 그 모습을 그려도 되겠냐고 물을 엄두는 나지 않았다. 그녀가 싫다고 할까 두려워서가 아니라, 허락할까 두려워서였다. 제비가 그녀에게 끌리고 있다는 사실을 베이도 알고 있을까?

만약 알고 있다면, 굳이 말하지 않는 것 자체가 제비에게 친절을 베푸는 일이었다.

제비가 식사를 끝내자 베이는 쟁반으로 손을 뻗었고, 제비는 그녀를 멈추고픈 충동에 손을 내밀었다. 두 사람의 손이 맞닿았다. 제비는 얼굴을 붉히며 얼른 손을 빼냈다. 해버렸어. 그는 비참한 기분으로 생각했다.

베이는 그와 시선을 마주하고, 그대로 눈을 떼지 않은 채 미소 지었다. "그대는 나를 겁낼 필요 없다. 우리가 친구는 아니지만, 그대의 적이 될 생각 또한 없으니."

"적을 만날 때마다 그렇게 말하는 거 아니에요?" 제비는 물었다. 그는 처음으로 자신이 결투 기술을 조금이라도 알았으면 좋았으리라는 생각을 했다. 그랬다면 베이와 대련을 하면서, 두 자루의 검이 이루는 춤사위에 섞여들 수 있었을 테니까. 인간의 형상을 학습한 화실 생도의 관점을 뛰어넘어 그녀의 육체가 긴장되고 이완되고 물 흐르듯 움직이는 방식을 이해할 수 있었을 테니까.

"우리가 적이던가?" 베이의 웃는 입매가 아주 조금 벌어졌다. "그대가 방위성의 임무를 명예롭게 수행하기만 한다면, 나는 그대와 다툴 일이 조금도 없다."

묘한 표현이었다. '명예롭게'라니. 그러나 제비는 결투가에게는 당연한 표현일지도 모른다고 생각했다. 제비는 명예의 관점에서 예술을 생각해 본 적이 없었다. 여러 전통적인 유파에서는 대상의 내면을 표현하는 방식이나 대상이 화가에게 일으키는 감정을 중시했다. 이후 들어온 서양 유파들은 정교한 묘사를 우선했고, 따라서 시각적 시문으로서의 예술보다는 현실성이 중시되었다. 양쪽 모두 명예에는 별로 관심이 없었다.

제비의 어색함을 눈치챘는지 베이는 화제를 바꿨다. "진전이 있었나?"

"아라지를 다시 한번 살펴봐요. 우리가 해독한 기록의 내용과 실제 가면을 비교해 보고 싶어요." 열심히 눈을 찌푸리고 두통을 다스리려 차를 들이켜 가며 해독한 내용이었다. 두 사람은 읽던 자료를 정리했다.

"괜찮은 계획으로 보인다." 베이가 앞장서 아라지의 동굴로 향했다.

아라지는 계속 어슬렁거리고 있었다. 아라지를 가두고 있는 마법의 원도 여전했다. 쇠사슬이 짤랑거리는 타악기 연주도 마찬가지였다. 용은 저런 식으로 쇠사슬을 닳아 없어지게 만들 생각인 걸까? 자동인형은 인내심이 얼마나 강할까? 적어도 살점을 가진 생명체처럼 지칠 일은 없겠지.

제비는 목청을 돋우었다. 생각보다 더욱 떨리는 목소리가 흘러나왔다. "고개를 낮춰." 통역병이 없기는 했지만, 지난 몇 주의 경험으로 단순한 명령에 반응한다는 사실은 확인한 후였다. 그는 지금의 문법을 작성한 사람에게 마음속으로 감사했다. 덕분에 훨씬 다루기 쉬워진 셈이었으니까.

용은 제비 앞에서 걸음을 그쳤다. 머리가 뱀처럼 꿈틀거리며 내려오다가 제비의 바로 앞에서 멈추었다. 제비는 가면을 살펴보며 얼마나 무거울지 가늠해 보았다. 작업장에 있는 가면들은 하나같이 거짓말처럼 가벼웠으니까. "잠깐 기다려." 제비는 천천히 말하고는, 이세미의 도안을 베껴 온 그림을 들어보았다. "이건 이상한데요."

베이가 훅 하고 숨을 들이쉬었다. "음?"

"이세미 씨가 모두를 속였던 것 같아요."

"말조심하도록. 이세미는 내 벗이었다."

제비는 슬쩍 베이를 곁눈질했다. 문득 그녀의 무표정한 얼굴에 불안해졌다. 그는 여전히 베이가 아름답다고 생각하고 있었다. 좁은 얼굴이나 뾰족한 턱은 라잔인이 선호하는 달덩이 같은 얼굴과는 상당히 거리가 있었지만. 표정에 생각을 드러내지 않는 능력은 분명 결투에서 이점으로 작용할 것이다.

멀거니 쳐다보지만 말고 말을 하라고. 아무리 심취했다고는 해도 한눈팔 때가 아니었다. 제비는 조심스레 입을 열었다. "여기 남기고 간 도안하고 실제로 용에 그린 문양을 비교해 보면 차이점이 명확하거든요. 지금까지는 눈치도 못 챘는데, 나란히 놓고 비교해 보니까…"

이번에는 베이의 표정이 바뀌었다. 눈을 가늘게 뜨고 입매를 굳혔다. "설명하도록."

"당신은 결투가잖아요." 제비는 문이 완전히 닫힌 후에야 운을 떼웠다. "그러니까 눈이 좋겠죠."

"그렇다. 결투가에게는 반드시 필요한 능력이지."

"그럼 당신한테도 보일 거예요." 제비는 도안을 들어 보였다. "이건 이세미 씨가 용에 그려도 된다고 허가를 맡은 문법이에요." 네헨의 인증 서명이 보였고, 그 아래로 장관 대리의 직인도 찍혀 있었다. "숀한테서 이세미 씨가 사용한 안료가 뭔지 들었어요. 전쟁 병기니까, 파괴력을 부여하려고 '흐드러지는 봉황'을 사용했죠. 제국에 대한 충성심을 주려고 '피의 원'을 사용했고요." '라잔에 대한 충성'이라는 말은 도저히 입에서 나오지 않았다. "용기를 위해서는 '사자의 숨결'을 썼죠. 그 외에도 몇 종류 있지만, 주요 안료는 이 정도예요."

베이는 도안을 살펴보았다. "그리고?"

제비는, 확대해 그린 도안 몇 개를 꺼냈다. "이게 이세미 씨가 그린 거예요." 그는 도안 한쪽을 가리켰다. "빨간나무에서 쓰고 있던 가면과는 문법이 다르긴 해요. 그러나 새 가면에서도, 용에게 움직이는 방법을 일러주는 기본 부분은 거의 똑같아요. 여기 가면의 푸른 문양을 잘 보세요."

베이는 손을 내밀었고, 제비는 종이 뭉치를 건넸다. 문양과 가면을 번갈아 살펴보는 그녀의 눈살이 차츰 찌푸려졌다. "어째서 지금까지 아무도 이걸 알아채지 못한 거지?"

놀란 목소리가 아니었다. 설마 이미 알고 있었던 걸까? 베이가 이세미 씨와 친구였다면… 그러나 이 또한 입 밖에 낼 수 없는 수많은 질문 중 하나로 남을 뿐이었다.

"종이는 2차원이잖아요. 가면은 3차원이고요. 표면에 굴곡이 있으면 문양이 어느 정도는 뒤틀릴 수밖에 없어요. 변형되는 방식에 익숙하지 않으면 간과하기 쉽죠."

"나도 서예 수업은 받았고 기초 작업에도 익숙하다. 문양에 관해서 설명할 필요는 없어."

제비는 꼼짝도 않는 용의 머리를 살피며 입술을 깨물었다. "그러니까 용에 사용된 문법이, 이세미 씨가 장관 대리 각하께 보고한 것과 다르다는 거죠." 제비는 이렇게 결론을 내렸다.

"불복종으로 죽음에 이르다니 안타까운 일이로군." 베이가 말했다.

친구를 애도하는 사람치고는 그리 애석해하는 것처럼 들리지 않았다.

"아뇨, 사실 그게 가장 이해가 안 되는데요." 제비는 베이의 손에 들린 종이를 힐끔거렸다. "이세미 씨가 이 문법을 그렸다면 학살이 일어났을 리가 없어요. 아니, 적어도 그 학살은 이 용의 탓이 아닌 거예요." 그는 일련의 문양을 가리켜 보였다. "'평화로운 해결책에 헌신'. 이 용은 평화주의자거든요."

베이의 얼굴에서는 아무런 표정도 읽을 수 없었다. "그러니까 그대 말은, 우리의 전쟁 병기가 무용지물이라는 거로군."

"바로 그거예요. 빨간나무 학살이 보고서의 내용대로 일어났다고 확신할 수 있나요?"

베이는 대답하지 않고 용의 모습만 한참 바라보았다. 이윽고 그녀가 입을 열었다. "장관 대리께 그대의 발견에 대해 알려야겠다."

어차피 도안이 적힌 종이를 돌려받으리라 생각한 것은 아니었다. 별로 상관없는 일이긴 했다. 제비는 세세한 것까지 잘 기억하는 편이었고, 먹물과 붓과 종이만 있으면 언제라도 문법을 재현할 수 있었으니까. "물론이죠."

누군가 거짓말을 하는 것이 분명했다. 용에 대해서도, 이세미에 대해서도, 학살에 대해서도. 그러나 대체 누가? 무슨 이유로 거짓을 심은 것일까?

06

제비는 윗선에서 뭐든 조치를 취할 거라고 생각했다. 이세미가 일부러 계획을 망쳤다는 것을 알게 된 이상. 어쩌면 그녀의 연인을 수사할지도 모르고, 정식으로 그녀와 라잔의 연을 끊는 의식을 치를지도 모른다. 뭐가 됐든 극적인 일이 벌어질 것이 분명했다.

그러나 이후 몇 주 동안은 아무 일도 일어나지 않았다. 적어도 제비가 파악할 수 있는 한도 내에서는. 아니, 파악할 수 있도록 허락된 한도라고 해야 할까. 제비는 그동안 평범하게 삶을 이어갔다. 정시에 일어나서 구내식당에 나가 아침을 먹었다. 종종 계단을 올라가서 정원에 서 있기도 했다. 계단 오르기만으로도 충분히 운동이 되는 데다, 흩날리는 눈발이나 얼음에 비친 색채나 길거리 군밤 노점의 구수한 냄새 따위도 새삼 새롭게 느껴졌다.

제비는 방에 놓인 세 권의 책을 살펴보았다. 그중 하나는 고통스러울 정도로 지루하긴 해도 고전으로 인정받는 황관의 책인 『정국론』으로, 도덕과 통치에 관한 글을 모아놓은 책이었다. 제비는 하루가 지날 때마다, 즉 소위 '아침' 종이 울릴 때마다, 그 책 뒷면에 연필로 표식을 남겼다. 그리고 지상으로 나갈 때마다 행인을 붙들고 날짜를 물었다. 보통 황당하다는 눈빛이 돌아오곤 했지만, 그렇게 답을 들으면 안심이 되긴 했다.

옛이야기에 등장하는 바닷속 용의 여왕은 종종 마음에 드는 인간을 데려가서 물속 용궁에서 함께 지낸다. 이는 축복이자 저주다. 그동안 지상에서는 수백 년의 세월이 흘러가며, 사랑하는 이들은 땅에 묻힌 지 오래이기 때문이다. 제비는 비슷한 악몽을 꾸곤 했다. 말하지도 움직이지도 못하는 채로 창문 너머에서 지켜보는 가운데, 봉숭아 언니가 나이를 먹고 시들다 마침내 홀로 세상을 떠나는 것이다. 그녀의 무덤에 음식이나 술을 바칠 사람은 아무도 남지 않은 채로.

제비는 이런 악몽 이야기를 베이에게 털어놓지 않았다. 그녀가 이해해 주리라 생각지도 않았다. 설령 이해하더라도, 읽을 수 없는 표정으로 예의상 동정을 표할 것만 같았다. 그랬다가는 기분만 훨씬 나빠질 것이다.

그래도 베이에게 질문을 할 만큼 용기를 그러모으긴 했다. 이세미의 작업물에서 발견한 사실에 대해 장관 대리가 아무 말도 하지 않았는지를 물어야 했다. 제비는 막자사발로 안료를 빻는 중이었다. 이제 그도 라잔의 계획을 위해서 화국의 예술품을 파괴하는 것에 익숙해져 버렸다. 낡고 하찮은 물건이든, 낡고 대체할 수 없는 걸작이든, 파괴할 수 있다는 사실 그 자체에. 그때 베이가 살짝 동요한 얼굴로 방으로 들어왔다.

사발에 가득한 흙빛 가루를 쏟지 않으려 애쓰며, 제비는 자기 옆자리 쪽으로 손짓했다. "혹시 말인데요." 제비는 베이가 입을 열기에 앞서 이렇게 운을 띄웠다가, 다시 머뭇거리고는 질문을 새로 시작했다. "이세미 씨가 용 제작 계획을 망치려 한 이유를 찾아냈나요?"

"지금 조사 중이다." 베이의 말투를 보니 조사 따위는 아예 시도하지도 않았으리라는 예감이 들었다.

좋아, 해버리자고. "도박 빚이 쌓여서 어디서 뇌물을 받은 건 아닐까요? 아니면 구미호가 간을 집어삼켰거나? 아니면 범죄 집단의 두목과 같이 자는 사이가 되었거나?" 라잔의 지배하에서는 생각하기 힘든 일이긴 했다. 온갖 규제와 자동인형 덕분에 폭력 범죄율은 역대 최저점을 찍고 있었으니까. "아니면 그 실험으로 불사신이 될 수 있다고 생각한 건 아닐까요?"

베이는 눈을 깜빡였다. "그런 일이 가능하긴 한가?"

제비는 이야기를 꺼낸 것이 미안해졌다. "아뇨." 그는 실제 생각보다 훨씬 단호하게 말했다. "적어도 최근 기억에서는, 천상의 존재들과 소통하려는 시도에 성공한 사람 이야기는 들어본 적도 없어요. 옛이야기 속 여덟 신선과 복숭아 이야기를 떠올린 것뿐이에요. 아니, 여덟 복숭아와 신선이던가? 항상 헷갈리네요." 어머니가 살아 계셨을 적에 해준 옛날이야기를 제대로 들어둘걸 그랬다. 봉숭아라면 알고 있겠지만… 그런 생각은 하지 말자고. "돌아가신 친구분을 모욕하려던 건 아니에요. 어쨌든 뭐든 이유가 있기는 할 테니까요. 그런 일을 아무 생각 없이 저지르는 사람은 없을 거 아니에요."

"물론, 그건 사실이다." 베이는 말했다. 그녀는 삐져나온 머리카락을 손가락으로 빙글 감다가, 갑자기 손을 내렸다. "장관 대리가 알아서 처리할 것이다."

초조한 모양인데. 제비는 깜짝 놀라서 이렇게 생각했다. 하지만 왜? 여기서 더 캐묻는 편이 나을까, 아니면 그냥 넘어가는 편이 나을까?

제비는 결정할 필요가 없었다. 이내 베이가 먼저 입을 열었기 때문이다. "하나 말해두지. 나는 내일 여기 오지 않을 거다."

"아." 제비는 멍하니 대답했다. "내일 하루만요?" 제비는 순간 방치된 어린아이가 된 느낌을 받았고, 그런 자신을 꾸짖었다. 자신은 이제 여섯 살 꼬마가 아니며, 베이에게 자신을 보살필 의무가 있는 것도 아니라고. 대체 무슨 생각을 한 거람. 베이는 방위성의 수석 결투관이다. 게다가 제비와는… 아직 친구 사이조차 아니다.

우호적인 태도와 깍듯한 예의에도 불구하고, 베이는 그를 좋아해서 이곳에 있는 것이 아니었다. 전부 임무 때문이었다. 그리고 제비가 선을 넘으면, 베이는 분명 망설이지 않고 그를 베어 쓰러트릴 것이다.

베이는 손을 꽉 쥐었다가 문득 움직임을 멈췄다. 이번에도 제비가 지금껏 본 적 없는 초조함이 배어 나오는 동작이었다. "글쎄, 상황에 따라 달라지겠지." 베이는 뒤틀린 유머를 내비치며 말했다. "내일 누군가와 결투할 예정이다."

"아." 제비의 입이 다시 반사적으로 열렸다. "당신이 이기겠죠? 그렇죠?" 의도한 것보다 애처롭고 불안한 목소리가 흘러나왔다.

"언제나 승리하고 싶지." 베이는 음울한 얼굴로 말을 이었다. "하지만 결투에서는 그 누구라도 확신은 금물이다. 만약을 대비해서 미리 알려줘야 마땅하다고 생각했다. 그대가… 나중에 의문을 품지 않도록."

제비는 막자사발을 한쪽으로 밀어놓고 곁눈질로 베이의 얼굴을 힐끔거렸다. 방금 '걱정하지 않도록'이라고 말하려 한 걸까? 확신할 수 있었다. 어쩌면 베이도 그를 단순한 임무 대상 이상의 존재로 생각하는 걸지도 모른다.

여기서 되묻는 것은 무례한 행동일 것이다. 만에 하나 베이에게 관계를 맺을 생각이 있다고 한들, 그녀의 태도는 좋게 봐도 애매한 정도였다. 평소 제비는 가벼운 교제를 꺼리지 않는 편이었다. 자신이 그녀와 함께하기를 원하게 되었다는 점을 부정할 수도 없었다. 그러나 동시에, 결투 전날 밤에 그녀의 주의를 흩트리고 싶지도 않았다.

어쩌면 베이도 잠시 눈을 돌릴 사람이 필요할지도 모르잖아? 제비는 이렇게 생각하고 머뭇거렸다. 그러나 제비가 간신히 속마음을 말하거나, 손을 잡아보겠다고 마음을 다잡고 보니, 그 순간은 이미 지나가 버렸다.

베이의 말투는 이미 사무적으로 돌아간 후였다. "나한테 무슨 일이 벌어지면, 내 후임자가 모든 기록을 인계받을 것이다."

"그렇겠죠." 제비는 다시 머뭇거릴 뻔했지만, 알 게 뭐야, 하는 생각이 들었다. 그는 자신의 목깃 아래로 손을 넣어 두 개의 매듭 부적을 꺼냈다. 예술성 시험장에 달고 들어갔다가 시험에 떨어진 바로 그 부적이었다. "빨간색이 좋아요, 파란색이 좋아요?"

아주 잠시, 제비는 베이가 부적의 효과를 알고 있을지 궁금했다. 라잔인 중에는 모르는 이들이 많았다. 그러다 문득, 제비는 베이도 비슷한 부적을 달고 있음을 기억해 냈다. 처음 만났을 때 옷깃 속에 숨겨진 모습을 얼핏 본 적이 있었다.

"붉은색은 피, 푸른색은 행운이던가." 베이는 나직한 목소리로 말했다. 그녀의 눈이 가늘어지며 지금껏 제비가 본 중에서 가장 진실한 웃음을 만들었다. 애석하게도 웃음이 입까지는 내려오지 않아 소리로 옮겨지지는 않았지만. 이어 그녀는 제비의 손바닥에 대고 자신의 손가락을 꾹 눌렀다. 지금껏 그가 경험한 중에서 가장 강렬한 키스였다. 그녀의 손가락이 붉은 매듭을 집었다. "결투가라면 이걸 고를 수밖에 없지. 행운은 그대를 위해 아껴두도록."

그날 밤 제비는 잠을 설쳤다. 베이의 손길이 떠올라 도저히 견딜 수 없었다. 지금껏 결투가와 동침해 본 적은 한 번도 없었다. 물론 연인을 직업별로 '수집'하는 취미는 없으니, 그것 때문에 끌린 것은 아니었지만. 그 강하고 유연한 손가락이 자신의 은밀한 부위를 어루만지며 쾌락을 선사하는 상상을 그만둘 수가 없었다. 성행위의 단순한 복잡성을 향한 갈망이, 결투로 인한 두려움과 충돌하고 있었다.

제비는 생각을 멈출 수 없었다. 그 사람은 분명 실력이 뛰어날 거야. 방위성에서 수석 결투관으로 삼은 걸 보면 분명하잖아. 그러나 뛰어난 결투가에게도 불운이 따를 때가 있는 법이다. 특히 신령과 뭇 혼백들이 불운을 원한다면. 예술과는 달리, 결투에 불운이 따르면 훨씬 치명적이다. 물론 이쪽 분야에서도 힘 있는 후원자의 심기를 거슬러서 예술을 포기하거나 귀양을 가거나 감옥에 처박힐 수 있기는 하다. 그러나 예술가는 결투가처럼 물리적으로 죽음의 위협을 겪지는 않는다.

결국 제비는 자리에서 일어나 옷을 챙겨 입었다. 지난주 주급을 찾아가겠다고 요청하자, 하인들이 두말없이 현금을 가져다주었다. 예전에는 사기당하지 않으려고 지폐를 눈앞에서 꼬박꼬박 세어보는 고약한 버릇이 들었었는데, 이번에는 그조차 넘어가 버렸다. 하긴, 살 만한 물건도 노점상의 주전부리밖에는 없었다. 액수에 신경 쓰는 것은 의미 없는 짓이었다. 필요한 물건은 전부 방위성에서 공급해 주기 때문이었다. 물건이 넘쳐 숨이 막힐 정도로.

젠장, 알 게 뭐야. 어차피 이 돈으로 할 것도 없는데. 제비는 이렇게 생각하며 돈뭉치의 절반 정도를 지갑에 챙겼다.

그러고는 살금살금 방에서 빠져나왔다. 베이의 결투에 신경 쓴다는 사실을 다른 예술가들에게 들키면 부끄러워 견딜 수 없을 것 같았으니까. 그는 집회장의 시계를 슬쩍 훔쳐봤다. 아침 종이 울릴 때까지 30분밖에 남지 않았다.

제비는 대놓고 문으로 다가갔다. 이제 경비병들도 자주 들락거리는 제비에게 익숙해져 있었다. "안녕하세요." 그는 경비병들에게 인사를 건넸다. 아니, 인간 경비병들에게 인사를 건넸다. 인간 둘에 자동인형 둘이라 합계가 넷이었다. 일종의 경고일지도 모른다. 화말에서 숫자 4와 '죽음'은 발음이 같으니까.

"밖에 나갈 생각인 건 아니겠지? 하필이면 오늘?" 인간 경비병 중 땅딸막한 쪽이 눈살을 찌푸리며 말했다. 경비병들은 제비가 가깝게 다가왔는데도 경계하지 않았다. 사실 당연한 일이긴 했다. 돌아가신 지아 형부는 제비의 주먹이 '나비조차 해칠 수 없을 정도로 약하다'라고 선언하곤 했으니까.

"옷도 제대로 안 차려입었군." 경비병은 말을 이었다. "밖에 나가면 완전 한겨울이라고."

"죽기야 하겠어요?" 제비는 이렇게 말하며, 뭔가를 암시하듯 지갑을 툭툭 두드려 보였다. "부탁 좀 드리죠. 정말로 나가고 싶거든요. 그 있잖아요."

"있기는 뭐가 있어." 경비병이 말했다. 다른 경비병은 얼굴을 찌푸리고 제비를 노려봤다.

제비는 손에 잡히는 대로 지폐 뭉치를 꺼냈다. 그리고 목소리를 낮추어 말을 이었다. "그게, 즐겁게 놀아본 지도 너무 오래돼서 그러거든요? 폐를 끼치려는 건 아닌데, 동료와는 잠자리에 들지 않는다는 신조가 있어서요." 완전히 거짓말이었지만, 어차피 경비병들은 크게 신경 쓰지 않을 것이다. "게다가 수석 결투관께 다른 업무가 생겼으니, 지금이야말로 딱 좋은 기회라고요."

"감시할 사람을 붙여주지." 경비병은 넘어간 듯 이렇게 말했다. "그래도 사람이 몰린 곳으로 들어가면 곤란해."

경비병은 액수를 불렀고, 제비는 양쪽 모두에게 뇌물을 건넸다. 라잔인은 이런 점에서 좋았다. 얼마를 원한다고 말하면 바로 그게 원하는 가격이었다. 화국인 동포가 상대였다면 추가로 얼마를 얹어줘야 할지 고민해야 했을 것이다.

"아주 좋아." 경비병은 액수를 두 번 확인한 다음 말했다. "이번에는 자칸이 감시자로 붙을 거다." 자칸이라는 여성 병사가 대기소에서 나와서 제비에게 고개를 끄덕였다.

제비는 즉시 계단을 올라가기 시작했다.

돈이면 뭐든 해결할 수 있다는 가정하에, 제비는 옛 화원 앞 광장에 있는 결투장까지 택시로만 이동했다. 자칸의 요금까지 따로 내주면서. 자동차를 타다니, 지금껏 딱 한 번 경험해 본 호화로운 사치였다. 그는 택시를 타는 동안 계속 창밖의 햇살만 바라보며 경탄하고 있었다. 평범한 햇살인데도 겨울 구름을 뚫고 비치니 마치 꿈결 같았다. 난방이 없어 싸늘한 택시 안에서도 제비는 여전히 즐겁기만 했다.

결투까지 2시간이나 남았는데도 벌써 군중이 빼곡했다. 제비는 인파를 피해 차에서 내려서, 추가 금액을 지불하고 근처 민가의 발코니에서 구경하는 쪽을 택했다. 자칸은 눈알을 굴리기는 해도 딱히 반대하지는 않았다. 제비는 이곳의 뚱뚱한 화국인 여성 집주인이 종종 이런 식으로 부수입을 올리고 있으리라 짐작했다. 그래도 손님맞이에는 신경을 쓰는 모양인지 다과와 차를 내오기도 했다. 싸늘한 겨울 날씨 때문에 차의 온기가 반가웠다.

"그나저나 누가 결투하는 건가요?" 제비는 용기를 내서 집주인에게 물었다. 모르고 있다는 것 자체가 한심하게 느껴지기는 했지만.

집주인 여자는 눈을 깜빡였다. "라잔 결투를 보러 왔으면서, 누가 싸우는지도 몰라요?"

제비는 얼굴이 달아오르는 것을 느끼면서도 어깨를 으쓱해 보였다. "결투 구경이야 재밌지만 전부 기억은 못 한다고요. 기억력이 형편없어서. 우리 가족도 항상 나를 부끄럽게 여기거든요."

"아, 나오셨어요." 여자는 활기차게 말하며 단상 쪽을 가리켰다. "상대방은 좀 늦나 보네요."

발코니에서 보니 전망이 상당히 좋았다. 시력이 좋은 제비는 결투를 주재하는 신관의 옷에 달린 장식물까지 알아볼 수 있었다. 이런 추위 속에서 백색과 적색 조합의 비단옷이라니. 그러나 생각해 보면, 라잔의 신관이라면 날씨 따위는 하찮은 시련쯤으로 여기고 아랑곳하지 않을지도 몰랐다.

"녹색과 남색 옷을 걸친 사람이 추오라 쿄빈 님이에요. 추오라 가문 분이죠."그녀는 말을 이었다.

제비는 고개를 끄덕였다. 라잔인을 지나치게 추켜세우는 집주인의 태도가 묘하게 느껴지긴 했지만, 단순히 반했기 때문일지도 모른다. 제비는 신관이 추오라의 머리에 뭔가를 뿌리는 모습을 지켜보았다. 기름인지 물인지는 알 수 없었다. 날씨가 추운 것이 유감이었다. 장갑을 낀다고 그림을 못 그리는 것은 아니지만, 손놀림이 둔해지기는 할 테니까. 그래도 이 순간의 인상을 기록으로 남기고 싶기는 했다. 제비는 소형 화첩과 연필을 꺼내서 결투가의 자세를 가볍게 그림으로 옮기기 시작했다.

집주인은 애달프게 한숨을 쉬더니 외투 주머니에서 소형 초상화를 꺼냈다. 황록색 액자 틀은 그림 속의 시원한 녹색 옷차림과 처참할 정도로 어울리지 않았다. 액자 틀의 색은 싸구려 청색과 황색 안료를 섞은 것 같았지만, 그림 속 생생한 녹색은 아비산구리 물감으로 보였으니까.

"이거 보이죠?"집주인 여자는 말 그대로 제비의 코밑까지 초상화를 들이밀었다. 자칫은 순간 제비의 눈동자가 하늘을 향하는 꼴을 목격했다. "이분이 14구역에서 처음 결투했을 때 산 물건이에요. 아직도 결혼을 안 하셨다니 정말 이해가 안 되지 않나요?"

"정말 잘생겼군요." 진실일 수도 아닐 수도 있는 말이었다. 한쪽이 처지게 그린 덕분에 그림 속 추오라는 이중턱을 가진 것처럼 보였으니까. "가장 좋아하시는 결투가인가 보죠?"

"당연하죠." 집주인이 말했다. "저기 서 계시는 모습 보이죠? 정말 늠름하지 않으신가요?" 그녀는 다시 한숨을 쉬었다.

나는 저 사람한테는 관심 없다고요. 제비는 속으로만 이죽거렸다. 집주인에게 감히 그런 소리를 하는 것은 꿈도 꿀 수 없었으니까. "저 사람 적수는요?" 생각보다 소심한 척하는 연기가 쉽지 않았다. 자칸은 손으로 입을 가리고 키득거렸다.

다행히도 집주인은 다가오는 결투에 너무 흥분한 나머지 그 사실을 알아차리지 못했다. "아, 그 여자요?" 그녀는 콧등에 주름을 잡으며 말했다. "솔직히 피할 수 없는 상황이라고 해야겠죠." 문득 비밀을 털어놓듯 집주인의 목소리가 낮아졌다. "사람들 말로는 예전에 연인 사이였다고 하더라고요. 추오라 명인께서 그렇게 괴상한 취향은 아닐 거라고 생각하지만요."

제비는 이를 악물지 않으려 애썼다. 자칸은 물론이고 집주인조차도 그 정도는 눈치챌 테니까. "왜요? 그 여자 이름이 뭔데요? 예전에 무슨 짓을 했는데요?"

베이는 아무리 봐도 치정에 연루될 사람으로는 보이지 않았지만… 그러나 다시 생각해 보면, 제비는 그녀의 사생활에 대해서는 전혀 아는 게 없었다. 지난 두어 달 동안 베이를 지켜봐 오긴 했지만, 베이에게 숨겨진 악덕이 없을 거라고 확신할 수도 없었다. 무슨 나쁜 짓을 했던 걸까? 도박? 아편? 라잔인들은 아편을 싫어했다. 아편만큼 잘

듣는 진통제가 없음에도 불구하고. 어쩌면 촌스러운 식습관을 가진 건 아닐까? 김치를 좋아한다거나?

"아, 그 여자 이름은 드주게 베이에요." 여자는 못마땅하다는 투로 설명을 시작했다. ㄷㅈ 소리를 뭉갠 것은 아마 고의일 것이다. 추오라의 이름은 아무 문제 없이 발음했으니까. "당신도 알겠지만, 그 여자한테 결투를 허락해 준다는 것 자체가 말도 안 되는 일이라고요."

제비는 셋까지 숫자를 셌다. "어, 사실 잘 모르는데요." 답을 끌어내기 위한 미소를 머금은 채로, 제비는 그녀 쪽으로 슬쩍 고개를 숙였다. 자칸은 흥미가 동한 표정을 짓고 있었다. "지저분한 이야기 있으면 나도 들려줘요."

이번 작전은 통했다. 제비는 차라리 실패하기를 바라긴 했지만. "그 여자의 부친은 라잔을 명예롭게 섬길 뻔한 사람이었어요. 수십 년 전 진달래 왕조 때 라잔 대사관에서 수석 결투관으로 근무했죠. 아마 드주게한테 결투를 가르친 것도 부친일 거예요. 그게 얼마나 쓸모 있을지는 모르지만. 하지만 그 사람은 14구역민을 한 명도 아니고 두 명이나 아내로 맞았다고요! 드주게는 화국 혼혈이에요."

제비는 쓴웃음을 지었다. 그제야 베이의 완벽한 화말 억양이 이해가 갔다. 베이는 어머니 쪽에서 화말을 배운 것이 분명했다. 라잔 군인이 '순결 구역'의 매춘부와 사랑에 빠지는 일은 그리 드물지 않았다. 그 소생을 법적 자식으로 받아들이는 경우는 드물었지만. 제비는 베이가 힘겨운 어린 시절을 보냈으리라 짐작했다. 일부 화국인과 라잔인은 혼혈아에 대해 상당한 편견을 가지고 있었다. 바로 눈앞의 이 여자처럼.

여자는 제비의 표정을 잘못 해석했다. "당신도 내 말뜻을 알겠죠?" 업신여기는 투로 말하는 그녀의 목소리가 역겨웠다. "결투란 건 일종의 의식이에요. 신성한 행위라고요. 추오라 명인이 그 여자를 베어버렸으면 좋겠는데. 그러면 방위성에서도 제대로 된 수석 결투관을 찾을 수 있을 테니까요."

자칸은 고개를 저었지만, 자신의 의견을 피력하지는 않았다. 그녀도 제비처럼 베이가 훈련하는 모습을 보아왔기 때문일 것이다.

제비는 다시 질문을 던지는 실수를 저지르고 말았다. "추오라 명인은 어느 부서에서 일하나요?" 그를 '명인'이라 부르자니 쓴물이 올라왔지만, 싫어하는 인물에게 경칭을 사용하며 살아온 지도 이미 몇 년째였다. 이번에도 다를 것은 없었다. 괜히 집주인의 적대감을 일으켜서 이 훌륭한 관람석을 잃고 싶지는 않았다.

그러나 그의 계획은 역풍을 불러왔다. "아." 순간 집주인의 얼굴이 완전히 찌푸려졌다. 고개를 돌리다 제비의 화첩이 시야에 들어온 것이었다. 제비는 순간 자신이 추오라의 낙서를 끄적이고 있었다는 사실을 깨달았다. 혹처럼 둥그런 머리와 볼썽사납게 커다란 귀를 가진, 괴물 같은 모습으로. 자칸은 웃음을 터트렸다. "저분은 그렇게 생기지 않았어!" 그녀는 그대로 제비에게 덤벼들었다.

그러나 집주인은 한 가지 사실을 모르고 있었다. 제비는 자신의 화첩을 지키는 데 도가 튼 사람이었다. 특히 우스꽝스럽게 그려진 그림 대상으로부터. (예전에도 낙서하는 버릇 때문에 곤란해진 적이 종종 있다는 소리다.) 그는 집주인의 손을 피해 화첩을 번쩍 든 다음 그대로 주머니에 쑤셔 넣었다. 그러고는 다급하게 자리에서 일어나 뒤로 물러섰다. "가봐야겠네요." 지금이라도 군중 사이로 비집고 들어가면 늦지 않을지도 모른다. 물론 속으로는 자신이 깔려 죽을 것이 뻔하다고 생각하고 있었지만. "안녕히 계세요!"

군중이 어마어마하게 빽빽했다. 특히 결투 단상으로부터 이렇게 가까운 장소에서는 훨씬 심해서, 문을 여는 데만도 한참이 걸렸다. 간신히 문을 연 다음, 제비와 자칸은 열심히 팔꿈치로 사람들을 밀치며 들어가서 간신히 단상 위가 보이는 자리를 잡았다.

"아주 잘했네." 제비 옆에서 자칸이 비꼬듯 말했다. 이 우스운 막간극을 전부 관전했으니 그렇게 말할 자격은 있을 터였다. "안락한 장소에서 여유롭게 결투를 관전할 수 있었는데, 꼭 그걸 이렇게 망쳐야 했을까."

"죄송해요." 거짓말이었지만.

행운이 따랐는지 국수를 파는 노점 옆으로 비집고 들어갈 수 있었다. 아무래도 추오라 명인 쪽에서 후원하는 상인처럼 보였지만, 주변에 추오라의 녹색과 남색 완장을 두른 열성 관객들이 가득했기 때문에, 제비는 그런 의심을 입 밖에 낼 수가 없었다.

빼곡히 모인 군중에 짓눌려 숨 쉬는 것만으로도 정신이 없었기에, 제비는 드주게 베이가 단상으로 올라왔다는 것조차 알아차리지 못했다. 주변에서 수런거리며 험담을 내뱉는 소리가 그의 귀에 들어왔다. 수백 개의 입이 베이의 이름을 중얼거리고 있었다. 아무도 그녀를 '드주게 명인'이라고 부르지 않는다는 사실이 인상적이었다. 결투가라면 누구나 그렇게 불릴 권리가 있는데도.

제비는 고개를 들었다. 순간 심장이 멎을 뻔했다.

결투가의 복장을 차려입은 베이는 눈부셨다. 품이 넉넉한 푸른색 바지 위로 붉은색 상의를 걸치고, 옻칠한 검집이 흰색 허리띠에 매달려 있었다. 이제는 금지된 화국의 국가 문양에 경의를 표하는 붉은색과 푸른색이었다. 부인할 수가 없었다.

그러나 제비가 충격을 받은 것은 그 때문이 아니었다. 처음 보는 복장인데도, 제비는 그녀의 결투복을 알아볼 수 있었다. 붉은색과 푸른색 복장. 베이는, 그의 형부인 지아를 베어버린 결투가였다.

봉숭아. 봉숭아 언니한테 알려야 해.

"저 여자였어." 제비는 중얼거렸다. 화국에 있는 라잔인 결투가 중에서 저런 복장을 차려입을 사람이 또 있을 리 없었다. 지금껏 상상조차 해본 적 없던 일이었다. 애초에 베이와 지아 형부를 연관 지을 만큼 결투에 관심이 있던 것도 아니었다. 결투가라는 직업 자체가 혐오스럽고 야만적이라고 생각해 왔기 때문이었다. 움직임은 유려하고 아름다울지라도.

그리고 베이는… 베이는 정식 결투복을 차려입고 연습한 적이 없었다. 지금껏 그는 봉숭아의 아내를 벤 사람을 흠모해 온 것이었다. 제비는 배신감에 몸부림쳤다. 물론 결투에 문외한인 제비라도 결투복이 의식용 복장이라는 정도는 알고 있었다. 베이가 의식적으로 속이려 한 것이 아니라는 것도 알고 있었다. 베이가 제비의 가족사를 몰랐으리라는 것도 확신할 수 있었다.

신관이 베이에게도 똑같이 투명한 액체로 축복을 내리는 모습을 보면서, 제비는 베이에 대한 껄끄러운 감정을 정리하려 애썼다. 베이와 추오라는 몇 발짝 떨어진 위치에 자리를 잡고, 각자 자기 검자루에 손을 올렸다. 신관이 양손을 높이 들었다.

"이제 시작이야." 자칸은 눈을 반짝이며 속삭이듯 말했다. "걱정하지 말라고."

관중이 추오라의 이름을 소리 높여 연호했다. 반복되는 고함 속에서 음절이 뭉개졌다.

신관이 입을 열었다. 제비에게는 아무 소리도 들리지 않았지만, 적어도 입술이 움직이는 모습은 보였다.

제비는 이 순간 베이의 모습을 영원히 기억에 새겼다. 거추장스럽지 않도록 틀어 올린 긴 머리카락도, 붉게 칠해 강조한 눈썹도, 늘씬하고 균형 잡힌 몸과, 그 몸을 휘감으며 움직이는 상의도. 구름 너머로 숨은 태양, 부옇게 흐린 빛 속에 선 그녀는 마치 흘러간 봄날의 환영처럼 아른거렸다. 당신을 그리고 싶어. 제비는 생각했다. 그랬다가는 언니가 나를 죽이려 들겠지만.

여기서는 화첩을 꺼낼 공간조차 없었다. 그래도 상관없었다. 그녀의 모습은 이미 그의 뇌 속에 각인되어 버렸으니까.

신관이 팔을 내렸다. 둘 사이의 허공을 가르는 손짓이 마치 사형 집행관의 도끼처럼 보였다.

두 결투가가 동시에 뛰어들었다. 제비는 차마 눈을 감을 수 없었다. 누군가가 강제로 제비의 눈꺼풀을 붙들어 열어놓고 있는 것 같았다. 그렇다고 눈앞의 광경을 제대로 봤다는 이야기는 아니었다. 어딜 봐야 할지조차 알 수가 없었다. 움직임을 눈으로 따라갈 수가 없었다.

겨울 햇살 속에서 양쪽의 검날이 번득였다. 너무 빨라서 초승달 같은 궤적이 점멸하는 것 같았다.

제비의 목이 아려 왔다. 문득 그는 자신이 지금껏 목이 터져라 베이의 이름을 외치고 있었다는 걸 깨달았다. '드주게'나 '드주게 명인'이 아니라, 그녀의 이름을. 베이라고.

순간 제비는 영문도 모른 채 숨을 멈췄다. 베이는 단상 반대편에 있었다. 그 사이의 거리를 간단하게 훌쩍 뛰어넘은 것처럼. 그녀의 칼날을 따라 붉은 액체가 흘렀다. 제비는 단상에 핏방울이 떨어지는 소리를 들었다고 맹세라도 할 수 있었다. 들릴 리가 없는데도 불구하고.

문득 그는 추오라 쪽으로 시선을 옮겼다. 베이의 검이 허리에서 쇄골에 이르기까지, 그의 몸을 두 토막 내듯 갈라놓아 버렸다. 집주인의 발코니에 오래 머물지 않은 것이 다행이었다. 그랬다가는 분명 다과를 먹었을 것이고, 이 순간 전부 토해버렸을 테니까. 아, 물론 죽은 사람을 처음 보는 것은 아니었다. 침략의 시대를 살았던 사람들은 모두 시체를 보아왔다. 그러나 이런 경험은 처음이었다. 갓 죽은 사람의 모습은 본 적이 없었다.

아직 완전히 숨이 끊어지지 않은 모습도… 새삼 제비는 추오라와 베이가 결투를 벌인 이유조차 모르고 있다는 사실을 깨달았다. 질문을 던지기에는 조금 늦기도 했다. 아마 명예 때문이겠지. 라잔인들은 그런 것들을 중요하게 생각하니까. 베이가 '고작' 절반만 라잔인이라는 점은 중요하지 않을 테고.

군중이 사랑하는 추오라 명인의 죽음을 애도하는 울음을 흘리는 동안, 제비는 먹먹한 심정으로 서 있기만 했다. 나는 베이가 살기를 원했던 걸까, 죽기를 원했던 걸까, 스스로 자문하면서.

07

여름 궁전으로 돌아오는 길에, 자칸은 눈치만 볼 뿐 굳이 제비와 대화를 나누려 들지 않았다. 제비가 자신의 감정을 숨기지 않았기 때문이기도 했다. 처음에는 베이보다 먼저 돌아가지 못할지도 몰라 조바심을 내기도 했지만, 사실 그건 걱정할 필요가 없었다. 결투에는 의례가 따르기 마련이다. 현장에서 애도 행사가 이어질 테고, 수가 적어도 베이를 응원하는 관객도 있으니 축하 행사도 있을 것이다. 베이가 그자리를 빠르게 빠져나올 가능성은 거의 없었다.

제비는 그날의 남은 시간을 멍하니 보냈다. 이어진 며칠간도 마찬가지였다. 제비는 밖에 더 오래 있을걸 그랬다고 생각했다. 다시 밤하늘을 바라보고, 겨울의 별자리를 찾아보며 다른 모든 일을 잊는 것도 괜찮았을 것이다. 별을 볼 때마다 언니가 떠올랐다. 언니가 천상의 주민들 이야기를 얼마나 좋아했는지도.

제비는 봉숭아가 자신을 찾고 있는지를 수소문해 보고 싶었다. 그러나 군밤이나 단팥빵을 사 먹으러 땅 위로 올라가 있는 동안에도, 자신에게 붙는 감시자를 떨쳐낼 방도가 없었다. 제비는 짜증 속에서 봉숭아에게 해줄 말을 속으로 곱씹기만 했다. 물론 모든 대화가 언니의 '내가 그럴 거라고 했지'로 끝날 것이라는 사실은 아주 잘 알고 있었지만.

베이가 여름 궁전으로 돌아왔을 때, 제비는 이세미의 기록을 연구해서 자신의 작업물을 검토하는 일에 다시 푹 빠져 있었다. 머릿속에 해법을 마련해 놓기는 했지만, 정작 네헨에게는 보여줄 수 없었다. 아라지에게 적용하기 전에 다른 사람의 시선으로 검토를 할 수가 없는 상황이니, 아무것도 잘못되지 않도록 최선을 다할 수밖에 없었다.

그의 계획은 이랬다. 여름 궁전의 장인들은 여전히 빨간나무 학살 이야기를 입에 담기를 꺼린다. 그러나 다른 목격자가 하나 더 있다. 사건의 중심인 용 말이다. 입을 열게 만들기만 하면 된다. 용이야말로 자신이 무슨 일을 했는지 가장 잘 알고 있지 않겠는가?

제비는 네헨이 했던 모순과 선택 이야기를 떠올리고는, 구내식당을 지키는 자동인형들과 의사소통을 시도했다. 접근하는 제비의 모습을 보며, 인간 경비병들은 중립적인 표정을 유지하려 애썼다. "방금 추가 후식을 놓친 것 같은데." 키 큰 쪽이 말했다.

"아, 그건 됐어요." 제비는 이렇게 대꾸했다. 물론 요즘 주방에서 내놓는, 화국 과자를 따라 만든 비뚤게 생긴 꽃 모양 과자가 마음에 들기는 했지만. "자동인형하고 대화해 봐도 되나요?"

얼굴 한쪽에 반점이 있는 땅딸막한 경비병이 어깨를 으쓱했다. "우리야 뭘 하든 상관없지. 솔직히 별로 괜찮은 대화상대라고는 못 하겠지만."

"고맙습니다." 제비는 자동인형을 마주했다. "제 말 알아들을 수 있나요?" 그는 물었다.

자동인형은 멍하니 그를 마주보기만 할 뿐이었다.

"고개를 끄덕이거나 손짓을 할 수도 없나요?" 제비는 다시 시도했다. 봉숭아가 자주 가던 시장에는 귀가 먹은 상인들도 있었는데, 종종 수화로 대화를 하곤 했다. 제비도 정확한 수화법은 몰랐지만, 자동인형은 목소리가 없으니 자기들끼리 의사소통을 할 수 있는 방법을 마련했을 것이 분명했다.

자동인형은 꼼짝도 하지 않았다.

식당에서 설거지하던 하인 한 명이 제비가 수선을 떠는 광경을 가리키면서 웃음을 지었다. 다른 하인이 화말로 뭐라 중얼대며 대꾸했다. 라잔인과 그 정신 상태에 대한 적나라한 표현이었다. 제비는 얼굴이 화끈 달아올랐으나 반응하지는 않았다. 실제로 우스꽝스러워 보인다는 것은 잘 알고 있는 데다, 라잔 경비병들이 못 알아들었다면 굳이 자신이 티를 내서 하인들을 곤란하게 하고 싶지도 않았기 때문이다.

"시도할 가치는 있었어." 제비는 중얼거렸다. 기존 자동인형 문법에서는 소통 용도의 지능이나 반응성을 허용하지 않는다. 이미 알고 있던 사실이지만, 확인할 필요는 있었다.

그러나 이세미가 처음에 아라지에게 부여했던 문법은 달랐다. 제비가 연구한 바에 의하면, 그 문법에는 보다 발전된 문양이 사용되었으며, 이세미는 그를 통해 용에게 인간과 동등한 지능을 부여했다고 암시하기까지 했다. '흐드러지는 봉황'처럼 가장 희귀한 안료까지 사용하면서. 다행스럽게도 제비에게 가장 많이 필요한 안료는 엄청나게 흔한 '울어대는 매미'였다. 수많은 예술가에게서 보편적으로 찾아볼 수 있는 성질인, 스스로 생각을 피력하고자 하는 욕망을 나타내는 안료였다. 제비는 몇 가지 문양을 이리저리 개조하면, 말하지 않고 생각을 교환할 수 있으리라 짐작했다. 봉숭아의 모험소설 속에서 비슷한 장치를 본 적이 있었다. 경비병들이 엿듣지 못하게 대화를 할 수 있으면 상당히 유용할 것이다.

"잘 안 되지? 미안하게 됐어." 땅딸막한 경비병이 말했다. "말했잖아. 저 녀석들은 농담 따먹기에는 영 쓸모가 없다고."

"말씀해 주신 대로네요." 제비는 동의하고 작업실로 돌아갔다. 그리고 화첩을 펼쳤다. 누군가 자신의 기록을 엿볼 경우를 대비해서 일부러 형편없는 글씨체로 끄적여 놓기는 했다. 그 때문에 아마도 자신의 기록이 훨씬 더 수상해 보일 테지만, 적어도 아직은 글씨체를 지적한 사람은 없었다. 그는 '모순'과 '선택'의 문제를 놓고 계속 머뭇거렸다. 용에게 '언제나 진실을 말하라'라고 강요한다면, 다른 사람이 물을 때도 제비가 무슨 질문을 던졌는지를 고스란히 밝혀버릴 것이다. 반면 선택권을 준다면 거짓말로 답할 수 있을 테고.

위험해도 이 방법밖에 없어. 제비는 이렇게 생각하며 관련된 두 가지 문양을 손으로 더듬었다. '진실을 말하라'와 '재량껏 행동하라'는 서로 모순되는 명령이다. 네헨의 말이 옳다면, 여기서 용이 '선택'을 할 수 있는 여지가 생겨날 것이다.

베이는 돌아온 다음 날 제비에게 들렀다. 베이는 작업실에 들어가기 전에 문을 두드리는 묘한 버릇이 있었다. 그녀에게도 열쇠가 있고 예술가들은 항상 문을 살짝 열어놓으므로 그럴 필요는 전혀 없는데도. 평소 제비는 그녀의 몸에 밴 예절을 좋아했다. 그러나 이제 그녀를 볼 때마다 떠오르는 것은 붉고 푸른 결투복뿐이었다. 그리고 전쟁에 출정하기 전 마지막으로 보았던 지아 형부의 얼굴.

"뭔가 문제라도 있나?" 베이가 제비의 작업대로 다가오며 물었다.

제비는 황급히 표정을 지웠다. "그냥 걱정거리가 있어서요." 아라지에게 직접 질문하겠다는 생각을 베이에게 밝힐 수는 없었다. "수사는 어떻게 되어가나요?"

"이세미 말인가?" 베이는 한쪽 어깨를 으쓱했다. "장관 대리한테서 새로 들어온 소식은 없다. 그대가 용의 기능을 수복할 수 있을지만 알고 싶어 하더군."

"그것 말인데요." 베이가 자신이 초조한 이유를 캐묻지 않아서 고맙기도 했고, 지금 이 주제 때문에 초조하기도 했다. "기한이 언제까지로 정해져 있는 건가요?"

베이는 표정을 굳혔다.

"보안 문제가 있을 수도 있겠지만…" 제비는 조심스럽게 단어를 고르며 말을 이었다. 고개를 숙였다가 자신의 손이 초조하게 작업대를 두드리고 있는 것을 알아차리고, 얼른 억지로 손동작을 멈추었다. "하지만 얼마나 빠르게 작업해야 하는지, 뭘 우선해야 하는지를 알면 훨씬 도움이 될 수 있을 테니까요."

"내 선에서 답할 수 없는 질문이다." 베이는 이렇게 대답했고, 제비는 깜짝 놀랐다. "장관 대리라면 할 수 있겠지만. 어차피 그대와 대화를 원한다고 했다. 따라오도록."

"지금 작업 중이었는데…"

"따라와라." 베이는 자리에서 일어난 다음, 지극히 그녀답게 제비가 따라 일어날 때까지 기다렸다. 다른 사람이었다면 당연히 따라오리라 여기며 앞서 작업실을 나가버렸겠지만.

지상으로 나갈 수 있을지도 모른다는 제비의 기대는 순식간에 사라져 버렸다. 베이가 지금껏 가본 적 없는 복도로 그를 이끌었기 때문이다. 제비는 순전히 초조함 때문에, 가는 길의 경비병들과 자동인형들에게까지 웃어 보였다. 경비병들은 베이에게 경례를 붙일 뿐 앞길을 방해할 생각조차 하지 않았다.

"들어오게." 하판덴의 목소리가 들렸고, 베이는 안으로 들어섰다. "기다리고 있었다네."

제비는 얌전히 서 있다가, 하판덴이 맞은편 자리에 앉으라고 손을 휘젓고 나서야 움직였다. 베이도 자리에 앉으리라 생각했지만, 그녀는 그대로 꼼짝도 하지 않고 서 있었다.

하판덴 뒤편의 벽을 가득 채운 커다란 지도가 제비의 눈을 사로잡았다. 그의 지상 집무실에는 보이지 않던 지도였다. 라잔 본국이 있는 열도를 찾아내는 데는 조금 시간이 걸렸다. 그의 눈길은 뒤이어 14행정령으로, 그리고 그 북쪽의 광대한 황관의 땅으로 옮겨 갔다. 그러나 이 지도에는 그가 알고 있는 세 개의 땅덩이 그 너머 영역까지 그려져 있었다. 낯선 지명과 지형이 보였다. 현재 존재하는 식민지와 가장 염려되는 부분인 그들이 준비한 정복 계획까지도.

하판덴이 말했다. "자네한테서 직접 진척 보고를 들을 때가 된 것 같더군. 베이, 우리는 두고 나가보게나."

"알겠습니다." 베이는 들어올 때와 마찬가지로 소리 없이 방을 나갔다.

위험해. 제비의 오감이 속삭이기 시작했다. 배 속에 차가운 구멍이 뚫린 느낌이 들었다. "수석 결투관님이 제 작업에 대해 보고하고 있는 줄 알았는데요." 그는 정중한 말투를 사용하려 애쓰며 말했다.

"물론." 하판덴은 앞으로 몸을 기울이며 말했다. "자네가 임무 방해의 단서를 발견했다는 이야기는 들었네. 해법에 얼마나 근접했다고 생각하나?"

적어도 이 질문에는 답할 수 있었다. "도안 자체는 직관적입니다." 말끝에 머뭇거리는 기색이 묻어났다. 하판덴이 어디까지 설명을 원하는지 알 수 없었다. 그러나 하판덴은 고개를 끄덕이며 한쪽 손을 펴 보였다. 계속해도 된다는 뜻이었다. "문제는 물자인데요."

"무슨 물자 말인가?" 그가 날카롭게 물었다.

"안료 말입니다. 손에게 이야기는 해뒀습니다. '흐드러지는 봉황'이라 부르는 마법의 안료가 거의 동났거든요. 더 얻을 수 있을지 손에게 물었는데, 시간이 걸릴 거라고 했습니다. 재료가 되는 예술품이 희귀하다고 하던데요."

"그런 문제는 걱정할 필요 없네." 하판덴이 말했다. "필요한 재료는 곧 입수될 테니."

'입수된다'라. 누가 그 작업을 수행할지를 숨기려는 수동형 표현이라고 제비는 생각했다. "이 작업을 서둘러야 한다는 건 저도 알고 있습니다."

"그래, 서둘러야지." 제비가 그를 알게된 후 처음으로, 하판덴은 늙고 지쳐 보였다.

제비는 용기를 그러모아 대뜸 물었다. "제국이 행정령을 다스리는데 어려움을 겪는 것도 아니지 않나요? 기계 용 아라지는 분명 대단한 진보지만, 처음부터 전차를 상대할 목적으로 만들었다고 들었습니다. 그런데 여기 온 다음에도, 우리가 전차의 위협을 받고 있다는 이야기는 못 들었는데요."

하판덴은 웃음기 없이 입꼬리를 올렸다. "물론 여기서야 못 듣겠지. 일개 예술가가 국제 정세에 대해 아는 게 뭐가 있겠나." 비하하는 투였지만, 부정할 수 없는 사실이었다. "서방 열강이 굶주린 상어 떼처럼 라잔과 황관 주변을 맴돌고 있다네. 저들의 해군이 등장해서 다른 땅을 점령한 것처럼 우리를 병합하려 들 걸세. 시간문제일 뿐이야."

"그런 줄은 몰랐습니다." 제비는 멍하니 말했다. 다른 화국인들과 마찬가지로, 제비 또한 화국 근처의 이웃 나라를 벗어난 영역에 대해서는 그저 어렴풋이 알 뿐이었다. "그렇다면 아라지는 서양인들에 대한 우리 쪽의 방어 수단인 셈이네요." '당신들의'라고 말할 뻔했지만, 아슬아슬하게 정정할 수 있었다.

"그렇다네." 하판덴은 굳은 얼굴로 양손을 포갰다. "자동인형의 이점은 이미 짐작했을 걸세. 자원이 허용하는 한 얼마든지 생산할 수 있다는 거지. 이제 금속 공급원도 확보했고, 공장도 충분히 지었으니까."

전부 화국의 금속이잖아, 하고 제비는 생각했다. 라잔이 산 투성이 화국을 침공한 이유 중 하나는, 화국의 풍부한 광물 자원 때문이었다.

봉숭아는 틈만 나면 전쟁 전에 병사를 무장시킬 총칼을 더 만들었어야 했다고 불평하곤 했다. 어차피 너무 늦어버렸지만.

"그러면 안료를 더 가져다주신다는 거지요?" 제비는 얼굴을 찌푸리며 말했다.

"그쪽은 걱정하지 말게. 내가 처리할 문제니까." 하판덴은 등을 폈다. "조정한 내용은 빠짐없이 기록하도록. 기록을 완벽히 해독하면 즉시 베이에게 전달하고. 알겠나?"

"알겠습니다." 제비는 대답했다. 하판덴에게 문제의 해결 방법을 이미 파악했다고는 절대 말할 수 없었다. 베이에게도 마찬가지였다. 문제는 하나였다. 과연 라잔인들이 아라지를 화국 독립군이 아닌 서양을 상대로만 사용하리라고 확신할 수 있을까? 답은 뻔했다.

08

　제비의 계획은 예상치 못한 암초에 걸려 좌초되고 말았다. 병이었
다. 한밤중에 콜록거리며 잠에서 깨어나 보니 콧물이 줄줄 흐르고 목
이 칼칼했다. 그는 순간 봉숭아를 부르려다가 자신이 어디 있는지를
깨달았다.

　언니가 아주 멀리 있었으면 좋겠네. 제비는 생각했다. 분명 지금쯤
이면 제비가 사라졌다는 사실을 깨닫고 언니 나름의 결론을 내렸을
것이다. 라잔인과 연루되어 있다는 것 정도는 알고 있을 테니, 언니가
내린 결론이 좋은 결론일 리도 없었다.

　다음 날 일어나 보니 베이가 식사를 담은 쟁반을 들고 문간에 서
있었다. "저… 일해야 하는데요." 베이가 시간을 알려주자, 제비는 이
렇게 대답했다.

　"우선 건강부터 챙기도록." 베이가 대꾸했다. "넘길 수 있는 것만

먹도록 해라. 이불에서 나오지 말고, 필요한 것이 있으면 하인을 불러라." 그녀는 제비의 이불 옆에 놓인 상 위에 쟁반을 놓고 물러났다.

정말 세심하다니까. 제비는 물러나는 베이의 등을 바라보며 생각했다. 지아 형부를 죽인 사람만 아니었으면 좋았을 텐데.

제비는 억울한 표정으로 죽그릇의 절반을 꾸역꾸역 비웠다. 그리고 그 정도 일에도 진이 빠지는 자신의 몸 상태에 깜짝 놀라고 말았다. 좀 쉬기만 하면 될 거야. 그는 이렇게 생각하며 자리에 누웠다. 눈꺼풀이 천천히 감겼다.

당황스럽게도 제비는 몇 시간 후에야 다시 일어났다. 꿈의 찌꺼기가 여전히 들러붙어 있었다. 톱니 장치 용 부대가 도시의 거리를 따라 행진했다. 그보다 흔한 인간형 자동인형들이 부대를 호위하듯 따라갔다. 용의 관절 사이에서 불길이 새어 나와 도시가 불타기 시작하는 순간, 제비는 잠에서 깨어났다.

방 안의 불빛만으로는 시간을 알 수 없다는 사실에 갑자기 분노가 솟구쳤고, 제비는 울음을 터트릴 뻔했다. 지금이 아침일지, 한밤중일지, 그 사이의 어느 시간일지 알 방도가 없었다. 시간. 내게 필요한 건 시간이야. 내가 가지지 못한 것도 시간이고. 제비는 생각했다.

제비는 비틀거리며 간신히 자리에서 일어섰다. 몸을 일으키자마자, 잠자리에서 나오지 말고 푹 쉬라는 베이의 말을 들어야 한다는 느낌이 들었다. 그러나 조금이라도 시간을 끌었다가는 위험할지도 모른다는 생각을 떨칠 수가 없었다. 그는 문에 귀를 딱 붙이고 뭐든 들으려 애썼다. 말 그대로 뭐라도. 여름 궁전의 통로는 소리가 꽤 멀리까지 울린다. 장점이자 동시에 단점이었다.

망치질 소리와 활기찬 잡담 소리가 들려왔다. 아직 사람들이 깨어 있을 시간이라는 뜻이다. 제비는 이를 갈며 이불로 돌아갔다. 그러나 누워서는 곤란했다. 그대로 다시 잠들어 버릴 테니까.

깨어 있기 위해서, 제비는 서가의 책 한 권을 집어서 뒤적이기 시작했다. 날짜를 표시하던 책인『정국론』이었다. 베이의 결투 이후로 날짜 세기를 그만두기는 했지만. 열 쪽도 넘기지 못해 졸음이 쏟아지기 시작했다. 중후하고 화려한 문체는 이해하기 힘들었고, 제비는 지금껏 철학에 관심이 없었다. 저자는 인민이 자신의 목소리를 피력하도록 하는 법, 정부가 그들의 정의감에 부응해 행동하는 법, 정의감과 이기심을 구별하는 법 따위에 관심이 많았다. 전부 제비도 원칙적으로 동의하는 이야기였지만, 그렇게 장황하게 늘어놓아야 하는 걸까?

이건 못 해먹겠네. 제비는 이렇게 생각하며 연필을 꺼냈다. 어쩌면 삽화를 곁들이면 읽기가 편해질지도 모른다. 평소 제비는 책에 낙서하는 일을 좋아하지 않았지만, 어차피『정국론』은 라잔과 화국, 황관, 그리고 아마 그 너머의 땅에도 엄청나게 유통되고 있을 것이다. 게다가 이 책에는 이미 낙서한 적이 있고.

제비는 희화화한 관료들과 조복을 입은 동물 판관들을 그리기 시작했다. 처음에는 화국 판관처럼 차려입고 있었으나, 갈수록 복장은 더 화려해져 갔다. 장식 술과 레이스가 달리고 모자에도 세련된 장식이 늘어갔다. 이내 제비의 삽화는 책의 내용을 완전히 벗어나 버렸다. 낙서의 내용은 차츰 이야기가 있는 그림으로 변했다. 인간과 자동인형이 평화롭게 공존하는, 반구형 거주구에 친근한 동물들이 가득한 달 세계 문명이 등장했다. 제비는 상상 속 자동인형들의 얼굴에 큼지막

한 미소를 그려 넣었다.

제비는 퍼뜩 놀라 고개를 들었다. 시간이 얼마나 지난 거지? 너무 정신없이 낙서에 빠져 있었다. 그는 자리에서 일어나 엉망이 된 책을 겨드랑이에 끼우고는, 열이 오르는 것을 느끼며 문가로 향했다.

이번에는 웃음소리와 연인들의 몸부림 소리가 간간이 들릴 뿐이었다. 아마도 티아와 메벰일 것이다. 저렇게 관능적으로 웃는 사람은 티아밖에 없으니까. 문득 제비의 눈앞에 베이의 모습이 스쳐 지나갔다. 그녀가 옷을 벗으면 어떤 모습일지가 궁금했다. 이젠 포기할 줄도 알아야지. 제비는 얼굴을 붉히며 생각하고는, 문을 살짝 열고 조심조심 복도로 나섰다.

당당하게 여기 소속인 것처럼 걷는 일에만도 상당한 자제력이 필요했다. 아니, 여기 소속인 건 사실이잖아. 제비는 갈수록 커지는 경계심 속에서도 이런 생각을 잊지 않았다. 내가 수상쩍게 행동하지만 않으면 아무도 의심하지 않을 거야.

그러나 무슨 생각을 해도 빠르게 두근거리는 심장을 진정시킬 수는 없었다. 이보다 더 빠르게 뛰면 심장이 가슴에서 튀어 나갈 것만 같았다. 차분하게 심호흡을 해도 별 도움이 되지 않았다.

다행히 심장이 폭발하지 않은 채 작업실에 도착했다. 문을 살짝 열고 들어가자, 불행하게도 자기 자리에 앉아서 예술품을 분류하는 손이 보였다. 제비는 새어 나오려는 좌절의 신음을 억눌렀다. 이대로 슬쩍 나갔다가 다른 날 밤에 다시 시도할까? 그러나 그때도 손이 없으리라는 보장은 없었다. 다른 예술가도 마찬가지고.

달그락거리는 소리에 손이 고개를 들자 제비도 마음을 다잡을 수밖에 없었다. 최대한 조심스럽게 걸으려 했지만, 누군가 바닥에 버린, 낡아서 다 해진 붓을 차버리고 만 것이다. 제비는 주의력이 부족한 자신을 욕했다. 물론 낡은 붓을 제대로 버릴 줄도 모르는 인간들도 푸짐하게 욕해주었고. 사실 낡은 붓은 버릴 필요가 없는 물건이다. 많은 예술가가 그렇듯이, 제비도 물감 튀기는 효과를 낼 때 완전히 못 쓰게 된 붓을 사용하곤 했으니까. 붓을 바닥에 버려서 몰래 돌아다니는 사람이 소리를 내게 만들다니, 예술가는 대체 뭐 하는 족속들인 거야?

"자네 몰골이 끔찍하구먼." 숀은 언제나 그렇듯 직설적으로 말했다. 그러나 이번에는 베이도 비슷하게 직설적으로 말했다. 어쩌면 제비의 지금 기분만큼이나 끔찍한 꼴일지도 모른다. "내가 침대까지 데려다주지."

이제부터 할 말을 생각하면 숀에게 정말 미안했지만, 지금은 숀을 최대한 빨리 이곳에서 떠나게 만들어야 했다. "당신이 그런 일을 원하는 줄은 상상도 못 했는데." 제비는 쏘아붙이며, 양팔을 부여잡고 그에게서 물러섰다.

숀의 얼굴에 죄책감이 스쳐 지나갔다. 너무 찰나에 지나가서 잘못 봤다고 생각할 정도였다. "실례를 범하려 한 게 아닐세. 자네가 괜찮다면…" 여전히 무뚝뚝한 목소리였다.

"여기가 더 조용할 것 같아서 온 거예요." 제비는 여전히 무례하게 대꾸했다. 물론 막자 돌리는 소리나 망치질 소리나 물 튀기는 소리보다 제비 자신의 기침 소리가 더 거슬리기는 했지만, 그 사실은 인정하지 않을 생각이었다.

"그렇다면 조용히 가드려야지." 숀은 뻣뻣한 등을 가누며 작업장을 떠났다.

제비는 떠나는 그의 모습을 바라보며 얼굴을 찌푸렸다. 그를 이곳에서 떠나게 할 더 교묘한 방법이 분명 있었을 텐데. 그러나 너무 지치고 몸이 아픈 상태라서, 다른 생각은 아무것도 떠오르지 않았다. 젠장, 어차피 저질러 버렸는걸.

제비는 여전히 비틀거리면서 자기 작업대 쪽으로 걸음을 옮겼다. 여전히 손에는 엉망으로 낙서한 책이 들려 있었다. 사실 별생각 없었는데, 어쩌면 도움이 될지도 모른다. '인민의 목소리'라고 했지. 제비는 원래의 황관말 글귀에는 무슨 함의가 숨어 있을지 궁금해졌다. 이제 생각해 보니 그가 하려는 일과 딱 들어맞는 글귀였으니까.

아라지의 용머리에 씌울 빈 가면은 이미 한 상자 들어와 있었다. 티아가 제비의 주문에 맞춰 만들어 준 물건이었다. 지금껏 아라지에게 직접 씌워 확인할 기회는 없었지만, 그건 어쩔 수 없는 일이었다. 하지만 정확도를 중시하는 티아의 능력은 믿을 만했다.

"당신이 딱딱하고 지루하다고 생각해서 미안해요." 제비는 이름 모를 『정국론』의 저자를 향해 말했다. "번역자가 형편없다고 해도 당신 사상을 조금 더 음미했어야 하는데."

여전히 '흐드러지는 봉황'은 공급되지 않았지만, 그 때문에 돌아온 것은 아니었다.

내가 끔찍한 짓을 저지르는 걸지도 몰라. 제비는 책장을 한 움큼 찢으며 생각했다. 책 찢는 소리에 순간 움찔하기는 했지만. 다른 예술가 중에도 기분이 나쁠 때마다 자기 그림을 찢어버리는 사람은 잔뜩 있었다. 운이 좋으면, 엿듣는 사람도 어떤 예술가의 격정적인 밤을 해

줄지도 모른다.

이렇게 온갖 고생을 했는데, 용이 침묵을 지키면 어떡하지? 아니, 그 대신 제비를 잡아먹으려 든다면? 지금껏 자동인형이 굶주림을 느낀다는 이야기는 들어본 적이 없기는 했지만, 새로운 문법에서 뭔가 간과한 부분이 있을지도 모른다.

아니, 어쩌면 수다쟁이 용 쪽이 더 난감할지도 모른다. 사실 용생의 대부분을 같은 자리를 빙글빙글 돌면서 보낸 자동인형이 무슨 할 이야기가 있겠는가? 어쩌면 기계가 가능한 한도 내에서 미쳐버렸을지도 모른다. 생각할수록 자신감은 줄어들기만 했다.

제비는 우울한 얼굴로 방금 찢어낸 책장을 막자사발에 넣었다. 낙서는 미안. 제비는 소리 없이 덧붙였다. 어쩌면 용이 예술 평론가가 될지도 모른다. 그러면 정말 재밌을 텐데.

사발 안에서 부슬부슬한 가루 형태의 안료가 만들어졌다. 너무 오래 끓인 녹차처럼 살짝 씁쓰름한 냄새가 났다. 그러나 제비는 예술을 추구하는 과정에서 훨씬 고약한 냄새도 여럿 겪어본 적 있었다. 그는 계속 막자를 돌렸다. 똑같은 안료를 한 번에 많이 확보하고 싶었다. 준비는 아무리 해도 지나침이 없는 법이다.

이 정도면 충분해. 제비는 다음으로 평범한 안료를 가루에 섞었다. 손이 가르쳐 준 기술로, 자신의 작업 과정을 확인하기 위한 작업이었다. 마법의 안료 중에는 눈에 잘 띄지 않는 것들도 있고, 그런 경우에는 작업이 불편해진다. 이번에는 실수하고 싶지 않았다. 눈앞의 물감이 투명했기 때문이다. 제비는 잠시 생각한 다음 잉크에 사용하는 검댕을 골랐다. 다섯 가지 전통적인 색상 중에서, 검은색은 물과 현명함을 상징한다. 불이나 지르고 다니는 파괴 병기에게는 물과 현명함이 도움이 될 것이다.

밑그림을 그릴 시간이 있을까? 제비는 고민했다. 밑그림 없이는 자신 없는데. 문양 자체는 이제 거의 외우고 있었다. 뛰어난 시각 기억력이 이럴 때는 도움이 되었다.

작업장으로 흘러 들어오는 사소한 소음, 알아듣기 힘든 중얼거림, 제비는 그때마다 몸을 굳혔다. 사소한 잡음쯤은 무시해야 해. 제비는 생각했다. 물론 그런 '잡음'을 무시했다가 다른 사람의 접근이나 위험을 알아차리지 못할 수도 있겠지만, 소리가 들릴 때마다 움찔해서는 제대로 문양을 그릴 수 없을 것이다.

제비는 소중한 시간을 할애해 잠시 명상을 했다. 제비는 늘 명상에는 그다지 소질이 없었다. 봉숭아조차도 제비에게 명상을 하라고 강요한 적은 별로 없었다. 도저히 그녀 성미로는 제비를 제대로 보고 있을 수가 없었기 때문이다. 언니를 떠올리자 다시 호흡이 흐트러졌다. 마음이 진정될 때까지 심호흡하느라 시간을 더 써야 했다.

이제 준비 끝났어. 제비는 다시 연필을 들었다. 그러고는 빠르고 능숙한 손놀림으로 가면의 표면에 도안을 그리기 시작했다. 한번은 손이 미끄러져 회색 얼룩을 만들기도 했다. 제비는 반죽 지우개를 가지고 심하게 번진 곳만 처리한 다음, 다시 작업을 시작했다.

제비는 뒤편 개수대에서 물 한 그릇을 떠 온 다음 가장 즐겨 쓰는 붓을 들었다. 이 붓도 슬슬 바꿀 때가 되기는 했다. 처음 구했을 때처럼 붓끝이 세밀하게 모이지 않았다. 그러나 이렇게 중요한 작업에는 굳이 새 붓을 길들이기보다 손에 익은 붓을 사용하는 편이 나았다.

원래 제비는 그림 그리기를 하나의 의식儀式으로 보는 관점에 별로 관심이 없었다. 아, 물론 안료를 갈고, 고착제를 계량하고, 섞어서 물감을 만들고, 붓을 닦는 작업은 처음 가르침을 받은 선생들에게서 전부 배우긴 했다. 그러나 지금까지는 그 모든 것을, 일종의 부수적인 방해물로만 여기고 있었다. 대상의 내면을 종이나 비단 폭 위에 표현하는 즐거움을 누리기 위해서, 마땅히 치러야 하는 대가일 뿐이라고.

그러나 이번에는 사소한 작업 하나하나에 스며든 의식의 성격이 그에게 각인되는 느낌이었다. 문양이나 물감의 기묘한 마법을 발견한 사람이 신관이라는 사실도 이제 당연하게 느껴졌다. 화국인 기준으로 볼 때, 제비는 적당히 종교에 의지하는 편이었다. 종종 작은 공물을 올리거나 필요할 때마다 부적에 의지하는 정도지, 굳이 사당이나 점집까지 들락거리지는 않았다. 물론 조상님께 제대로 공물을 올리는 일은 중요하지만, 그건 장자인 봉숭아의 의무였다.

마침내 제비는 가면 그림을 완성했다. 그는 검은 직선과 곡선을 내려다보았다. 문양은 때론 구름처럼, 때론 파도처럼, 때론… 이제야 깨달았지만, 차고 이울어지는 달의 모습처럼 보였다. 어떻게 직접 그리면서도 눈치채지 못한 걸까? 물감의 번들거리는 검은색에는 초자연적인 광택이 흘렀다. 마치 검은 진주처럼, 또는 전복 껍데기 안쪽처럼.

문득 한 가지 기억이 떠올랐다. 학의 연회에서 라잔인 관료들이 달을 점령하는 이야기를 꺼냈었다. 달을 점령하다니! 하판덴은 설마, 용이 하늘을 날 수 있게끔 만든 걸까? 아라지에게는 날개가 없다. 그러나 민담이나 그림 속 용들도 날개 없이 원하는 대로 날 수 있다. 지금껏 그걸 물어볼 생각도 하지 않은 것이 안타까웠다. 우레처럼 발소리를 울리며 언덕을 넘어오는 기병대도 두렵지만, 하늘을 나는 전쟁 기계는 그보다 훨씬 무시무시할 텐데.

남은 인내심을 모두 쥐어 짜내며, 제비는 물감이 마르기를 기다리고 있었다. 창문과 햇살이 근처에 있었더라면, 제비는 색이 바랠 위험을 무릅쓰고라도 가면을 햇빛에 내놓아 말렸을 것이다. 어차피 아주 잠깐만 제대로 효력을 발휘하면 되는 일이니까.

그때, 문이 벌컥 열리며 예술가 한 명이 어슬렁거리며 들어왔다. 제비는 심장이 멎을 뻔했다. 티아였다. 살짝 음정이 어긋난 노래를 흥얼거리고 있었다. 어떻게 다가오는 소리조차 못 들은 거야? 제비는 자신을 책망했다.

"지금 뭐 작업하고 있어?" 제비가 뜨끔할 정도의 큰 소리로 티아가 물었다.

"이것저것요." 제비는 이렇게 말하며, 가면이 티아의 시야에 들어가지 않도록 자세를 바꿨다. 하필이면 지금…

티아는 얼굴을 찌푸렸다. "넌 정상인인 줄 알았는데. 아프면서도 작업하러 나오면 우리가 게으름뱅이처럼 보이잖아." 그녀는 웃으며 이렇게 말했다. "지금은 잠깐 개인 작업 좀 하려고. 설마 고자질하지는 않겠지?" 그녀는 상당한 열의를 담아 꺼억 트림을 했다.

제비는 웃을 수밖에 없었다. "그럴 리가요." 동시에 그 또한 티아가 자신을 고자질하지는 않을지 걱정하고 있었다. 지금 친절하게 행동한다고 해서, 티아가 하판덴에게 제비의 수상쩍은 행동을 보고하지 않으리라는 법은 없으니까. 적어도 제비가 하판덴의 자리에 있었다면 경비병에만 의존하지 않고 따로 정보원을 풀어뒀을 것이다. 당연한 이야기지만, 자동인형은 보고 들은 내용을 보고할 수 없으니 논외였다.

이제부터 내가 바꿀 거지만. 적어도 아라지만큼은.

제비는 티아가 자신의 말대로 작업을 시작하는 모습에 만족하고⋯ 잠깐, 저게 뭐야? 그녀가 꺼낸 그림은 제비가 지금껏 보아온 그 어떤 재현 예술 작품과도 동떨어져 있었다. 강렬한 붉은색과 노란색의 추상적인 물감 얼룩이 가득했다. 다른 때였다면 저 그림에 대해서 티아와 대화를 나누었을 테지만, 지금은 다른 할 일이 있었다.

제비는 조심스레 자신이 그린 선 하나를 손가락 끝으로 건드려 보았다. 좋아, 다 말랐군. 그리고 가면을 가져갈 수 있도록 한지로 둘둘 감쌌다. 잠시 생각한 후, 제비는 막자사발을 챙기고 안료 단지도 넉넉하게 쓸어 담았다.

아라지의 감옥에 이를 때까지 아무도 그를 제지하지 않았다. 심지어 베이조차도. 내가 지금 왜 그 사람을 떠올리는 거지? 제비는 자신에게 짜증을 느꼈다.

경비병들은 불쾌한 눈빛으로 제비를 바라봤다. "이 시간에?" 경비병 한 명이 물었다.

제비는 사과하듯 양손을 벌려 보였다. "그게 말이죠, 영감이 떠올라서." 제비가 가장 좋아하는 변명이었다. 다른 장인들이 경비병들로부터 특별한 대접을 받고 싶을 때 이런 변명을 쓰는 걸 실제로 보기도 했고.

경비병은 한숨을 쉬고는 목록에 뭔가를 기록했다. "꼭 그래야 한다면야."

"집중해야 하는 일이거든요." 제비는 덧붙였다. "진짜로 중요한 일이에요. 안쪽에 있는 경비병분들도 밖으로 나와주셨으면 좋겠어요. 집중력이 흐트러질 거라고요. 제 일이 다 끝난 다음에 들어와 주세요."

한심한 허풍이기는 했지만, 경비병들은 제비의 말을 곧이곧대로 받아들인 모양이었다. 제비가 처벌받을 일을 저질러도 상관없다는 생각일지도 모르지만. 제비는 후자에 대해서는 생각하지 않으려 애썼다.

제비는 밖으로 나가는 경비병들과 엇갈리며 서둘러 아라지에게 다가갔다. 두려움이 아니라 열의로 보이기 위해 애쓰면서. 뒤에서 문이 닫혔고, 이제 그는 아라지와 단둘이 남았다.

용은 여전히 어슬렁거리고 있었지만, 제비는 문득 동체의 선에서 긴장감을 읽어낸 것 같았다. 설마 아라지도 앞으로 일어날 일을 감지한 걸까? 자신의 일상에 변화가 생기리라는 사실을?

"아라지." 제비는 심호흡을 한 다음 입을 열었다. "이리 와. 난 그냥… 그냥 이야기가 하고 싶어서 그래."

용이 걸음을 멈추지 않으면 어쩌지? 거대한 전쟁 기계와 몸싸움을 벌여 움직임을 봉쇄하는 기술 따위는 없는데. 이 부분도 미리 생각해 놨어야 했다.

아라지의 걸음이 느려지다 제비의 앞에 와서 멈추었다. 그리고 고개를 숙였다. 귀족처럼 우아한 몸놀림이었다. 제비는 다시 한번 그 설계의 아름다움에 감탄했다. 이렇게 장엄한 존재가 내 목숨을 끊으러 오는 모습을 눈에 담으면 어떤 기분이 들까?

그만.

"너한테 주려고 가져왔어. 이걸로 대화할 수 있을 거야. 우리끼리."
제비는 가면을 높이 들었다.

아라지는 앞으로 머리를 기울였다.

제비는 옛 가면을 풀어 조심스레 바닥에 내려놓았다. 그리고 새 가면을 들어 용의 머리에 씌웠다. 티아의 손재주 덕분에 가면은 완벽하게 들어맞았다. 자리에 맞아 들어가며 거의 들리지 않을 정도로 작게 딸각 소리가 났다.

제비는 나사로 가면을 고정했다. 부드러운 흥얼거림이 제비의 귓가를 가득 메웠다. 마치 멀리서 울리는 바닷소리처럼.

"아라지?" 제비는 혹시나 하며 물었다.

가면의 눈구멍 안에서, 용의 눈이 푸른 바다처럼 청명하고 심해처럼 어둑하게 빛났다. 아라지는 그를 마주 바라봤다. 숨 막히는 찰나 동안, 제비는 이 모든 일이 헛수고가 되었다고 생각했다. 이대로 빈손으로 방으로 돌아가게 될 거라고. 그리고 하판텐의 심문을 마주해야 할 거라고. 어쩌면 베이의 심문도.

다음 순간, 제비의 머릿속에 용의 목소리가 울렸다. 부서지는 파도와 울부짖는 바람을 닮은, 은은하게 울리는 금속의 소리였다. **내게 목소리를 준 이유가 있겠지. 질문해도 좋아.**

제비의 가슴이 달아올랐다. 문법이 성공한 것이다. 적어도 용에게 말하는 능력을 주는 부분까지는. 문양과 안료의 사용법을 제대로 익힌 모양이었다.

그럼 자신의 마음속에서 대답하는 것도 가능할까? 제비는 머뭇거렸다. **내 이름은 기엔 제비야.** 적어도 이제부터 할 질문 앞에서, 그는 테세라오 트세난일 수 없었다. **빨간나무 학살 이야기를 들었는데, 이야기마다 앞뒤가 맞지 않았어. 너는 거기 있었지? 무슨 일이 있었는지 알 거야. 이제 이야기**

를 들려줄 사람은 너밖에 남지 않았어.

문득 제비는 깜빡임 없는 용의 눈에 사로잡힌 기분이 들었다. **물론 진실을 듣지 못했겠지. 빨간나무에서 학살이 있었다는 건 사실이야.** 용의 화말 발음은 완벽했다. **내가 저지른 건 아니지만.**

이세미의 방해 공작을 생각하면, 그리 놀라운 일은 아니었다. "진실을 알려줘." 제비는 상황을 잊어버리고 소리 내어 말했다.

장관 대리와 병사들이 내 능력을 시험하려고 나를 그 마을로 데려갔어. 하지만 나는 사람을 죽일 생각은 없었어. 나로서는 도저히 이 싸움을 이해할 수 없었어. 그 마을 사람들은 나한테 아무것도 하지 않았는걸.

그래서…?

처음에는 하판덴이 이세미한테 왜 실패했는지를 물었어. 아, 이세미는 나를 만든 사람이야. 아라지의 목소리는 계속 침착하고 고요했다. 그러나 용의 눈은 더 밝게, 더 어둡게 타올랐다. **그러더니 우선 이세미부터 죽였어. 이세미도 살인을 저지르거나 살인용 도구를 만드는 일에는 관심이 없었거든. 그러니 죽어야 했지. 이세미는 쓸모가 없어졌기 때문에, 장관 대리는 이세미의 작품으로 '흐드러지는 봉황' 안료를 만들려 한 거야.**

단어 선택이 중요했다. 아라지는 '살인'이라는 단어를 사용했다. 제비는 이세미의 문법에서 '평화로운 해결책을 찾아라' 부분은 남겨두었지만, 이세미처럼 폭력을 완전히 배제한 것은 아니었다. 그러나 이 용은 분명 과거의 판단을 그대로 간직하고 있었다. 어쩌면 자아가 생긴 후에는, 가면을 바꾸어 생기는 제약과는 무관하게 자신의 견해와 지성을 유지하는 것일지도 모른다.

제비는 입을 열어 다음에 일어난 일을 물으려 했지만, 아라지가 먼저 설명을 시작했다. 하판덴은 자기 상급자들에게 실험에 실패한 이유를 알리고 싶지 않았어. 설마 지금 비꼬는 투로 말한 건가? 지역 주민들에게도 그렇고. 그래서 모든 증인을 없애라고 명령했어.

제비의 입술이 타들어 갔다. **몇 명이나?**

수백 명. 아라지가 말했다. 인간 병사뿐 아니라 통제하는 자동인형들도 데려갔거든. 걔들은 거부할 수 없었어. 문법이 그런 식으로 설계되어 있지 않으니까. 생명이란 하나가 스러져도 지나친 법인데.

너를 여기서 빼내야겠어. 하판덴이 너한테 다른 가면을 씌우고 우리 민족에게 사용하려 들 거야. 어떻게 해야 할까? 제비는 부드럽게 말하고는, 용의 사지를 휘감고 있는 쇠사슬을 바라보았다. 아라지의 성격을 생각하면, 도망칠 수 있었다면 이미 도망쳤을 것이다.

아라지는 가만히 몸을 흔들었다. 금속과 금속이 부딪쳐 철컹거리는 소리가 울렸다. **간다면 어디로 가게?**

제비의 머릿속에 가장 먼저 떠오른 답은 '최대한 멀리'였다. 그렇다면 달보다 더 먼 곳이 또 있겠는가? **어디로 가야 할지 알아.** 제비는 대신 이렇게 대답했다. **나갈 수만 있다면. 일단은 계속 어슬렁거리고 있어. 내가 계획을 꾸미는 동안 기다려 줄 수 있지?**

응. 하지만 서둘러 줘. 아라지가 대답했다.

제비는 커다란 방의 문간에 이르러 머뭇거렸다. 혹시라도 가면이 바뀐 걸 알아보는 사람이 있으면 어쩌지? 그러나 그는 고개를 젓고 서둘러 걸음을 옮겼다. 어차피 이세미의 속임수를 알아챈 사람도 아무도 없었으니까.

언제부터 예술가 지망생에서 독립운동가로 변신하게 된 걸까? 제비는 알 수 없었다. 그러나 하판덴이 더 많은 사람을 학살하려 하는데도 곁에서 방관만 하고 있을 수는 없었다.

09

다음 식사 자리에서, 제비는 예술가들이 뿔뿔이 흩어져 자신의 작품이나 작업장으로 돌아갈 때까지 뭉그적거리며 기다렸다. 하인 중 한 명이 접시를 치우고 상을 훔치려 다가오자, 제비는 조금 가까이 와 달라고 그녀에게 손짓했다. 천연두로 얽은 얼굴의 호리호리한 여자였다.

하인은 그와 눈을 마주치지 않으려 했다. "무엇이 필요하신가요?" 그녀는 어색하고 억양이 강한 라잔어로 물었다.

제비는 목소리를 낮추어 화말로 물었다. "자칸이라는 이름의 경비병 있죠. 그 사람한테 이상한 취미 같은 건 없나요?"

하인의 얼굴이 하얗게 질렸다. "그런 건 하나도 몰라요."

"그냥 목줄을 조금 헐겁게 만들고 싶어서 그래요." 제비는 이 여성과 공모하는 상황이 마음에 들지 않았다. 같은 화국인이기는 해도, 심문 앞에서 그녀가 제비를 위해 거짓말을 해주리라는 환상은 조금도 품지 않았다. 더군다나 그녀를 곤경에 처하게 만들고 싶지도 않았다. 그는 조심스레 여성의 손을 붙들고 넉넉한 금액을 쥐여주었다. "그냥 질문일 뿐이잖아요."

여성의 얼굴에서 표정이 사라졌다. "자칸은 음악을 좋아한다고 들었어요. 가끔 순결 구역의 공연에 다녀온 이야기를 하더군요."

"장소는요?"

여성은 몇 군데 술집의 이름을 댔다.

"고마워요." 제비는 말했다.

그날 저녁 퇴근 기록을 마친 후, 제비는 자칸을 찾았다. 경비병들은 서로 마주 보더니 어깨를 으쓱했다. "이런 특별한 요구에는 돈이 드는 거, 알지?" 한 명이 말했다.

당연한 소리였다. 제비는 값을 깎으려 들었다. 돈에 신경을 써서가 아니라, 흥정하지 않으면 수상해 보일 것이기 때문이었다.

"이번에는 어딜 가려고?" 자칸이 물었다.

제비는 하인에게서 들은 술집 중 하나를 무작위로 골랐다. 〈행운의 고양이〉였다. "요즘은 즐길 기회가 별로 없어서요." 분명 핑계였지만, 한 치도 틀림없는 진실이기도 했다.

자칸이 활짝 웃었다. "아, 내가 아는 곳이야! 차림표에서 최고의 물건만 골라주지."

이 사람을 취하게 만들 생각이야? 호기심 어린 목소리가 머릿속에 울렸다. 용이었다.

제비는 순간 펄쩍 뛰어오를 뻔했다. **너 설마… 내 귀로 들을 수 있는 거**

야? 제비는 머뭇거리며 물었다.

응. 아라지가 대답했다. 미안. 무례한 짓이었을까?

아니, 그건 아니고… 조금 놀랐을 뿐이야.

그래서 어느 쪽인데? 그러니까, 이 사람을 취하게 만들려는 거야?

필요하다면 그래야지.

난 취한 사람은 한 번도 본 적 없어. 경비병들 이야기에서 들은 적은 있지만. 아라지가 말했다. 저 아래에서는 술 취하는 건 금지거든. 하판덴의 부하들은 전부 엄청 엄격하고. 완전 재밌겠다!

제비는 이 상황을 '재밌다'고 부르고 싶지는 않았지만, 어쩌면 감금된 자동인형에게는 평범한 인간의 취한 모습도 조금이나마 즐길 거리가 될지도 모른다는 생각이 들었다.

제비는 얼른 〈행운의 고양이〉에 가 닿고 싶었지만, 순결 구역까지는 걸어서 1시간이라 뭘 타기도 애매했다. 게다가 계단 때문에 다리가 아프기는 해도 바깥세상을 조금 더 만끽하고 싶었다. 자칸은 별 말 없이 옆에서 걸음만 옮겼고, 제비는 아라지에게 주변 풍경을 묘사하는 일에 집중했다. 가지가 앙상해진 양버즘나무와 마지막 이파리 몇 장만 남은 단풍나무며, 발밑의 진창이며, 거리에 떨어진 과자를 놓고 다투고 있는 까치들이며, 제비와 같은 민족인 화국인들이 그를 멀찍이 피해 가는 모습까지도. 제비 옆에 정복 감시병이 붙어 있으니 당연한 일이긴 했다.

순결 구역에는 그곳 나름의 매력이 존재한다. 물론 종종 푸른 제복의 군인들이 눈에 띄기는 하지만. 늦은 오후의 햇살이 구름 사이로 비스듬히 내리쬐어, 화려한 석상과 대문이 늘어선 사창가의 기와 위로 회색빛을 퍼트렸다. 엿장수 한 명이 큼지막한 가위를 철컹거리는 모습이 보였다. 엿의 달콤한 맛을 떠올리자 입 안에 군침이 돌았다. 마지막으로 먹어본 것이 언제였더라?

"조금 숨을 돌려볼까?" 제비가 발걸음을 늦춘 이유를 잘못 해석했는지, 자칸이 이렇게 물었다.

제비는 그리움을 담은 눈으로 엿판을 바라보았다. 그러나 임무가 먼저였다.

나 엿 먹고 싶어. 아라지가 말했다. **먹고 나서 전부 설명해 줘. 엿이 어떻게 생겼는지 본 적도 없단 말이야.**

제비는 자기도 모르게 미소를 머금었다. "주전부리 좀 살게요." 그는 소리 내어 말하고는 엿장수 쪽으로 걸음을 옮겼다. 엿장수는 길고 큼지막한 엿 조각을 덤으로 챙겨줬다. 제비는 엿을 입 안에 넣고는, 적당한 길이에서 깨물어 끊으려 안간힘을 썼다.

그의 입 안이 가득 찬 것을 본 자칸은 대화를 포기했다. 덕분에 제비는 엿의 달콤쌉싸름한 맛을 머릿속으로 충실히 묘사할 수 있었다. **근데 너 맛이란 게 어떤 건지는 알아?** 제비는 설명하다 말고 이렇게 물었다.

정확히는 모르지만, 상상할 수는 있거든. 아라지는 차분하게 대꾸했다. **먹는 거 정말 재밌을 것 같다. 나 대신 이것저것 다 먹어주라.**

이번 모험이 끝나면 완전 뚱뚱해지겠는데. 제비는 생각했다. 그래도 아라지와 경험을 공유하는 건 즐거운 일이었다. 아무래도 용의 열의가 옳은 모양이었다.

〈행운의 고양이〉에 도착했을 즈음에는, 제비의 손과 볼 모두 상당히 끈적해져 있었다. 아라지는 그 또한 재밌다고 여겼다. 네 관절이

끈적하게 들러붙으면 그런 생각은 안 들 텐데. 제비는 이렇게 생각했지만, 굳이 그렇게 말해서 즐거움을 망칠 생각은 없었다.

여성용 한복을 입은 세련된 젊은 남성이 접수대에 서 있다가, 제비의 손과 볼에 지저분하게 남은 엿 자국을 보자 눈살을 찌푸렸다. 이 사람은 머리를 그애의 형식대로가 아니라 짧게 치고 있었다. "물이라도 가져다 드릴까요?" 그는 달콤한 목소리로 물었다.

"네, 부탁드려요." 제비는 부끄러움을 느끼기에는 너무 행복한 상태였다.

접수원이 손짓하자, 머리가 긴 여성이 향내 풍기는 물그릇과 수건 한 장을 가지고 사뿐히 그녀 곁으로 다가왔다. 제비가 손을 씻는 동안 자칸은 전속 악단의 공연 비용을 놓고 흥정을 벌였다. 제비는 물에서 풍기는 여러 겹의 꽃향기를 아라지에게 설명해 주었다. 더운물이라 다행이었다. 온기 덕분에 추위에 곱은 손가락에 감각이 돌아오기 시작했다.

내가 있는 곳은 항상 추운데. 아라지가 말했다. **그래도 네가 느끼는 식으로 힘들지는 않아.**

다시 태어난다면 자동인형으로 태어나게 해달라고 부탁하고 싶다. 제비는 이렇게 동의를 표했다. 조금 찜찜한 소리였지만.

자칸은 제비에게 공연 비용을 떠넘겼다. 무시무시한 액수였지만, 제비는 흔쾌히 받아들였다. 어차피 자칸을 두고 떠날 생각이었으니까. 사뿐한 걸음의 여성이 두 사람을 개인실로 안내했다. 장난치는 고양이를 그린 장지문이 방을 둘로 나누고 있었다. 전문가의 그림 솜씨는 아니었지만, 그림을 보자 마음이 절로 편안해졌다. 장지문 뒤편에서 악공들이 방문객들의 시선에서 몸을 숨긴 채로 부지런히 오가고 있었다.

"이건 영 이해가 안 되더라고." 자칸이 말했다. 제비는 그녀가 진심으로 애석해하는 것으로 받아들였다. "연주하는 모습을 직접 보고 싶단 말이야. 하지만 전통을 함부로 깨서도 곤란하겠지."

무슨 전통? 아라지는 이렇게 묻다가, 뒤이어 말했다. **네 감각을 통해서 음악이 조금 들려. 내가 상상한 것과는 많이 다르네.**

제비는 그 전통의 이유를 알고 있었다. 자칸은 전혀 짐작하지 못한 모양이지만. **같이 자도 괜찮은 연주자들만 자기 얼굴을 보여주는 거야.** 제비는 설명했다. **안 그런 사람들은 얼굴을 숨기고.**

제비가 공연 비용을 댄다는 생각에 대담해졌는지, 자칸은 청주 두 잔을 주문했다. 자칸이 나와 함께 자려는 건가? 제비는 순간 고민했다. 일부 술집과 창관에서는 그런 행위가 가능하다. 자칸 말고도, 예술가라면 누구 품에든 안기려 한다고 생각하는 사람은 잔뜩 있었다. 물론 자칸은 단순히 화국 음악을 진심으로 좋아하는 것일지도 모르지만.

연주가 시작되었다. 제비는 느릿한 음악에 수면을 유도하는 효과가 있다고 생각했다.

진짜로? 아라지가 물었다. 제비는 지하 감옥의 용이 가야금 선율에 맞추어 몸을 흔드는 아련한 느낌에 마음을 빼앗겼다. 정신을 차려보니 제비 역시 가야금 선율에 몸을 맡기고 있었다. 당황스럽게도 자칸은 그런 제비를 보며 눈을 찡긋해 보였다. 제비의 박자가 형편없이 어긋나고 있는데도, 그가 음악에 푹 빠졌다고 생각하는 모양이었다. 바다에서는 이런 소리가 날 것 같아. 한 번도 가본 적은 없지만.

아라지는 바깥세상에 관해 얼마나 아는 걸까? 제비는 문득 궁금해졌다. 어디서 그런 걸 들었는지도. **바다 이야기는 누구한테 들은 거야?**

나는 용이라고. 비바람이나 물속에서 태어난 건 아니지만 그 정도는 알아. 아라지가 대답했다.

제비는 술을 마시고 음악에 귀를 기울였다. 곡이 바뀔 때마다, 자칸은 제비를 불러서 음악에 관해 토론하려 들었다. 의외로 자칸은 음악 이론에 조예가 깊었다. 제비도 음악 이론에 대해 조금이나마 아는 것이 있었다. 관심이 있어서가 아니라, 순전히 4년 전에 만나던 연인이 초보 작곡가였기 때문이었다. 제비가 떨떠름하게 말을 받아줄 때마다, 자칸은 아주 적극적으로 그의 발언을 수정해 주었다.

연주가 절반쯤 끝났을 때, 삼색 고양이 한 마리가 어슬렁거리며 들어오더니 제비의 무릎을 노리고 다가왔다. 제비는 고양이를 쫓으려 시도했지만 별 효과는 없었다. 고양이가 고르릉거리는 소리에, 제비는 저항을 포기하고 귀 뒤를 긁어주었다. 가게 이름이 〈행운의 고양이〉니 진짜 고양이가 몇 마리 있으리라는 정도는 짐작했어야 하는데. 작고 통통하고 털가죽에는 윤기가 흐르는 고양이였다.

자칸은 계속 술을 주문했고, 제비는 계속 술을 마시는 척만 했다. 아라지는 그게 서운한 모양이었다. **내가 제대로 취한 모습을 보고 싶으면 다음 기회를 기다려 줘. 우선 널 거기서 빼내야 한다고. 잊은 거 아니지? 게다가…** 뒤이어 제비는 자칸의 혀가 꼬이고 웃음소리가 커지는 모습을 묘사했다. 서로 감각이 연결되어 있다고는 해도, 아라지가 이 상황을 얼마만큼 직접 받아들이고 얼마만큼 설명에 의존하는지는 가늠할 수 없었다. 어쩌면 아라지는 주제와는 상관없이 단순히 말할 사람이 생겨서 즐거운 걸지도 모른다. 설령 그렇다 해도 누가 비난할 수 있을까? 지금까지 그토록 고독하게 지내왔는데.

자칸이 충분히 취했다는 판단이 서자, 제비는 작은 삼색 고양이를 조심스레 무릎에서 내려놓았다. 고양이는 모욕을 당했다는 듯 꼬리를 세우고는 즉시 자칸의 무릎으로 뛰어들었다. "화장실 좀 다녀올게요." 제비는 말했다. 자칸은 장지문 너머에 어른거리는 그림자에서 시선을 떼지 않고 손만 흔들어 보였다.

그리고 사실 옥외 화장실에 들르기도 했다. 접수원이 성난 라잔인 고객을 달래느라 쩔쩔매는 동안 슬쩍 가게를 빠져나가기는 했지만.

빌어먹을. 제비는 눈을 찡그리고 어두운 하늘을 바라보며 생각했다. 이미 해가 져버렸으니 이제는 통금이 적용되고 있을 것이다. 자칸이 호위로 함께 있어주지 않으면 도시 경비병에게 붙들릴 수도 있었다. **최소한 강도당하지는 않겠네.** 제비는 아라지에게 덧붙였다. **우리 봉숭아 언니하고 연락할 수 있으면, 언니가 너를 지하 감옥에서 빼낼 방법을 찾도록 도와줄 거야.**

너한테 언니가 있는 줄은 몰랐는데. 아라지는 이렇게 말하고 입을 닫았다.

제비는 잠시도 지체하지 않고 〈행운의 고양이〉에서 멀어졌다. 순찰병을 피하느라, 지나칠 정도로 깨끗한 뒷골목을 이리저리 돌아다녀야 했다. 집요하게 청결을 강요하는 라잔인들의 태도가 새삼 사무치게 느껴졌다. 건물에 소변을 보거나 길바닥에 토하는 사람을 발견하면, 라잔 순찰병들은 조금도 망설이지 않고 그 사람을 구타하거나 감금할 것이다. 처형할 수도 있고.

묵직한 발소리가 자동인형의 접근을 알렸다. 길거리의 눈은 깨끗이 쓸려 나가 도로 양쪽으로 회색 눈더미만을 남겨놓고 있었다. 제비가 도주로를 궁리하기도 전에 순찰대가 바로 눈앞까지 들이닥쳤다. 자동인형들이 반원을 그리며 제비를 둘러쌌다.

"야간통행금지령 위반이다." 통역병이 목에 건 염주알을 매만지며 말했다.

문득 제비에게 한 가지 생각이 떠올랐다. 어쩌면 완전히 실패한 것은 아닐지도 모른다. "벌이라면 기꺼이 받겠습니다." 그는 너무 적극적으로 들리지 않도록 애쓰며 말했다. 얇은 옷가지 때문에 한기가 몸에 스며들었다. 한 겹 더 껴입고 나왔으면 좋았겠지만, 외박할 속셈을 자칸에게 들킬지도 모른다는 생각에 차마 엄두를 내지 못했었다.

통역병은 의심 어린 눈초리로 그를 바라보았다. "유치장에 하룻밤 들어가 있도록. 아침에 벌금을 내고 나가면 된다."

"벌금은 좀 문제가 되겠는데요." 제비는 거짓말을 했다. 돈은 지금도 충분히 있는데도. "뭐, 우리 언니가 해결해 주겠지만요." 제비는 최대한 유들유들하게 웃어 보였고, 통역병의 눈에는 혐오감이 어렸다. 그는 봉숭아의 이름과 주소를 댔다. 어차피 방위성 쪽에서도 알고 있는 정보였다. 설령 제비가 바라는 대로 봉숭아가 다른 곳으로 피신했더라도, 누군가 소식을 들으면 그녀에게 전해줄 것이다.

"아, 14구역 놈인가." 통역병은 경멸하듯 말했다. "네놈들은 항상 말썽을 일으키지. 좋아, 따라와라. 다음에는 제정신을 차리고 법을 지켜줬으면 좋겠군. 네놈들과 나머지 우리 모두를 위해서 만들어진 법이란 말이다."

끝내주는군, 아주 현자 납셨네. 그것도 제비를 계도할 마음으로 가득한 작자였다. 자동인형들이 제비를 둘러쌌다. 그는 당장 뛰쳐나가고 싶은 충동을 억눌렀다. 제비는 억지로 고개를 끄덕이며 참회하듯 신음을 흘렸다. 어쨌든 통역병은 제비가 평범하고 무책임한 14구역민이라고 받아들인 모양이었다. 유치장에서 하룻밤을 보내는 일은 물론 불쾌하기는 하겠지만, 한밤중에 싸돌아다니는 것보다는 안전할지도 모른다. 하판덴이 그를 찾아 유치장까지 뒤질 것 같지는 않았고.

통역병은 다른 순찰대에, 그 순찰대는 또 다른 순찰대에 제비를 인계했다. 이내 제비는 가장 가까운 유치장에 도착했다. 지루해 죽을 지경인 당번 치안판사 조수는 제비의 화말 이름을 잘못 기입했고, 제비는 굳이 그걸 수정하려 들지 않았다. 운이 좋으면 라잔인들은 기엔 제비가 아니라 테세라오 트세난만 찾아다닐지도 모른다.

이것 보라고, 이름이 두 개여서 실생활에 도움이 될 때도 있다니까. 제비는 언니에게 이렇게 말해주고 싶었다. 물론 봉숭아라면 그런 부류의 이중성은 첩보원이나 신경 쓸 일이라고 대꾸했을 것이다. 아니, 독립운동가도 신경을 쓰려나…? 제비는 갑자기 언니가 무슨 말을 할지 전혀 짐작할 수가 없어졌다.

제비는 다섯 명이 들어가 있는 감방에 던져졌다. 두 명은 훌륭한 차림이고, 세 명은 누더기를 걸치고 있었다. 술과 토사물과 소변 냄새가 코를 찔렀다. 심지어 방석 대신 쓰라고 넣은 짚단에서도 곰팡내가 풍겼다. 제비는 선 채로 힘겨운 하룻밤을 보내게 되겠다고 체념해 버렸다.

그래도… 제비는 창살에 몸을 붙인 채로 경비병에게 손을 흔들었다. "저기요, 죄송한데 조금만 시간을 내주시면…"

경비병은 그쪽으로 눈길조차 주지 않았다. 아니, 아예 소리를 들은 것 같지도 않았다.

제비는 슬쩍 지갑을 뒤져 적당한 동전을 찾았다. 의도치 않은 관심을 끌 정도로 큰 액수가 아니면서, 동시에 적절한 뇌물을 원하는 사람의 심기를 거스를 정도로 푼돈도 아니어야 했다. 제비는 동전을 든 손을 뻗어서, 등불의 빛이 반사되어 경비병 쪽으로 비치도록 이리저리 돌려 보였다. "부탁드립니다, 자비로우신 경비병 각하…"

제비 등 뒤의 누군가가 이 터무니없는 아부성 호칭에 헛웃음을 터트렸지만, 제비는 웃음소리를 무시했다. 경비병은 보란 듯이 하품을 하더니, 어정어정 제비 쪽으로 다가와서 동전을 낚아챘다. "무슨 용무인지 말해. 얼른." 그는 무뚝뚝한 목소리로 말했다.

제비는 눈앞의 경비병이 하룻밤 사이 주정뱅이의 장광설을 얼마나 많이 듣고 지낼지 궁금해졌다. 그러나 그런 질문을 던지는 것은 무례하거나 어리석은 행동일 것이다. "저를 일찍 빼내려고 우리 언니가 돈을 내드릴 거예요." 제비는 열심히 굽실거리며 말했다. "언니 이름은 기엔 봉숭아예요." 그리고 그는 언니의 주소를 댔다.

경비병은 추가로 뇌물이 들어올지도 모른다는 생각에 기분이 풀린 듯했다. "할 수 있을지 알아보마. 시간 낭비가 아니어야 할 거다." 경비병은 동료를 하나 불러서 가볍게 상의했다. 이어 한 명이 쿵쿵거리며 밖으로 나갔다. 봉숭아를 데려올 사람을 보내려는 듯했다.

"당연히 그럴 리가 없죠." 제비는 뱃속에 초조함이 고여가는 가운데에서도 이렇게 말했다. 도주에 성공하고 나니 잘못될 수도 있는 온갖 가능성들이 그를 짓누르기 시작했다. 경비병들이 거짓말을 할지도 모른다. 또는 봉숭아가 제비의 보석금을 내주지 않을지도 모른다. 그보다 끔찍한 가정이지만, 어쩌면 하판덴이 처음부터 거짓말을 해온 걸지도 모른다. 봉숭아는 이미 감방에 틀어박혀 있을지도 모른다. 아니면…

설마 언니가 죽었을 리는 없겠지. 제비는 생각했다. 봉숭아가 죽었으면 분명 자신도 뭔가를 느꼈을 테니까. 그런 거잖아?

얼른 너희 언니 만나보고 싶다. 아라지가 말했다.

아주 잠시지만 제비는 머릿속에 들어와 있는 아라지의 존재를 혐오했다. 그러나 다음 순간, 제비는 용과 연결되게끔 만든 사람이 자신이라는 것을 떠올렸다. 게다가 이 용은 지금 자신을 달래려 애쓰는 중이었다. 그 친절함을 퇴짜 놓는 것은 부당한 행위일 것이다.

시간이 의미를 잃은 공간은 여름 궁전만이 아니었다. 이 감방에는 창문도 없이 일렁이는 등불 하나만 놓여 있었다. 제비는 환하고 사랑스러운 전구 불빛을 갈망하다가, 문득 그런 생각을 한 자신을 혐오했다. **햇빛이 최고야.** 제비는 아라지에게 말했다.

나도 햇빛은 기억나. 용은 동경하는 투로 말했다. **반달의 빛도. 밤이 되면 모든 것들이 다른 모습으로 보이잖아. 그렇지만 등잔 불빛에도 흥미가 생기긴 하네. 일렁이는 소리를 들으면 여름 궁전에 있는 꾸준한 빛과는 완전 다를 것 같거든.**

너희 동굴에 있는 빛은 어때? 제비는 폭풍처럼 일렁이던 그 불빛을 기억하고 이렇게 물었다.

이세미는 그걸 '용 여왕의 선물'이라고 부르곤 했어. 그분이 자기 아이들한테 폭풍의 빛을 선물했다는 이야기에서 따온 거야. 재밌는 발상이지. 하지만 이곳의 불

빛은 안료의 효과야. 전기 불빛과는 달리 연료가 필요 없으니까 곳곳에 사용하고 싶었겠지만, 필요한 안료가 다 떨어져 버렸지.

방위성에서 '흐드러지는 봉황'이 동난 것처럼.

제비와 아라지가 용신에 대해 이야기하고 있는 사이에, 다른 수감자 한 명이 슬쩍 옆으로 다가왔다. "나한테도 줄 돈이 있으려나?" 그녀는 은근하게 말하며 제비의 주머니로 손을 뻗었다.

제비는 움츠리며 물러섰다. 경비병 말고도 동전을 노리는 사람이 나올 거라고 진작에 예상했어야 했는데. 문제는 더 발 디딜 곳이 없다는 것이었다. 한 발짝만 더 물러나면 토사물 웅덩이에 발을 빠트리게 될 것이다.

솔직히 말하자면, 너랑 같이 거기 있지 않아서 다행이야. 아라지가 말했다. 네 후각이 정말 선명하게 끔찍하거든.

어차피 들어오지도 못할걸. 제비는 낑낑대며 유치장으로 몸을 쑤셔 넣는 용의 모습을 상상하며 잠시 주의를 돌렸다.

"어이." 마침내 경비병이 다시 관심을 가진 모양이었다. 그는 제비를 괴롭히는 여자를 향해 얼굴을 찌푸렸다. "당장 관둬라."

여자는 슬금슬금 물러났고, 제비는 조용히 안도의 한숨을 쉬었다. 경비병의 솔직담백한 부패에 찬사를 보낼 수밖에 없었다. 일단은 동전 한 닢이, 그리고 앞으로 찾아올 더 많은 동전이, 제비를 조금이나마 보호한 셈이었다.

시간이 찔끔찔끔 흘러갔다. 아침이 찾아오고 하인이 들어와 요강으로 쓰는 양동이를 비웠다. 제비도 한 번은 양동이를 사용해야 했다. 이후 두 명의 수감자가 풀려났다. 제비는 자신이 실패했음을 깨닫고 울적해졌다. 경비병들의 탐욕 덕분에, 제비는 봉숭아가 도착할 때까지 이곳을 나갈 수 없게 된 것이다. 아니면 자신에게 돈이 더 있다는 사실을 밝히거나.

너무 배가 고파져서 하인이 가져온 쉰 쌀밥을 손가락으로 허겁지겁 먹어치우기도 했다. 어차피 식기 따위는 주지도 않았으니 별수 없었지만. 배고플 일이 없으면 정말 좋겠다. 제비는 아라지에게 말했다.

이세미가 그랬는데, 가면의 문양이 닳으면 자동인형은 움직임 없는 껍데기가 된대. 아라지는 대답했다. **불쾌할 것 같아. 나는 움직이는 게 좋거든. 같은 장소만 뱅글뱅글 도는 거라고 해도.**

제비는 움찔했다. **계획을 조금 더 철저하게 세울걸 그랬나 봐.** 이제는 차라리 자칸이 등장해서 그를 구해줬으면 하는 생각마저 들었다. 분명 어마어마하게 화를 낼 테지만.

봉숭아가 등장하리라는 희망을 완전히 버리고, 이 시궁창 속에 영원히 처박혀 있게 되리라고 확신할 지경에 이르렀을 때, 두 번째 경비병이 그녀를 데리고 들어왔다. 언니는 아주 친숙한, 깔끔하게 기운 외투와 장갑으로 단단히 무장하고 있었다. 염색하지 않은 양모로 만든 센스 있는 스카프는 처음 보는 것이었지만. 봉숭아를 본 순간 제비의 심장이 달아오르기 시작했다. 봉숭아는 아주 험악한 표정을 짓고 있었다. 언니의 눈가와 입매에 저렇게 주름이 잡혀 있었던가?

무시무시한 사람 같아. 아라지는 이렇게 평했다. **꼭 군인 같네.**

지금껏 언니를 그런 식으로 생각해 본 적은 한 번도 없었다. 군인 하면 지아 형부가 먼저 떠올랐으니까. 그러나 아라지의 말을 들으니 언니를 새삼 새로운 눈으로 볼 수밖에 없었다. 실제로도 어딘가 모르게 군인 같은 분위기가 감돌았다. 제비는 자신이 왜 그런 사실을 눈치채지 못했는지를, 그리고 그게 대체 무슨 의미일지를 생각해 보았다.

그리고 아라지가 바깥세상에 관한 질문을 그만두고, 제비가 보거나 감지한 것들에 대해 직접 평하기 시작한 상황이 무슨 의미일지도 생각했다. 거대한 전쟁 기계와 이 정도로 내밀한 관계가 되는 것을 원한 적은 없었지만, 그래도 동료의 존재는 퍽 도움이 되었다. 특히 구역질 나는 유치장 내부의 상황을 학습하는 일이, 아라지에게는 그리 탐탁지 않을 것이라는 점까지 생각하면 더욱 그랬다.

아니, 매력적인데. 아라지가 활기차게 대꾸했다. **때론 내 후각이란 게 온전히 상상의 산물이라서 다행이라는 생각이 든다니까!**

"저쪽이다." 첫 번째 경비병이 봉숭아에게 말했다. 경비병들은 위협하듯 칼자루에 손을 올린 채로 말했다. "이의 있는 녀석은 없겠지?" 그들은 유치장 문을 열고 제비에게 얼른 나오라고 재촉하듯 손짓했다.

제비는 자존심 따위는 챙길 겨를도 없이 서둘러 기어 나왔다. 자신의 온몸에서 악취가 풍긴다는 사실을 똑똑히 느끼면서. "감사합니다, 영예로운 경비병 나으리." 그는 이렇게 말하며 꾸벅 고개를 숙였다.

경비병은 흥미를 잃은 듯 봉숭아를 돌아보며 말했다. "얼른 데리고 나가."

봉숭아는 이미 돈을 내고 들어온 모양이었다. 그녀는 동생을 향해 딱딱하게 고개를 끄덕인 다음, 서둘러 그를 끌고 유치장을 나섰다. 봉숭아는 이 악취에도 전혀 얼굴을 찌푸리지 않았다. 제비는 그런 봉숭아에게 고마움을 느꼈다.

바깥 공기는 뼈가 시리도록 차가웠지만, 훨씬 상쾌했다. 제비는 울컥 솟아오르는 기쁨의 눈물을 애써 삼켰다. 봉숭아는 제비가 정신을 차리도록 잠시 기다린 다음, 집이 아니라 제비가 모르는 길을 따라 걸음을 옮기기 시작했다. 제비는 이의를 제기하지 않았다. 언니가 자신을 구하러 와준 것만으로 충분했다. 일단 안전한 곳에 도착하기만 하면, 자신의 딜레마를 언니에게 설명할 시간은 충분히 있을 것이다.

은빛 지평선 근처의 새벽하늘이 눈에 들어왔다. 제비는 크게 하품을 했다. 잠을 제대로 못 잔 탓이었다. 유치장 안에서 선 채로 졸려고 시도해 보기는 했지만 별 소득이 없었다. 제대로 된 따뜻한 식사만 준다면 뭐든 할 수 있을 것만 같았다. 그러나 봉숭아의 심각한 얼굴에 압도된 나머지, 제비는 아무 말도 꺼낼 수 없었다.

유치장이 뒤편으로 멀리 사라지고 건물로 빼곡한 옆 골목으로 완전히 들어온 다음에야 봉숭아는 입을 열었다. "너 대체 얼마나 오래 사라졌었는지 알기나 해?" 그녀는 물었다.

그러니까 나를 찾기는 했다는 소리구나. "정확히는 모르겠어." 제비는 최대한 뉘우치는 목소리를 꾸며내 대답했다. 심지어 어느 정도는 진실이었다. 여름 궁전 안에서는 시간의 흐름을 충실히 기록할 방법이 부족했으니까. "얘기가 조금 복잡해. 제발, 언니. 다급한 문제가 있어. 언니의 조언이 필요해."

"통금 시간을 어길 정도로 다급했던 모양이지?" 봉숭아는 이렇게 말했지만, 진심으로 다그치는 목소리는 아니었다. "일단 따뜻한 데로 들어가자. 이 근처에서… 은신처 같은 것을 운영하는 사람이 있어."

모국어로 대화하는 일이 이토록 위안이 될 줄은 몰랐다. 여름 궁전에서는 언제나 라잔어만 사용해야 했으니까. "언니 판단에 맡길게."

집으로 데려가지 않는다는 것은 언니가 곤란한 상황이라는 뜻이었다. 제비는 언니가 요즘 무슨 일을 하며 지냈는지, 누구와 시간을 보냈는지 묻고 싶었다. 그러나 이렇게 탁 트인 공간에서는 그럴 수 없었다. 아직 통금 중이라 거리에 사람이 거의 없기는 했지만, 터놓고 할 수 있는 이야기는 아니었다.

봉숭아는 앞장서 뒷골목에서 뒷골목으로 걸음을 옮겼다. 문 닫은 국수 가게와 양장점과 창문에 찌그러진 창살을 단 연립주택을 지나쳤다. 마침내 그들은 작은 문 앞에 도착했다. 문이 벽에 너무 잘 숨겨져 있어서, 제비는 문의 존재를 눈치채지 못했다. 봉숭아는 문을 연이어 세 번, 그리고 한 번, 다시 연이어 세 번 두드렸다. 문이 열리며 허리가 구부정한 노인 한 명이 얼굴을 찌푸리고 그들을 바라보았다.

"내 일행이에요." 봉숭아는 인사도 건네지 않고 말했고, 노인은 두 사람이 들어갈 수 있도록 한쪽으로 비켜섰다.

봉숭아와 제비는 문간에 신발을 벗어두고 두 번째 방에 들어갔다. 두 사람이 바닥의 담요 위에서 잠들어 있었다. 한 명은 요란하게 코를 고는 중이었다. "이 사람들은 신경 쓰지 마." 봉숭아가 말했다. "너한테 해를 끼칠 사람은 아니니까. 아까도 말했지만, 여긴 은신처거든."

봉숭아가 어쩌다 이런 곳에 드나들게 되었는지, 애초에 어떤 부류의 사람들이 은신처에 숨어드는지는 굳이 물어볼 필요도 없었다. 언니가 독립군과 연줄이 있다던 장관 대리의 말은 거짓이 아니었다. 언니가 라잔 총독부를 치가 떨리도록 싫어한다는 사실은 잘 알고 있었지만, 언니가 바로 이런 부류의 사람일 것이라고는 생각해 본 적이 없었다. 그러나 어쩌면, 독립운동가에 어울리는 부류가 따로 존재하는 것은 아닐지도 모른다. 하나씩 떼어놓고 살펴보면 제각기 나름의 이유가 있을지도 모른다.

봉숭아는 바닥에 책상다리로 앉으며, 맞은편에 앉으라고 제비에게 손짓했다. 제비는 지시를 따랐다. 둘 다 외투를 벗지는 않았다. 방 안은 싸늘한 데다 바깥바람도 숭숭 들어왔으니까. "자, 그럼 나를 부른 이유를 말해봐."

제비는 언니의 말에 따랐다. 말을 너무 서두르느라 혀가 꼬이고, 거꾸로 되짚으며 사건을 시간순으로 나열하려 끙끙대기도 했지만. 제비가 더듬거릴 때마다 아라지가 대본을 제공해 주기도 했다. 제비는 마음속에서 지침 역할을 해주는 용의 존재에 다시금 감사를 표했다.

봉숭아는 말을 끊지 않고 주의 깊게 귀를 기울였다. 아라지와 마음이 연결되어 있다는 사실은 어차피 믿지 않으리라 생각해서 말하지 않았다. 드주게 베이에게 성애적으로 연심을 품고 있다는 것도 굳이 말하지 않았다. 언니가 그런 일을 이해할 리가 없으니, 아예 신경조차 쓰지 않게 하는 편이 나았다. 게다가 언니가 베이에게 복수하려 든다면 어쩔 것인가? 제비는 베이의 결투 모습을 두 눈으로 목격했다. 봉숭아를 그녀의 칼날에 잃을 생각은 없었다.

마침내 제비도 할 말이 떨어졌다. 그는 온몸을 뒤덮듯 밀려오는 감정에 부끄러움을 느끼면서 고개를 깊이 숙였다. "여름 궁전에서 아라지를 빼내려면 시선을 돌릴 방법이 필요해. 제대로 접근하면 베이한테서 열쇠를 빼낼 수 있을 거야. 하지만 그러려면 일단 그곳으로 돌아가야겠지. 감시자를 따돌린 것 때문에 엄청 난처해질 것 같긴 하지만."

봉숭아는 어깨를 폈다. "네가 한 가지만 해준다면 화국에 큰 도움이 될 거야. 물론 네가 원한다면 말이지만."

제비는 그녀가 무슨 말을 꺼내려는지 알 것 같았다. 순간 심장이 서늘해졌다. "뭔데?" 그는 물었다. 적어도 직접 듣기는 해야 할 테니까.

"용을 만드는 계획을 다시 방해하는 일은 분명 네게도 위험하겠지." 봉숭아가 말했다.

"어차피 아무 의미도 없다고 했잖아." 제비는 쏘아붙였다. 아라지는 이미 라잔인들에게는 아무런 도움도 안 된다.

"하지만 너는 그 라잔인 마법을 능숙하게 다루게 되었지. 용을 조종해서 그 주인인 라잔 놈들을 공격하게 할 수 있잖아?"

제비는 언니를 물끄러미 바라보았다. 적막한 한순간이 흐른 후, 제비는 대답했다. "그래, 그것도 방해에 들어가긴 하겠네."

내 행동에 대해서는 나도 발언권을 가지고 싶은데. 아라지가 말했다. 금속성 목소리가 불협화음처럼 울렸다.

그렇다 해도, 제비는 아라지가 반대한다고 봉숭아에게 설명하고 싶지 않았다. 아라지를 빼내려면 봉숭아의 도움이 반드시 필요했다. 자신의 목적에 도움이 되지 않는 일이라고 생각한다면, 언니는 아라지를 도시 밖으로 빼내는 일을 돕지 않을지도 모른다.

"힘든 부탁이라는 건 알아." 봉숭아가 말했다. "하지만 생각해 봐. 라잔인의 손에 그런 무기가 쥐어진다면, 놈들은 그 무기 하나를 만든 정도로 만족하지 않을 거야. 자원을 노리고 황관을 침략하는 일에만 사용하지도 않을 테고. 화국에서 라잔에 반기를 드는 사람이 나오면, 놈들은 반란을 진압하는 일에 그 무기를 사용할 거야."

제비의 눈길이 잠들어 있는 두 사람 쪽을 향했다. 저들이 진짜로 잠들어 있기는 한 걸까? 저들이 하판덴의 하수인이 아니라고 확신할 수 있는 걸까? 미리 생각했어야 하는데. 그러나 이미 너무 늦어버렸다.

"그건 반란이 일어날 거라는 소리잖아." 제비는 느릿하게 말했다. "반란 분자들이 어떤 꼴을 당하는지는 언니도 알잖아!"

봉숭아는 제비와 지그시 눈을 마주쳤다. 제비는 움찔하며 눈을 피했다. "그래. 독립군이 어떤 일을 당하는지는 아주 잘 알지. 그러다 잡힌 사람이 어떻게 되는지도. 그 이세미라는 사람도…" 봉숭아는 라잔어 이름을 어눌하게 발음했다. "알고 있었을 테고. 라잔인이지만 용감한 사람이었어. 어쩌면 라잔인이라고 전부 사악하지는 않을지도 모르지. 그렇다 해도, 더 이상 우리 땅에서 놈들의 존재를 용납할 수는 없어."

"저들이 물러나면 뭘 어떻게 할 건데?" 제비는 물었다. "이 근처 바다는 전부 라잔인의 손에 들어가 있잖아. 교역로도 그렇고. 우리 땅에 공장이 생기고 전기가 들어온 건 전부 라잔인의 기술 덕분이라고."

"우리라고 그동안 아무것도 배우지 못한 줄 알아?" 봉숭아가 받아쳤다. "최악의 적이야말로 최고의 스승이라는 말이 있지. 황관의 어느 현인이 한 말이야."

제비는 한동안 입을 다물고 있었다. 그가 다시 입을 열었다. "지금 나한테 무슨 부탁을 하는지 알고 있는 거지?" 그리고 전쟁 병기가 되고 싶지 않았던 아라지에게도.

"우리 민족이라면 누구에게든 했을 부탁이야." 봉숭아는 말했다. "그저 지금은 네게 부탁해야 하는 상황일 뿐이지. 네 그… 모험 덕분에 말이야. 네 결단이 우리 모두에게 큰 도움이 될 수 있어."

"가족이 직접 하는 부탁이라면 의미가 다를 수밖에 없잖아." 제비는 비참한 기분으로 말했다. 상대방은 자신의 언니였으니까.

"아직 부탁은 끝나지 않았어." 봉숭아가 말을 이었다. "원료만 충분히 확보되면, 자동인형 제작을 감독해 줄 수 있을까? 화국에 충성하는 자동인형을 만들 때?"

안 돼. 아라지가 말했다. 목소리의 불협화음이 심해졌다. **우리한테 생각할 수단을 준 사람은 너잖아. 네 손으로 선택권을 앗아 가지는 말아줘.**

내가 언니를 도와줄 거라고 믿게 만드는 게 우선이야. 제비는 이를 악물며 말했다. **일단은 원하는 대답을 해주자. 시간을 벌 수 있을 테니까.**

예전이라면 두말하지 않고 봉숭아의 부탁을 들어주었을 것이다. 지금껏 자동인형의 관점에서 생각해 본 적이 없었으니까. 그러나 자동인형이 그와 대화를 나누고, 엿가락을 보면서 흥분하고, 친구가 되어준 다음에는 모든 게 달라졌다. 제비는 아라지를 강제로 굴종시키는 사람이 되고 싶지 않았다.

아라지는 입을 다물었다. 제비는 자신이 아라지를 화나게 만든 것은 아닐지 걱정되기 시작했다.

"설명서를 빼내고 사람들을 훈련할 수는 있어." 여전히 답을 기다리는 봉숭아를 바라보며 제비는 말했다. 그녀는 자신의 언니였다. 사이가 틀어졌는데도 유치장에서 빼내주려고 달려오기도 했다. 당연히 그에 맞는 반응을 기대하고 있을 것이다.

"그럼 결정된 거야." 봉숭아는 등을 꼿꼿이 세우고 앉았다. 자신이 옳음을 단호하게 확신하는 듯한 모습이었다. "너희를 안전한 곳으로 빼낼 방법이 마련되면, 이쪽 접선책을 통해서 계획을 전달할게."

"'안전한 곳'? 14행정령에 안전한 곳이 어디 있는데?" 제비는 일부러 라잔인들의 용어를 사용했다.

"그건 그렇지. 물론 화국 안에서 네 정보를 사용하는 것도 가능하기는 해. 하지만 우리 국경 밖에서도 동료를 모아왔거든. 그중에는 서양인들도 있어."

제비는 피가 싸늘하게 식는 듯했다. 물론 라잔인의 지배를 겪기보다는 망명의 길을 택한 화국인들이 있다는 정도는 알고 있었다. 그러나 이 나라의 운명에 더 많은 외국인을 끌어들인다는 생각은 탐탁지 않았다.

"지금 나한테 망명하라고 말하는 거지?" 제비는 천천히 입을 열었다. 입 안에 독을 머금는 느낌이었다.

"아니면 여기 머물면서 우리를 도와도 되고." 봉숭아가 말했다. "네가 선택할 문제야."

그걸 선택이라고 할 수 있어? 언니는 완고한 사람이었다. 예전부터 알고 있었다. 그저 이런 식으로 자신에게 그 완고한 창끝을 돌릴 거라고는 예상치 못했을 뿐이다.

한참을 열심히 생각한 끝에 제비는 입을 열었다. "일단은 여름 궁전으로 돌아가는 게 우선이야. 언니한테 어떻게든 도움이 되려면 그곳에 있어야 하니까."

봉숭아는 미소를 지었다. 따뜻한 기색은 조금도 느껴지지 않았지만. "여름 궁전 쪽도 내가 주선할게."

10

제비가 여름 궁전의 입구에 등장하자 경비병들은 얼굴을 찌푸렸다. "자칸이 네 행동을 용납하지 않을 거다." 땅딸막한 쪽이 말했다. "제대로 곤란해졌어. 전부 너 때문에 말이야."

"제가 책임질 일이죠." 제비는 적을 만들었다는 사실을 체념하듯 받아들였다. 봉숭아의 도움을 받아 거짓말을 준비하긴 했다. "술 마시러 나갔다가 친구네 집에서 그대로 뻗어버렸지 뭐예요." 여기서 '친구'란 봉숭아의 접선책 중 하나였다.

세 번째 경비병이 등장해서 제비를 이끌고 여름 궁전으로 내려가더니, 어느 방에 가두고 취조를 시작했다. 제비는 최대한 단순하게 묘사하려 애쓰며 이야기를 반복했다. 경비병이 그의 말을 믿는지는 알 수가 없었다.

"좋아." 마침내 경비병이 입을 열었다. "한 달 동안 외출 금지야."

제비는 쓴웃음을 지었다. 덕분에 도주가 더 힘들어지기는 하겠지만, 그렇다고 불가능한 것도 아니었다. "〈행운의 고양이〉에서 청주를 너무 마시면 곤란해진다는 건 확실히 배웠어요."

경비병에게서 풀려난 제비가 가장 먼저 한 일은 욕실로 가서 욕조에 몸을 푹 담그는 것이었다. **앞으로는 절대로 목욕의 소중함을 잊지 않을 거야.** 제비는 아라지에게 말했다.

나는 항상 녹슬 걱정부터 들더라. 에나멜 도료를 칠했는데도 말이야. 아라지는 고백했다.

그런 문제는 떠올려 본 적조차 없었다. **절대 비는 안 맞게 해줄게.** 물론 지킬 수 있을지 확신할 수 없는 약속이었다.

제비는 목욕을 끝내고 방으로 돌아오자마자 그대로 이불 위로 쓰러져 쥐 죽은 듯 잠들었다. 아마도 용과 화염과 폭풍이 등장하는 듯한, 정신없고 뒤죽박죽인 꿈이 그를 괴롭혔다. 아직 병 기운이 남아서일지도 모르지만, 그는 다음 날이 될 때까지 자리에서 일어나지 못했다.

일어나 보니, 베이가 상 앞에 앉아 있었다. 덮개를 씌운 식사 쟁반도 가져온 모양이었다. "무슨…?" 제비는 입을 열었다. 베이가 방에 들어오는 기척을 전혀 느끼지 못했다.

"숀하고 말다툼을 벌였다는 이야기는 들었다. 전에도 그가 괴롭힌 적 있나?" 베이가 말했다. 딱딱하게 굳은, 심각해 보이는 얼굴이었다.

"그게 무슨 소리인지…" 제비는 눈을 깜빡였다. 사실 당장 하고 싶은 일은 식사 쟁반을 습격하는 것이었다. 식욕이 돌아온 모양이었다. 아마 병에서 회복되었다는 징조일 것이다. 그러다 문득, 숀과 벌인 말다툼의 기억이 떠올랐다. 제비는 얼굴을 붉혔다.

"제가 너무 못되게 군 거예요." 숀을 곤경에 처하게 할 생각은 없었다. 다만… "말씀하시는 게 '그런 쪽'이라면, '부적절한 행동'은 조금도 없었어요. 적극적으로 저와 교류하는 사람이 숀 씨뿐인 이유를 곱씹어 보기는 했지만요." 제비는 방금 자신이 무슨 암시를 던졌는지를 깨닫고 서둘러 덧붙였다. "그러니까 제 말은…"

베이의 입꼬리가 슬쩍 위로 올라갔다. "그대가 화가 난 것이 아니라면, 나도 문제 삼을 생각은 없다. 이번 경우에도 그대가 별도의 조치를 요구하지 않는다면…"

제비의 얼굴이 하얗게 질렸다. "아, 아녜요, 필요 없어요."

베이는 단호하게 한 번 고개를 끄덕였다. "무슨 일이 생기면 내게 말하도록." 그녀는 이렇게 말하고는, 흥미롭다는 듯 슬쩍 덧붙였다. "그대가 예술성에서 근무했더라도 똑같았을 것이다. 명예 규약의 준수를 감독하는 것도 수석 결투관의 임무 중 하나니까."

라잔인과 함께 일하는 직장에 이런 면이 있을 줄은 몰랐다. 그래, 각 부처마다 수석 결투관이 있다는 건 알고 있었다. 합병 전의 라잔 대사관에도 있었고. 그러나 결투가라는 직업을 지나치게 혐오한 나머지, 상황을 깊이 살피지는 못했던 것 같았다. 미리 알고 있었더라면…

베이는 말을 이었다. "그대는 감시병 없이 지상을 돌아다녀서는 안 된다. 특히 휴식이 필요한 몸 상태로는."

젠장. 베이가 그를 감시하기 위해 온 것이리라는 사실을 잊고 있었다. 경비병들이 고스란히 베이에게 보고했을 텐데. "햇빛이 너무 그리웠어요." 제비는 울먹였다. 비참한 목소리를 꾸며낼 필요도 없었다. "전기 불빛만으로는 어딘가 부족해요."

"우리가 이런 곳에 있으니 어쩔 수 없다." 베이가 말했다. "아라지에게 씌울 새 가면을 만들어 보는 중이라 들었는데? 네헨이 새 문법을 자신한테 검사 맡지 않았다고 하더군."

"이걸로 해결될 거라고 생각했어요." 제비는 말했다. "그런데 전혀 변한 게 없네요." 베이가 옛 가면을 다시 씌우자고 주장하지 못하도록 막아야 했다. "일단은 계속 씌워두고 싶어요. 장기적인 효과를 확인해야 할 테니까요."

고마워. 아라지가 말했다.

베이의 눈썹 사이에 주름이 잡혔다. "우선 네헨이 새 문법을 검토하도록 했으면 한다. 뭔가 알아낼 수 있을지도 모르니까."

제비는 얼른 이런 방향의 대화에서 벗어나고 싶었다. 일단 주의를 돌려야 해. "당신의 손을 거친 우리 가족은 나 하나만이 아니던데요." 그는 불쑥 이렇게 내뱉었다.

젠장. 하필이면 이 이야기가 입에서 튀어나오다니, 제정신이야? 그러나 이미 늦었다. 입 밖에 나온 말을 주워 담을 수는 없으니까. 저질러 버렸다.

베이가 눈을 크게 떴다. 그리고 슬쩍 몸을 앞으로 기울였다.

"그쪽으로 낯익은 얼굴은 아닌데." 그녀는 딱히 강조하지 않고 이렇게 덧붙였다. "나는 지금껏 검을 나눈 모든 사람을 기억한다. 비슷한 얼굴이었으면 알아차렸을 거다."

잊지 마. 제비는 되뇌었다. 내 눈앞의 저 검은 눈동자 속에 빠져버려선 안 돼. 그녀의 살결과 머리카락에서 풍기는 향내에 취해선 안 돼. 저 여자가 가위로 종이를 자르듯 손쉽게 나를 죽일 수 있는 사람이라는 걸 잊으면 안 돼.

제비는 마른침을 한 번, 또 한 번 삼켰다. 입이 바싹 말라 있었다. "혈연은 아니었으니까요. 우리 가계의 사람들처럼 생겼을 리는 없죠. 지아라는 이름이에요."

베이는 온전히 그만을 바라보고 있었다. "전쟁 도중이었겠군. 이름을 모르는 적수를 상대했던 것은 그때뿐이었으니까."

제비는 밀려 올라오는 혐오를 씹어 삼켰다. 전쟁 초기의 혼란스러운 상황이 떠올랐다. 봉숭아와 함께 옛집에 숨은 채로, 문을 부수고 들어오는 사람이 없기만을 빌던 때를. 한번은 병사들이 들어온 적이 있었다. 라잔인이 아닌 화국인 탈영병이었다. 그들은 집에 남은 술과 수정과를 전부 약탈해 갔다. 제비는 같은 민족의 손에 목이 따일 뻔한 그날의 공포를 잊은 적이 없었다. 봉숭아는 이후 그 이야기를 꺼내지 않았고, 제비는 너무 두려워서 되새길 수 없었다.

베이가 지아의 이름을 듣자마자 안색이 변할 것이라고, 아니면 적어도 뭔가 반응을 보일 거라고 생각한 이유는 무엇이었을까. 곰곰이 생각해 보면 모르는 것이 당연했다. 결투가든 병사든, 서로 마주한 채로 자기네 가문을 소리쳐 알리지는 않을 것이다. 적어도 정식 결투가 아닌 침략 전쟁에서는.

"전쟁 도중이었다. 그렇다고는 해도 그대에게 소중한 사람이었을 테니. 그대는 화가지. 그녀의 모습을 그려줄 수 있나?"

사과는 아니었다. 제비는 몸을 떨었다. 지아의 모습은 아직도 생생하게 떠올릴 수 있었다. 지아가 무용하지만 화려한 검술을 자랑하던 모습이 떠올랐다. 봉숭아는 그런 지아를 좋아했다. 그 당시의 언니는 훨씬 자주 웃는 사람이었다.

제비는 아무 말 없이 화첩을 꺼내 빈 장을 펼쳤다. 그리고 연필을 손에 들었다. 그림을 그리기 시작했다. 초보 시절에나 사용하던 예비 선부터 그린 다음에, 한 곳씩 부분을 채워가기 시작했다.

처음에는 베이가 보았을 지아를 그릴 생각이었다. 군인으로서, 제복을 입은 모습을. 상관이 언제나 지적하는데도 고쳐지지 않았던 살짝 흐트러진 모습, 라잔의 소총에는 상대조차 되지 않았던, 그리고 결국에는 라잔의 검조차 막아내지 못한, 검을 든 모습으로.

그러나 그의 연필 끝에서는 일상 속 지아의 모습이 흘러나왔다. 혼자가 아니라 봉숭아와 함께 있던 모습이. 두 사람이 서로를 포옹하고, 지아가 봉숭아를 공중으로 들어 올리는 모습이. 장난기 넘치는 지아의 웃음과 햇살처럼 환한 봉숭아의 미소가.

제비가 손을 멈추자, 베이는 손을 뻗어 종이의 빈 모서리를 건드렸다. 그녀의 가느다란 얼굴에는 제비가 이름 붙일 수 없는 감정이 가득했다. 어쩌면 후회일지도 모른다. "이 사람이 그대의 언니였지." 그녀는 이렇게 말하며 손가락을 뻗었다. 질문은 아니었다.

"맞아요. 기엔 봉숭아라고 해요."

"장관 대리의 보고서에서 본 기억이 난다."

그래, 적어도 인질로 협박하여 제비를 부려먹고 있다는 사실을 외면하지는 않는다는 뜻이었다.

"우리는 적이 아니다." 베이는 나직하게 말했다. 이 또한 처음 듣는 감상은 아니었지만. 그녀는 문득 말을 돌렸다. "식사부터 해라. 내가 너무 태만했군."

봉숭아 언니는 절대 날 용서하지 않을 거야. 앞으로 할 일을 곱씹으며 제비는 생각했다. 그러나 이제는 그런 생각을 해도 그리 가슴이 아프지 않았다. 물론 언니는 여러모로 소중한 존재이기는 했지만, 마지막으로 봤을 때 그녀는 제비를 독립운동의 도구로 여기고 있었으니까.

베이의 주의를 계속 돌려야겠어. 제비는 아라지에게 말했다. 자신이 아라지에게 변명을 하는 건지, 아니면 자기 자신에게 변명하는지조차 확신하지 못한 채로. 기계 용이 마음의 문제에 대해서 아는 것이 있을까?

내가 도와줘? 아라지가 물었다.

제비는 터져 나오려는 웃음을 간신히 참았다. 아라지가 문간으로 고개를 쑤욱 들이밀고 사랑을 나누는 법에 대해서 조언해 주는 모습을 떠올렸기 때문이다. "나는 음식에 관심이 있는 게 아니에요." 제비는 베이를 바라보며 중얼거렸다. 그리고 유혹하듯 고개를 까닥이며, 그녀의 손 위에 손을 겹쳤다.

제비는 베이가 여느 때처럼 정중하게 손을 빼리라 생각했다. 아니었다. 그녀의 강인한 손가락이 제비의 손을 붙들고 감쌌다. 그리고 그대로 제비를 끌어당겨 포옹했다.

제비는 순간 몸을 굳혔다. 원하지 않기 때문이 아니라, 원하고 있음을 깨달았기에. 지금껏 자신의 내밀한 갈망을 표현할 기회가 찾아오리라고는 생각조차 해본 적 없었기 때문에. 다른 목적은, 아라지의 새 가면이라는 중요한 주제를 떠올리지 못하게 하려는 행위라는 점은 조금도 중요하지 않았다. 문득 그는 긴장을 풀고 그녀에게 단단히 몸을 붙였다. 그리고 고개를 젖혀 베이의 달콤하고 농밀한 입맞춤을 받아들였다.

호리호리하면서도 힘이 깃든 육체는 마치 칼날로 이루어진 곡선 같았다. 잔근육에서조차 기품이 느껴졌다. 얼굴과 손은 햇볕에 갈색으로 타 있는데도, 목의 피부는 예상외로 너무 부드러웠다. 소금기, 땀, 희미하게 남은 향 내음이 혀끝에 맴돌았다.

제비가 연인을 가져본 지도 몇 개월이 지났다. 베이 쪽은 얼마나 오래되었을지 알 수 없었다. 제비의 손이 베이의 단추와 끈을 잡아당기고, 죔쇠를 더듬었다. 베이는 목청 깊은 곳에서 흘러나오는 소리로 웃고는 그의 손길을 이끌었다. 저렇게 느긋하게 즐길 권한 따위는 조금도 없는 사람이면서.

"왜 그리 서두르는 거지?" 그녀가 물었다.

제비는 대답하듯 다시 입을 맞추었고, 베이는 웃음을 터트렸다.

결투가라면 응당 그러리라 생각했던 것처럼, 베이의 손놀림은 섬세했다. 그리고 혀놀림은 그보다 더 섬세했다. 지극히 품위 있는 일상의 모습과는 반대로, 그녀는 지저분한 시와 노래를 아주 많이 알고 있었다. 그리고 제비에게 입을 맞추고 몸의 굴곡을 따라 입술을 옮길 때마다 한 소절씩 인용하곤 했다. 언어로 명확히 표현하는 재능이 없는 제비는 그에 보답하듯 흔적을 새겼다. 그녀의 피부라는 화폭에, 치아와 손톱과 격렬한 입맞춤으로.

고맙게도 아라지는 소감을 남기거나 하지는 않았다. 마음을 통해 어렴풋이 느껴지기는 했지만. 딱히 아라지의 감상을 듣기 싫은 것은 아니었다. 그저 사랑을 나누는 행위에 대한 질문이 있다면, 조금 덜 불편할 때로 미뤄주었으면 싶을 뿐이었다.

베이는 머리숱이 정말로 풍성했다. 조금 헝클어진 머리카락이 밤하늘처럼 시야를 가득 메우며 떨어져 내렸다. 제비는 그녀의 머리 타래를 한 움큼 손에 쥐고 쓸어내리는 일이 좋았다. 손가락으로 엉킨 부분을 풀기도 하고, 머리카락을 쥐고 자신과 그녀의 피부를 쓸면서 보이지 않는 서예 작품을 남기기도 했다. 베이 역시 제비의 장난이 매우 즐거운 모양이었다. 그녀의 피부 아래에서 근육이 긴장했다 이완하는 모습이 믿을 수 없을 정도로 사랑스러웠다.

한참이 지난 후, 제비는 숨을 헐떡이며 물었다. "당신은 지치지도 않나요?" 이 정도면 충분하다고 생각하면서. 적어도 그 순간까지는 그랬다.

"수련의 결과라고 생각해 주겠나." 베이는 지금까지와는 완전히 다른 방식으로 제비를 어루만졌다. 그녀는 자신의 육체를 완벽하게 다룰 줄 알았다. 손길이 닿는 방식을 세심하게 바꾸자 완전히 새로운 쾌락의 화음이 울렸다. 왜 지금껏 결투가와 자볼 생각을 못 한 거지? 살짝 몽롱해진 상태로, 제비는 아쉬움을 느꼈다. 이후로는 아무것도 생각할 수 없었다.

모든 일이 끝나자, 그녀는 평소처럼 느긋하게 일어나 옷을 챙겨 입었다. "음식이 다 식었군. 사람을 시켜서 새 음식을 가져다주겠다. 이것도 치우게 하지." 제비는 숨이 벅차 대답할 수조차 없었다. 그러나 베이는 그 사실조차 칭찬으로 받아들이는 듯했다.

베이가 떠나고, 제비는 멍하니 천장을 올려다보며 생각했다. 내가 무슨 짓을 벌인 거지?

제비는 이후 며칠을 혼란스럽게 보냈다. 사람들은 순식간에 그가 베이와 함께 잤다는 사실을 알아차렸다. 사실 양쪽 모두 그다지 숨길 일은 아니라고 생각했다. 슌은 계속 거리를 두었지만, 마지막으로 교류했을 때의 상황을 생각하면 그리 놀라운 일은 아니었다.

제비는 수석 결투관이 원하는 연인을 마음껏 취해도 되는 전통이 있음을 알게 되었다. 적어도 임무와 부딪히지 않는 한도 내에서는 그랬다. 제비는 꽤나 우연한 기회에 그 전통에 대해 알게 되었다. 장인 몇 명이 복도에 있는 제비가 못 들을 거라고 생각했는지 공용실에서 그 주제로 대화를 나누고 있었기 때문이었다. 제비는 화국인 예술가처럼 결투가들도 자기 직업과 결혼한 것으로 여겨지는지 묻고 싶어서 안달이 날 지경이었다. 그가 이해하는 라잔의 명예 개념과도 어울릴 것 같았다. 물론 베이 본인에게 묻는 편이 가장 좋을 테지만.

제비 혼자만의 문제였다면 새 연인이 가져온 즐거움을 한껏 만끽했을 것이다. 그러나 그는 자신이 처한, 그리고 아라지가 처한 위험을 아주 잘 알고 있었다.

제비는 이틀 정도 밤늦게까지 일하며 네헨에게 보여줄 가짜 문법을 준비했다. 언뜻 보기에는 아라지가 지금 쓰고 있는 가면과 비슷해 보였지만, 아라지와 제비가 마음으로 의사소통하게 해주는 문양만은 감추어 놓았다. 아라지는 문양에 상당한 흥미를 보였고, 제비는 아라지의 도움을 기꺼이 받아들였다.

그러나 이런 일을 하는 동안에도 안료 제작에서 손을 뗄 수는 없었다. 제비가 복귀하자 슌은 그동안 밀린 작업을 그에게 맡겼다. 골동품이나 그림이나 옻칠한 상자를 환원시킬 때마다, 제비 역시 조금씩 말라비틀어지는 느낌이 들었다. 책은 그리 나쁘지 않았다. 같은 판본이 수백, 아니 수천 권은 있을 테니까. 그러나 그림에는 설령 학생의 모작일지라도 그 화가만의 시각이 깃들어 있다. 파괴하면 세상에 유일한 존재가 사라지는 것이다.

그러면 책을 이용해서 안료를 대량생산하면 되겠네. 아라지는 경쾌하게 조언했다. **책은 언제든 더 찍을 수 있잖아.**

그 제안의 의미를 깨달은 제비는 얼굴에 핏기가 가시는 듯했다. **방위성에는 알리면 안 돼.** 그는 가냘프게 대답했다. 그러다 그는 문득 다시 생각해 보았다. 손쉽게 대체 가능한 책을 바치고 단 하나뿐인 미술품이나 공예품을 살리는 편이 낫지 않을까? 이제 제비는 가장 못생기거나 손상이 심한 목걸이나 빗이나 두루마리에서도 가치를 읽어낼 수 있게 되었다. 그러나 방위성에 귀중한 안료를 무한정 공급할 수단을 주는 일도 내키지 않기는 마찬가지였다.

열심히 사발에 막자를 굴리면서, 제비는 누군가 자신의 그림을 갈기갈기 찢는 모습을 상상했다. 제비가 예전에 팔아먹던 형편없는 호랑이 그림이라 할지라도 누군가가 그렇게 갈기갈기 찢어버린다면 분명 비참할 것이었다. 저승에서 죽은 예술가들을 만나는 날이 찾아오면 영겁의 형벌에 시달리게 될 것이 분명했다. 조금 더 일찍 생각하고 빨리 행동에 옮겼으면 좋았을 텐데.

제비는 이내 차를 더 가지러 작업 공간을 나섰다. 제비와 눈이 마주칠 때마다 다른 장인들은 대화를 멈추거나 음흉한 눈짓을 보내곤 했다. 심지어 한쪽 눈을 찡긋거리는 사람도 있었다. 아마도 축하하는 의미에서겠지. 제비는 그런 행동이 사교적이라 해야 할지, 아니면 무례하다고 해야 할지 갈피를 잡지 못했다.

하인 한 명이 발이 미끄러졌는지 제비 바로 앞에서 음식 쟁반을 쏟았다. 그는 아부하는 투로 열심히 주절대며 정중히 사과했다. 고개를 숙이고 또 숙이는 꼴이 절로 눈살을 찌푸리게 했다. 그러다 문득, 제비는 그가 탁자에 쪽지를 한 장 놓았음을 깨달았다. '수석 결투관이 떠나 있을 때 도망쳐야 합니다.' 제비는 하인과 잠시 눈을 마주친 다음 고개를 끄덕였다. 하인은 쪽지를 집어 자기 입에 쑤셔 넣고는 얼른 자리를 떠났다.

다음 날, 네헨과 함께 녹초가 되기 직전까지 가짜 문법을 검토하고 돌아온 제비에게 베이가 다가왔다. 여전히 철저하게 예의를 지키고 있는데도, 베이의 검은 눈동자에 스며든 따스한 웃음기를 알아볼 수 있었다. "여기 오면 그대가 있을 것 같더군. 한 가지 알려줄 소식이 있다. 방위성 업무 때문에 며칠 자리를 비울 예정이고, 이틀 후 출발한다. 장관 대리가 업무 차 이곳저곳 들러야 하는 모양이다. 당연히 나도 그와 동행해야겠지."

결투가들 사이에서는 '경호원 노릇을 해야 한다'를 저렇게 표현하는 모양이었다. 제비는 베이를 상대했던 운 없는 남자를 떠올렸다. 반으로 갈라진 몸에서 솟아오르던 검붉은 핏빛이 눈앞에 선연했다. "언제쯤 다시 볼 수 있을까요?" 제비는 물었다. 머뭇거리며 어색한 투였지만, 갓 사귄 연인과 떨어지게 되어서가 아니라 발신자 불명의 쪽지를 떠올렸기 때문이었다. 아라지를 풀어주고 함께 도망쳐야 하는데, 시간 여유가 얼마나 될까?

베이는 의미심장하게 어깨를 으쓱했다. "여행이 얼마나 걸릴지는 아직 모른다. 때가 되면 돌아오리라 생각하고 있도록." 그녀는 자기 목깃으로 손을 올리더니, 제비가 결투 전에 그녀에게 건넸던 매듭 부적을 꺼냈다. "이것만 있으면 무사히 돌아올 수 있을 것이다."

화말로 말한 것은 아니었지만, 제비는 흐릿하게 미소를 지었다. "무사해야 해요." 그는 말했다.

그날 밤, 티아를 제외한 모두가 잠든 후에 베이가 다시 그를 찾았다. 쏟아지는 베이의 애무를 받아내며 제비는 이성을 잃을 뻔했다. 그러나 베이가 자신의 허벅지를 가로질러 입맞춤의 상처를 남기는 와중에도 제비는 생각의 끈을 놓지 않았다. 이럴 때 열쇠를 훔치는 거야. 절호의 기회라고.

베이에게 부탁해서 해결할 수 있다면… 그러나 베이는 장관 대리를 위해 일하는 사람이다. 그녀가 충성의 대상을 배신할 리 없었다. 그리고 베이의 결정 또는 하판덴의 결정에 자신의 생사가 달린 상황이었다. 방위성과 자신을 놓고 베이에게 선택을 종용하면 너무도 쉽게 한쪽을 고를 것만 같았다. 차라리 아예 도전하지 않는 편이 나았다.

봉숭아라면 그럴 줄 알았다고 말했을 것이다. 아니, 훨씬 고통스러운 잔소리를 했을지도 모른다. 머릿속에서 언니의 목소리가 울리는 듯했다.

라잔인과 얽히면 이런 꼴이 된다고. 제비는 생각했다. 물론 베이의 주의를 돌리려 저지른 일이긴 하지만. 반만 라잔인이라도 마찬가지다. 게다가 베이는 형부를 살해한 사람이다.

베이는 너를 행복하게 하면서 동시에 슬프게 만드는구나. 너한테 그렇게 복잡한

일이 될 거라고는 생각 못 했어. 아라지가 말했다.

그럴 수밖에 없는 상황인걸. 주의를 돌릴 다른 방법이 있었더라면…

"고민이 있는 모양이군." 베이가 그의 목덜미에 얼굴을 묻으며 속삭였다.

제비는 힘겹게 웃었다. "설마 또 결투할 일이 생기는 건 아니겠죠?" 이번에도 회피였다. 갈수록 능숙해지는 자신의 모습이 마음에 들지 않았다.

"없었으면 좋겠는데." 베이는 그 질문을 진지하게 받아들였다. 제비가 의도한 대로였다. "하지만 앞날은 모르는 법이니까. 결투할 일이 없으리라고 확신은 못 한다."

"내일 밤에도 와줘요." 제비는 달음박질하는 심장박동을 느끼며 말했다. 베이가 그 두근거림을 욕망으로 여겨주기를 바라면서, 자신의 손을 그녀의 다리 사이로 넣고 장난치듯 어루만졌다. 온전히 거짓말은 아니었다.

베이는 부드럽게 웃었다. "아하?" 그녀는 다리를 붙이면서 그대로 제비의 손을 붙들어 버렸다. 그리고 이로 제비의 어깨를 깨작거렸다.

제비는 사타구니에 모이는 쾌락에 몸을 맡기며 전율했다. 나중에 생각하자. 그는 혼잣말을 중얼거리며 그대로 굴복했다.

다음 날 아침, 제비는 계획을 실행에 옮길 시간이 하루밖에 남지 않았다는 사실을 절실히 깨달으며 자리에서 일어났다. 베이의 의심을 사지 않기 위해서, 제비는 그날은 아라지를 찾아가지 않았다. **나중에 충분히 함께 시간을 보내자. 자유로워진 다음에.** 그는 무모한 약속을 했다. **봄**

이 오면 노란 개나리꽃도 보여줄게. 우리 마지막 왕조의 유래가 된 분홍빛과 흰빛의 진달래도.

색은 볼 수 있어서 다행인 것 같아. 아라지는 말했고, 제비는 눈을 깜빡였다. 그는 항상 색의 존재를 당연하게 여기고 살아왔다. 특정 색을 구별하지 못하는 사람 이야기를 들은 적은 있었지만. 그러나 생각해 보면, 미각이 없는 아라지가 인간과 같은 식으로 사물을 볼 수 있으리라는 보장은 어디에도 없었다.

내가 보는 초록색이, 너한테는 바다처럼 파란색으로 보이는 건 아닐까? 제비는 이렇게 물었다.

내가 무슨 수로 알겠어? 아라지는 되물었다. 일리 있는 말이었다.

낮 동안 제비는 열심히 일하는 척했다. 네헨과 함께 열심히 머리를 짜내 만들어 낸 문법을 준비하고 실제로 그리는 작업이었다. 어쨌든 작업에 사용할 재료가 들어왔으니 낭비하지 않고 사용하는 편이 좋을 것이다. 하판덴이라면 제비의 의도를 절대 용납하지 않겠지만.

"정말 열심이로군." 숀이 제비의 작업대와 반쯤 칠한 가면을 넘겨다보며 말을 걸었다.

적어도 다시 대화 정도는 해줄 모양이었다. "최선을 다하고 있죠." 그는 쏘아붙이는 느낌을 주지 않으려 최선을 다했다.

"실례지만 잠시 확인해도…"

거의 조롱하듯 격식을 갖추는 숀의 태도에 마음이 아팠지만, 지금 당장은 그들 사이에서 어색함 외의 다른 분위기를 기대하기는 힘들었다. "네, 보세요." 제비는 말했다.

숀은 안료가 균일하게 혼합되지 않았다는 점을 지적했다. "자네가 뭘 하고 있는지는 모르겠네만," 손의 말에는 뼈가 있었다. "뭘 하든 이쪽은 주의해야 할 걸세."

제비는 자신의 부주의함에 얼굴이 화끈거렸다. "고맙습니다." 그는 조심스러워하면서도 감사하는 투로 말했다.

손은 꿍얼거리더니 몸을 돌렸다. "배가 고프구면." 딱히 누구에게라고 할 것도 없이 이렇게 말하고, 그는 발소리를 울리며 방을 나섰다.

어쩌면 손이 함께 식사하자고 초대한 것일지도 모른다. 제비는 주변을 슬쩍 둘러보았다. 배가 적당히 고프니 뭔가 먹어도 괜찮을 듯했지만, 그는 뒤따라 나서지 않았다. 아무도 자신을 보지 않는 지금이야말로 오전 내내 기다리던 기회였기 때문이다.

초조해서 과호흡이 오기 직전인 상황에서는 제법 힘든 일이긴 했지만, 그는 최대한 가볍게 움직이려고 애썼다. 우선 손의 작업대에 쌓인 무더기에서 녹청으로 가득한 옛 청동 거울 하나를 끄집어냈다. 오전 내내 그의 작업 공간을 기웃거리며 눈독을 들였던 물건이었다. 아직 남은 재료 중에서는 그나마 이 거울이 제일 유망해 보였다.

정확할 필요는 없어. 제비는 이렇게 생각하며 손의 떨림을 억누르려 애썼다. 지금 만들려는 위조품은 대충 비슷한 형태와 크기와 무게면 충분하다. 나머지는 물감이 알아서 처리해 줄 테니까.

제비는 거울을 주조했을 먼 옛날의 장인에게 입 모양만으로 사과를 전했다. 한때는 훌륭한 작품이었을 것이다. 탁한 녹색의 뒷면에서도 여전히 당초 문양과 구름과 날아가는 학의 모양을 알아볼 수 있었다. 귀족 가문에서 소유했을 법한 물건이었다.

그는 거울의 약한 부분을 확인한 다음, 톱을 들고 길쭉하게 다섯 조각을 잘라냈다. 금속을 자르는 소음이 거슬렸다. 제비는 이를 악물었다. 거울은 겉보기보다 훨씬 약해진 상태였지만, 그래도 조각내는 데꽤 오랜 시간이 들었다. 이어 그는 기계송곳으로 금속 조각에 구멍을뚫었다. 베이의 열쇠고리에 이 가짜를 걸려면 구멍이 필요했다. 금속조각 꾸러미를 열쇠로 여기게 만들려면 마법의 힘이 필요하겠지만, 그 문제는 이미 해결해 놓은 상태였다.

제비는 베이가 도시 밖으로 나가리라는 사실에 희망을 걸고 있었다. 물론 도중에 열쇠가 필요해지면 모든 눈속임이 벗겨질 것이다. 제비는 베이의 꾸러미가 모두 여름 궁전이나 방위성 건물의 열쇠라는것에 도박을 걸고 있었다. 아니면, 젠장, 비밀 연인을 숨겨두는 화려한 방의 열쇠라던가.

그만. 지금까지 상대방에게 비밀을 만들어 온 쪽은 제비였다. 숨겨둔 연인은 없지만. 양쪽 모두 지금껏 그런 주제는 꺼내지도 않았다. 어쨌든 제비는 베이에게 뭔가를 강요할 입장은 아니었고, 반대 상황도 마찬가지였다. 게다가… 아니, 다시 딴생각을 해버렸네.

연인이란 그렇게 언제나 서로 생각이 나는 거야? 아니면 베이가 특별한 거야? 아라지가 물었다.

사랑이 문제일 때는 자주 발생하는 일이야. 제비는 대답했다. **물론 연인을 사귈 생각이 없으면 그럴 일도 없지.**

나는 평생 걱정할 일 없겠네. 아라지가 불퉁하니 대꾸했다.

손이 돌아온 모양이었다. 복도에서 다른 예술가 하나와 퉁명스럽게 대화하는 목소리가 들려왔다. 서둘러야겠는데. 제비는 생각했다. 그는 서둘러 금속 막대기를 늘어선 단지들 뒤에 숨겼다. 누구든 찾으려

들면 금방 발견할 테니 썩 좋은 위장은 아니었다. 그러나 괴팍한 예술가들과 작업할 때의 좋은 점 하나는, 허락 없이는 아무도 다른 사람의 공간을 침범하려 들지 않는다는 것이었다.

그날 오후, 간식 시간이 되어서야 제비는 다시 모조품 작업으로 돌아갈 수 있었다. 자기 작업 공간으로 돌아오는 길에, 그는 비품함으로 가서 여분의 화첩을 조금 챙겨 왔다. 누구도 그에게 관심을 주지 않았고, 따라서 제비가 화첩의 종이 사이에 구리철사 도막을 끼웠다는 사실도 전혀 들키지 않았다.

숀은 살짝 화가 난 말투로, '조금 덜 시끄러워지면' 작업장으로 복귀하겠다고 중얼거렸다. 작업장은 평소만큼은 조용했는데도. 제비는 그의 섬세한 신경을 존중해 줄 시간도 인내심도 없었다. 이 시점에서 가장 중요한 일은 숀이 자리를 뜨게 만드는 것이었으니까.

자, 시작해 볼까. 제비는 다섯 개의 직사각형 금속 조각을 꺼내서 작업대 위에 늘어놓았다. 물론 '직사각형'은 지나치게 너그러운 묘사이기는 했지만, 얼추 비슷하기는 했다. 다음은 안료 단지 차례였다. 특히 '겨울날 두루미'와 '달빛 발걸음'이 중요했다. 이 안료들은 관찰자가 문양이 그려진 물체를 제대로 확인하지 못하게 만드는 효과가 있었다. 제비는 문득 얼마나 많은 자동인형이 사람들 눈을 피해 수도 안을 숨어 돌아다니고 있을지가 궁금해졌다. 베이는 사방에 자동인형을 뿌리기에는 방위성의 재원이 터무니없이 부족하다고 했지만.

나라면 알아차릴 수 있을까? 아라지가 물었다. **네 그림은 모두 인간이 대상이라고 가정하잖아. 그게 안료가 작용하는 방식에도 영향을 끼칠까?**

음… 잘 모르겠는데? 제비는 아라지를 전쟁 병기로 사용하는 것이 일종의 낭비라고 생각했다. 방위성 소속의 학자나 자연 철학자로 고용하면 좋을 텐데.

제비는 섞은 물감을 붓으로 찍으며 작업을 시작했다. 몸과 마음을 함께 나눈 여성을 속일 계획을 꾸미는 중이라는 사실은 생각하지 않으려 애썼다.

그날 밤, 작별 인사를 하러 베이가 다시 들렀다. 약속한 대로였다. "조금만 있어줘요." 제비의 살짝 쉰 목소리에는 두려움과 욕망이 섞여 있었다. 여기서 심장이 조금이라도 더 빨리 뛰면 그대로 날아가 버릴 것 같았다.

"내일 아침 일찍 떠나야 한다." 베이가 말했다. 그러나 다다미방으로 이끄는 제비의 손길에는 전혀 저항하지 않았다. 어젯밤 격렬했던 것만큼이나 순순하게.

"내가 없어도 당신이 나를 기억하게 만들고 싶어." 제비는 속살거렸다. 자신의 위선에 숨이 막혀 죽을 것 같다는 생각을 하며. 정말로 끔찍한 사실은, 그가 베이를 진심으로 원하고 있다는 것이었다. 저 검은 눈동자에 쾌락이 무겁게 드리우는 모습을 보고 싶었다. 그녀의 웃음소리를 듣고, 피부 위에 별자리처럼 상처를 수놓는 그녀의 입맞춤을 느끼고 싶었다.

그렇지만 이제부터는 그녀를 배반해야 한다.

제비는 스스로 윽박질렀다. 생각하지 마. 활에서 쏘아진 화살처럼 무심해지는 거야. 그는 베이를 힘차게 안았다. 한동안 둘 사이에는 아무런 언어도 존재하지 않았다. 그저 체온과 서로에게 실린 무게감, 살

결과 살결이 만나며 연주하는 쾌락의 노래만이 들려올 뿐이었다.

아무래도 그녀의 지구력을 잊고 있었던 모양이지만, 마침내 베이도 잠들었다. 그는 빈 화첩 무더기 아래 놓아두었던 다섯 개의 가짜 열쇠가 달린 가짜 열쇠고리를 꺼냈다. 역시 물건을 숨기기에 좋은 위치는 아니었지만, 마법의 힘이 이쪽에도 도움이 되었다.

제비는 열쇠고리를 찾기 위해 베이의 옷을 뒤졌다. 원래는 언제나 허리춤에 차고 다녔는데. 초조해서 정신이 나가기 직전에, 그는 간신히 그녀의 신발 한 짝 아래에서 열쇠를 발견했다. 하필이면 저런 곳에 있다니. 되짚어 보니 제비의 잘못이기는 했다. 자신이 직접 베이의 옷을 벗기고 싶다고 청했으니까. 평소보다 덜 깔끔하게 벗어놓도록 만들기 위해서였다.

지금이야. 여기서 저지르면 돌이킬 수 없어.

제비는 열쇠를 바꾸었다. 그리고 진짜 열쇠가 묵직하게 철컹거리는 소리에 얼어붙었다. 베이는 몸을 뒤척이더니 부드럽게 코를 골기 시작했다. 다른 상황이었다면 매혹되었을 법한 모습이었다.

이러기에는 당신을 너무 좋아하는 것 같아. 제비는 비참한 기분으로, 마침내 그 사실을 인정했다. 그러나 지금은 아라지의 탈출을 돕는 일이 우선이었다.

11

베이는 이내 잠에서 깨어나 슬쩍 방을 나서면서, 제비의 이마에 마지막 입맞춤을 남겼다. 그러나 제비는 잠을 이루지 못했다. 자는 척하기도 힘들었다. 베이의 팔을 붙들고 아라지에 대한 진실을 고백하고 싶었다. 그러나 충동은 이내 사라졌고, 제비는 어둠 속에 홀로 남았다. 복도 불빛이 문 아래로 스멀스멀 스며들어 오고 있었다.

결국 제비는 늦잠을 자버렸고, 메범이 문을 쿵쿵 두드리는 소리에야 간신히 깨어났다. "거기 안쪽 분, 살아계신가요?" 메범이 물었다. "아침 죽을 남겨두기는 했는데, 얼른 달려가지 않으면 식어버릴 거야."

"고마워요." 제비는 조금도 고맙지 않은 기분으로 대답했다. 그러나 애꿎은 메범에게 무슨 잘못이 있겠는가. 메범은 지극히 옳은 말을 하고 있었다. 얼른 일어나서 입에 음식을 떠 넣어야 했다. 그러지 않으면 짜증만 더욱 치솟을 테니까.

"천만에." 메벰이 문 뒤편에서 말했다. 발소리가 점점 멀어졌다.

제비는 잠시 욕실에 들러서 베이의 손길이 남긴 흔적을 전부 닦아내려 했다. 마음에 들지 않아서는 아니었다. 반대면 반대였지. 양심의 가책을 느끼기 때문이었다. 내가 잘못한 거야. 그는 살갗에 남은 흔적과 상처를 매만지며 생각하고 또 생각했다.

베이에게 연심을 품는 것과, 그녀가 누구이며 어디에 소속되어 있는지를 무시하는 것은 완전히 다른 문제였다.

제비는 맛도 모른 채 죽을 목으로 넘겼다. 애석한 일이었다. 주방장이 조금 짜기는 해도 전복죽을 재현해 냈기 때문이었다. 제비가 가장 좋아하지만 쉽게 맛보기 힘든 음식이었다. 그러나 오늘 제비는 음식에 신경 쓸 여유가 없었다. 차도 물론이고.

시간이 흘러갈수록 제비의 피해망상은 심해져만 갔다. 지금 소리 죽여 수군대는 저 장인 두 명이, 정말로 작업 중인 용수철 장치에 대해서 토의하는 걸까? 혹시 완전히 다른 이야기를 하는 건 아닐까? 그림을 그리려고 몸을 숙일 때마다 다들 내 쪽을 훔쳐보는 건 아닐까? 그리고 가장 중요한 문제, 하판덴이 이미 봉숭아를 체포한 것은 아닐까? 제비는 언니가 눈치 빠르게 도시를 떠났기를 빌 수밖에 없었다. 그러나 생각해 보면 그럴 가능성은 별로 없었다. 애초에 독립운동에 투신하는 것 자체가 그리 눈치 빠른 행동은 아니었으니까.

제비는 작업하는 척하기를 완전히 포기하고 옥토끼 낙서를 끄적이기 시작했다. 어떤 것은 새 같은 날개를, 어떤 것은 잠자리 같은 날개를 달고 있었다. 어떤 옥토끼는 연을 타고 하늘 높이 솟아올랐다. 옥토끼들 뒤편의 별자리는 제비가 알고 있는 어떤 별자리와도 일치하지 않았다. 그러나 군이 참고자료 서랍을 뒤져서 성좌도나 연감을 꺼내 오고 싶지는 않았다.

그래, 조금 덜 사실적이면 어때? 제비는 천문학 고증을 지키기 위해서가 아니라 오로지 구성상의 이유로 주근깨처럼 별을 콕콕 찍으면서 생각했다. 어차피 지하에 사는 사람에게 망원경 따위는 아무 쓸모도 없다. 어린 시절의 제비는 추석마다 동전처럼 하얗고 동그란 달을 올려다보면서 옥토끼에게 소원을 빌었다. 그러나 그 소원 중에서 이루어진 건 약과를 하나 더 얻은 것 정도였다.

글쎄, 사실 화가가 되게 해달라는 소원도 이루어지기는 했다. 그가 생각한 것과는 조금 다른 화가가 되기는 했지만. 어쩌면 옥토끼들이 변덕스럽기 때문일지도 모른다.

제비는 종이를 바라보며 얼굴을 찌푸렸다. 자신이 연필로 종이를 계속 찌르고 있었다는 것을 깨달은 것이다. 그는 서둘러 종이를 넘겼다. 다음 쪽에도 찌른 자국이 가득했다. 제비는 자신의 감정이 터져나온 자국을 보며 쓴웃음을 지었다. 그러나 화첩에는 어차피 누구에게도 보여줄 수 없는 그림만이 가득하다. 못생기고, 기형적이고, 서둘러 끼적인 낙서는 예전부터 충분히 그려왔다.

다른 예술가들은 두셋씩 어울려 작업실을 빠져나갔다. 숀은 가장 먼저 떠나는 편이었다. 이번에도 마지막은 메벰이었다.

"저녁 식사 시간인데." 메벰은 미소 띤 얼굴에 궁금증을 드러내며 말했다. "뭘 하는지는 몰라도 아주 재밌나 보네. 나한테도 좀 보여줄 수 있어?"

제비의 얼굴에 당황한 기색이 떠올랐는지, 메벰은 얼른 사과하듯 손을 들고 뒤로 물러났다. "아냐, 됐어. 안 물어본 걸로 해줘. 어쨌든 가자. 뭐든 제대로 챙겨 먹고 나면 머리도 잘 돌아갈 거야."

"베…, 아니 수석 결투관께서 당신에게 그러라고 시킨 건가요?" 제비는 물었다. 메벰이 갑자기 제비를 세심하게 보살피려고 들 만한 이유는 그것밖에 떠올릴 수 없었다.

메벰은 입을 비쭉 내밀었다. "어떻게 알았어?"

두 사람은 함께 작업실을 나섰다. 화첩을 무방비 상태로 놔두고 싶지 않아서 가지고 나왔다. 그러나 화첩에 피해망상이 있는 사람이 제비뿐만은 아니었다. 메벰도 자기 화첩을 끼고 있었다.

제비가 말했다. "다른 이유랄 게 없잖아요. 그렇게까지 보살피려 애쓰지 않아도 돼요. 내가 어린애도 아니고."

"우리끼리만 하는 얘긴데." 메벰은 이렇게 운을 떼고는 잠깐 말을 멈추었다. 그의 입술이 일직선으로 굳게 맞물렸다. "이런 식으로 얘기해 볼까. 내게는 칼 쓰는 사람의 비위를 거스르면 안 된다는 신조가 있어." 그는 목소리를 낮추며 덧붙였다. "나라면 그녀 곁에서는 조심할 거야. 우리 수석 결투관님은 명예를 아주 중요하게 여기시거든."

베이를 두고 바람을 피우지 말라는 경고인 걸까? "잘 기억해 둘게요." 제비는 말했다. 솔직히 말하자면, 다른 사람과 자다가 걸리는 정도는 그의 걱정 축에 끼지도 못했다. 물론 베이가 그걸 너그러이 보아넘길 거라는 뜻은 아니었다. 대체 그럴 사람이 누가 있겠는가? 제비의 배신은 궤가 다르다는 의미였다. 방위성에 바치는 베이의 충성은 분명 개인적인 질투 따위와는 아예 다른 차원에 있을 것이다.

저녁 식사 자리는 비교적 조용했다. 평소처럼 다들 음식에 대한 불만을 수군거리기는 했어도. 제비는 꼬리곰탕이 지나치게 짜다고 느꼈지만, 대화에 끼어들지는 않았다. 라잔인 중에는 꼬리곰탕을 싫어하는 사람도 제법 있다. 화국인 사이에서는 별미 취급을 받고, 제비는 아주 좋아하는 음식이었지만.

평소에 하인들과 대화를 안 했다는 게 문제인데. 제비는 국물을 후룩거리면서 생각했다. 하인 한 명이 식탁을 닦는 모습이 눈에 들어왔다. 예술가 한 명이 다진 파와 국물을 쏟아 엉망으로 만들어 놓은 자리였다. 제비가 지금껏 하인들과 대화를 피해 온 것은 시선을 끌지 않기 위해서였다. 하인들은 언제나 정중한 라잔어를 사용하기는 해도 다들 화국인이 분명했으니까. 저런 육체노동은 언제나 화국인의 차지였다. 라잔인은 자신들의 우월한 지위를 과시하기 좋아한다. 물론 자기네 땅에는 라잔인 하인도 있었겠지만, 아주 부유하고 권력 있는 사람이 아니라면, 싸구려 노동력이 풍부한 14행정령에 굳이 라잔인 하인을 데려올 사람은 없을 것이다.

어쩌면 지나치게 짠 음식도 주방장의 미묘한 복수일지 모른다. 제비 입장에서는 음식의 맛이 고의인지 아닌지 판별할 수가 없었다. 지금까지는 라잔인의 기묘한 입맛에 맞추려다가 음식이 지나치게 짜게 만들어졌다고 생각했지만, 그 또한 아닐지도 모른다. 사실 확신할 방법은 없을 것이다.

어쨌든 멍하니 낙서를 하며 보낸 시간이 도움이 되었다. 이번에는 음식에 집중할 수 있었으니까. 갑자기 그는 봉숭아의 음식이 그리워졌다. 단순한 요리였지만, 언니는 채소나 채소절임, 말린 고기를 살 때마다 열심히 흥정했고, 언제나 자신의 기준에 맞는 품질의 재료만 골랐다. 심지어 평범한 쌀밥조차 언니가 지은 쪽이 더 맛있었던 듯했다. 그 또한 추억 때문이리라.

봉숭아의 요리보다 더 그리운 것은 그녀와 함께 요리하던 시간이었다. 맡을 일을 따로 정할 필요도 없었다. 함께 사는 동안 몸에 배어 버렸으니까. 이제 자르고 다지고 물을 끓이는 사소한 일을 함께할 기회는 두 번 다시 찾아오지 않을지도 모른다. 생각하니 갑자기 우울해졌다.

한번은 고개를 들었다가 자신을 지켜보는 메뱀과 눈을 마주치기도 했다. 그는 지켜보는 기색을 숨길 생각조차 하지 않았다. 제비는 그에게 쓴웃음을 지었고, 메뱀은 '어쩔 수 없잖아?'라고 말하는 것처럼 어깨를 으쓱해 보였다. 베이와 다른 사람 사이에 마찰이 생기게 하고 싶지는 않았으니, 여기서는 그저 참고 넘길 수밖에 없었다.

어차피 염탐하는 시선을 그리 오래 버틸 필요도 없을 테고.

식사가 끝난 후, 메뱀이 아주 친근하게 '분위기 탈 줄 모르네'라고 놀려대는 소리도 외면하고 제비는 작업실로 돌아왔다. 내가 원해서 열심히 일하는 것도 아닌데 무슨 소리람. 모든 사람이 오늘 치 작업을 마무리하고 공용실로 몰려가거나 개인실에 모였다. 덕분에 제비는 다른 이들에게 들키지 않고 뭔가를 시도해 볼 기회를 잡았다.

제비는 남은 매듭 부적을 꺼냈다. 베이가 받지 않은 파란색 부적이었다. 여기 사용된 염료가 버텨주려나? 그는 자신의 옷깃 안쪽을 확인하고 쓴웃음을 지었다. 상의에도 자기 피부에도 흐릿한 푸른색 얼룩이 묻어 있었다. 이런 싸구려 부적에 매염제를 제대로 사용했을 리가 없었다.

너는 행운의 부적일 뿐이야. 제비는 예술적으로 늘어선 부적의 매듭을 손가락으로 쓸면서 생각했다. 누가 봐도 아주 사소한 마법의 흔적밖에는 찾지 못하겠지. 적어도 라잔인이라면. 과거에는 그 사실이 자신을 괴롭혔지만, 지금은 역으로 그 점을 이용해 줄 생각이었다.

제비는 작업실 안을 훑어보며 다들 자기 작업에 열중하고 있는지 확인했다. 한 명은 라잔인 관료와 시시덕대는 자동인형의 풍자화를 그리는 중이었는데, 아슬아슬하게 문젯거리가 될 만한 정도였다. 아라지는 자신의 정서 함양을 위해 그림을 구경하고 싶다고 청해 왔다. 제비도 다른 이들과 함께 그 그림을 구경하고 싶었지만, 지금은 보고 있다는 것 자체를 안 들키는 쪽이 유리했다. 그는 다시 '겨울날 두루미'와 '달빛 발걸음'을 섞었다.

부적을 물감에 담갔다 빼는 것보다 나은 방법이 분명 존재하겠지만, 지금은 안료를 직물용 염료로 사용하거나 색을 고정할 방법을 시험해 볼 시간이 없었다. 당신의 미덕을 빌려주세요. 제비는 은닉과 은밀의 효과에 기여했을 먼 옛날의 예술가를 생각하며 빌었다. 상대방의 인식을 피하는 효과가 자신에게까지 적용될지, 아니면 부적 자체에만 적용될지는 아직 알 수 없었지만, 어차피 확인할 방법은 하나밖에 없었다.

게다가 효과가 얼마나 오래 지속될지조차 알 수가 없었다. 같은 발상을 떠올린 사람이 방 안에 숨어서 자신을 지켜보고 있을 수도 있었다. 그러나 생각을 계속하면 결국 피해망상에 이르게 될 뿐이다. 여기서는 자신을 믿고 최선을 다해 계획을 수행할 수밖에 없었다.

예상한 대로, 파란 염료가 스며 나와 물감을 엉망으로 만들었다. 그러나 번진 자국에조차 눈의 초점을 맞추기가 힘들었다. 순간 희망이 솟아올랐다. 물감이 예상한 효과를 보이는 것이다. 그는 물감이 마르기를 기다리며 심호흡을 하고 명상을 하려 애썼다. 부질없는 시도였지만.

나도 저거 칠해줬으면 좋겠다. 아라지는 흥분해서 소리쳤다. **온갖 장난을 치고 다닐 수 있을 텐데!**

제비는 순간 거대한 기계 용이 사람들 사이로 몰래 숨어들어 장난질을 벌이는 광경을 떠올리고 화들짝 놀라 정색했다. **네 몸 전체를 칠해주기에는 양이 부족해.** 이렇게 지적하자 아라지의 흥분도 수그러들었다.

제비는 부적에서 눈을 떼는 실수를 저지르고는 작업대를 더듬거리기 시작했다. 아, 여기 있군. 부적은 처음 놔둔 그 자리에 그대로 있었다. 마법 덕분에 기억하기 힘들어졌을 뿐이었다. 안료를 잔뜩 머금은 매듭끈은 뻣뻣하게 굳어 버렸다. 혹시 이대로 말라 벗겨지지 않을까 걱정은 됐지만, 일단은 이걸로 해 보는 수밖에 없었다.

제비는 다시 부적을 옷깃에 꽂았다. 아무도 그를 바라보지 않았다. 조금 대담해진 제비는 낡은 붓으로 가득한 철제 붓꽂이를 바닥에 떨어트렸다. 바닥에 붓꽂이가 떨어져서 절그렁 소리를 내며 굴러갔고, 붓이 쏟아졌다. 제비는 붓꽂이가 굴러간 자리에 서서 긴장한 채로 기다렸다.

사람들이 주변을 둘러봤다. 그리고 갑자기 눈빛이 흐려지더니, 다시 자신이 하던 일로 돌아가 버렸다. 풍자화를 그리던 사람은 아주 훌륭한 작품을 완성하고 있었다. 문득 그녀가 완성된 작품을 어디에 숨길지가 궁금해졌지만, 제비가 걱정할 일은 아니었다.

기회는 충분해. 제비는 생각했다. 마음이 달아올라야 마땅한 상황이었지만, 눈앞의 임무가 가슴을 짓눌러 제대로 기뻐하기도 힘들었다. 물론 스스로 떠맡은 임무기는 했지만. 오로지 습관 때문에, 제비는 작업장을 나서며 미소를 억눌렀다. 이번에는 메벰도 그를 뒤따라올 수 없었다.

여름 궁전의 용 동굴까지 걸어가는 내내, 제비는 심장이 멎을 것만 같았다. 단순히 보이지 않는 상태로 걷는 것뿐인데 이토록 심장이 쪼개질 것 같다니, 참으로 이상한 일이었다. 누군가 그의 존재를 눈치채는 기색을 보였다면 차라리 기분이 나았을 것이다.

인간과 자동인형으로 구성된 경비 조가 복도의 교차점과 끝마다 자리를 잡고 있었다. 그가 지나갈 때마다 자동인형의 가면 속 눈이 깜빡였고, 제비는 자동인형이 자신을 인식한 것 같다는 묘한 느낌을 받았다. 그러나 자동인형들은 경보를 울리지 않았고, 제비는 마음속으로 그들에게 감사의 인사를 건넸다.

마침내 동굴 앞에 도착한 제비는 문을 힘껏 밀어 열었다. 온몸이 긴장으로 떨렸다. 문이 바닥에 긁히는 소리가 났지만, 경비병들은 전혀 알아차리지 못하는 것처럼 보였다. 제비는 문을 열어놓고 동굴을 가로질러 아라지가 기다리는 곳으로 향했다.

네가 보이긴 하는데, 마치 연기처럼 일렁이는 느낌이야. 아라지는 자신에게 보이는 모습을 말했다. **자동인형한테는 인간한테만큼 효과가 강하지 않나 봐. 새나 개들한테는 어떤 효과를 보일까?**

다른 때였더라면 흥미로울 주제였지만, 제비는 아라지의 질문을 무시했다. 용의 네 다리에 하나씩 족쇄가 채워져 있었다. 그는 훔친 열쇠를 꺼냈지만, 손이 너무 떨려서 요란한 쩔그렁 소리와 함께 땅에 떨어뜨리고 말았다. 밖에 있는 경비병 한 명이 뭐라 묻는 소리가 들렸다. 젠장, 효과가 이렇게 간단히 깨질 줄은 몰랐는데.

여전히 떨리는 손으로, 제비는 열쇠를 주워서 첫 번째 열쇠를 오른쪽 앞발 족쇄 자물쇠에 끼웠다. 맞지 않았다. 좋아, 열쇠가 다섯 개밖에 안 되는데, 어려워 봤자 얼마나 어렵겠어? 과거의 연인 중 하나에게서 범죄 기술을 배워놓지 않은 것이 처음으로 후회가 되었다. 제비가 그녀를 찬 이유는, 그녀가 동네 상인으로부터 화구를 훔쳤기 때문이었다. 예술품을 훔치는 것보다 더 질이 나쁜 행위는 부잣집 명가의 자식이면서 화구를 훔치는 것뿐이다. 그리고 그녀가 바로 그런 부류였다. 그리 현명치 못한 연애 경험담이었다.

자신을 파고드는 베이의 유연한 손가락이 얼핏 기억 속을 스친 순간, 네 번째 열쇠가 맞아들어가며 자물쇠가 열렸다. 족쇄가 철컹거리며 바닥으로 떨어졌다. 제비는 족쇄가 발에 떨어지지 않도록 펄쩍 뒤로 뛰어 물러났다.

두 번째 자물쇠에 열쇠를 끼우기 시작한 순간, 문이 다시 끼익 소리를 냈다.

하판덴의 목소리가 동굴 안에 울려 퍼졌다. 그리 우렁찬 소리는 아니었지만, 목소리에 권위를 싣는 법을 아는 사람다운 투였다. "그 안에 있다는 것 알고 있네, 트세난. 서로 쉽게 갈 수도 있고, 어렵게 갈 수도 있어. 선택은 자네 몫이야."

제비의 심장이 쿵쿵거리기 시작했다. 젠장. 지하에서 막다른 골목에 몰렸으니 창문으로 뛰어내릴 수도 없었다. 떨리는 손에서 열쇠고리가 쩔그렁대며 떨어졌다.

그가 꼼짝도 못 하고 서 있는 가운데, 하판덴이 베이를 대동하고 들어왔다. 베이는 무표정한 얼굴이었다. 네 대의 자동인형이 한쪽에 두 대씩 서서 제비를 완전히 둘러싸 버렸다.

남은 족쇄 두 개는 혼자 풀 수 있겠어? 제비는 아라지에게 물었다.

용은 이미 발톱으로 떨어진 열쇠고리를 주워 들고는, 몸을 뒤틀며 뒷다리 족쇄를 풀려고 애쓰고 있었다.

이걸로 완전 끝장이네. 제비는 문 쪽으로 몸을 날렸다. 자동인형들을 비집고 지나갈 가능성이 없다는 것을 알면서도. 자동인형 한 대가 몸을 돌리며 그의 머리 측면을 강타했다. 어둠이 솟아오르며 그대로 그를 삼켜버렸다.

12

정신을 차리고 보니 감방이었다. 자칸을 따돌렸던 날 들어갔던 유
치장만큼이나 삭막했지만, 그래도 더 깨끗하기는 했다. 순간 두려움
과 혼란에 사로잡힌 제비는 누군가 자신을 달까지 날려버렸다고, 달
의 지표에서 빛을 발하는 정체불명의 불똥에 구워져 버릴 것이라고
생각했다. 봉숭아가 열심히 가르쳤는데도 제비는 그런 세세한 내용을
제대로 기억하지 못했다. 천문학에는 영 관심이 없었으니까.

뿌연 눈앞 풍경에 순간 두려움이 밀려들었다. 설마 영원히 또렷하
게 볼 수 없게 되는 걸까? 시간이 지나면 차차 나아질까?

눈을 깜빡이다 보니 초점이 잡히며, 감방의 철창 앞에 서 있는 사람
형체가 보이기 시작했다. 전부 자동인형 같았다. 인간 병사는 보이지
않았다. 제비의 입이 말라갔다. 설마 아무도 보지 않는 이곳에서 생을
마감하게 되는 걸까?

넌 탈출했어? 제비는 아라지에게 물었다.

내가 너무 느렸어. 용은 분한 목소리로 대답했다. **원래 위치로 돌아와 버렸네. 그래도 별다른 해를 입지는 않았어. 조금 긁히기는 했지만. 너를 따라 할 용기는 안 나더라. 넌 지금 곤란한 상황인 거지?**

응, 그런 것 같네. 제비는 억지로 몸을 일으켜서 철창 밖을 기웃거렸다. 이윽고 시야가 완전히 선명해졌다.

자동인형만이 아니었다. 인간이 둘 있었다. 평소보다 더 지팡이에 의지해 서 있는 지라이 하판덴과, 드주게 베이였다. 베이가 칼자루에 손을 올리고 있는 모습이 제비에게도 똑똑히 보였다.

제비는 하판덴이 차라리 자신에게 고함을 지르기를 간절히 바랐다. 학대를 원해서가 아니라, 그의 완벽한 침묵이 너무도 두려웠기 때문이다. 하판덴에게 모욕적인 손짓을 해주고 싶은 충동이 솟아올랐으나 간신히 억눌렀다. 지금은 창살이 둘 사이를 가로막고 있지만, 언제든 자동인형을 들여보내 그를 구타할 수 있을 테니까.

"상당히 심각한 범죄 행위를 저질렀더군." 하판덴이 말했다.

제비는 끓어오르는 눈으로 베이를 바라보며, 그녀가 어디까지 알고 있는지를 짐작하려 애썼다. 하판덴이 용을 확인하러 돌아오리라고 미리 알고 있던 것일까? 아니면 여행을 언급한 것 자체가 제비를 함정에 빠트리기 위한 연기일 뿐이었나?

대체 뭘 기대한 건데? 제비는 자책했다. 베이가 어디에 충성을 바치는지는 처음부터 알고 있었다. 화국인의 피가 섞였다 해도 달라질 것은 없었다. 제비와 내밀한 사이가 된다고 그녀의 본성이 바뀔 리도 없었다.

그래주기를 간절히 바라기는 했지만.

"용을 풀어주려 한 시도에 대해서 달리 할 말은 없나?" 하판덴이 말했다.

제비는 침묵을 지켰다.

하판덴은 한숨을 쉬었다. 그의 피로에 찌든 얼굴에 주름이 잡혔다. "자네의 핏줄 때문에 힘들 때도 있으리라는 점은 이해하고 있네. 그리고 자네와 같은 직종의 사람들은 종종 변덕스러운 행동을 보이곤 하지."

변덕? '핏줄'을 언급하는 정도는 넘길 수 있었다. 그러나 이해하는 척하는 태도는 도저히 참기 힘들었다. 제비는 베이가 입을 열고 뭐라도 말해주기만을 간절히 바랐다. 하다못해 그와 관계를 끊겠다는 말이라도. 그러나 베이는 미동도 없이 서 있기만 할 뿐이었다. 허리에 차고 있는 검만큼이나 시리도록 날카롭게.

"적어도 무얼 하려고 했던 건지는 알려주는 게 어떻겠나. 진심으로 눈에 띄지 않고 도망칠 수 있으리라 생각한 건가?"

제비는 입술을 깨물었다. 여기서 무슨 말을 해도 아라지는 위험에 처할 것이다. 봉숭아도 마찬가지였다. 고문을 견딜 자신은 없었다. 그러나 고문을 당하기도 전에 진실을 털어놓는다면 그 또한 경멸스러운 일일 것이다.

하판덴이 자동인형 하나에게 지시를 내리려고 돌아섰을 때, 베이가 처음으로 입을 열었다. "고문은 피하는 편이 좋다고 생각합니다."

하판덴의 입꼬리가 올라갔다. "수석 결투관, 설마 개인적인 관계 때문에 하는 이야기는…"

베이는 불쾌감을 숨기지 않은 목소리로 대답했다. "그렇지 않습니다. 비효율적으로 고통을 가해봤자 되는대로 거짓말을 지어대며 고통을 멈추려 들 뿐이기 때문입니다."

하판덴은 재미있다는 듯 너털웃음을 터트리며 고개를 저었다. 제비는 그 모습에 깜짝 놀랐다. "조류학부 장관 대리의 말에 감명받은 모양이로군, 자네?"

제비는 피가 얼어붙는 듯했다. 조류학부란 라잔 첩보부를 가리키는 은어였다. 지금껏 제비는 자신이 봉숭아에게 경고를 보내 사라질 시간을 벌어줬다고 생각하고 있었다. 어딘지는 몰라도, 독립군이 라잔 총독부를 피할 때면 가는 곳으로. 그러나 그 은신처라는 곳까지 제비를 미행한 첩보원이 있다면? 제비 때문에 그 장소가 드러나서 급습을 당했다면?

봉숭아한테 무슨 일이 일어나면 내 책임이야…

"저도 검술이나 미술사 이외의 소재로 대화를 할 때가 있습니다." 베이는 오싹할 정도로 부드럽게 말했다. "게다가 한 가지 잊고 계신 것 같습니다만. 트세난을 움직일 약점은 이미 쥐고 계시지 않습니까?"

"엿이나 처먹어." 제비가 내뱉었다.

"불필요하게 조잡한 언사로군. 설령 고의라고 해도." 하판덴이 말했다.

베이는 뚫어져라 제비를 쳐다보고 있었다. 마치 제비가 단순한 욕설보다 중요한 것을 말했다는 것처럼.

잠깐. 봉숭아를 인질 삼아 제비에게 들이댈 수 있다는 건… 아직 언니가 살아 있다는 뜻일까? 아니면 하판덴과 베이가 이번에도 그를 노리고 교묘한 술책을 벌이는 것일까?

하판덴이 그런 소리를 했다면 별생각 안 들었을 것이다. 그러고도 남을 만큼 교활한 사람이고, 제비를 14구역민 첩자 이상으로 대접해 줄 이유가 없을 테니까. 그러나 방금 말한 사람은 베이였다. 어쩌면 베이라면, 그에게 선물로서 말해준 것이었을지도 모른다. 어쩌면 그에게 호의를 품고 있는 것일지도 모른다.

아니면 그냥 보고 싶은 것만 보이는 걸까.

"하지만 자네 말이 맞네." 하판덴은 제비의 내적 갈등을 알아차리지 못한 채 말을 이었다. "이자의 언니는 아주 위태로운 상황이지. 조류학부에서 구속하기 직전이기도 하고." 그는 제비를 보며 슬쩍 미소를 지어 보였다. "솔직히 털어놓겠나, 아니면 반역자로 확정된 자들이 어떤 짓을 당하는지 상세하게 설명을 듣고 싶나?"

"우리 언니를 위협해서 내 입을 열 생각이라면 헛수고야. 너희 깡패들이 못 잡도록 멀리 도망쳤을 거라고." 제비는 쏘아붙였다.

"자네 행동의 결과를 반추할 수 있도록 시간을 주겠네." 하판덴은 자동인형 쪽으로 손짓해서 제비의 감옥 앞에 두 대를 세운 다음, 냉정한 눈길로 제비를 바라보았다. "나중에 다시 대화하도록 하지."

그 말을 끝으로 그와 베이는 감방에서 떨어져 복도를 따라 사라졌다.

"너희들 혹시 말 못 하니?" 하판덴이 사라진 다음, 제비는 자동인형들에게 물었다.

자동인형들은 멍하니 그를 바라보기만 했다. 눈 안에서 익숙한 빛이 흐릿하게 깜빡였다. 그러나 자동인형들은 대답하지도, 그의 말을 들었거나 이해했다는 시늉도 하지 않았다. 대신 제비를 괴롭히지도 않았다. 인간 경비병이라면 당연히 그런 충동을 느꼈을 텐데도.

어쩌면 우리의 행동이 자동인형들을 괴물로 만드는 걸지도 모르겠다고, 제비는 생각했다.

걔들은 대답 안 할 거야. 네가 문양과 문법을 공부하는 동안 나도 따라 배웠거든. 쟤들은 문법이 너무 단순해서 대화는 못 해. 아라지가 말했다.

안타깝네. 뇌물을 줘서 빠져나갈 수 있으면 좋을 텐데. 제비가 말했다.

우리 동족에게 돈 따위가 의미가 있을 것 같지는 않아. 아라지가 말했다.

다른 사람이 사라지자 주변 공간을 둘러볼 여유가 생겼다. 하판덴도, 베이도, 베이의 의도에 대한 망설임에도 신경 쓸 필요가 없어졌으니까. 적어도 널찍하다는 점만은 기꺼웠고, 바닥에는 짚으로 만든 명석과 얇은 담요 한 장이 있었다. 심지어 구석에는 구식 요강도 하나 보였다. 문득 제비는 키득거리며 웃었다. 지저분한 환경에 죄수를 방치하는 행위가 하판덴의 세련된 감성을 해칠 것이라는 생각이 떠올랐기 때문이었다.

그러나 조금씩 현실을 직시하기 시작하면서 웃음기는 사라졌다. 제비는 철창으로 다가가서 문을 흔들어 보았다. 조금 철컹거리기는 해도 망가질 것 같지는 않았다. 물론 혼자서 탈옥할 수 있으리라고는 조금도 생각지 않았다. 게다가 형부가 종종 놀리곤 했듯이, 제비는 다치는 일을 지독하게 두려워하는 사람이었다.

"완전히 망했네." 자동인형이 듣든 말든 개의치 않고 제비는 이렇게 중얼거렸다. "이제 어떻게 하지?"

하판덴은 무슨 생각인 걸까? 굶어 죽거나 목말라 죽을 때까지 여기 처박아 두려는 걸까? 제비는 갑자기 차나 물이 간절히 그리워지기 시작했다. 하다못해 여름 궁전의 주방에서 때때로 나오는 미지근한 육수라도 마시고 싶었다.

자동인형은 대답하지 않았다. 제비도 기대한 것은 아니었지만.

족쇄를 다시 채우기 전에 열쇠를 숨기는 건 무리였겠지. 제비가 말했다.

응. 하판덴의 병사들이 가져갔어. 아라지가 대답했다.

결국 이번 탈주 시도는 아무런 소득도 없었던 셈이었다.

너를 구해낼 방법이 있을 거야. 아라지는 말했지만, 제비는 웃어야 할지 울어야 할지조차 알 수가 없었다. 물론 아라지는 거대하고 무시무시한 전쟁 병기기는 하지만, 어차피 포로 신세라는 점은 마찬가지였으니까.

뭔가 떠오르면 알려줘. 제비는 별 기대 없이 말하고는 멍석 위에 주저앉았다.

여기서는 시간의 흐름을 판별할 방법이 없었다. 제법 오래 겪어온 일인데도, 시간 감각이 사라지는 건 도무지 익숙해질 수가 없었다. 그를 지키는 두 대의 자동인형은 아예 움직이지도 않았다. 다른 한 대가 불규칙한 간격으로 등장해서 묽은 차와 쌀죽이 담긴 쟁반을 건네고 나갔다. 제비는 이렇게 하찮은 일에 고마워하는 자신에게 분통을 터트리며 음식에 달려들었다. 심지어 죽이 형편없다고 투정을 부릴 수도 없었다. 예술성에 들어오기 전에 먹던 음식보다 딱히 더 나쁜 것도 아니었으니까.

그러는 동안 내내, 아라지가 말동무가 되어주었다. 제비는 아라지와 대화를 나눌 때마다 이 상황에 대한 비논리적인 분노를 억누르려 애써야 했다. 다른 인간의 존재 없이 끝없는 시간을 보낸다는 괴로움이 조금씩 그의 정신을 갉아먹었다. 함께 이야기를 나눌 용조차 없었더라면 훨씬 괴로웠겠지만.

한번은 이런 질문을 던지기도 했다. **자유로워지면 어디로 갈 생각이야? 뭘 하면서 보낼 거야?**

아라지는 오래 침묵했다. 제비가 용의 마음을 상하게 한 건 아닌지 걱정하는 순간 그가 입을 열었다. **전쟁 이야기가 안 들리는 머나먼 곳으로 가고 싶어. 누구도 괴롭히지 않고 친구들과 함께 살 수 있는 곳. 자동인형이라도 그런 곳을 찾을 수 있지 않을까?**

산속 깊이 들어가는 건 어때? 먼 나라로 가면 사막이라는 곳도 있다고 들었어. 제비가 말했다. 지리에 대해서는 제대로 아는 것이 없었지만, 하판덴의 여름 궁전 쪽 집무실 벽에 걸려 있던 지도는 기억하고 있었다. 온갖 정복 계획과 목표물이 적혀 있는 지도였다. 그리고 **친구라면⋯**

친구를 사귈 수 있을까?

봉숭아의 임무를 생각하면, 용으로 라잔인을 공격하겠다고 단호하게 마음먹고 있던 언니를 생각하면 마음이 쓰라렸다. **너를 겁내지 않을 사람이 분명 있을 거야.** 제비는 천천히 말했다. **하지만 그런 사람 중 일부는 하판덴처럼 너를 이용하려 들겠지. 우리 언니도 그렇고. 그런 사람들은 네가 정말로 무얼 원하는지에는 관심이 없을 거야.**

더 오랜 침묵이 이어졌다. **그래도 솔직하게 말해주기는 했네. 함께 탈출한 다음에는 너도 그들처럼 날 이용하고 싶은 거야?**

아니, 절대 아냐. 제비는 격렬하게 반박했다. 자신의 의도가 그 주장만큼 순수한지는 확신하지 못하면서도. 누군가 언니를 위협하면, 무슨 수를 써서라도 그녀를 구하기를 바라지 않을까? 특히 하판덴이 이미 그녀를 위협한 상황에서는?

아라지가 말했다. **나한테 목소리를 줄 생각을 한 사람은 너밖에 없어. 그것만 으로도 나는 너한테 빚을 진 거야.**

이런 말은 제비를 더욱 비참하게 만들 뿐이었다. 제비는 솔직하게 대답할 수밖에 없었다. **정보가 필요했기 때문에 한 일이야. 그 전에는 생각조 차 하지 못했어.**

그래도.

발소리가 들려오기 시작했고, 배 속이 조여 오는 기분이 들었다. 이 제 무슨 일이 벌어지는 걸까?

그리 오래 지나지 않아 알게 되었다. 하판덴이 돌아왔기 때문이다. 이번에는 자동인형 두 대뿐 아니라 인간 경비병도 두 명 대동하고 있 었다. 그리고 베이는 없었다.

이게 좋은 의미일 리는 없겠지.

"자네는 내가 원하는 정보를 쥐고 있다네." 하판덴은 바로 본론으 로 들어갔다. "나는 어떤 방법으로든 그걸 얻어낼 생각이고 말이지."

"지옥으로 꺼져." 제비는 악을 쓰며 말했다. 별로 현명하지 못한 짓 이었다.

"애석하군. 자네의 라잔어는 실로 완벽해. 몸에 밴 습관도 라잔인이 라 해도 좋을 정도고. 우리가 14구역민들에게 권장하고 싶은 훌륭한 융화의 모범 사례 아니겠나. 그러나 지금은 고난의 시기일세. 나한테 는 남은 선택지가 별로 없어."

"죽일 생각이라면 얼른 죽여버려." 진심으로 한 소리는 아니었다. 그는 봉숭아나 지아처럼 용감하지 않으니까. 그러나 말만은 입에서 술술 흘러나왔다.

사태를 설명하라고 끝없이 종용하는 하판덴의 초조한 모습을 보니, 파국이 찾아올 것이 분명했다. 물론 하판덴이 아니라 제비에게. "평소라면 나도 베이나 조류학부의 내 동료의 의견에 동의하는 편일세. 하지만 벌써 일주일이 지났거든."

제비의 가슴이 내려앉았다. 그렇게 오래 지났다고? 아무리 햇빛이 없었다고 해도 그조차 알아차릴 수 없었단 말이야?

"경비병, 시작하게." 하판덴은 가까운 쪽 경비병에게 턱짓을 했다.

제비는 앞으로 나서는 두 명의 경비병을 충분히 살펴볼 수 있었다. 양쪽 모두 우람하고 탄탄한 체구에, 왼쪽 사람은 뚱뚱해 보일 만큼 살집이 올라 있었다. 화국인은 학처럼 잘나가는 사람을 제외하면 저만큼 먹고살 수도 없는데. 제비는 하판덴이 그들을 선택한 이유를 알 수 있었다. 육체적인 힘, 충성심, 그리고 형벌 집행자로서의 소질일 것이다.

"마지막 기회일세." 경비병들이 철창 자물쇠를 여는 동안 하판덴은 말했다. "나도 가능하면 자네를 온전한 상태로 자네 연인한테 돌려주고 싶거든."

베이를 언급하자 제비의 마음속에서 존재하는지도 몰랐던 무언가가 부서졌다. 문이 열리자마자 제비는 목청껏 소리치며 경비병들에게 돌진했다. 과거 제비는 병사들이 총칼을 무릅쓰고 적진으로 돌격하는 용기의 원천이 무엇일지 궁금해하곤 했다. 어쩌면 용기와는 별 관계

없는 걸지도 모르겠다. 단순히 분노와 짜증 때문일지도.

경비병 사이를 뚫고서 복도와 계단으로 뛰쳐나가 자유를 쟁취하겠다는 꿈은 한순간으로 끝나버렸다. 아니, 별 관계 없는 걸지도 모르겠다. 차라리 벽돌 벽에 돌진하는 편이 나았을지도 모른다. 경비병은 가볍게 제비를 붙들어 바닥으로 내동댕이쳤고, 제비는 순간 밀려오는 거친 고통에 숨조차 제대로 쉴 수가 없었다. 이후로는 모든 순간이 혼란스러울 뿐이었다. 고통이라는 잔혹한 현실 외에는 아무것도 보거나 듣거나 생각할 수 없었다.

구타가 얼마나 계속되었던 걸까? 한순간이었을까, 아니면 백 년이었을까. 제비는 비명을 지르며 발버둥 쳤지만 아무 소용이 없었다. 병사들은 전문가였다. 이런 일을 얼마나 자주 해온 것일까 하는 의문이 절로 마음속에 떠올랐다.

이내 제비는 구타가 멈췄다는 사실을 천천히 깨달았다. 입 안에서는 피 맛이 나고 머릿속이 웅웅거리며 울렸다. 아주 먼 옛날에 시간을 내서 지아에게 싸우는 법을 조금이라도 배워둘걸 그랬지. 그러나 제비는 무술 따위에는 조금도 관심을 가져본 적이 없었다. 이제 그 대가를 치르는 셈이었다.

그건 또 무슨 헛소리야? 그러려면 엄청난 시간을 무술에 쏟아야 했을 거잖아. 나는 그 시간에 그림을 배웠다고. 제비는 이렇게 생각했다. 언제나 당연하게 여기고 살아온 행동, 이를테면 호흡 따위가 격통을 불러오지 않았으면 좋겠다고 바라면서.

하판덴의 목소리가 멀리 떨어진 산맥이나 달나라에서 울려 퍼지는 것처럼 들렸다. "최대한 자주 질문하도록 하겠네. 탈출하면 어디로 갈 생각이었나?"

제비는 입 속을 깨물었다. 물론 피가 더 난다고 해서 달라질 일은 없었지만.

하판덴의 인내심이 한계에 달하고 있거나, 경비병들이 사람 괴롭히기를 즐기는 모양이었다. 사실 당하는 입장에서는 별 차이가 없었다. 몸을 말고 숨을 헐떡일 기회조차 가질 수 없었다. 경비병의 발길질이 다시 날아들었기 때문이다. 처음에는 갈빗대에, 뒤이어 복부에.

제비는 토하기 시작했지만, 위액 말고는 아무것도 나오지 않았다. 마지막으로 뭔가를 먹은 지 너무 오래 지났기 때문이었다. 배불리 먹지 못한 것이 유감이었다. 하판덴의 빌어먹을 신발에 잔뜩 토해줄 수 있었을 텐데.

"좋아." 하판덴의 목소리가 한층 먼 곳에서 울려 왔다. "마지막으로 하나 알려주지. 자네에게는 알 권리가 있을 것 같으니까."

이 말에는 자신을 억누를 수 없었다. "뭘 알아?" 제비는 새어 나오는 숨소리로 헐떡이며 물었다. 말하는 것조차 고통스러웠다. 숨 쉬는 것조차 고통스러웠다. 뭘 하든, 아니 아무것도 하지 않아도 고통스러웠다. 어쩌면 그게 고문의 비결일지도 모른다. 어떻게 해도 고통을 벗어나지 못하게 하는 것.

"자네 언니 이야기나 하지." 하판덴은 거기서 말을 끊었다.

제비에게도 인내심 따위는 조금도 남아 있지 않았다. "언니한테 손대면…" 제비는 쿨럭거리며 기침을 하다가 피를 뱉었다. "네놈들이 언니를 죽였다면…"

"반대일세." 하판덴은 잔인할 정도로 이성적인 투로 대꾸했다. "자네 언니는 살아 있는 쪽이 우리에게 유용하니까."

제비는 순간 뜨거운 눈물이 솟아오르고 있다는 사실을 깨닫고 당황했다. 얼른 눈물을 훔치고 싶었으나, 하판덴에게 자신의 서러운 감정을 드러내서 그를 만족시키고 싶지 않았다. "어떻게 그게 더 유용한데?"

대화하면 안 돼. 머릿속 깊은 곳에서 목소리 하나가 다급하게 소리쳤다. 이야기를 나눌수록 더 많은 정보가 넘어갈 거란 말이야. 그러나 온몸을 고통으로 기워 붙인 느낌 때문에 제대로 생각할 수가 없었다. 이제는 저항할 힘조차 남지 않았다.

"아무래도 그게 문제겠지?" 하판덴은 이렇게 말했다. 제비는 순간 묘한 위화감에 사로잡혔다. 무슨 허튼소리인지 설명을 요구한 것뿐이었는데, 하판덴은 마치 제비의 관점에도 일리가 있다는 것처럼 대꾸하고 있었으니까. "자네는 그녀의 장난질에 얼마나 관련되어 있나? 그리고 얼마나 오래 계속해 온 거지?"

제비는 분통을 터트렸다. "적당히 해. 뭘 하려는 건지 몰라도 그냥 마음대로 하고 끝내라고." 그는 말을 멈추고 기침을 터트렸다. 이번에도 피 맛이 났다. 이대로 가면 평생 입 속에서 피 맛을 느끼며 살게 될 것 같았다. "봉숭아 언니에 대해서는 당신이 처음에 말해준 것 외에는 아무것도 몰라. 우리 사이가 그리 좋았던 것도 아니고."

제비는 말을 멈추었다. 적에게 그토록 개인적인 일을 털어놓았다는 사실에 충격을 받았기 때문이었다. 어떤 측면에서 봐도 그는 적이 분명했다. 제비를 협박해서 방위성의 직위를 받아들이게 만든 순간부터. 자신을 빗속에서 구해준 것은 생각하지 않아도 될 일이었다.

하판덴은 냉정하게 말했다. "좋아. 그럼 자네 언니의 반란군 쪽 조직에 대해서는 얼마나 아는지 확인해 볼까."

순수하고 원초적인 공포에 제비의 목이 말라붙었다. 하판덴이 은신처에 대해서 알고 있으면 어쩌지? 그리고 봉숭아가 여름 궁전이나 지상의 방위성 건물 어딘가의 감옥에 갇혀 있다면?

그러나 하판덴은 그쪽 이야기를 하려는 것이 아니었다. 적어도 아직은. "말해보게. 자네 언니의 해외 연줄에 대해서 얼마나 알고 있지?"

제비는 멍하니 눈만 깜빡였다. 해외 뭐? 다음 순간, 은신처를 방문했을 때의 기억이 돌아왔다. 봉숭아는 해외로 망명한 독립군 이야기를 꺼냈다. 바다 건너의 국가들과 동맹을 맺는다는 이야기도 있지 않았던가? 제비는 그때 조금 더 열심히 들어둘걸 그랬다고 생각했다. 문제는 그날 밤이 워낙 정신없이 흘러갔고, 지금 그의 상태도 최상이라고는 할 수 없다는 것이었다.

하판덴의 목소리는 너무도 평온해서 도리어 공포에 몸을 움츠리고 싶어질 정도였다. "자네 언니와 그 친구들은 라잔의 지배를 뒤엎는데 너무나 혈안이 된 나머지, 웃으며 돈을 대기만 하면 그 어떤 해외 세력과도 곧바로 손을 잡을 의향이 있다네. 하지만 거기서 실수하면 곤란하지. 서양인들도 우리만큼이나 14행정령의 자원에 눈독을 들이고 있거든. 게다가 그들이 자네들을 '해방'한 다음에는 우리보다 훨씬 무자비해질 테지."

"당신들은 여기 있고, 서양인들은 없지. 나는 평생 서양인 따위는 본 적도 없어." 제비는 지적하듯 말했다. 사실 서양인이 어떻게 생겼는지도 명확히 알지 못했다. 봉숭아의 추리소설 속에서는 이국적인 고급 창부나, 마찬가지로 이국적이고 초유능한 악당 역으로 간간이 등장하곤 했다. 물론 제비는 책 속의 묘사에 대해서 상당한 의구심을 품고 있었다. 예를 들어, 사람이 어떻게 주황색 머리카락을 가진단 말인가? 진짜 서양인 중에는 창부나 악당 외의 다른 직업을 선택하는 사람도 있을 테고 말이다.

하판덴은 씁쓸한 표정을 지었다. 조금이나마 정신을 차린 제비는 고개를 들어 그의 얼굴을 올려다볼 수 있었다. 각도 때문에 훨씬 위압적으로 보이고, 그의 지팡이가 시야에 들어오자 움찔할 수밖에 없었지만. 저 지팡이는 몽둥이로 써도 아주 훌륭할 것이다.

"자네에게 서양인을 만날 기회가 없기를 간절히 빌고 있다네." 하판덴이 말했다. "그런 일이 생긴다면 내 임무가 실패한 것일 테니까."

제비는 혼란을 숨길 수 없었다.

"자네는 믿을 수 없을지도 모르지만, 14구역민인 자네는 내가 보살펴야 하는 백성이라네. 방위성의 역할은 백성을 지키는 것이지. 믿든 안 믿든, 여기에는 자네도 포함된다네."

"나를 안 죽일 것처럼 말하네?" 제비가 되받아쳤다.

그의 얼굴에 슬쩍 짜증이 스쳐 지나갔다. "나를 그렇게 생각하고 있던 건가?"

"당신이 이세미 씨를 죽인 걸 알아!" 바로 다음 순간, 제비는 생각했다. 끝내주네. 고문조차 할 필요 없겠어. 그냥 이대로 아는 걸 전부 술술 불어버리는 게 어때?

그래도 더 이상 비밀을 감추지 않아도 된다는 생각에 순간 안도감이 들었다. 헛된 안도감이라는 사실을 잘 알고 있으면서도.

경비병들은 하판덴을 바라보았다. 그중 한 명이 물었다. "다시 할까요? 이놈은 14구역민치고도 너무 버릇이 없는데요."

"아니, 그럴 필요는 없다." 하판덴의 목소리에는 완벽한 확신이 서려 있었다.

"봉숭아 언니는 당신이 절대 못 찾을 곳으로 갔어." 제비는 말했다. 저항을 시작하는 것치고는 너무 늦기는 했지만. 그리고 자신의 말에 진실이 섞여 있는지도, 하판덴이 자신의 허풍에 속아 넘어갈지도, 아무것도 확신할 수가 없었지만. "당신네 자동인형과 깡패들을 아무리 보내도 소용없을 거라고. 언니를 위협해서 나를 굴복시키려는 거라면 단단히 잘못 생각하는 거야. 차라리 나를 갈아서 물감으로 만드는 쪽이 당신한테는 훨씬 도움이 될걸."

다음 순간, 제비는 공포에 사로잡혔다. 하판덴이 소리 내어 웃기 시작했기 때문이다. 그는 지팡이를 짚은 채 헐떡이기 시작했다. 저 사람이 미쳤나? 제비는 순간 그가 걱정될 지경이었다. 지금껏 자신을 고문한 사람이라는 점을 생각하면 말도 안 되는 일이었지만.

"설마 지금껏 그런 식으로 생각하고 있던 건가?" 하판덴이 물었다.

"당신이 그렇게 생각하게 만들었잖아." 제비는 여전히 반신반의하는 듯한 그의 말투를 무시하며 말했다. 사실 그가 한 짓이 그렇지 않았던가? 자신을 끌어들이려고 봉숭아를 위협한 것 아니던가?

그는 즐겁다는 표정으로 고개를 저었다. "평소에 내가 상대하던 간교한 사람들에 비해, 자네는 정말 순수하기 짝이 없군. 자네는 완전히 거꾸로 생각하고 있어. 자네를 끌어들이려고 자네 언니를 협박 수단으로 쓴 것이 아니라네. 나도 얼마든지 예술가를 선택해서 데려올 수 있었어. 자의로 올 사람도 충분히 많았고."

하판덴이 말을 뱉을 때마다, 제비의 뱃속에 똬리를 튼 두려움은 커져만 갔다. "천만에. 정반대라네. 조류학부에 빚을 지우려고 자네를 선택해서 데려온 거야. 자네는 자네 언니를 협박하기 위한 도구에 지나지 않는다네."

13

시간은 꾸물꾸물 흘러갔다. 제비는 비참한 기분으로 감방에 쭈그려 앉아 있었다. 그동안 자신이 망쳐온 일에 대한 후회와 자책이 밀려왔다. 그 빌어먹을 성명 인증서를 얻지 않았더라면… 예술성 시험을 치르고 봉숭아와 말다툼을 벌이지 않았더라면… 방위성의 일자리를 얻지 않았더라면. 물론 그렇다 해도 하판덴이 그를 놓아주었을 리는 없었다. 적어도 그에게서 도망치려고 최선을 다하기는 했겠지만.

유일한 위안은, 제비가 봉숭아의 상식을 믿고 있다는 것이었다. 아무리 혈연으로 맺어져 있다고 해도 봉숭아가 동생을 구하러 돌아오지는 않을 것이다. 포로를 석방하겠다는 라잔인의 말을 믿을 수 없다는 사실도 알고 있을 것이다. 지금은 자유의 몸으로서 그들에 대항해 싸우는 것이 최선이라는 점도.

그런데도 제비는, 언니가 자신을 구하러 오기를 계속해서 바라고 있었다.

나 여기 있어. 아라지가 속삭였다. **절대 네가 나쁜 일을 당하게 하지는 않을 거야.**

쇠사슬은 처리했어? 제비가 되쏘았다. 자신도 모르게 어조에 신랄함이 스며들고 있었다.

의미심장한 침묵이 흘렀다. **아니.**

제비는 털썩 자리에 쓰러졌다. 어차피 답을 알고 있는데, 굳이 질문해서 양쪽 모두 힘들게 만들 필요가 있었을까? **어쨌든 고마워.** 그는 멍하니 중얼거렸다.

부러진 곳은 없는 것 같았지만 온몸이 아팠다. 언제나 상처가 두려웠던 제비는 자기 몸을 자세히 살펴보지도 않았다. 하판덴의 졸개들은 원한다면 얼마든지 영구적인 손상도 입힐 수 있을 것이다. 제비는 먼 옛날 지아와 이야기하면서, 그쪽으로 훈련한 사람들은 영구적인 손상은 조금도 없이 끔찍한 고문을 할 수 있다는 이야기를 들은 적이 있었다.

죽과 제철 채소절임으로 구성된 미지근한 식사가 끝없이 이어졌다. 문득 제비는 몸에 열이 오르고 있다는 걸 깨달았다. 그는 흐린 눈으로 감방 벽을 바라보며 눈을 깜빡였다. 이렇게 세상이 흐릿하게 보이지는 않았던 것 같은데. 게다가 머리도 깨질 듯이 아팠다. 이전에는 나머지 모든 곳이 너무 아파서 알아차리지 못했다.

이제 제비는 정말 많은 것을 원했다. 봉숭아의 집에 있는 자신의 방으로 돌아가서 쪼그려 앉아 있고 싶었다. 물론 라잔인들이 다른 꿍꿍이가 있어서 재산을 몰수하지 않았을 때나 가능하겠지만. 봉숭아가 가져다주는 맛 좋은 죽을 먹고도 싶었다. 지금 몸 상태로는 맛이 있는지도 없는지도 모르겠지만.

젠장. 불가능한 환상의 세계에서 미적거리는 김에, 아예 판돈을 확 올려버려도 괜찮지 않아? 제비는 빌어먹을 라잔 놈들이 얌전히 자기 동네에 머물러 있거나, 차라리 다른 나라를 침략했으면 좋겠다고 생각했다. 지리 지식 따위는 없으니 그 다른 나라가 어디일지는 알 수도 없는 데다 아무 잘못 없는 나라를 라잔인의 제물로 바치는 것이 잔인한 일인 것 같기는 했지만. 그러나 이 빌어먹을 감방에서 나갈 수만 있다면 어떻게 되든 상관없었다.

라잔인들이 우리를 침략하지 않았으면 베이도 태어날 수 없었겠지. 마음속 깊은 곳에서 배신자의 목소리가 속삭였다. 베이의 나이를 생각하면, 그녀는 침략 이전, 진달래 왕조의 위태로운 막바지에 태어났을 것이다. 일부 파벌이 라잔인 방문자들과 동침하는 것을 선택했던 그때에.

베이는 나를 구하려는 시도조차 안 했잖아. 제비는 속으로 쏘아붙였지만, 배신자가 된 느낌은 한층 강해지기만 했다. 의심이 마음속을 갉아먹고 있었다. 하판텐이 자신을 찾아온 것에 대해 베이도 알고 있었던 걸까? 그녀도 동의한 걸까? 아니면 그저 끼어들고 싶지 않았던 걸까?

머리로는 충분히 이해가 갔다. 방위성 장관 대리의 명령인데, 수석 결투관의 입장에서 드러내놓고 거역할 수는 없었을 것이다. 그러나 제비는 더 노력하지 않았다는 이유로 그녀를 원망했다. 자기편이 필요할 때 그의 곁에 서지 않았다는 이유로. 자신이 베이의 열쇠를 훔친 덕분에 이렇게 되어버린 셈이지만, 그 사실은 생각하고 싶지 않았다.

제비는 이내 비참하게 얕은 잠에 빠져들었고, 악몽에 시달리다 퍼뜩 깨어나기를 반복했다. 라잔인들이 등장하기 전의, 모든 것이 단순하던 시절의 꿈도 꿨다. 당시 제비는 어른이 되기 직전의 10대 청소년이었다. 그는 라잔 군대 이야기에도 별로 관심이 없었다. 형부가 그 이야기를 꺼낼 때마다 죄다 과장된 뜬소문으로 치부했다. 다른 꿈에서는 끝없이 서성이는 아라지의 모습이 등장했다. 쇠사슬 소리가 울적한 음악처럼 울렸다.

제비는 다시 잠에서 깨어났다. 아니, 반쯤 깨어났다고 해야 할까. 순간 찾아온 혼란 속에서, 제비는 학에게 맡기고 온 자신의 화구가 어떻게 되었을지를 생각했다. 그러고 보면, 학도 처음부터 이 계략에 관여해 온 것일까? 설마… 학이 그랬을 리가 없어. 학이 예술품 거래의 큰손이기는 하잖아. 내가 너무 순진한 걸까? 제비는 자문했다.

시간이 더 흘러갔다. 고통만으로는 부족하다는 듯 속이 메스꺼워지기 시작했다. 자동인형 하나가 주기적으로 감방에 들어와서 요강을 비워주었다. 제비는 자동인형들이 하찮은 잡일을 꺼리지는 않을까 궁금해졌다. 하판덴이 자동인형의 의지 따위에 아랑곳할 리는 없을 테지만. 여름 궁전의 화국인 하인에게도 일을 그만둔다는 선택지가 있기는 했다. 물론 그 대가는 그리 즐겁지는 못할 것이다.

제비는 삶의 보편적인 불공평함에 대해 깊이 생각하기 시작했다. 그저 그림을 그리고픈 예술가를 고문하고, 선량한 평화주의자 용을 못살게 구는 하판덴 같은 작자들이 버젓이 돌아다니다니 말도 안 되는 소리다. 베이에게 건넨 매듭 부적이 행운을 주었을지 궁금해졌다.

제비에게 남은 한쪽은 조금도 효과가 없는 듯했으니까.

지루해서인지 짜증 나서인지 아니면 양쪽 다인지는 알 수 없었지만, 제비는 감방 한쪽 구석에 쌓인 흙에 침을 뱉어서 섞기 시작했다. (물론 역겨운 짓이기는 했다.) 청결함을 좋아하는 하판덴 덕분에 작업할 흙이 별로 많지 않았다. 그러나 흙으로 만든 안료를 처음 사용해 보는 것도 아니었다. 어차피 이곳에서는 재료가 한정되어 있기 때문에, 선택할 여지가 없었다.

어디서 온 것이든 물은 물일 뿐이야. 아라지가 철학적인 소리를 늘어놓았다. 제비는 그 말에 소변과 독한 술이 등장하는 농담을 떠올렸다.

제비는 흙이 다 떨어지기 전에 달나라에서 뛰노는 날개 달린 토끼를 한 마리 그렸다. 할 일이 생겼으니, 전체 구상을 조금 더 생각해 볼까? 이 그림이 인간 관객의 눈에 들어갈 가능성은 별로 없지만, 그래도 자신의 기준에 미치지 못하는 작품은 용납할 수 없었다. 봉숭아 언니가 나 때문에 자수할 리도 없으니, 하판덴도 늙어 죽을 때까지 나를 여기 처박아 놓고 들여다보지도 않을 테니까. 어쨌든 눈앞의 비참하고 지나치게 밝은 감방을 어떻게든 꾸며보겠다고 결심한 이상, 모든 일을 제대로 해야 했다.

내가 보고 있잖아. 나를 위해서 그려줘. 아라지가 말했다.

알았어. 호응해 주는 관객 덕분에 한층 열의가 솟았다.

달은 이미 그렸다. 문질러 지우고 새로 그리고 싶지는 않았다. 따라서 달 위주의 그림을 구상해야 했다. 방의 삼면에 그림을 채우는 작업은 처음이었다. 게다가 철창을 사이에 두고 갇혀 있어서, 누구든 그림을 제대로 감상하려면 감방 안으로 들어와야 한다. 미치지 않은 이상

자발적으로 여기 들어오는 사람은 없을 것이다.

적어도 나 다음으로 여기서 늙어 죽을 사람한테 유희 거리를 남기고 갈 수는 있잖아. 제비는 이런 섬뜩한 생각을 하며 기운을 북돋웠다. 이곳에 남고 싶은 생각은 조금도 없었지만, 감방을 더 흥미로운 장소로 만드는 계획은 그 나름 매력적이었다. 아라지에게 최고의 작품을 보여주고 싶기도 했다. 아무래도 예술가들은 상식이 부족하다는 편견에도 일리가 있는 모양이었다.

우선 제비는 감방 안의 먼지와 흙을 전부 한곳으로 모았다. 눈짐작보다 많은 양이 모였다. 열에 달뜬 머리로 온갖 딴생각만 했더니, 무해한 먼지 한 줌 따위는 눈에 들어오지도 않았던 모양이었다. 봉숭아라면 자신보다 사리 판단이 빨랐겠지만. 애초에 언니는 그을음이나 주홍색 물감을 쏟아서 얼룩진 옷을 걸치고 다니는 사람이 아니었다. 제비는 얼마나 많은 양의 진흙이 필요할지를 가늠해 보았다. 평소라면 섬세한 묘사가 들어간 빽빽한 그림을 선호하지만, 상황이 상황이니만큼 여백을 활용해야 할 것 같았다.

생각할수록 구미가 당겼다. 밤하늘은 별과 천상의 주민들과 가끔 활강을 즐기는 옥토끼들로 가득한 것처럼 보인다. 그러나 제비는 언젠가 한 천문학자가 설명하는 것을 들은 적이 있었다. 천체들은 사실 엄청난 거리를 두고 서로 떨어져 있다고 했다. 제비는 별들이 전부 태양인데 너무 멀어서 빛나는 점처럼 보인다는 이야기를 도저히 믿을 수가 없었다. 얼마나 떨어져 있어야 그렇게 보이는지는 짐작도 할 수 없었다. 봉숭아라면 풀어낼 수 있었을 것이다. 언제나 산수 실력이 뛰어났으니까. 제비는 그 숫자를 알게 되면 밤하늘의 신비로움을 느끼기 힘들게 될지, 아니면 오히려 더 잘 느낄 수 있게 될지 궁금해졌다.

옛날에 살던 집에서 밤하늘을 올려다보던 시절의 아련한 추억이 떠올랐다. 제비는 봉숭아와 함께 지붕으로 기어 올라가서 기왓장에 들러붙은 채로, 반짝이는 별이 가득한 밤하늘을 올려다보곤 했다. 지난 몇 년 동안은 그런 일을 해본 적이 없었다. 기어오르는 실력이 떨어져서가 아니라 라잔인들이 실시한 통금 때문이었다. 진달래 왕조 때에도 물론 통금은 있었지만, 그때는 그렇게 엄격하지는 않았다. 제비는 라잔인들이 옥상에 숨은 저격수를 두려워하는 것은 아닐까 생각했다. 그럴 만한 일이었다. 특히 점령 초기에는.

제비는 눈을 감고 초봄의 상쾌한 밤하늘을 머릿속에 그리려 했다. 활짝 핀 개나리가 도시 곳곳을 노랗게 물들이는 계절의 모습을. 바람에 흩날리는 개나리의 꽃잎 네 장처럼, 어둠의 바다에 점점이 흩어져 떠내려가는 별자리의 모습을 그렸다. 아라지와 나누었던 대화가 새삼 떠올랐다. 용은 어디서든 평화롭게 살고 싶다고 말했다. 달세계라고 안 될 건 없겠지?

하판덴도 달 기지 계획을 세우고 있고, 어쩌면 이미 달에는 서양인들이 가 있을지도 모른다. 아니, 그건 말이 안 되지. 서양인들이 어떻게 달까지 물자를 보급하겠어? 그리고 라잔인들도 자기들이 만든 망원경으로 달을 감시하고 있을 것이니 모를 리가 없었다. 서양인들이 움직임을 보였다면 하판덴도 이미 알고 있을 것이다. 라잔인들이 화국의 유명한 천문대를 확보하려 움직인다는 소식을 들었을 때의 기억이 그의 가슴을 아프게 옥죄었다. 이 대륙에서 가장 오래된 건물 중 하나라고 했다. 당시에는 별 관심 없이 흘려들었다. 군사 목적 때문에 고지대를 점령하려는 것이라고만 생각했었다. 달을 관측하려는 것이 아니라 평범한 감시 초소로 사용하려는 것이라고 생각했다.

밖에서는 현실이 아니라도 이 감방 안에서는 현실로 만들 수 있어. 제비는 여전히 눈을 감은 채 생각했다. 그의 마음속에 그림 하나가 펼쳐졌다. 저 아래 지구에서 출발하여 하늘을 가로질러 마침내 달까지 도착하는 여행을 묘사하는, 세 벽면을 모두 사용한 그림이었다. 그래. 이거 괜찮겠는데. 구성 요소의 일부는 여덟 신선이 하늘을 날거나 산 꼭대기에서 명상하는 모습을 그리는 따분한 옛 그림에서 빌려 와도 될 것이다. 어차피 그를 비난할 관객은 아무도 없을 테니까.

여전히 열감이 남은 채로 머릿속에 모든 것을 담아두기는 힘들었다. 제비는 바닥에다 가볍게 밑그림을 그리기 시작했다. 사방에 불빛이 가득한데도 앞이 잘 보이지 않아, 제비는 자신의 그림을 여러 번 밟아버렸다. 그러나 아무리 위태로운 밑그림일지언정 일단 그린 것만으로도 머릿속 그림을 보강하는 데에 도움이 되었다. 불행 중 다행이라면 제비의 간수들이 물만은 제대로 공급해 줬다. 물론 마실 물을 흙 위에 붓자니 상당히 고통스러웠지만.

옷을 뜯거나 머리카락을 뽑아서 붓을 만드는 일도 진지하게 생각은 해보았다. 그러나 손가락은 훨씬 직접적인 도구라는 장점이 있다. 게다가 붓을 만들 줄 알기는 해도, 지금 제비의 기름때 가득하고 엉망으로 엉킨 머리카락이 제대로 된 붓이 될 리는 없어 보였다. 설령 길이가 충분하다고 해도 말이다. 물론 평소보다 머리가 덥수룩해지기는 했지만… 그러고 보니 머리카락이 얼마나 빨리 자라더라? 어차피 기름기는 해결할 방법이 없었다. 목욕하지 않고 한참 동안 간혀 지낸 자신의 체취가 얼마나 지독할지는, 굳이 생각하고 싶지도 않았다.

적어도 나는 네 냄새 못 맡으니까. 아라지가 말했다. 아마 그 나름의 위로일 것이다.

제비는 간신히 웃음을 참았다. **그래, 고마워.**

제비는 다시 그림을 그리기 시작했고, 때때로 휴식을 취했다. 진흙 옆에서 잠들었다가 얼마 남지 않은 물을 다시 부어야만 할 때도 있었다. 입 안에 씹히는 흙 알갱이나 텁텁한 흙 맛에도 익숙해졌다. 자동 인형들이 그의 노력을 비꼬는 농담을 던지지 못해서 다행이었다.

제비가 세 번째인가 네 번째인가로 완성된 작품을 감상하고 있을 때, 뒤에서 발소리가 들려왔다. 이런 빌어먹을. 그는 이렇게 생각하며 당당하게 철창에 등을 돌린 채 서 있었다. 누가 왔든 조금은 기다려야 할 것이다. 물론 상대가 인간이라면 말이지만. 자동인형이라면 어차피 제비에게 신경 쓰지 않는다. 사실 상대가 뭘 한다 해도, 제비가 물리적으로 저항할 수는 없었다.

이거 내 최고 걸작이 될지도 모르겠는데. 감상해 줄 친구가 아라지밖에 없기는 하지만. 물론 다른 자동인형들도 감상할 수 있을지 모른다. 그들도 '아름다움의 추구'라는 고차원의 덕목을 가지고 있다면 말이지만.

'고차원의 덕목'이라니, 무슨 얼어 죽을 헛소리야? 인간이 도덕적으로 우월하기라도 한 것처럼 들리잖아.

하나로 이어지는 커다란 그림이 방의 삼면을 뒤덮고 있었다. 제비는 정확한 관측점에서 감상해야만 명확한 인상을 남기도록 전체를 구성해 놓았다. 지금껏 시도해 보지 않은 방식이었다. 감방에 갇힌 덕분에 예술의 새로운 지평이 열리다니! 물론 원치 않는 경험이기는 했지만.

첫 번째 부분에서는 반도의 산맥을 배경으로 수많은 옥토끼와 매가 하늘 높이 솟구쳤고, 남해안 쪽에 바다의 모습이 어렴풋이 비치고 있었다. 아주 잠시, 제비는 자신이 하늘로 날아올라 세상의 모습을 하늘에서 바라보고 싶다고 생각했다. 인간의 오랜 꿈이겠지. 애석하게도 상상으로 만족할 수밖에 없었지만.

두 번째 부분에서는 아라지와 비슷한 모습의 용이, 서로 공을 주고받는 천상의 주민들 사이를 날아오르고 있었다. 하늘나라 사람들은 왜 온종일 공놀이만 하는 걸까? 솔직히 지겹지 않을까? 어쩌면 자신처럼 하찮은 지상의 필멸자는 이해하지 못하는 영역일지도 모른다. 지금껏 이런 그림을 그린 화가들이 전통을 거스르고 싶지 않았기 때문일 수도 있겠지만. 제비는 용의 등 위에 천상의 주민들에게 손을 흔드는 사람 두 명을 그려 넣었다.

세 번째이자 마지막 부분에서, 제비는 아라지의 소망을 담은 달세계의 모습을 그렸다. 아름답게 세공한 건물의 벽면이 길게 이어지고, 지붕에는 진흙을 거칠게 문질러 화려한 느낌을 주었다. 도시는 만개한 국화꽃처럼 겹겹이 피어나고 있었다. 그 어느 곳에도 담장은 없었다. 평화로운 달세계라면 담장 따위는 필요 없을 테니까.

"트세난." 너무나도 익숙한 목소리가 당황한 듯 물었다. "지금 뭘 하는 거지?"

"저리 가요." 제비는 웅얼거렸다. 조금 더 단호하게 말하고 싶었지만, 진뜩 쉰 목으로는 무리였다.

제비는 베이의 목소리가 환상 속의 울림이라고 확신하고 있었지만, 아니었다. 베이의 목소리는 사라지지 않았다. 사실 베이가 이곳을 찾아올 이유가 있겠는가? 하판덴과 함께 무력한 제비를 고문하러 온다면 또 몰라도. 아니지. 하판덴이 결국 봉숭아를 잡았다고 알리러 온 걸지도 모른다.

"트세난. 이쪽을 봐라."

제비는 거부했다. 계속 베이를 바라보지 않으면 그녀가 그곳에 존재한다는 사실을 부정할 수 있으니까. 꿈이야. 환상의 조각이라고. 내 소망을 투영해서 만든 환영일 뿐이야.

"좋아, 그럼 나를 보지 말도록." 베이일 리가 없는 환영의 목소리에 조금씩 짜증이 섞이기 시작했다. "그대를 여기서 빼내는 일이 힘들어지겠지만, 내가 그 정도는 감당할 수 있겠지. 그대를 기절시켜서 들고 나갈 수 있었으면 정말 좋겠지만, 나는 기묘하게 매력적이고 정중한 산적 두목에게 납치되는 멍청한 이야기를 쓰는 작가들과는 달리 두부 충격이 위험하다는 것을 알고 있다. 그대는 그런 위험한 충격을 이미 한 번 겪었지."

좋아. 제비는 저 사람이 베이라는 사실을 인정하기로 했다. 그러나 방금의 혹평에서 제비가 알아들은 부분은 자신을 기절시키겠다는 것뿐이었다. 베이가 무슨 마음을 먹었든 곱게 당해줄 생각은 없었다.

베이가 창살의 자물쇠를 푼 순간, 제비는 빙글 뒤돌아서 베이를 향해 돌진했다. 마치 위협받은 까치처럼 쇳소리를 내면서. 베이는 반사신경만으로 그의 돌진을 피했다. 그녀가 얼마나 빠른지 잊고 있었다니. 제비는 베이의 품 대신 울퉁불퉁한 바닥에 걸려 넘어지며 그대로 창살 측면을 들이받았다. 베이의 입에서 욕설이 흘러나왔다.

"젠장." 제비는 이렇게 말하려 했다. 입에서 피 맛이 났다.

베이는 도우려는 것 같은데. 받아들이는 게 나을지도 몰라. 아라지가 끼어들었다.

베이는 제비를 붙들어 일으켜 세웠다. "현명한 행동이라고는 못 하겠군. 트세난, 아니, 미안하다. 제비."

"뭐예요?" 제비는 이렇게 말하며 피 섞인 침을 뱉었다. 잠시 그는 자신의 피도 그림에 섞어 넣을 수 있을지 모른다는 괴상한 상상을 했다.

"감방을 장식하는 일은 그만두도록. 여기 마지막으로 남은 '흐드러지는 봉황'과 다른 희귀한 안료를 되는대로 모아 왔다." 베이가 그의 마음을 읽은 것일까, 아니면 지루해진 예술가들의 괴팍한 습관에 대해 충분히 알고 있는 것일까.

제비는 계속 몸을 비틀었지만, 적어도 소리를 지르는 것만은 그만두었다. 그대로 입을 얻어맞아서 이가 나가고 싶지는 않았으니까. 아직도 이가 하나도 빠지지 않았다는 게 기적이었다. 아니, 벌써 빠졌는데 눈치 못 챈 걸지도 모르지만.

"이제 그만! 가능하면 평화적으로 해결하고 싶다." 베이의 목소리도 차츰 높아지고 있었다.

"그 불쌍한 결투가한테 한 것처럼 나를 두 쪽 내보시지. 그래도 우리 언니는 절대로 너희 라잔인 개자식들한테 항복하지 않을 테니까!" 제비는 소리쳤다.

"미안하지만 나는 라잔인 혼혈이고, 나만의 의견이랄 것도 가지고 있다." '혼혈'이라는 단어를 입에 담은 베이의 표정이 얼핏 굳어진 것 같았다. "부디 그런 짓은 그만두고 그대를 이곳에서 빼내는 일에 협조해 주지 않겠나?"

제비는 그녀의 팔 안으로 무너졌고, 베이는 그를 단단히 붙들면서도 다시 욕설을 내뱉었다. "왜 그런 일을?" 제비는 발음조차 제대로 할 수가 없었다.

"장관 대리에게 그대까지 잃을 수는 없다."

"그러기에는 조금 늦었잖아요."

"아니다. 그리고 그대를 미끼로 사용하게 두지도 않을 거다. 내가 권한을 남용하고 있다는 사실을 경비병이 알아차리기 전에 얼른 이곳을 빠져나가야 한다."

제비의 상상력이 상황에 어울리지 않는 쪽으로 뻗어나갔다. 베이가 그의 권한을 '남용'해서 훨씬 즐거운 일을 하는 광경이 머릿속에 떠오른 것이다. 제비는 쓴웃음을 지었고, 당연하게도 베이는 그 웃음을 다른 식으로 해석했다.

"믿기 힘들지도 모르지만, 방위성의 행동을 꺼림칙하게 여기는 사람은 그대뿐이 아니다."

"어떤 행동이요?" 제비는 날선 투로 물었다. "대체 언제부터 장관 대리의 계획을 알고 있었던 거죠?"

"처음부터. 하지만 알자마자 바로 그자를 둘로 갈라버릴 수는 없는 일 아닌가!" 베이에게 다시 짜증 섞인 기색이 비치기 시작했다. "세상에는 전략이라는 것도 있다. 생각을 좀 해보도록."

저게 진실이라면, 납득은 가는 소리잖아? 아라지가 말했다.

왜 그러는데? 너는 그렇다고 생각해?

응.

제비는 흠칫했다. 반쯤은 베이 때문에, 반쯤은 용의 확신하는 어조 때문에.

"전략이 지금 무슨 의미가 있는데요? 바둑을 두는 것도 아닌데? 병사와 보급선을 신경 쓸 것도 아니고?"

"예술가들이 이렇게 단순한 줄은 몰랐군." 베이는 냉정하게 말했다. "하판덴을 그 자리에서 제거할 수 있었을지는 모르지만, 나는 그 대가로 처형당했을 것이다. 나는 검 실력도 뛰어나고 총도 그럭저럭 쏠 줄 알지만 홀로 군대를 대적할 수는 없다. 그러면 본토의 장관은 새 대리인을 임명할 것이고, 계획은 조금의 지체도 없이 그대로 흘러갈 것이다. 나는 계획을 영원히 끝장낼 방법이 필요했다."

제비는 입을 비쭉였다. "그래요. 아주 많은 일을 하셨…"

베이는 제비의 말을 듣지 못한 것처럼, 목소리도 높이지 않고 말을 이었다. "하판덴이 이세미를 공격한 순간 모든 계획이 틀어졌다. 우리는 기계 용이라는 전쟁 병기의 생산 자체를 방해할 생각이었다. 그러나 하판덴은 어리석은 자가 아니었다. 그는 시험 운용을 강요했고… 이후 무슨 일이 일어났는지는 그대도 알겠지."

"정말로 이세미 씨와 친구였던 거로군요." 제비는 마침내 모든 것을 이해했다. "그런데 왜 저한테는 말하지 않은 건데요?"

베이는 라잔어 억양이 아주 조금만 느껴지는 완벽한 화말로, 정확하게 급소를 찌르듯 말하기 시작했다. "영광스러운 태양에 충성을 맹세한 화국인은 그대 하나뿐이 아니다. 돈이나 편의나 새로운 시작을 위해서. 수천 가지의 이유가 있겠지. 그들을 폄훼하려는 것은 아니지만, 나로서는 그대가 어디에 충성하는지를 확신할 수 없었다. 그리고 내가 확신을 가지게 된 순간에는… 하판덴이 함께 있었지."

"내가 잡혀버려서 전부 망쳤군요." 제비는 말했다. 다른 방법을 택했더라면… 어차피 베이의 속마음을 알 수 없었으니 의미 없는 소리지만.

"그렇게 단순한 이야기는 아니다. 하지만 우선 이곳을 벗어나야 한다. 세세한 문제는 나중에 걱정해도 될 테니."

제비는 멈칫했다. "아라지도 빼낼 수 있을까요?" 그게 최초의 계획이기도 했으니까.

베이가 반대하는 대신 힘차게 고개를 끄덕이자, 제비는 가슴이 부풀어 올랐다. "작전이 다소 복잡해지기는 하겠지만…"

"당신은 군대식으로 말할 때마다 너무 매력적이에요." 당장 베이와 사랑을 나눌 마음이 있는 것은 아니었다. 게다가 지금은 온몸이 쑤시기도 하고. 베이를 들이받으려던 시도는 그리 현명하지 못했다. 베이 대신, 튼튼한 금속에 정면으로 부딪히게 되었으니.

"그만 출발하지." 베이가 말했다. "지금은 시간이 그리 많지 않다. 나도 그대를 품에서 떼어놓기는 싫지만."

"정말로요?" 베이의 입꼬리가 갑자기 솟구치며 보기 드문 미소를 그린 모습을 보고서야, 제비는 자신이 생각을 소리 내어 말했음을 깨달았다. 볼과 뒷덜미에 열기가 몰리며 화끈 달아오르고, 동시에 마음이 날아갈 것처럼 가벼워졌다.

"지금부터 그대의 손목을 묶을 예정이다. 딴생각은 말도록." 베이가 말했다. "가방은 그대가 들어야 한다. 서둘러 움직이면 아무도 캐묻지는 않을 것이고, 묻는다 해도 내가 대답하면 될 테니. 그대는 내가 호송하는 죄수인 척해야 한다. 힘껏 당기면 풀리도록 매듭을 묶을 테지만, 뛰어야 하는 상황이 오기 전까지는 함부로 풀지 말도록. 알아들었나?"

"알아들었어요." 제비는 웅얼거렸다.

베이는 가방을 넘긴 다음 전문적이고 능률적으로 손목을 묶었다. 제비에게 두 가지 의문이 떠올랐다. 그녀가 어디서 그런 기술을 익혔는지. 그리고 여름 궁전과 이곳의 끔찍한 비밀에서 전부 벗어난 다음에는, 그 기술을 다른 방식으로 탐닉할 수 있을지. 뒤이어 베이는 검을 빼 들었다. "칼날을 이렇게 드러내고 다닌다는 게 조금 우스꽝스럽기는 하군." 그녀는 입꼬리를 뒤틀며 말했다. "그래도 극적인 효과를 더해줄 수는 있겠지. 칼끝을 놀려서 움직일 방향을 알려주겠다."

그리 마음에 드는 소리는 아니었지만, 제비도 이성적으로는 베이가 검을 자기 몸의 일부처럼 다루는 실력자라는 사실을 잘 알고 있었다. 실밥 하나라도 실수로 상하게 할 일은 없을 것이다. 그는 칼끝이 세심하게 인도하는 대로 감옥을 빠져나갔다. 그토록 열심히 치장한 감방마저 뒤로한 채로. 제비는 감방을 떠올리며 딴생각을 했다. 내가 죽고 나면 저 벽을 사발에 넣어서 환원하려고 애쓰려나. 하판덴과 숀이 알아서 할 일이겠지만.

그들은 경비병 앞을 여러 번 지나쳤고, 누구도 베이에게 질문을 던지지 않았다. 그럴 이유가 있겠는가? 베이는 방위성의 수석 결투관이고, 장관 대리에게만 명령을 받는다. 검을 빼 들고 있다는 것도 도움이 되었다. 드러내 놓고 위협하는 것이나 다름없으니까.

베이 역시 아무 말도 하지 않았다. 자신의 의향을 설명하지도 않았다. 설명해 봤자 의문을 불러오기만 했을 것이다. 제비는 그녀가 뭐라도 말해주거나, 아니면 적어도 발소리라도 크게 내주기를 바랐다. 베이의 발소리가 들리지 않았다. 덕분에 유령에 떠밀려, 죽은 자들의 세계로 들어가는 것 같았다.

등 뒤에서 칼끝의 감촉을 느끼며 한참을 고통스럽게 걸은 끝에, 제비는 아라지의 독방으로 이어지는 미궁과 같은 통로를 알아보았다.

준비는 다 됐어. 저번처럼 되지는 않을 거야. 용이 약속했다.

제비는 가슴이 시큰거렸다. **내가 어리숙했던 거지 네 잘못이 아니야!**

그래도.

아라지의 동굴을 지키던 경비병 하나가 제비를 보고 얼굴을 찌푸렸다. 뒤이어 그의 시선은 제비의 얼굴을 지나 뒤편으로 이동했다. 베이를 확인한 것이겠지. 그는 보일락말락 고개를 저었고, 다른 경비병은 외면하듯 시선을 돌렸다. 절차가 지루해 견딜 수 없다는 모습이었다.

"처리해야 할 중요한 일이 있다." 베이가 차분한 목소리로 말했다.

제비는 그녀의 침착한 태도에 감탄하며, 동시에 소변을 보고 싶어지는 자신을 책망했다. 적어도 여기서 빠져나갈 때까지는 참을 수 있다고, 그는 자신의 방광에 일렀다.

"물론입니다, 수석 결투관 각하. 제가 감히 앞길을 막을 리가요." 경비병이 말했다.

제비는 위험을 무릅쓰고 베이를 돌아보았다. 칼끝이 허리를 지그시 눌렀다. 설마 피부를 뚫은 건 아니겠지? 베이라면 분명 칼날을 밤의 어둠처럼 날카롭게 갈아둘 텐데.

베이의 표정에서는 아무것도 읽을 수 없었다. "그럼 들여보내 주도록."

문이 열리고, 멀리서 아라지의 사슬이 음악처럼 철컹거리는 소리가 들리기 시작했다.

제비는 힘없이 동굴로 걸어 들어갔다. 베이가 그 뒤를 따랐다.

문이 쿵 하고 닫혔다.

하판덴이 그들을 기다리고 있었다.

14

제비의 배 속이 울렁거렸다. 지금이라도 달아날까? 그랬다가는 베이의 칼에 두 동강 날 것이 분명했다. 달아나지 않으면 베이와 함께 죽을 테고. 이렇게 흘러갈 거라고는 상상조차 못 했다. 어떻게 된 거야?

아니면… 베이가 그를 이 함정으로 몰아넣은 것일까? 하지만 왜? 어차피 제비는 구금된 상태였다. 탈옥할 가능성은 조금도 없었다.

제비는 자신의 낙담을 숨기려 애쓰면서 천천히 베이 쪽을 돌아보았다.

베이의 얼굴이 평소보다 창백해 보였다. 이것도 내 착각일까? 그녀는 턱을 꼿꼿이 세운 채, 제비가 아니라 하판덴 쪽을 바라보고 있었다.

제비는 정신을 가다듬고 다시 하판덴 쪽으로 시선을 돌렸다. 이번에는 그 주변의 하수인들도 눈에 들어왔다. 일부는 인간 경비병이고,

일부는 자동인형이었다. 그제야 그는 베이가 하판덴을 보는 것이 아니라는 사실을 깨달았다. 그녀의 시선은 특정 자동인형에게 쏠려 있었다.

"저게 대체 뭐야?"제비는 나머지와 완전히 다른 생김새의 자동인형을 바라보며 중얼거렸다. 키가 조금 작았다. 거의 제비만 했다. 아니, 정확하게 제비와 같은 키였다. 제비와 비슷해 보이도록 세심하게 제작한 팔다리에, 감금 동안 줄어들었을 제비의 체중까지 계산되어 만들어진 자동인형이었다.

그리고 가면은… 이질적인 문양을 그려 넣은 일반적인 가면과는 달리, 그 자동인형의 가면은 사실주의 양식으로 칠해져 있었다. 제비와 흡사하도록. 아니, 이상적인 제비의 모습과 일치하도록. 내 피부는 저렇게 반들거리지 않아. 제비는 확신했다. 입술도 아무런 상처 없이 부드러운 곡선을 그리지는 않을 테고.

작업장의 장인들이라면 이 정도는 손쉽게 만들어 낼 수 있었을 것이다. 제비도 마음만 먹었다면 얼마든지 만들 수 있었을 것이다. 이제 제비는 자동인형의 행동을 통제하는 마법의 안료가 보통 물감과는 완전히 다르다는 사실도 알고 있었다. 채색 전에 마법의 안료로 문양을 그려 넣으면 충분히 가능한 일이었다.

제비는 몸을 떨기 시작했다. 하판덴 앞에서 연약한 모습을 보이는 자신이 혐오스러웠다. "내가 약점이 된 거로군요. 그렇죠?"그렇다고는 해도… "저런 자동인형으로는 우리 언니는 못 속일 텐데."

제비는 '저런 것'이라고 말할 뻔했으나, 기묘한 꺼림칙함 때문에 표현을 바꿨다. 눈앞의 익살극에서 자동인형의 의사를 물어본 사람은 아무도 없을 테니까. 어쩌면 이 상황의 진정한 희생양은 저 자동인형일지도 모른다. 제비는 말하고 반기를 들 수라도 있지만, 자동인형은 문법이 지시하는 대로 행동할 수밖에 없으니까.

너를 해방해 준다면 어떻게 행동하려나. 제비는 생각했다. 제비를 도울까? 마구 날뛸까? 전혀 다른 행동을 할까?

"이렇게 가까이서 보면 그렇겠지." 제비는 하판덴의 말에 집중하려고 안간힘을 썼다. 하판덴의 주름살 잡힌 얼굴은 지치고 힘들어 보였다. 당장이라도 침실로 돌아가 쉬고 싶은 사람처럼. 지금 자신이 희생을 무릅쓰고 그들에게 친절을 베풀고 있다는 것처럼. 그런 모든 태도가 제비를 도발하는 것만 같았다.

"모조품이라니." 베이가 날카롭게 말했다. "인간을 대체하는 자동인형의 제작은 금기입니다."

"평시라면 나도 자네 의견에 동의했을 걸세." 하판덴은 저녁 만찬 자리에서 문학이나 철학을 논의하는 투로 말했다. "그러나 여기까지 왔으니 어쩔 수 없지 않겠나."

아라지는 하판덴 바로 뒤편에서 걸음을 멈춘 채였다. 하판덴은 아라지에게는 조금도 관심을 주지 않았다.

저자가 네 다리가 닿는 데까지 오면… 제비가 말했다.

밀어 쓰러트릴 수는 있어. 아라지는 이렇게 말했지만, 내키지 않는 느낌이었다. **하지만 상처를 입히고 싶지는 않아.**

"자네 언니 말일세. 내가 처음 생각한 것보다도 훨씬 먼 곳의 위험한 자들과 동맹을 맺었더군." 하판덴은 덧붙였다. "조류학부에서 들어온 최신 보고서에서 알게 된 사실일세. 그녀를 구속하는 것이 다른 무엇보다 중요해졌다네. 접선책을 알아내서 하나씩 풀어나가야 할 테니까."

제비의 눈꼬리를 따라 뜨거운 눈물이 흘러내렸다. 이런 일이 일어나게 내버려 둘 수만은 없어. 그는 생각했다. 하지만 그가 뭘 할 수 있을까? 베이의 검을 붙잡아서 하판덴에게 휘둘러? 제비는 검을 어떻게 잡아야 하는지조차 모른다. 저 수많은 경비병을 뚫고 들어가는 것은 고사하고.

하판덴은 고개를 저었다. "자네 잘못이 아닐세." 점잖고 부드러운 말투였다.

제비는 그를 바라보며 숨을 헐떡였다.

"자네는 가족을 지키려 애쓰고 있을 뿐이지. 그건 자연스러운 충동일세. 14구역을 위해서도 그게 최선이라 생각하고 있겠지. 물론 잘못된 생각이지만. 자네는 당장 눈앞에 놓인 것만 생각해 왔기 때문에, 대국적으로 보는 것이 불가능한 거라네."

언제까지 저런 식으로 말할 생각인 거야? 국방 안보라는 문제에 심취해 있지 않다는 이유로 멍청이 취급을 하다니. 그러나 순간 한 가지 생각이 떠올랐다. 통할지는 알 수 없었다. 그러나 어차피 잃을 것도 별로 없었다.

하판덴은 베이에게 가볍게 고개를 끄덕였다. "일이 이렇게 되어 유감일세." 꼭 필요한 정도까지만 예의를 차리는 느낌이었다. "자네에게 테세라오 트세난을 처형하라는 명령을 내리겠네. 적어도 트세난의 창작물을 계획의 다음 단계에 사용할 수는 있겠지. 저렇게 성정이 완고하니 어떤 형태든 유용한 안료가 만들어지지 않겠나. 현재 확보에

236

어려움을 겪고 있는 '흐드러지는 봉황'이 아니라도 말일세."

"충성 시험이군요." 베이는 입가를 비틀며 중얼거렸다.

"방위성에 속죄할 마지막 기회일세."

"그런 다음에는 가문의 오명을 씻을 기회가 주어지겠지요. 정식 할복이라는 방법으로." 베이가 말했다.

바로 지금이야. 제비는 베이가 저 명령을 수행할 생각인지 확인하고 싶지 않았다. 하판덴의 하수인들에 맞서 용맹하지만 어리석은 싸움을 벌이다 쓰러지는 모습도 보고 싶지 않았다. 대신 제비는 베이에게 몸을 던지면서 손을 묶은 밧줄에 힘을 주었다.

베이의 말대로 매듭은 그대로 풀려버렸다. 그러나 제비는 하판덴에게 그 의미를 생각할 틈을 주고 싶지 않았다. 베이는 제비를 밀치는 대신 그대로 얼어붙었다.

제비는 그를 붙들고 잡아당기며 귓가에 속삭였다. "가면을 노려요!"

베이는 순간 폭발하듯 몸을 날렸다. 움직임이 빠르고 화려한 터라, 제비의 눈에 보이는 것은 물 흐르듯 은빛으로 이어지는 곡선뿐이었다. 무시무시한 검이 목표에서 목표로 이동하며 그리는 궤적. 제비는 비틀거리며 뒤로 물러서다 엉덩방아를 찧고는, 그대로 동굴의 거친 바닥에 주저앉았다. 그는 새로 찾아온 고통에 신음하면서 간신히 고개를 들었다. 그리고 베이의 저항이 가져온 결과를 똑똑히 보게 되었다.

조각난 가면이 곳곳에 널브러져 있었다. 그러나 베이는 여전히 움직임을 멈추지 않았다. 대체 어떻게? 제비라면 도중에 멈추고 호흡을 가다듬으며 현재 상황을 파악할 것이다. 바로 그 때문에 제비가 군인으로서 소질이 없는 것이겠지만. 반면 베이는 실력으로 수석 결투관이라는 지위를 거머쥔 사람이었다.

하판덴이 지팡이를 들어 베이를 가리켰다. 굳이 통역할 필요도 없는 동작이었다. 병사들이 앞으로 밀고 나왔지만, 아무 소용도 없었다. 베이의 믿기지 않는 속도를 따라갈 수 있는 사람은 하나도 없었으니까. 경비병 한 명이 무기를 미처 뽑지도 못한 채로 베여 쓰러졌다. 뒤이어 한 명, 다시 한 명.

자동인형들은 하판덴을 버려두고 벽으로 걸어가서 그대로 도열해섰다. 남은 인간 경비병 하나는 핏기가 가신 얼굴로 도망치려 했다. 자동인형들이 무력화된 것이 아니라 자신을 해치려 든다고 생각하는 듯했다. 베이는 개구리를 노리는 두루미와 같은 효율적인 동작으로 그녀까지 베어버렸다.

제비는 혼란 속에서 눈을 깜빡였다. 그는 가면을 벗기면 자동인형이 움직임을 멈추리라고 생각하고 있었지만, 진실은 그게 아닌 모양이었다. 어쩌면 한번 주어진 생명은 가면이 없어도 남는 것일지도 모른다. 아니면 자동인형의 행동을 제약하는 효과만 남거나.

순식간에 하판덴의 주변에는 시체밖에 남지 않았다. 제비는 피와 내장과 그 외의 이름 모를 온갖 냄새에 숨이 막혀 왔다. 결투나 전장의 모습을 그린 적은 있었지만, 그림에 악취까지 그려 넣을 수는 없다. 베이가 이런 냄새를 어떻게 감내하는지 짐작도 가지 않았다.

신식 양식인 사실주의로 대상을 실제 크기로 묘사한 그림은 예전에도 본 적이 있었다. 너무 생생해서 현실이라 믿을 수도 있을 정도였다. 그러나 제비는 시각으로 예술과 진실을 구별하지 않았다. 후각,

미각, 촉각 등의 다른 감각을 기준으로 삼았다.

여기서 하판덴이 도망치더라도 비난하지 않을 생각이었다. 제비 본
인이라도 이런 상황이라면 도망쳤을 테니까. 그러나 하판덴은 꼼짝
않고 서 있었다. 마치 눈앞에 펼쳐진 검날의 소용돌이가 적이 되었다
는 사실을 부정하려는 듯이.

이내 그런 자세가 옳았다는 것이 밝혀졌다. 베이가 그를 지나치며
가볍게 몸을 돌리더니, 도중에 정지한 것이다. 그대로 그에게 검을 겨
눈 채였다. 땀 한 방울도 흘리지 않고 하판덴을 두 쪽 낼 수 있음이
너무도 분명해 보였다.

"저와 제 손님이 안전하게 이곳을 빠져나가기를 원합니다." 베이가
말했다.

"자네들이 여기서 무사히 나가더라도 그리 오래는 못 버틸 걸세.
부역자 하나를 구했다고 해서, 14구역민들이 자네를 반겨 맞아줄 것
같나?"

베이의 표정은 변함이 없었다. "그건 제가 신경 쓸 문제입니다."

"얼른 죽이고 여길 나가죠." 제비가 목쉰 소리로 말했다. 베이는 이
제 두 번 다시 라잔 총독부로 돌아가 일할 수 없을 것이다. 이미 하판
덴의 경비병들을 죽여버렸으니까. 자신과 수년을 함께 일해온 사람
들을.

"방위성에 바친 충성의 맹세는 아예 처음부터 거짓이었나?" 하판
덴이 낮은 목소리로 물었다.

제비는 신음을 억누르려고 혀를 깨물었다. 직접 검을 빼앗아서 하
판덴을 찌를 수 없다는 것이 유감이었다. 지금의 몸 상태로는, 상대방

이 지팡이에 몸을 의지하는 남자라 해도 누가 승리할지 자명했다. 게다가 제비는 베이를 잘 알고 있었다. 그런 짓을 저질렀다가는 그녀와의 사이에 건널 수 없는 강이 생길 것이다. 이미 배신을 저지른 후인데도, 그녀는 여전히 명예를 중시하는 사람이었으니까.

어쨌든 베이가 여기서 나가게 만들어야 해. 제비는 생각했다. 자신이 연인을 배신할 수 없는 진짜 이유는 따로 있었지만. 아니, 이미 배신은 했던가. 슬슬 생각의 갈피를 잡기가 힘들어지고 있었다.

하판덴은 한참을 눈을 감고 있었다. 이윽고 그가 다시 눈을 뜨더니, 탐색하는 눈길로 베이를 훑어보았다. "도망칠 수야 있겠지. 하지만 그리 멀리 가지는 못할 걸세. 자네가 아는 사실은 나도 알고 있으니."

"그럴지도 모르지요." 베이는 대답했다. 그녀의 몸에 밴 구식 예절 때문에, 마치 이야기책 속에서 군주에게 회답하는 봉신처럼 느껴졌다. "그러나 각하께서 저에 대해 아는 것만으로 제 본질을 가늠하실 수는 없을 겁니다."

"그런 주제넘은 생각을 한 적은 없다네." 하판덴이 중얼거렸다.

"안전한 탈출을." 베이의 목소리는 단호하기만 했다. "각하 가문과 혈통을 걸고 맹세해 주십시오. 그게 불가능하다면 여기서 각하를 베어버리겠습니다. 그걸로 각하께 가치 있는 예술가들을 보호하는 병력도 혼란에 빠질지 모르니까요." '각하께 가치 있는'에서 경멸하는 투가 묻어났다.

"좋아. 우리 가문과 혈통을 걸고 맹세하지." 하판덴은 이렇게 말하고는, 지팡이에 기댄 채로 물러가라고 손을 내저었다. 소름 끼칠 정도로 차분한 모습이었다.

"각하의 가장 큰 실수는 이곳에 몸소 내려왔다는 겁니다." 베이가 말했다. 아직 용건이 남았기 때문이었다. "열쇠를 주십시오."

"무슨 열쇠 말인가?"

"순진한 척하지 마시고." 베이는 아라지 쪽으로 고개를 까닥였다.

지금이야. 제비가 말했다.

아라지는 베이의 눈앞으로 거대한 머리를 낮췄다. 대등한 존재로서.

"용을 조각조각 분해해서 몰래 데리고 나갈 수는 없어요. 시간이 부족할 테니까." 제비는 말했다. 머지않아 하판덴이 없어졌다는 사실을 깨닫고 찾으러 내려오는 사람이 생길 것이니, 당연한 소리였다.

입을 앙다문 하판덴이 베이에게 열쇠고리 하나를 건넸다. "용을 풀어준 일을 후회하게 될 걸세." 그는 베이와 제비에게 경고했다. "자네가 이 일에 무슨 의미를 부여하든, 풀려난 용은 믿을 수 있는 존재가 아니야."

베이는 그를 무시하고 용의 쇠사슬을 풀었다. 너무 오래 걸린다는 느낌에, 제비는 조금씩 초조해졌다. 아무리 맹세를 했다고 해도 하판덴이 이미 신호를 보냈을지도 모른다. 그러면 그들은 함께 지하 동굴에서 최후를 맞이하게 될 것이다.

아라지는 사슬을 푸는 동안 꼼짝 않고 있었다. 마지막 사슬이 풀리자, 아라지는 오랜 잠에서 깨어난 고양이처럼 몸을 부르르 떨더니, 하판덴 쪽으로 목을 슬쩍 기울였다. 하판덴은 움찔하지조차 않았다. 그 배짱만은 인정할 만했다.

"이때를 위해 준비해 놨어." 아라지는 소리 내어 말했다. 금속이 금속과 부딪혀 만드는 음악 같은 목소리였다.

제비가 대체 그 준비가 뭔지를 물어보기도 전에, 아라지의 몸 전체가 그대로 산사태처럼 무너져 내렸다. 제비는 양손으로 입가를 막으며 울음을 삼켰다. 그리고 헐떡이는 소리로 말했다. "아라지, 안 돼!"

베이의 손가락이 제비의 팔을 파고들었다. "기다려라." 그녀가 말했다.

제비는 눈앞의 광경에 어안이 벙벙해졌다. 용의 개별 부속이 다시 짜 맞춰지더니, 제각기 다른 형태의 기계 거미 여러 마리를 만들었다. 제비는 매혹되어야 할지 메스꺼움을 느껴야 할지 알 수가 없었다. 아라지의 기계 동체가 이런 식으로 활용될 수 있으리라고는 상상도 해본 적이 없었다. 당연하지만 인간은 이렇게 자기 몸을 퍼즐처럼 재조합할 수 없으니까. 그러나 아라지에게는 충분히 가능한 일이었다. 원래부터 이렇게 설계된 것인지, 아니면 아라지 자신이 고안한 재주인지는 알 수가 없었지만.

"아라지? 내 말 들려?" 제비는 속삭였다.

"우리 여기 있어." 여러 목소리가 동시에 울렸다. 모든 거미들이 함께 말하고 있었다.

제비는 피부 아래로 번져나가는 소름을 억누르려 애썼지만 결국 실패했다. 그는 죄책감을 느끼며, 속으로 아라지에게 사과했다. 제비는 언제나 거미를 싫어했다. 진짜 사과는 나중에 해도 될 것이다. **왜 지금까지 이걸 쓰지 않은 거야?**

사슬 때문이야. 마법의 피조물을 묶어두는 데 평범한 쇠사슬을 사용할 리가 없잖아? 아라지가 대꾸했다.

"이제 빠져나가야 한다. 나를 따라오도록." 베이는 날카롭게 말한 후, 목소리를 낮춰 덧붙였다. "하판덴은 이미 경보를 울렸을 것이다. 서둘러 움직여야 한다. 생존자를 남길 수 없어."

제비는 베이의 목소리에 담긴 최종 선언의 느낌에 몸을 떨었다. "다른 방법은 없…" 그는 나머지 문장을 꺼내지 못했다. 무슨 생각을 한 걸까? 독립운동을 도울 생각까지 했으면서, 자신의 손에는 피를 묻히지 않을 셈인가?

탈출의 초반부는 간단하게 흘러갔다. 지나치게 쉬웠다. 하판덴은 여름 궁전 내부의 경비병 대부분을 퇴각시켰다. 베이는 이 상황을 이렇게 해설했다. 경비병들이 그들을 사로잡으려고 다른 곳에 집결하고 있다는 소식일 뿐이라고.

거미들은… 제비는 다른 단어를 찾으려 안간힘을 쓰다가, 결국 여유가 생겼을 때 생각하자고 미루어 두었다. 아무튼 거미들은 복도의 벽과 거칠거칠한 바닥을 따라 기어 오며 각진 그림자를 여기저기 남겼다. 때론 그림자의 움직임이 서예 작품처럼 보이기도 했다. 예스럽지만 동시에 새로운, 그들의 손이 닿지 않는 시대의 경이와 두려움을 묘사하는 작품처럼. 제비는 상상에 너무 사로잡히면 안 된다고 되뇌었다. 그러나 머리가 욱신거리고 몸속에 여전히 열이 남아 있는 상황에서는 괴상한 상상을 몰아내기 쉽지 않았다. 그리고 앞서 달려가는 베이의 모습에 사로잡히지 않기는 훨씬 힘들었다.

다른 상황이라면, 제비는 기꺼이 베이에게 몸을 기댔을 것이다. 그녀라면 이미 수척해진 제비의 몸무게 정도는 간단하게 지탱할 수 있었을 테니까. 그러나 지금 베이는 검을 빼 들고 있었다. 하판덴의 하수인들과 마주쳤을 때 그녀의 칼 쓰는 팔에 부담을 주고 싶지는 않았다.

제비는 맞닥뜨리는 교차로며 모퉁이며 층계를 세려고 애쓰다가 결국 포기하고 말았다. 베이를 따라 기어가는 아라지 거미들의 잘각거리는 소리에 신경이 쏠려서라고 변명을 할 수도 있었겠지만, 솔직히 말하자면 완벽하게 가꾼 정원에서 산들바람에 흔들리는 버드나무 아래에 있었어도 똑같이 신경이 분산되었을 것이다. 일행이 네 번째인가, 다섯 번째쯤인가 왼쪽으로 방향을 튼 후에야, 제비는 숫자를 헤아리는 것을 포기하고 몸을 가누는 일에만 집중하기로 마음먹었다.

마침내 경비병들이 등장했다. 지상 세계에 가까워졌는지 아닌지는 제비로서는 알 수 없었다.

"병목을 틀어쥐다니, 당연한 작전이로군." 베이는 중얼거렸다. 아마 제비에게 들으라고 한 말일 것이다. 제비가 전술과 지형지물에 대해서 아는 것이라고는 기초 상식이 전부였다. 어린 시절 전쟁놀이 덕분에 알고 있는 '고지를 확보하라'나, 바둑의 기본 규칙인 '적에게 포위당하면 패배한다' 정도가 고작이었다. 게다가 이런 격언을 현실의 상황에 적용하는 방법에 대해서는 아예 감도 잡지 못하고 있었다. 여러모로 베이와는 달랐다.

묘하게도 경비대장은 베이를 보고 경례를 붙였다. 제비는 얼굴은 알아보지 못해도 계급장은 알아볼 수 있었다. 그는 경비대장보다 뒤편의 병사들 쪽에 더 신경이 쓰였다. 평소라면 얼핏 보기만 해도 병사들의 수 정도는 쉽사리 파악할 수 있지만, 지금은 두통이 너무 심했다. 스물? 쉰? 대충 그 사이일까?

"항복을 권고합니다, 수석 결투관 각하." 경비대장이 말했다. "군부에 증원을 요청했습니다. 이런 상황에서 탈출을 꿈꾸시는 건 아니겠지요?"

"꿈이 아니다." 제비는 베이의 목소리에 깃든 평정이 진심으로 부러워졌다. "계획이지."

당신이 그 계획을 나한테도 설명해 줬으면 정말 좋았을 텐데요.

그렇지만 베이가 계획을 털어놓지 않는다 해서 제비가 그녀를 도울 수 없는 것은 아니었다. 베이와 경비대장은 군대 용어를 모르는 제비가 알아듣기 힘든 대화를 한동안 나누었다. 제비는 그사이를 틈타 무릎을 꿇고 흙을 조금 그러모았다. 자주 사용하지 않는 통로라서 그런지 흙이 있기는 했다.

아무 일도 안 일어나면 되게 바보처럼 보일 텐데.

알 게 뭐람. 멍하니 있다 죽느니 바보처럼 보여도 뭐든 하는 편이 낫겠지. 게다가 베이는 제비를 위해 칼을 맞대는 중이다. 그대로 경비병의 칼에 그녀가 쓰러지게 놔두었다가는 절대 자신을 용서할 수 없을 것이다.

제비의 시야 한끝에서 흐릿하게 움직이는 인영이 보이고, 뒤이어 함성이 들려왔다. 싸움이 시작된 것이다. 그러나 제비에게는 세세한 상황을 관찰할 여유가 없었다. 경험에 따르면, 베이는 이미 눈으로 좇기 힘들 정도로 빠르게 움직이고 있을 테고, 상대가 모두 쓰러지기 전까지는 멈추지 않을 것이 분명했다. 제비가 조언을 할 수 있는 것도 아니었다. 그가 검술에 대해서 아는 것이라고는 여드름 한 톨만큼도 안 될 테니까.

제비는 온 정신을 기울여 전투의 소음을 애써 무시했다. 그러고는 가방을 뒤져서 막자사발과 귀중한 '흐드러지는 봉황' 안료를 꺼냈다.

그는 사발에 침을 뱉은 다음, 침과 안료와 긁어모은 흙덩이를 함께 넣고 섞었다. 최근 감방에서 시도한 진흙 그림이 전투예술의 사전 훈련이 되다니, 이럴 줄 누가 짐작이나 했을까?

제비는 마음속에 문양의 형상을 떠올린 다음, 차가운 벽면에 손가락을 가져다 댔다. 제비는 곧 그대로 그리기 시작했다. 작업장에 있는 다양한 안료는 이제 사용할 수 없었지만, 베이가 빼내 온 귀중한 안료는 몇 종류 있었다.

게다가 흙 자체도 허공에서 생겨나는 물질은 아니다. 살아 움직이는 모든 존재의 생명은 대지로 돌아가기 마련이다. 통로 벽면에 박혀 있던 화석의 흔적이 떠올랐다. 가루로 변한 유해 속에 먼 옛날 생명체들이 지니고 있던 덕목의 일부가 깃들어 있지 않을까? 시도해 볼 가치는 있었다.

네헨과 여러 번 훈련하기는 했지만, 전투용 문양에 관한 제비의 경험은 실전보다는 이론 쪽에 치중되어 있었다. 사람을 해치는 문법은 언제나 마음에 걸렸다. 적의 손에 자동인형이 없으니, 당연히 그가 구상하는 문법의 대상도 사람일 수밖에 없지 않겠는가? 그는 누구도 죽이고 싶지 않았다. 그저 경비병들에게 겁을 주어서, 그와 베이와 아라지를 추격하지 못하게 막고 싶을 뿐이었다.

진흙이 떨어졌다. 제비는 추가로 진흙을 섞으며 입 안의 흙맛에, 잇새에 씹히는 흙 알갱이의 감촉에 얼굴을 찌푸렸다. 그러나 베이는 여전히 싸우고 있었다. 문득 들려오는 새로운 함성에 제비는 다시 움찔했다. 최선을 다해야 한다. 방금 쿵 소리는 시체 쓰러지는 소릴까? 아니면 다른 뭔가일까?

…생각하지 마 생각하지 마 생각하지 마 생각하지 마 생각하지 마 생각하지 마 생각하지 마!

진흙 추가. 문양 추가. 문양을 특정한 방식으로 연결해야 한다. 마치 지관이 가구를 배열해서 건물에 운을 깃들게 하거나, 식물을 배치해 정원을 축복하거나, 국가 그 자체에 운을 부여하는 것처럼. 문장을 하나씩 연결하고 단절된 부분을 하나 만든다. 분출을 의미하는 것처럼.

이건 안 통할 거야. 전부 망쳤을 거라고. 돌벽 위로 크게 팔을 둘러, 마지막 곡선을 완성한 후 제비는 생각했다.

그리고 즉시 땅이 흔들리기 시작했다.

원하던 효과가 찾아온다는 전조였지만, 그는 처음에는 자신의 사지가 떨려서 비틀거리는 것이라고 생각했다. 그러나 다음 순간 흔들림이 강해지자, 제비는 자신이 원하던 마법을 불러왔음을 깨달았다. 고요한 대지가 갈라지고 흔들리며 깨져나가는 마법이, 그의 손끝에서 시전된 것이었다.

베이는 몸의 균형을 잡았다. 제비는 그녀가 자기 생각보다 훨씬 더 앞쪽까지 전진해 있음을 깨달았다. 그녀가 뚫고 간 길을 따라 시체가 천연색의 기차처럼 널브러져 있었다. 붉은색 공작 꼬리 같아. 그런 생각이 절로 떠올랐다. 그 비유가 마치 사라지지 않는 후렴구처럼 계속 머릿속에 울렸다. 탈진한 제비는 벽에 몸을 기대며 주저앉았다. 양손이 피칠갑이었다. 손가락 피부가 벗겨졌는데도 알아차리지 못한 모양이었다. 물론 심한 상처는 아니었지만, 지금까지 겪은 것만으로도 너무 힘든 하루였다. 코를 자극하는 시체의 온갖 냄새에 제비는 순간 현기증을 느꼈다.

라잔인들은 훨씬 다급하게 반응했다. 제비에게는 그들의 고함도 몽롱하고 아득하게 들려올 뿐이었다. 조금 시간이 흐른 다음에야 제비는 라잔인 병사들이 반복해 외치는 단어를 알아들을 수 있었다. "지진이다!"였다.

생각한 것보다 효과가 좋네. 벽면이 흔들리고, 라잔인들이 시체를 짓밟고 황급히 도망치는 모습을 보면서, 제비는 생각했다. 라잔인들은 지진을 두려워한다. 신사나 거주지를 지을 때마다 지진을 버틸 수 있게 건설할 정도였다. 소설 덕분에 알게 된 사실이었다. 그러나 화국은 라잔과 가까운 편인데도 지질학적으로 안정되어 있다. 아주 먼 옛날의 전설을 제외하고는 화국에서 지진이 났다는 이야기는 들어본 적이 없었다.

라잔인들이 저토록 경계하는 것을 보면 그도 달아나야 할지도 모른다. 방금 사용한 마법이 금기시될 정도로 위험한 것이 아니라 적절하게 사용할 수 있는 것이라면, 라잔인들도 틀림없이 꾸준히 사용해 왔을 것이다. 여름 궁전이 완전히 무너져 생매장당할 위험을 간과할 수는 없었다. 아라지야 살아남겠지만, 제비는 이런 곳에 파묻힌다는 생각만 해도 벌써 호흡이 가빠왔다. 시체의 악취가 콧속에 가득한 채로 죽어야 한다니, 정말 끔찍한 죽음이 아니겠는가.

제비가 아직도 멍해 있는 동안, 베이는 즉시 위험을 깨닫고 그에게 돌아왔다. "아라지한테 우리를 따라오라고 이르도록. 이곳이 무너지기 전에 얼른 빠져나가야 한다!"

제비는 피어오른 먼지에 격렬하게 기침하느라 아무 말도 할 수 없었지만, 아라지는 바로 알아들은 듯했다. 거미들이 울렁거리는 바닥을 타고 지상으로 이동하기 시작했다. 천장에 난 틈새로 희미하게 푸른 하늘이 보였다. 제비는 거미들의 민첩한 움직임이 부러웠다.

베이가 제비의 팔을 붙들고 끌어당겼다. 제비는 갑자기 튀어나온 돌부리에 걸려 발목을 접질렸다. 입에서 신음이 새어 나왔다. 혼란에 빠진 그의 눈앞에서, 여름 궁전이 무너져 내리고 있었다.

제비는 온 힘을 다해 절룩거리며 앞으로 나아갔다. 계속 기침을 하고 입 안에 들어온 흙을 뱉으면서. 울렁이는 벽을 지나치는 순간, 제비는 심연 속에서 먼 옛날의 용이 길게 울부짖는 소리를 들은 것만 같았다. 제비는 그대로 그곳을 지나쳐 지상으로 나왔다. 상쾌하고 싸늘한 공기가 몸속으로 스며들었다. 자신이 만든 인공 지진에서 빠져나왔다는 사실에 안도하며, 제비는 그대로 그 자리에 쓰러져 버렸다.

15

"일어나." 부드럽고 걱정 섞인 목소리가 계속해서 귓가에 울리고 있었다.

일어나기 싫은데. 제비는 이렇게 생각하며 계속 눈을 감고 있었다. 누군가 도끼로 두 쪽 낸 것처럼 머리가 아팠다. 아니, 차라리 도끼가 나았을 것이다. 한 방에 죽으면 고통은 없을 테니까. 그러나 문득, 영예로운 조상님들께서는 두통 같은 사소한 불편으로 찾아오는 일을 용납하지 않으실 것 같다는 느낌이 들었다.

단호하고 강인한 손이 그를 붙들더니 일으켜 앉혔다. 제비는 항의하듯 신음했다.

"깨어났다는 것 안다. 일어나라, 제비." 목소리가 말했다. 조금씩 초점이 돌아왔다. 베이가 눈앞에 있었다.

"당장 급한 일은 없잖아요." 제비는 웅얼거렸다. 진짜 그런지는 확신할 수 없었지만. "조금 더 잘래요."

"제비. 그대가 괜찮은지 확인해야 한다." 베이가 재차 말했다.

"자게 두면 괜찮을 거예요."

"그대가 괜찮은지 확인해야 한다."

여름 궁전을 탈출하던 기억이 조각조각 떠오르기 시작했다. 번득이던 검, 진흙 그림, 깨어나는 대지. 시설 전체가 마치 거인의 주먹으로 내리누른 것처럼 무너져 내리던 기억.

다른 목소리가 끼어들었다. "마실 것을 가져다주는 게 어떻겠느냐."

"그러죠, 아줌매." 베이의 목소리에는 지친 기색이 묻어났다.

새로운 인물의 등장에 제비는 번쩍 눈을 떴다. 우리 지금 어디에 있는 거야?

사람들은 제비를 널찍한 방에 눕혀놓은 모양이었다. 출구 쪽은 병풍으로 가려져 있었다. 병풍에는 요즘 유행하는 꽃과 나비 그림이 아니라 오래된 화국 저택에서나 찾아볼 수 있던 격자무늬가 그려져 있었다. 제비의 입에서 놀랍도록 냉철하고 지적인 질문이 흘러나왔다. "뭐야, 이게 다?"

예의 아줌매는 중년 정도로 보이는 사람이었다. 구식이기는 해도 머리를 비대칭으로 다듬은 모습을 보니, 제비와 같은 그애거나 그애로 착각당해도 괜찮다고 여기는 사람인 듯했다. 저렇게 나이 많은 사람이 젊은이처럼 화려하게 차려입은 모습은 정말로 오랜만에 보는 듯했다. 빨강, 노랑, 초록 줄무늬가 들어간 색동저고리가 눈에 띄었다.

"당신 누구예요?" 제비가 물었다. 그리고 그대로 손을 올려 입을 틀어막았다. 무슨 무례한 소리를 한 거야? 어디 아프기라도 한 거야? 물론 머리가 깨질 것 같기는 하지만.

"조금 혼란스러운 모양이로구나." 아줌매는 나이 많은 친척들처럼 싹싹하고 친절하게 대꾸했다. "나는 남규란다. 베이의 부모 중 하나지. 그 아이 어머니는 너희가 여행길에 가져갈 음식을 준비하는 중이란다. 드주게 케이지 대위는 방위성 정찰병의 낌새를 찾고 있고. 서류 작업을 벗어날 수 있어서 다행이라 생각하는 모양이더구나."

"자동인형은…"

베이는 훌쩍 일어나 앉으려는 제비의 움직임을 저지했다. 차라리 다행이었다. 지끈거리는 두통이 갑자기 더욱 심해졌으니까. "시간이 별로 없어서, 아버지의 관사로 피신해 도움을 받기로 했다." 베이가 말했다.

제비는 흐릿한 눈을 가늘게 뜨고 그녀를 바라보았다. "당신이 아버지와 연락을 하고 지내는 줄은 몰랐어요." 제비는 남규 씨가 말했던 드주게 대위가 베이의 아버지일 것이라고 생각했다. 지금까지는 베이가 부친과 소원한 관계일 것이라고 자연스럽게 가정하고 있었다. 그녀가 아버지 이야기를 한 번도 꺼내지 않았기 때문이었다.

베이는 고개를 저었다. "내가 검술을 누구에게 배웠다고 생각하나? 아버지는 전장에서 부상당해 은퇴하셨을 뿐이다. 괴저가 시작되어 한쪽 다리를 다 잘라내셨지."

"사실 당신의 아버지에 관해서는 생각해 본 적이 없어요." 제비는 솔직히 털어놓았다. 하지만 생각해 보면 당연한 일이었다. 베이의 검술은 주말 훈련으로 익히거나 떠돌이 낭인이 전수하여 도달할 수 있는 경지가 아니었다. 달인의 손길이 필요했을 것이다.

"내게 남은 최초의 기억은, 자기 검을 들라고 시키는 아버지의 모습이다." 베이는 차분하게 말했다. "물론 들지 못했지. 그랬더니 아버지는 하인에게 연습용 목검을 가져오라고 시키셨다. 그때 나는 진검을 들지 못해서 상당히 실망했다. 아버지는 닭 한 마리를 끌고 오라고 시키신 다음, 바로 내 눈앞에서 죽여 보이셨다. 피가 정말 많이 나오더군."

"그 닭은 먹었나요?" 제비가 물었다. 두통에 시달리고 있는 터라, 눈치 볼 요령 따위는 없었다.

"물론." 베이가 대답했다. "군인은 식량을 낭비하지 않는다. 늙은 닭이라 질기기는 했지만, 그게 중요한 건 아니었지. 아버지는 내가 검을 진지하게 받아들이고, 살해한 대상은 결코 되살릴 수 없다는 사실을 깨닫기를 원하셨다. 어차피 언젠가는 받아들이게 될 운명이었지만. 장교의 사생아인 데다 화국인 부모를 둘이나 두고 있으니."

제비는 그녀가 이런 상황에서도 '14구역민'이라는 표현을 쓰지 않는다는 사실에 주목했다.

남규가 눈웃음을 치며 끼어들었다. "내가 세 번째 짝이란다. 잘 알려진 사실은 아니지만 말이다. 혜자 씨, 음식 하는 거 도와줄까?"

"준비 거의 다 됐어요." 낮고 풍부한 여성의 목소리가 대답했다.

"내 어머니시다. 우리 가족을 한 번에 전부 만나게 하다니, 실례하게 된 듯하군." 베이가 친절하게 덧붙였다.

"다른 가족분들은 없는 거예요?" 제비가 물었다.

믿을 수 없도록 젊은 얼굴의 여성이 죽그릇을 올린 쟁반을 들고 등장했다. 죽에서는 닭고기 냄새가 풍겼다. 여름 궁전에서 최근 받은 대접 덕분인지 냄새만으로도 구미가 당겼다. 그녀는 서양식 드레스를 입고 있었다. 리본과 러플로 마감한 세련된 새틴 가운에 바로크 진주 목걸이를 두른 모습이었다.

봉숭아라면 남규와 혜자 같은 사람들을 일컫는 말을 여럿 떠올렸을 것이다. 이를테면 부역자나 앞잡이 같은… 그 대신, 제비는 혜사를 바라보는 남규의, 그리고 남규를 바라보는 혜자의 눈매가 부드러워지는 모습을 알아보았다. 그리 자세히 관찰하지 않아도 둘은 서로 사랑하는 사이였다. 만약 베이의 부친도 이렇게 서로를 사랑한다면, 흔하지 않기는 해도 어디선가 들어본 적은 있는 관계였다. 적어도 화국에서는.

혜자는 제비 옆의 탁자에 쟁반을 내려놓았다. 그리고 제비의 생각의 흐름을 읽었는지 이렇게 말을 꺼냈다. "이런 관계가 라잔에서도 용인되느냐고 묻고 싶은 거라면, 답은 '아니요'겠지요. 적어도 우리는 사람들의 시선을 견디기 힘들었을 거예요. 관료나 귀족들이 원하는 대로 첩을 들이기는 하지만, 동등한 입장의 연인 관계라고는… 설명하기 힘들었을 테니까요. 그래서 대위님이 이 직업을 버리지 않기로 결정하신 거고요."

"그걸 여쭐 생각은 아니었어요." 제비는 거짓말을 했다.

혜자의 눈가에 잔주름이 잡혔다. "드세요. 당신과 베이가 여행길에 먹을 음식은 따로 챙겨놨어요."

"어머니도 떠나셔야 합니다." 베이가 말했다. "그곳에서 벌어진 사건의 소문이 퍼지면, 부모님도 제비와 저만큼이나 위험해지실 겁니다."

"난 못 간단다." 혜자가 말했다. "순이네 아이가 언제 태어날지 몰

라. 아이를 받아주겠다고 약속했거든."

"설마 산파세요?"제비가 물었다. 혜자의 차림새로는 도저히 유추할 수 없는 직업이었지만, 어차피 저런 화려한 옷차림으로 일터에 나갈 사람은 없을 것이다.

"일단 한 가지 바로잡자면, 나는 의사예요." 혜자가 말했다. "젊은 시절에 황관으로 건너가서 서양 선교사들 사이에서 의술을 배웠죠."

제비는 주황색 머리카락의 사람들을 만난 적이 있느냐고 물어보려다가 간신히 참았다.

"물론 우리 가문에서는 나하고 연을 끊었지요." 혜자는 이미 잊혀, 이제는 언급할 가치도 없는 고통을 떠올리듯 가볍게 말했다. "하지만 유용한 치료법을 정말 많이 배웠어요. 산달을 앞둔 순이를 두고 갈 수는 없지요."

베이는 얼굴을 찌푸렸다. "목숨까지 버려가면서 도울 필요는 없습니다, 어머니!"

"내 걱정을 할 때가 아니잖니." 혜자가 책망하듯 말했다. "꽃송이 구역에 연줄이 있단다. 필요하면 언제든 모습을 감출 수 있어. 네 아버지하고 남규도 그렇고." 꽃송이 구역이란 순결 구역을 뜻하는 옛 은어였다.

베이는 납득할 수 없다는 표정이었지만, 말다툼을 계속하지도 않았다. 어린 나이에 어머니를 잃은 제비는 어머니와의 말다툼을 겪어본 적이 없었다. 홀로 그를 키운 사람은 봉숭아였고, 같은 상황이 펼쳐진다면 제비는 봉숭아와 말다툼을 할 엄두조차 내지 못했을 것이다.

"아라지를 만나야겠어요."제비가 말했다.

"아직 식사도 하지 않았잖아요." 혜자가 말했다. "적어도 그건 다 먹도록 해요. 배를 채운다고 탈출이 덜 흥미진진해지지는 않을 테니까요."

제비는 그녀의 목소리에 담긴 권위에 반응하듯 숟가락을 들고 죽을 먹기 시작했다. 돌그릇 덕분에 죽은 아직 따뜻했고, 그는 목을 타고 넘어가는 음식의 맛을 음미했다. 앞으로 한동안 괜찮은 식사를 못 하게 될 수도 있으니까.

문득 제비는 한 가지 사실을 뒤늦게 깨달았다. 몸에서 악취가 풍기지 않았다. 게다가 얻어맞고 과격하게 움직인 자리가 아직도 쓰라리기는 했지만, 누군가 옷도 갈아입혀 놓았다. 너무 헐렁하기는 해도 지금 그 정도는 사소한 문제일 뿐이었다.

"치료해 주셔서 감사합니다." 제비는 죽을 떠 넣고 우물거리며 이렇게 말했다.

"저이는 정말 솜씨가 좋다니까." 남규가 슬쩍 웃으며 말했다.

"저분이 의사시면, 남규 씨는 뭘 하세요?" 제비는 존칭을 써야 한다는 사실을 아슬아슬하게 기억해 내며 물었다.

베이는 제비의 무례한 질문에 당황하기는커녕 오히려 즐거워 보였다. 그녀가 웃음 비슷한 것을 지을 때마다 늘 그렇듯이 눈가에 잔주름이 잡혔다.

"나는 필경사이자 통역가란다." 남규가 말했다. "순결 구역에는 문맹인 사람들이 아주 많지. 그런 이들에게는 계약서를 읽어주거나 써 줄 수 있는 믿을 만한 사람이 필요하기 마련이란다. 라잔어나 화말 모두 가능하고, 때론 다른 언어의 일감도 맡지. 나는 몸값이 제법 비싸지만 그곳에서 평생을 살았으니, 다들 나를 믿어도 된다는 것을 알고 있단다."

"그렇군요." 제비는 감탄하며 말했다. 특히 '다른 언어'라고 말하는 부분이 경이로웠다. 다른 나라에도 저마다 언어가 있다는 사실 정도는 어렴풋이 알고 있었다. 황관에는 여러 민족의 말이 있는데도 글자는 한 종류뿐이라는 이야기에, 왠지 헷갈릴 것 같다고 생각했었다. 그러나 다른 말을 할 줄 안다고 주장하는 사람을 만나본 적은 드물었다. 사실 적당히 횡설수설해도 제비로서는 진위를 판별할 방법이 없었겠지만.

제비는 이내 고개를 박고 남은 죽을 전부 해치웠다. 죽을 삼키는 것만으로도 고통이 느껴졌지만 해야 하는 일이었다. 공짜 음식에 투정하면 못 쓴다고 생각하며, 제비는 마음을 다잡았다. 이제 바깥세상에 제비의 것은 하나도 남지 않았다. 타인에게 의존하는 일은 영 내키지 않았지만, 지금으로서는 다른 방법이 없었다.

베이는 자리에서 일어나서 자기 어머니와 낮은 소리로 대화를 나누고 있었다. 제비는 그 기회를 이용해 두 사람을 느긋하게 분석해 보았다. 베이는 어머니의 세련된 외모를 상당 부분 물려받았다. 특히 눈과 코가 그랬다. 광대뼈와 턱 부분은 다른 쪽에서 물려받은 것이 분명했지만. 제비에게 너무 익숙해진 베이의 늘씬한 체격 역시 혜자에게서 온 듯했다.

자신이 절연당했다는 혜자의 표현을 생각해 보면, 그녀는 아마도 옛 학자 귀족 가문 출신인 듯했다. 봉숭아와 제비가 속했던 상인과 소작농 계급이 아닌 것은 확실했다. 제비는 가족의 뜻을 거스르는 일은 상상조차 할 수 없었다. 게다가 나라를 떠나기까지 하다니. 아니, 사실 제비 역시 이미 저질러 버린 짓이 아니던가? 그 빌어먹을 성명 인증서부터 시작해서 말이다.

이내 제비는 두 명의 14구역민에게 품은 감정 때문에 자신의 이름을 더럽힌 라잔인 장교가 어떤 사람일지 궁금해지기 시작했다. 때맞춰 바로 그 남자가 방으로 들어왔다. 베이는 몸을 꼿꼿이 세웠다. 그 전까지도 풀어진 것처럼은 보이지 않았는데, 묘한 일이었다. 혜자도 마찬가지였다. 아무 일도 없는 듯 여상한 태도인 사람은 남규뿐이었다.

드주게 대위는 평상복 차림이었어도 군인의 기운을 풍길 법한 사람이었다. 깔끔하게 다림질한 푸른 군복과 금빛 단추를 보면서, 제비는 움찔하지 않으려고 안간힘을 써야 했다. 인상적으로 떡 벌어진 어깨에, 목발을 짚고도 능숙하게 움직였다. 움직임 자체는 베이를 연상시키는 곳이 별로 없었지만 세모꼴 얼굴에서는 비슷한 느낌이 풍기고 있었다. 지아 형부와도 흡사했다. 지아 형부도 같은 부류의 활력이 넘치는 사람이었으니까.

"지인으로부터 전언이 들어왔다." 드주게 케이지는 거칠고 성량이 풍부한 목소리로 말했다. "방위성에서 병력을 조직하고 있다고 한다. 흔적을 엄청나게 남기고 다닌 모양이더구나, 내 딸아. 머지않아 나를 취조할 사람을 보낼 모양이다."

"즉시 이곳을 떠나겠습니다. 제 동행도 데려갈 겁니다." 베이는 이렇게 말하며 고개를 꾸벅 숙였다.

그는 됐다는 듯 손을 흔들어 보였다. "최대한 시간을 끌어보마."

"즉시 몸을 피하실 생각이 아니라면 아무것도 모른다고 주장하십시오. 베이가 말했다. "어머니와 아줌매가 저를 받아들였고, 지금 어딨는지 모른다고 하십시오."

"그건 네가 걱정할 문제가 아니다. 우리 몸은 우리가 간수할 수 있어. 얼른 여기서 떠나라."

베이는 잠시 머뭇거리다가, 자신의 부모 세 명에게 차례대로 고개를 숙였다. "여유가 생기면 소식을 보내겠습니다."

혜자가 말했다. "꼭 그러렴. 갈 곳은 있고?"

"물론이죠, 어머니." 베이가 대답했다.

갈 곳이 있다고? 제비는 생각했다. 그는 베이의 부축을 받아 일어난 다음, 짐을 얹은 지게를 짊어졌다. 제비의 체력의 한도를 정확하게 가늠했는지, 조금이라도 더 얹으면 비틀거리다 쓰러졌을 것 같았다. 베이는 훨씬 간소한 배낭을 짊어졌지만, 그쪽은 당연한 일이었다. 그녀는 자기 몸과 제비까지 지켜야만 했으니까.

베이는 제비를 이끌고 마당으로 나갔다. 다시 조립된 상태의 아라지가 기다리고 있었다. 가면을 쓴 머리를 듬직한 매화나무 가지 사이에 숨기고 있었지만, 아무래도 허술해 보이는 모습이었다. 그래도 제비는 아라지가 몸을 낮추려 애쓰고 있다는 사실을 알아볼 수 있었다. 머리가 어깻죽지보다 낮은 곳에 있으니 알 수밖에 없는 일이었지만.

"아라지?" 제비가 나지막하게 말했다.

"그동안 잠시 대화를 나눌 기회를 얻었다." 베이는 부모님에게 하는 것에 버금갈 정도로 정중하게 아라지에게 고개를 숙였다. 물론 동맹자보다는 부모님이 우선이라는 점은 어쩔 수 없겠지만.

제비는 절뚝거리며 용에게 다가갔다. 한낮의 햇살이 나무 사이를 뚫고 용의 동체에 쏟아지고 있었다. 아니, 이 관사는 대체 얼마나 호화로운 거야? 나무가 얼마나 많은 거지? 제비는 여분의 장비를 짊어진 것이 자신만이 아니라는 사실을 깨달았다. 누군가 용에게 발걸이와 손잡이를 얹어놓은 것이다. 그 위로는… 안장 두 개인가? 전체적으로 위태로워 보이는 모습이었다. "으음." 제비는 시선을 위로 올리며 신음했다.

"추격을 따돌릴 방법이 필요하다." 베이가 말했다.

"어디로 갈 건데요?" 제비가 물었다.

베이는 긴장된 미소를 지었다. "세 번째 부모님이 화국인 공동체에 연줄이 있으시다. 덕분에 독립군의 가장 큰 신병 훈련 주둔지가 어디 있는지 짐작하고 있지. 그곳에 착륙해서 우리 정보를 넘길 수 있는 고위층과 접촉해 볼 생각이다."

"그 사람들은 아라지를 구속하려 들 거예요." 제비는 심장이 옥죄어 오는 느낌에 사로잡혔다. 시선이 절로 용을 향했다. 아라지가 다시 쇠사슬에 묶인 모습이 머릿속에 그려졌다.

"시도해 보라고 해." 아라지는 평온하게 말했다. "일단 아는 것을 전부 알려준 다음에, 우리 갈 길로 가도 되잖아."

제비는 그렇게 간단한 문제가 아니리라 생각했지만, 아라지의 희망을 꺾고 싶지는 않았다. 베이의 희망은 물론이고.

"내가 먼저 올라가겠다." 베이가 말했다. "탑승해도 괜찮을 것 같나? 흔들리기는 할 텐데."

제비는 모기만 한 목소리로 물었다. "타는 거예요?"

베이의 입꼬리가 슬쩍 올라갔다. "이만한 크기의 용보다 더 빠른 존재가 있을 것 같나? 게다가 아라지는 자신이 날 수 있다고 장담했다."

당연히 날 수 있다고. 아라지는 불안할 정도로 자신감이 넘쳤다.

날아본 적은 있어?

나는 용이잖아. 나는 게 당연하지.

"으음. 저거 단단히 붙들어 맨 거 맞죠?"

관저 꼭대기층에서 목소리가 들렸다. 남규였다. "파란 제복이 보이는구나."

"어머니와 아줌매가 짐을 단단히 붙들어 매셨다. 충분히 버틸 거다. 내가 먼저 올라가지. 비상시를 대비해서 권총을 입수해 놨지만, 솔직히 말하자면 우리 상황에서는 별로 도움이 안 될 거다. 지금은 속도에 의지하는 수밖에 없다. 눈에 띄는 것은 당연한 일일 테고."

제비는 자기 자리로 올라가는 베이의 모습에서 눈을 돌리지 않으려 애썼다. 자리에 앉은 그녀는 상황에 비해 지나치게 기뻐하는 듯했다. "이제 그대 차례다." 그녀가 아래를 향해 말했다.

하릴없이 시간을 낭비했던 어린 시절에, 제비는 종종 나무며 지붕에 올라가곤 했다. 이웃집 담벼락을 넘다가 하인에게 붙들려 쫓겨난 적도 있었다. 바지를 찢어먹지 않았더라면 들키지 않고 넘어갔을 것이다. 몰래 찢어진 곳을 꿰매려다 봉숭아에게 들키는 바람에 결국 그녀가 수선해 주기는 했지만. 그런 무모한 장난질도 수년 전의 일이었다. 최근 여름 궁전에서 그런 모험을 겪은 후인지라, 제비는 자신의 균형 감각을 조금도 신뢰할 수 없었다.

떨어지기라도 하면 정말 한심해 보일 텐데. 제비는 수치심도 다른 온갖 감정들만큼이나 강력한 동기가 될 수 있다고 생각했다. 아라지가 몸을 움찔하자 제비는 낮게 비명을 질렀지만, 이내 아라지가 발걸이와 손잡이의 거리를 줄이려고 몸을 살짝 압축했음을 깨달았다. "고마워." 제비는 웅얼거렸다. 부끄러울 거리가 하나 더 생기기는 했지만, 그렇다고 아라지의 도움에 감사를 표하지 않을 수는 없었으니까.

제비는 베이의 뒷자리까지 무사히 올라와서 어정쩡하게 엉덩이를 붙였다. 혜자와 남규는 인간의 신체 구조를 잘 알고 있는 모양이었다. 심지어 최근 가벼운 고문을 받은 사람에게 허용되는 유연성의 한계까지도. 용의 등에 올라앉으니 다리가 시큰거리기 시작했다. 지금까지는 아라지의 등판이 이렇게 널찍한 줄은 몰랐는데. 그래도 이 정도면 버틸 수 있을 듯했다.

제비는 왼쪽과 오른쪽을 번갈아 둘러보았다. 드주게 대위의 안뜰과 근처 관사의 아름다운 겨울 풍경 외에는 별달리 보이는 것은 없었다. 세심하게 위치를 조율해 심은 수목과, 아마도 황관에서 수입했을 운치 있는 바위로 꾸민 정원은 저마다 비슷해 보였다. 사실 이렇게 높은 위치에서도 관측이 힘든 것은 당연했다. 사대문에서 시작되어 남북과 동서로 뻗어 도시를 4등분 하는 두 개의 대로를 제외하면, 수도의 도로는 죄다 비좁은 골목길이었으니까. 그러나 베이도 그 정도는 이미 알고 있을 것이다.

정말로 날 생각이야? 제비가 물었다.

종소리 비슷한 묘한 선율이 제비의 귓가에 울렸다. 잠시 시간이 흐른 후에야, 그는 용이 웃고 있다는 사실을 깨달았다. "도시를 가로지르는 것 자체는 무모한 짓이겠지. 하지만 지금 이 모습의 나는 폭풍 그 자체야. 하늘은 나의 터전이고."

아라지가 나무 사이에서 몸을 일으키자, 제비는 안장 머리를 꽉 붙들었다. 수많은 분절된 조각으로 이루어진 동체는 마치 뱀처럼 유연하게 움직였다.

아라지는 온몸을 잔뜩 긴장시키며 웅크렸다가, 그대로 드주게 대위의 관사를 껑충 뛰어넘었다. 미리 대비하고 있었는데도 제비의 입에서 비명이 흘러나왔다. 그대로 정면으로 충돌해서 건물이 머리 위로 무너져 내릴지도 모른다고 생각했기 때문이다. 그는 벌써부터 지진 마법을 다시는 사용하지 않겠다고 다짐하고 있었다.

그러나 아라지는 그대로 허공에 뜬 채로, 다시 몸을 웅크렸다 펴면서 한층 높이 올라갔다. 바람이 얼굴을 스쳤고, 눈에 눈물이 고였다. 제비는 눈을 꾹 감으며 이 모든 것이 자신의 상상이기를 빌었다. 어디선가 환희에 찬 베이의 웃음소리가 들려왔다.

심장이 멎을 듯한 순간이 여럿 지난 후, 제비는 천천히 한쪽 눈을 떴다. 뒤이어 반대쪽 눈도 떴다. 발밑으로 도시의 풍경이 펼쳐져 있었다. 가로수가 이쑤시개처럼 보였다. 제비는 아라지가 더 높이 올라가지 않기를 간절히 빌었다. 땅의 모습이 완전히 사라지면 심장이 견디지 못할 것 같았다.

"…그랬다!" 베이가 뒤를 돌아보며 소리치고 있었다.

"뭐라고요?" 제비도 소리쳐 답했다.

"춥다고!" 그녀의 입술을 읽어서야 간신히 뜻을 이해할 수 있었다. "그대를 더 단단히 입혀 올걸 그랬다!"

제비는 괜찮다고 입을 벙긋거렸다. 실제로 그렇게 생각하기 때문이 아니라, 베이를 안심시키기 위해서였지만.

제비는 마음을 다잡고 다시 아래를 내려다보았다. 하늘을 나는 용이 단순한 전쟁 병기일 리가 없다. 측량과 정찰 쪽으로도 활용도가 무궁무진할 것이다. 물론 하판뎬도 그 생각을 했을 것이다. 이렇게 하늘에서 내려다볼 수 있다면, 화국이나 라잔의 전통적인 대각선 시점이 아니라 위에서 조망하는 훌륭한 지도를 만들 수 있을 것이다. '팔선도'처럼 고전적인 주제를 새로운 방식으로 그리는 방법도 떠올랐다. 전통적인 방식대로 아래에서 올려다보는 것이 아니라, 우월한 시점에서 아래를 조망하듯 그리는 것이다. 역시 이단 취급을 받을까?

다음 순간, 불길이 그의 눈에 들어왔다.

"돌아가야 해요!" 제비는 베이를 향해 소리쳤다. "당신 아버지의 집에 불을 질렀다고요!" 그러나 바람이 그의 말을 그대로 조각내 버렸다.

아라지, 베이한테 말해줘! 제비는 베이의 시선을 끌려고 안간힘을 쓰면서 말했다.

이 거리에서는 현장에 바글대는 인영들이 무슨 색의 옷을 입었는지도 확인하기 힘들었다. 어두운 색이라는 정도만 알 수 있었다. 어차피 라잔 군대의 푸른색일 것이다. 근처의 지형을 제대로 확인한 것은 아니지만, 적어도 커다란 매화나무 정도는 분명히 알아볼 수 있었다.

여유로운 상황이었다면, 제비는 저 멀리 보이는 광경을 환하게 타오르는 촛불이나 등잔 불빛에 비유했을 것이다. 저렇게 작은 풍경이 진짜라고 믿는 것 자체가 쉽지 않았다. 얼마 전에 자신이 바로 저곳에서 잠에서 깨어났다는 것도. 그는 서방에서 잠식해 들어온 사실주의 화풍을 받아들이지 않았다. 제대로 정신이 박힌 화가답게 중요한 것은 크게, 덜 중요한 것은 작게 그리는 보다 평범한 화풍을 선호했다.

아라지는 속도를 늦추며 공중에서 한 바퀴 선회했고, 제비의 눈에서는 다시 눈물이 흐르기 시작했다. 이번에는 바람이나 살을 에는 차가운 공기 탓을 할 수 없었다.

"도우러 가야 해요! 당신 가족이잖아요, 베이!" 제비는 소리쳤다.

베이가 가족에게서 등을 돌리게 만들 수는 없었다. 자신도 봉숭아에게서 등을 돌렸으니까.

아라지는 비스듬히 몸을 기울이며 베이의 집으로 돌아가기 시작했다.

베이는 단호하게 고개를 저었다. 제비는 아래 풍경을 살피는 베이의 얼굴을 힐끔거리며 바라보았다. 누가 이기고 있는지, 아니면 부모님이 무사히 탈출했는지를 여기서 볼 수 있는 걸까? 싸움에서는 숫자가 전부가 아니다. 지아 형부가 그토록 자주 했던 소리니 분명 어느 정도는 진실일 것이다.

"어떻게 그렇게 무정할 수가 있어요?" 제비는 흐느꼈다.

"출발한다." 베이는 아라지에게 말했다.

아라지는 잠시 머뭇거리다가 이내 다시 몸을 기울이며 불타는 집을 등지고 날아가기 시작했다. 주황색과 붉은색 불꽃이 한층 높이 타올랐다. 구역이 통째로 타버리기 전에 소방대가 도착해야 할 텐데, 제비는 조바심이 들었다.

저런 짓을 하다니 믿을 수가 없어. 제비는 뻐근한 목과 쓰라려 오는 눈자위를 무릅쓰고 계속 아래를 내려다보며 생각했다. 몸을 비틀어 뒤를 바라보느라 나무틀이 옆구리를 파고들고 있었지만, 아픔조차 느껴지지 않았다. 점령 당시 라잔인들은 불 쓰는 일을 꺼렸다. 물론 자신들의 이익을 위해서였다. 반도를 확고히 손에 넣자마자, 그들은 온갖 하찮은 핑계를 대며 가장 좋은 집부터 빼앗아 자기네 장교나 관료들에게 나눠주었다. 드주게 대위의 관사도 그런 곳 중 하나였을 것이다. 대위가 두 정인과 얼마나 화목하게 지내는지와는 무관하게, 제비는 그 집의 원래 주인들이 어떻게 되었을지, 그리고 그 집이 불탔다는 소식에 그들이 무슨 생각을 할지를 떠올리지 않을 수 없었다.

쓸데없는 생각은 관두자고. 제비는 생각했다. 드주게 대위는 그를 손님으로 대접했고, 그는 베이의 가족에게 위험을 불러왔다. 당시 그가 의식을 잃은 상태였다는 점은 중요하지 않았다. 그들의 희생을 헛되이 하지 않도록 최선을 다할 때였다.

16

그들은 그렇게 하늘을 날아서 14행정시를 떠났다. 평소라면 몇 분, 몇 시간, 며칠이 걸릴 거리가 순식간에 발밑에서 흘러갔다. 제비는 지하에 갇혀 있지만 않다면 시간 감각이 꽤 정확한 편이었고, 한 지점에서 다른 지점까지 도보로 얼마나 걸리는지도 대충 짐작할 수 있었다. 그가 모르는 것은 단 하나, 용의 비행 속도뿐이었다. 발밑 풍경은 꿈속에서나 가능한 속도로 흘러가고 있었다.

이렇게 하늘에 올라와 있으니, 여름 궁전이나 하판텐과 대면했던 기억은 마치 깨어나자마자 사그라들기 시작하는 꿈처럼 흐릿해져만 갔다. 햇빛이 파수꾼의 등불처럼 등 뒤를 때리고 바람이 살갗을 거칠게 할퀴며 지나갔다. 제비는 손에 장갑까지 끼고 있었지만, 얼굴에 두른 스카프는 호된 바람 속에서는 효과가 없었다. 아라지한테 조금 천천히 날아달라고 부탁하고 싶었지만 어물쩍거리면 위험하다는 사실 또한 너무 잘 알고 있었다. 지금은 최대한 빨리 독립군 신병 훈련 주둔지에 도착하는 편이 가장 안전할 것이다.

이제 도시는 한참 뒤편으로 멀어졌다. 제비는 저 아래 풍경 속에서 발견한 서대문의 모습을 다시 머릿속에 떠올렸다. 하얗게 눈 덮인 지붕 꼭대기가, 양옆으로 갈지자로 뻗어나가는 낡은 성벽이, 주변을 둘러싼 건물 사이에서도 확실히 눈에 띄었다. 도시를 반으로 가르는 강물을 따라 구불구불하게 이어지는 도로가 문 양쪽으로 뻗어 있었다.

이 도시의 이런 모습은 두 번 다시 보지 못할지도 몰라. 제비는 생각에 사로잡혀 중얼거렸다. 마치 시간 속의 한순간을 그대로 굳혀놓은 느낌이었다. 나중에 다시 아라지의 등을 빌릴 기회가 생기더라도, 도시가 그때까지 지금 모습 그대로 남아 있으리라고는 장담할 수 없었다. 제비가 알아낸 하판덴의 온갖 계획을 생각해 본다면.

"한때 아버지께서 이 주변의 모든 산에 이름이 붙었는지를 물어보신 적이 있다." 속도를 내는 아라지 위에서, 베이가 말했다. 입술을 읽기 편하도록 일부러 과장되게 입 모양을 만들면서. "라잔에도 곳곳에 산이 많지만, 아버지는 그중 어느 큰 섬의 평야 지대 출신이시니까."

제비는 그 섬의 모습을 머릿속에 그리기조차 쉽지 않았다. "평야가 있을 정도로 섬이 크다고요?"

"가장 큰 섬 두 곳은 그렇다고 한다. 아버지 말씀에 따르면, 라잔의 섬들은 그대가 생각하는 것보다 훨씬 다양한 듯하다. 젊은 병사 시절에 여행을 다니셨던 이야기를 들려주셨다. 원하는 만큼 라잔을 돌아보지는 못하셨지만. 그러다 결국 여기 정착하셨지."

"라잔을 그리워하신 적은 없고요?" 제비였다면 분명히 고향이 그리웠을 테니까.

"이제는 이곳이 그분의 터전이다." 베이는 답했다. 엄밀히 말해 답이라고는 하기 힘들었지만.

이제 제비도 지나치게 캐묻지 않을 정도로 정신이 돌아온 상태였다. 게다가 몸짓과 독순술로 대화하기는 상당히 힘들기도 했고.

자신이 태어나지 않은 나라를 사랑하는 것이 가능할까? 제비는 그 질문의 답을 알 수 없었다. 그는 수도의 성벽 밖으로는 별로 나가본 적도 없었지만, 옛 화국의 여러 지방에 대한 농담은 거의 전부 알고 있었다. 예를 들어 겐상도의 농부들은 너무 무뚝뚝해서 온종일 하는 말이라고는 "잘 잤나", "점심 먹지", "잘 자게"가 전부라는 따위의 농담 말이다.

봉숭아는 외국의 연줄이나 망명한 독립운동가 이야기를 했었다. 그들은 화국에서는 안전을 담보할 수 없거나 라잔에 의해 추방당했기 때문에 이 땅을 떠났다. 제비도 고국을 떠나게 되는 걸까? 어쩌면 봉숭아도 이미 화국을 떠난 게 아닐까?

풍경화에 관심을 더 가졌으면 좋았을 텐데, 아쉽게 됐어. 제비는 이제 푸른 기운을 띨 정도로 멀어진 지상을 보며 생각했다. 군데군데 눈덮인 땅과 얼음의 반짝임이 눈에 띄었다. 어두운 색조의 도로가 하얀 풍경 속을 구불구불 가로질렀다. 그는 필수적인 정도 외에는 풍경화 기술에 그리 공을 들이지 않았다. 지금 유행은 초상화나, 또는 사무실이나 부엌에 있는 '친숙한' 대상을 오싹할 정도로 세세하게 묘사하는 정물화 쪽이었으니까. 제비의 기억에 남은 그림이 하나 있었다. 식칼여러 자루를 그린 정물화였다. 제각기 그 나름의 존재감 넘치는 형상에, 가장 큰 식칼에서는 피가 뚝뚝 떨어지는 모습이었다. 심지어 그럴 싸한 뒷이야기가 있다는 소문도 있었다. 제비는 그 뒷이야기는 절대 알고 싶지 않았다.

제비는 아래편에 융단처럼 펼쳐진 풍경을 감상하기를 그만두고, 독립군을 만나서 할 말을 다시 곱씹어 보았다. 독립군이 라잔인 결투 가를 보자마자 베어버리지 않게 하려면 무슨 말을 해야 할까? 봉숭 아가 주둔지에 있는 편이 과연 유리할까? 어쨌든 베이가 지아 형부 를 죽였다는 사실은 변하지 않는다. 베이가 죽기를 원하는 것은 아니 지만, 그렇다고 그 사실을 언니에게 숨기는 것도 양심이 허락하지 않 았다.

"저기 보이네." 아라지는 노래하듯 말했다. 목소리가 살짝 떨렸다. 열망 때문일까, 아니면 두려움 때문일지도 모르겠다. "아직 우리를 발 견하지는 못한 것 같아. 주변에 초소가 적어도 여섯 군데는 있어." 아 라지는 속도를 줄이더니 공중을 선회하며 고도를 낮추기 시작했다.

제비는 아라지의 실제 목소리에 화들짝 놀랐다. 사실 마음속 목소 리와 똑같기는 했다. 금속 느낌이 더 강하다는 것만 빼면. "우리를 발 견 못 했다는 건 어떻게 알아?" 제비는 물었다. "잠깐, 대체 너 시력이 얼마나 좋은 건데?"

"매의 눈을 가지고 있다더군." 베이가 회상하는 투로 대답했다. "이 세미가 해준 말이었다. '매의 눈'쪽에 필요한 안료는 상당히 빨리 동 나버렸지."

제비는 메스꺼움을 참으며 말했다. "대체 인간 예술가한테서 '매의 눈'을 무슨 수로 얻는데요?"

"그쪽이 아니다. 적어도 그대가 생각하는 부류의, 화가나 도예공 같은 예술가는 아니었다. 매사냥꾼이었지."

제비는 눈을 깜빡였다. "침략전쟁 이후까지 살아남은 매사냥꾼이 있는 줄은 몰랐는데요." 아니, 적어도 시골에 은거해 사는 사람들을 제외하면 아무도 없을 것이다. 매사냥은 진달래 왕조의 막바지에 거의 실전失傳되어 버렸으니까.

"찾아내는 데 상당히 오래 걸렸지." 베이는 대상을 명확히 지칭하지 않고 이렇게만 대꾸했다.

갑자기 아라지가 왼쪽으로 몸을 틀었다.

"궁수로군." 베이가 말했다. "이제 우리를 본 모양이다. 조금만 더 땅만 보고 있었으면 편했을 텐데."

"봉숭아가 보냈어요!" 제비는 소리쳤지만, 문득 이 주둔지 사람들은 자기 언니를 잘 모를 수도 있다는 생각이 들었다. 어쩌면 봉숭아가 독립운동 조직에서는 가명을 썼을지도 모르는 일이고. "우린 아군이에요!"

"이대로 착륙할게." 아라지가 말했다.

제비의 눈에는 화살이 보이지조차 않았다. 옆으로 날아가는 쉭쉭 소리는 들렸지만. 별로 긍정적인 환영 인사는 아니었다. 그러나 결국 이렇게 되는 것이 당연하지 않을까? 약과와 막걸리로 환영 잔치를 베풀어 주기를 기대한 건 아니잖은가?

제비는 한참이 지나서야 독립군이 그들을 포위하고 있다는 사실을 깨달았다. 그들은 아라지에게 접근하는 대신 충분히 거리를 두고 둘러섰다. 대부분은 궁수였고, 제비와 베이를 겨누고 있었다. 제비는 수

많은 화살을 마주하자 속이 울렁거리기 시작했다. 생각해 보면 당연한 일이었다. 금속으로 만들어진 아라지의 관절을 노려 부수려면 보통의 화살로는 어림도 없을 것이다. 옛날의 전쟁 병기인 화차에서 화약으로 발사하는 화살이면 또 모를까.

"그쪽의 지도자는 누구인가?" 베이가 소리쳤다.

"질문은 우리가 할 거다." 애꾸눈 여자가 말했다. 제비는 놀란 얼굴로 그녀에게서 시선을 떼지 못했다. 사실 예의를 차릴 상황은 아니기도 했다. 그녀는 활을 들고 있지 않았다. 나머지 병사들과 다른 상징물 같은 것을 달고 있는 것도 아니었다. 그러나 그녀의 얼굴에 새겨진 주름을 본 제비는, 그녀가 고통이 무엇인지를 잘 알고, 또한 타인에게 거리낌 없이 고통을 가할 수 있는 사람이라는 인상을 받았다.

베이는 대등한 상대방에게 하듯 고개를 숙였다.

여자가 입매를 굳혔다. "여기까지는 일직선으로 날아온 건가?"

아라지가 직접 대답했다. 최상급의 존댓말을 사용해서. "아닙니다. 빙 돌아오는 경로를 택했습니다. 그리고 저를 따라오는 자가 있었다면 바로 알아차렸을 겁니다." 물론 구름과 태양과 아래쪽 풍경에 정신이 팔려 있던 제비는 조금도 모르는 일이었지만.

여자는 펄쩍 뛰지도, 움찔하지도 않았다. 아라지를 두려워하는 기색은 조금도 내비치지 않았다. 제비는 그녀가 점점 더 존경스러워졌다. "말할 수 있는 다른 자동인형이 존재하나?"

"제가 아는 한에서는 없었습니다." 아라지는 여전히 정중한 투로 말했다.

그녀는 그들을 가늠하듯 바라보며 고개를 저었다. "도시 사람들이 하늘을 보지 않는다는 말은 사실이지. 하지만 시골 사람들은 새를 볼 줄 안다. 그리고 너는 이 근방에서 보이는 그 어떤 새보다도 훨씬 큰 그림자를 드리우지."

궁수들은 여전히 흔들림 없이 활을 겨누고 있었다.

제비의 방광이 꽉 찼다는 신호를 계속 보내오고 있었다. 아까 먹은 죽 때문이기도 하고, 긴장해서이기도 할 것이다. 여기 모인 이들은 반쯤 산적으로 변한 뜨내기들이 아니었다. 지아 형부가 궁술이란 하루아침에 배울 수 있는 것이 아니라고 설명해 준 적이 있었다. 숙련되려면 수년에 걸친 수련이 필요하다는 것이다. 지금 활을 겨누는 사람들은 충분히 조준한 목표를 맞힐 수 있을 듯한 모습이었다.

"안으로 들여라." 여자가 마침내 말했다. "나는 한이다." '하나'라는 뜻이다. 여자가 애꾸라는 점을 생각하면, 제비는 저 이름이 본명이 아닐 거라는 생각이 들었다.

베이가 입을 열었다.

"아직 네 이야기는 들을 생각 없다." 한은 거칠지만 불친절하다고는 할 수 없는 어조로 말을 막았다. 궁수들에게 일련의 수신호를 보내자 두 명이 베이와 제비를 겨누며 남고, 나머지는 사방으로 흩어졌다. 아마 다른 침입자를 수색하기 위해서일 것이다. 제비는 그들의 자신감에 한층 불안해졌다. 다른 자들이 다가와서 제비의 짐과 베이의 칼을 압수했다.

그들은 수풀과 눈밭을 헤치며 한참을 걸었다. 제비는 다리가 후들거리기 시작했다. 그냥 따뜻한 곳에 드러누워서 안마나 받고 싶다는 생각이 간절해졌다. 그러나 베이는 초인이라도 되는 것처럼 피로 같은 평범하고 인간적인 약점에는 영향을 받지 않는 듯했다. 그러니 제비도 버틸 수밖에 없었다.

제비의 시선이 주변 풍경으로 옮겨 갔다. 기묘한 형상의 바위들, 비바람에 시달려서 노인처럼 허리가 굽은 나무들, 언덕을 빙 돌아가는 비좁은 오솔길. 바위 그늘에 장소를 잘못 찾은 꽃이 몇 송이 피어 있었지만, 색은 이미 바래버렸다. 제비는 그 모습에 매혹되어 잠시 걸음을 멈췄다. 한의 병사 중 덩치 큰 쪽이 얼른 움직이라고 손짓할 때까지.

마침내 그들은 언덕에 가려져 있는 주둔지에 도착했다. 따스한 화톳불의 꿈은 그대로 날아가 버렸다. 어딜 봐도 그런 것은 안 보였으니까. 독립군도 어떻게든 몸을 녹이기는 할 텐데.

"그 덩치를 숨길 수 있나?" 한이 아라지에게 물었다.

아라지는 그에 대답하듯 쪼그려 앉으며 상당히 작은 크기로 몸을 줄였다. 마치 상자에 들어가는 고양이처럼 보였다.

뒤이어 한은 베이와 제비에게 말했다. "너희 둘한테는 따로 질문이 있다. 너희들이 타고 온 짐승은 밖에서 기다려도 되겠지?"

아라지를 막사에 넣어달라고 부탁하는 것은 무리겠지? 게다가 아라지에게 자유의지가 있다는 사실을 한에게 알려서 좋을 일이 있을까? 제비는 머뭇거리며 아라지 쪽을 슬쩍 바라보았다. 아라지는 앞발에 머리를 올린 채 얌전하게 앉아서 움직임을 멈춘 척하고 있었다. 제비는 일반적인 동물의 감정을 알려주는 신호, 즉 고양이의 귀나 꼬리, 개의 표정 등이 아라지에게는 조금도 적용되지 않는다는 사실을 새삼 깨달았다.

도망쳐야 할 일이 생기면 바로 알려줘. 아라지의 말투에서는 얌전한 자세와는 정반대로 초조함이 느껴졌다. **내가 여기 얌전히 누워 있으면 다들 나를 과소평가할 테니까.**

한은 그들을 가장 큰 막사로 몰아넣었다. 위에는 흙과 풀을 덮고 세심하게 잘라낸 관목을 얹은 천막이었다. 제비는 막사 안에서 화로를 발견하고 안도했다. 한은 그들을 몰아넣고 그대로 입구를 닫았다. "봉숭아라는 이름을 들었는데. 연관 있는 사람이 누구지?"

베이는 제비 쪽으로 고개를 까딱했다. 제비는 침을 꿀꺽 삼키고 입을 열었다. "저예요. 그, 그게, 아는 사이거든요." 아직은 정확한 관계를 밝히지 않는 편이 좋아 보였다.

한은 얼굴을 찌푸렸다. "그런가."

젠장. 독립군 사이에서도 파벌과 분파와 알력 다툼이 있을지도 모른다는 생각을 미처 하지 못했다. 누구든 봉숭아를 아는 사람이라면 그녀의 동맹이거나 친구일 거라고만 생각했다.

제비는 서둘러 말을 뱉어냈다. "부탁드려요. 봉숭아와 무슨 일이 있었는지는 몰라도, 방위성의 계획에 대한 중요한 정보를 가져왔어요. 봉숭아는… 제가 아는 사람은 봉숭아뿐이에요."

"그 정보는 어떻게 얻게 된 거지?" 한이 물었다. "게다가 지금 방위성의 수석 결투관과 동행하고 있는 것으로 보이는데?"

다시 생각해 보니, 독립군 지도자라면 각 부서의 수석 결투관 정도는 꿰고 있는 것이 당연했다. 제비는 한이 베이를 알아보았으면서도 바로 처형하라고 지시하지는 않았다는 점에서 위안을 얻으려 애썼다. 물론 처형하기 전에 고문으로 정보를 캐낼 생각일 수도 있지만. 제비는 마른침을 꿀꺽 삼켰다.

눈앞의 여성에게 진실을 털어놓는 일은 내키지 않았지만, 다른 대안이 없어 보였다. "저는 예술가예요. 한때는 방위성에서 일했고요."

한의 눈썹이 치켜 올라갔다. 제비는 다른 쪽 눈썹이 있었어야 할 곳의 흉터 자국이 늘어나는 모습에, 그리고 텅 빈 눈구멍에 시선을 뺏기고 말았다. "방위성이라. 빌어먹을. 적어도 보고 내용과 일치하기는 하는군. 그리고 너는…" 그녀는 턱짓으로 베이를 가리켰다. "대체 여기서 뭘 하는 거지, 수석 결투관?"

"이 예술가를 지키는 과정에서 그 자리는 박탈당했다." 베이가 대답했다.

한의 입가가 뒤틀렸다. "이런 외진 곳에서는 그 주장을 확인할 방법이 없지. 통상적인 정보 전달 수단을 한참 앞지르기도 했고. 아주 솜씨가 좋으신데."

"필요한 만큼 계속 구금해 놓아도 좋다." 베이의 말에 제비는 가슴이 내려앉았다. "그러나 방위성에서는 우리를 추적하기 시작할 것이다. 우리 정보를 활용하고 싶다면 최대한 빨리 행동하는 편이 좋을 것이다."

"너, 봉숭아의 동생 맞지?" 한은 눈을 가늘게 뜨고 제비의 얼굴을 훑어보며 말했다. "평소에는 이렇게 말라비틀어지지는 않았겠지. 그래도 눈매하고 골격 구조는 숨길 수 없어."

이제 부인해 봤자 별 의미 없어 보였다. "맞아요, 저는 기엔 제비예요." 그는 말했다. "부탁드려요. 우리 언니하고 뭐가 문제인지는 몰라도, 적어도 언니한테 물어보면 제 정보를 확인해 주기는 할 거예요."

"그럼 앉아서 전부 털어놓아 보시지." 한이 말했다.

제비는 자리에 주저앉아 깊이 숨을 들이쉬며 마음을 다잡았다. 그리고 어깨를 펴고, 자신을 다독이는 베이의 손을 밀어낸 다음, 한의 눈을 마주 보며 이야기를 시작했다.

한은 때때로 조금 얼굴을 찌푸릴 뿐, 그대로 제비의 이야기를 침착하게 들었다. 단 한 번, 제비의 말이 멈추었다. 한이 베이의 열쇠를 훔친 방법을 물었을 때였다. 얼버무릴 수도 있었겠지만, 그녀에게 거짓말을 하면 별로 안 좋을 듯했다.

"같이 자는 사이였거든요." 제비는 베이 쪽으로 고개를 까닥이며 말했다. 지금 이 상황을 부끄러워해야 할지, 의연하게 나가야 할지 갈피를 잡을 수 없었다.

"질문이 하나 있다." 한이 베이의 말에 별 반응을 보이지 않자, 베이가 입을 열었다. "지금까지 나를 죽일 기회가 충분히 있었을 텐데. 왜 나를 죽이지 않았나?"

"시체는 입을 열지 않으니까." 한이 대답했다. "그리고 네가 자의로 왔다는 것이 명확했으니까. 네가 여기 있다는 것 자체는 물론 위험하지만, 이쪽 바닥에서는 위험하지 않은 게 없거든."

새가 한 번, 두 번, 그리고 다시 한번 울었다.

"저건 새가 아니군." 제비가 떠올리기 직전에 베이가 먼저 입을 열었다. "이런 계절에 두루미가 운다고?"

"잘 아는군." 한이 말했다. 그녀는 천막 덮개를 젖히고 고개를 내밀더니 수신호로 지시를 내렸다. 제비는 누군가 통역해 주기만을 간절히 바랐다.

한이 다시 수신호를 보내더니 옆으로 비켜섰다. 새 인물이 들어왔다. 봉숭아였다.

제비는 언니를 보며 헉 하고 숨을 삼켰다. 제비만큼은 아니어도 언니도 살이 빠졌는지, 평평한 얼굴에 광대뼈가 눈에 띄게 튀어나와 있었다. 겨울의 잠든 대지에서도 쉽게 눈에 띄지 않을 법한 실용적인 회갈색 외투는, 걷기 편하도록 양옆을 터놓았다. 제비는 외투 한쪽이 불룩 튀어나온 것을 발견했다. 무기가 분명했다.

"전부 들으셨습니까?" 한은 공손하게 봉숭아에게 말했다.

"물론, 다 들었다." 봉숭아가 말했다. 명백하게 하급자를 대하는 자세였다. 제비는 이곳에서 대체 무슨 일이 벌어지고 있는지 종잡을 수가 없었다. "최대한 빨리 해결해야겠더군."

"잠깐만, 봉숭아 언니. 우리는 도우러 온 거야. 다른 마음은…" 제비가 항의했다.

봉숭아는 제비를 바라보더니 고개를 저었다. "가족이 아무리 소중해도 나라보다 소중할 수는 없지. 세상에는 다른 무엇보다 앞서는 일이 있는 법이란다."

"아라지, 도망쳐!" 제비가 소리쳤다.

널 두고는 안 가. 제비는 용의 대답에 좌절하고 말았다. **그리고 너희 언니가 무슨 말을 하는지 더 들어보고 싶은걸.**

봉숭아는 제비를 붙들더니 손으로 입을 막았다. 제비는 순간 언니가 보인 공격적인 태도에 온몸에서 힘이 빠져나갈 정도로 충격을 받았다. 자신을 키워준 언니인데. 수년 동안 자신을 돌봐온 언니인데. 어떻게 그녀에게 맞서 싸울 수 있겠는가?

베이의 몸에 힘이 들어갔다.

"나라면 안 그러겠어." 봉숭아는 이렇게 말하며 제비를 놓아주었다.

제비는 막사 바닥에 쓰러지다가 기둥 하나에 부딪혀 버렸다. 그리고 즉시 움찔하며 몸을 뺐다. 천막이 모두의 머리 위로 무너져 버릴까 두려웠다. 천막 때문에 숨 막혀 죽을 일은 없겠지만, 여름 궁전을 지진으로 무너트렸을 때의 끔찍한 광경이 자꾸 머릿속에 떠올랐다.

"아라지와 나는 그동안 교섭을 했다." 봉숭아는 용의 이름을 정확하게 발음하려 애쓰며 말했다.

제비는 속이 뒤틀리는 기분이었다. "전쟁을 시작하려는 거지."

"라잔인을 몰아내기에 더 좋은 방법이 있을까?" 봉숭아가 되물었다. "라잔인들이 인간형 자동인형뿐 아니라 비행형 자동인형 부대까지 만들기 전에 막아야 해. 공장을 돌릴 금속과 예술가들에게 공급할 안료를 확보하면, 놈들은 그야말로 누구도 막지 못할 힘을 얻게 될 거야. 이건 화국을 해방할 뿐 아니라 라잔 제국의 확장까지도 저지할 기회라고. 너 설마 놈들의 수치심을 일깨워서 스스로 물러가게 할 생각이었던 건 아니겠지?"

"아무 생각도 없었던 것 같아." 제비는 인정했다. "아라지, 언니 말이 사실이야? 거래하기로 한 거야?"

두통이 시작되는지 눈 뒤편이 쑤시기 시작했다. 언제부터 언니가 적이 된 걸까? 아니, '적'이라는 표현은 잘못된 것일지도 모른다. 봉숭아는 자신보다 더 큰 존재에 헌신하기로 마음먹은 것뿐이니까. 제비는 가족보다 나라에 대한 충성을 우선하는 사고방식을 이해할 수 없었지만, 생각해 보면 봉숭아는 언제나 큰 그림을 보는 사람이었다. 화국인 화가들이 제대로 날개를 펼 수 없는 시대에 제비가 자유롭게 예술의 길을 추구할 수 있었던 것도 그녀의 실용주의 정신 덕분이었다. 어쩌면 봉숭아가 나라 전체를 생각해 준 것에 고마워해야 할지도 모른다는 생각이 들었다.

아라지가 꾸물꾸물 천막으로 머리를 들이밀었다. 여전히 주저앉아 있던 제비는 깜짝 놀라 꺅 소리를 냈다. "미안." 아라지는 눈의 불빛을 살짝 줄이며 말하고는, 사과하는 강아지처럼 주둥이로 제비를 꾹꾹 밀었다. "너희 언니랑 이야기한 거 맞아." 그리고 마음속으로 덧붙였다. **너하고는 완전 다르더라! 왜 너랑 가끔 틀어지는지 이유를 알 것 같아.**

이렇게 확인해 주니 기분이 나아져야 마땅했다. 그런데 왜 속이 뒤틀리는 걸까? "잘됐네." 제비는 억눌려 새된 소리로 말했다. "나는⋯ 나는 네가 평화주의자인 줄 알았어."

"하판덴 장관 대리가 격노한 것도 당연하군." 한이 중얼거렸다. "저 엄청난 가능성이⋯"

엿이나 먹어. 제비는 생각했다.

"너희 언니는 피를 흘리지 않고 체제를 뒤엎기에는 너무 늦었다고 나를 설득했어." 아라지가 말했다. "다른 사람들이 죽어가는데 나만 돕지 않을 수는 없잖아. 나야 언제나 다시 조립될 수 있으니까. 너희 살점을 가진 인간들은 그렇지 않지만."

제비는 아라지가 스스로 분해되는 광경을 지켜봤으면서도 그런 생각을 해본 적이 없었다. 물론 아라지도 계속 잘게 쪼개지다 보면 되살아날 수 없어지는 지점이 존재하기는 할 것이다. 그게 언제일지는 절대 알고 싶지는 않았지만.

"상황을 확실히 보렴, 제비야." 봉숭아가 말했다. "네 용에게 원치 않는 일을 시킬 방법이 있는 것도 아니잖니. 우리 모두가 덤벼들어도 땅에 붙들어 놓지도 못할 것 같은데."

"아라지는 내 용이 아니야." 제비가 되쏘았다. 베이의 손이 그의 어깨를 붙들고 지그시 눌렀다. 이번에는 경고였다.

"그건 그렇구나." 봉숭아는 아라지에게 사과하듯 고개를 까닥였다. "우리 요원들에게 이동 수단이 되어주기로 아라지와 합의를 마쳤어. 빠른 타격을 계속하면 라잔인 군대의 사기를 꺾을 수 있을 테니까, 그런 다음에 요구사항을 전달할 생각이야."

"장관 대리에게 그런 일은 통하지 않을 거다." 베이는 눈살을 찌푸리며 말했다. "그는 대의에 몸 바친 광신도다. 단순한 보급상의 난항 때문에 모든 것을 포기할 리가 없다."

"장애물을 돌파할 수 없다면 돌아서 가야 하는 법이지." 봉숭아가 되받았다. "방위성에 우리가 매수한 사람이 있어. 지하 시설 사람이 아니라, 라잔으로 보고서를 가져가는 운반책이지. 하판덴은 광신도지만, 장관 본인은 여러모로 실용적인 여성이거든. 그리고 하판덴은 자신의 실책 상당수를 그녀에게 숨기고 있지. 그게 전부 들통나면 장관 대리를 갈아치우려 들 거야. 뒤이은 혼란 덕분에 방위성은 중요한 순간에 약해질 테고."

제비는 이 말에 감탄했다. 좋은 쪽으로는 아니었지만. "뇌물을 먹은 사람을 믿고 작전을 세운다고? 그대로 보고를 미루고 돈만 챙기지 않을 거라는 보장이 있어?"

대답은 베이에게서 흘러나왔다. "여러 요원이 각자 서로를 감시하게 하는 거다. 나라도 그렇게 했을 테지."

"당신도 군인이니까." 봉숭아는 생각에 잠긴 눈으로 베이를 훑었다. "방위성의 비상 대응책을 숙지하고 있을 테니 우리한테 도움이 될 테고. 당신이 원한다면 말이지만." 제비조차도 그 안에 숨은 위협을 알아차릴 수 있었다.

"나는 이미 결단을 내렸다." 베이는 정식으로 고개를 숙이며 말했다. "그러나 내가 충성을 바치는 대상은 당신이 아니라 당신 동생이다."

"제비는 내 혈육이니까. 그 정도면 충분하지." 제비는 봉숭아의 확신에 순간 섬뜩해졌다.

"내게는 혈육 이상의 존재다." 이런 상황이 아니었다면, 충분히 낭만적인 고백이었을 것이다. "한 가지 조건을 받아준다면 원하는 모든 것을 알려주겠다."

"협상할 입장은 아닐 텐데."

베이는 눈을 가늘게 떴다. "회수하는 모든 안료는 파괴해야 한다. 비인도적인 과정을 거쳐 만들어진 물건이다. 안료를 만드는 종교의식조차 끔찍하게 뒤틀려 있다. 옛 라잔의 신관들이라면 결코 용납하지 않았을 것이다."

"받아들이지." 봉숭아가 말했다.

언니가 거짓말을 하는 걸까? 제비는 그런 생각부터 하는 자신이 싫어졌다. 그러나 사람을 꿰뚫어 보는 일에 능숙한 베이가 동의한 이상, 덧붙일 말은 없었다. 아무래도 헛생각이 드는 모양이야. 제비는 모든 것이 단순했던 시절로 돌아가고 싶어졌다. 삶의 걱정거리라고는 단골 화구상의 노란색 물감이 떨어졌을 때 어떻게 색조를 조율해야 하는지, 오늘은 봉숭아의 요리나 설거지나 빨래를 어떻게 도와야 할지가 전부였던 시절로. 모략과 전략에는 흥미뿐 아니라 소질도 없었다. 그러나 지나치게 깊이 개입해 버린 이상, 이제는 모든 것을 알아둬야만 했다.

"전부 결정되었으니 이제 가장 시급한 문제로 넘어가지. 위치를 들키기 전에 주둔지를 옮겨야 해. 내가 보낸 정찰병들은 푸른 군복은 아직 눈에 띄지 않는다고 보고해 왔지만, 그렇다고 근처에 없다고 확신할 수는 없어."

"언니가 정찰병을 보냈다고?" 제비가 중얼거렸다. 아까 짐작한 대로였다. "그렇다면 여기 주둔지는 언니가 맡고 있는 거구나. 한 씨가 아니라."

"평소에는 한이 이곳 주둔지의 책임자야. 하지만 필요할 때는 명령을 따를 줄도 알지."

"대체." 제비가 말했다. "대체 얼마나 오래전부터 이런 일을 해온 거야?" 몇 개월 만에 언니가 독립군 명령 체계의 중요한 인물이 될 수는 없었다.

"지아가 죽고 이틀 후에 입단했어." 봉숭아가 말했다. 검은 얼음 같은 눈을 빛내며, 몸을 꼿꼿이 세운 채로.

제비는 숫자를 헤아렸다. "10년이나 됐다고?" 자신도 모르게 목소리가 높아졌다. "나한테는 말도 없이?" 문득 제비는 말을 멈췄다. 그때 자신이 봉숭아에게 뭐라고 했더라? 당시 제비는 열일곱이었다. 갓 아내를 잃은 언니에게 해줄 말도 찾지 못하고 있었다. "나는 독립군이… 그 정도로 오래전부터 시작됐다고는 생각도 못 했어!"

"너도 관심만 있었으면 언제든지 입단할 수 있었어." 봉숭아가 말했다.

제비는 질책의 말에 고개를 숙였다. 이내 봉숭아의 입에서 주둔지 철거 명령이 흘러나오기 시작했다. 제비는 간신히 고개를 들고 언니의 모습을 멍하니 바라보기만 했다.

17

　새 주둔지를 본 제비는 마치 임시 성채 같다는 생각을 했다. 아마 실제로도 임시 성채로 쓰이고 있겠지. 봉숭아가 자길 데리고 화국을 뒤덮은 울창한 원시림으로 들어가지 않을까 걱정했는데, 실제로 그런 일이 일어나 버렸다. 그에게 숲이라는 장소는 왠지 모르게 껄끄러웠다. 도시 출신인 데다, 옛날이야기 속의 숲은 호랑이 신선이나 진짜 호랑이가 맛있는 어린아이를 찾아 어슬렁거리며 돌아다니는 장소였으니까. 몸을 씻은 지 그리 오래 지난 것은 아니었지만, 자신의 몸에서 호랑이의 식욕을 돋우는 냄새가 풍기는지는 확인하고 싶지는 않았다.

　주둔지 주변을 둘러싸고 있는 말뚝 울타리는, 만들어진 지 고작해야 며칠이나 몇 주밖에 안 되어 보였다. 저 뾰족한 말뚝에 돌진할 만큼 멍청한 사람은 없겠지? 제비는 생각했다. 그러나 자동인형이라면 뾰족한 말뚝은 가볍게 무시할 정도로 튼튼할지도 모른다.

이런 생각을 베이에게 털어놓자 그녀는 이렇게 대답했다. "머리가 있는 적들이 저쪽 통로로 공격로를 한정하게 만들기 위한 장치다. 보이나? 그러면 방어 쪽에서는 화살이나 소총으로 저 통로를 공격할 수 있지."

"우리는 총을 못 가지잖…" 제비는 이내 입을 다물었다. 독립군이라잔 총독부의 총기 금지령 따위에 신경을 쓸 이유가 있겠는가? 고작해야 피해 갈 장애물로 여기는 정도가 전부일 것이다.

봉숭아는 횡설수설하는 것처럼 들리는 암호문을 외쳤고, 안에서 다른 목소리가 응답했다. 그녀는 아라지를 돌아보았다. 아라지는 천막, 가방, 밥솥 등을 가득 짊어지고 얌전히 독립군의 짐말 노릇을 하고 있었다. 처음부터 운송용으로 만든 게 아니었을까 생각하게 될 정도였다. 아라지의 파괴 능력에만 강박적으로 집중하던 하판덴이 그렇게 실용적인 생각을 했을까? 아니면 그냥 14구역민의 노동력을 사용할 생각이었을까?

제비가 베이에게 그 점을 물어보려는 순간, 한이 그들에게 따라오라고 손짓했다. 제비는 우중충한 언덕 요새로 들어가고 싶지는 않았지만, 지금은 다른 선택의 여지가 없었다.

"아라지는요?" 제비가 물었다. 아라지를 밖에서 노출된 채로 남겨두고 싶지는 않았다.

"내부에 공간이 있다. 조금 웅크릴 수만 있으면 충분하다." 한이 대답했다.

그건 문제없어. 아라지는 이렇게 말하며 그대로 덩치를 줄였다. 제비는 아라지가 아무리 좁은 공간이라도 문제없이 들어갈 수 있다는 사실을 떠올렸다. 다시 거미 형태로 몸을 나누기만 하면 되니까. 그러나 아라지가 그 사실을 밝히지 않았다면, 분명 뭐든 이유가 있을 것이다. 언니와 한에게 비밀을 숨기자니 왠지 배신하는 느낌이 들기도 했지만, 모든 것을 털어놓지 않는 것은 양쪽 모두 마찬가지 아니겠는가? 게다가 이건 제비의 비밀도 아니었다. 아라지의 비밀이지.

제비는 아라지가 꾸물꾸물 언덕 요새로 들어오는 모습을 멍하니 지켜보았다. 제비가 직접 보지 못했다면 아라지가 이렇게 좁은 공간으로 들어갈 수 있다고는 도저히 못 믿었을 것이다. 그 뒤를 따라오는 지저분한 행색의 독립군은 용의 심기를 거슬렀다가는 잡아먹힐 것이 분명하다고 생각하는 모양이었다.

안 먹을 거야. 저 사람이 직접 부탁하는 게 아니라면. 아라지는 제비를 안심시키듯 말했다.

제비는 이 말을 얼마나 문장 그대로 받아들여야 할지 고민하다가, 별로 답을 알고 싶지 않다는 결론에 이르렀다.

베이가 그의 어깨에 손을 올리더니 다시 경고하듯 가볍게 두드렸다. 제비는 베이 쪽을 돌아봤다가, 그녀의 시선을 따라 봉숭아 쪽으로 고개를 돌렸다. 봉숭아는 손을 들어 낯선 사람을 맞이하고 있었다. 큰 키에 불그레한 머리카락을 가진 자였다. "서양인이다." 베이가 귓가에 속삭였다.

"세상에… 서양인이라니." 제비는 말했다. 하판뎬에게 언니의 동맹 이야기를 들은 적이 있으면서도. 제비는 서양인이 화국을 돌아다니고 있으리라고는 생각도 하지 못했다. 다른 독립군들과 마찬가지로 지저

분한 모피로 몸을 감추고 있는데도, 이 사람은 까치 무리 사이의 오디
새처럼 존재감이 남달랐다. 심지어 화국 성인의 전통 머리쓰개인 탕
건을 쓰고 목에는 목도리를 두르고 있는데도, 이리저리 삐져나온 머
리카락은 도저히 숨겨지지 않았다. 주황색이라는 말도 안 되는 색깔
의 머리카락은 더욱 말도 안 되게도 곱슬곱슬하게 돌돌 말려 있었다.
제비는 그가 가발을 쓰고 있는지, 아니면 머리카락에 뭔가 괴상한 짓
을 해서 그런… 그런 괴상한 꼴이 된 건지를 묻고 싶었다.

베이가 제비를 팔꿈치로 슬쩍 찔렀다. "너무 빤히 쳐다보지 말도록."

제비는 황급히 시선을 옮겨 주황색 머리 사람의 어깨 너머에 있는
따분한 무기 거치대를 바라보는 척했다. 아니, 적어도 지아 형부 같은
사람은 따분하다고 느꼈을 것이다. 제비는 보는 것만으로도 소름이
끼칠 지경이었지만. 물론 독립군이라 해도 맨손으로 전투에 뛰어들
수는 없을 것이다. 맨몸으로 얼음을 깨고 물에 뛰어드는 수도승도 아
닌데. 옛이야기에 등장하는 수련을 끝낸 수도승은 돌처럼 굳은 피부
로 화살을 튕겨낼 수 있다고도 했다. 물론 제비는 의심하는 쪽이었지
만, 과연 수도승에게 불가능한 일이 있기는 할까?

봉숭아는 제비가 서양인을 쳐다보고 있다는 사실을 알아차린 모양
이었다. "제비야." 언니의 부름에, 제비는 화들짝 몸을 곧추세우고 반
사적으로 언니 옆으로 걸어가 고개를 꾸벅 숙였다. 평생에 걸쳐 체득
한 조건반사의 힘이었다. "소개할 사람이 있는데."

나는 소개받고 싶지 않은데. 제비는 이렇게 생각하며, 눈앞의 주황
색 머리 사람이 외투 아래에 다른 해부학적인 특이점이나 결함을 숨
기고 있지는 않을까 의심했다. 어쩌면 14구역에 수입된 서양 옷들이

하나같이 괴상망측한 형태인 이유가 그것일지도 모른다. 사방으로 퍼지는 치맛자락이나 펑퍼짐한 외투나 주름장식 따위로 부자연스러운 신체를 숨기려는 것은 아닐까.

"당신이 그 동생이라는 사람이로군요." 서양인이 말했다. 제비는 입을 떡 벌렸다가 간신히 정신을 차리고 다시 입을 다물었다. 서양인이 화말을 했다는 것 자체는 그리 놀랄 일이 아니었다. 외국인이라도 열심히 노력하면 말을 배울 수는 있을 테니까. 그러나 그의 발음에는 조금도 어눌한 구석이 없었다. 물론 이것도 편견일지는 모르지만. 서양인의 발음에는 가볍지만 명확한 황관 억양이 섞여 있을 뿐이었다.

"원한다면 빨강이라고 불러도 됩니다. 이번 임무는 내가 통솔할 거예요." 서양인이 말을 이었다.

"빨강이요?" 제비는 호기심을 참지 못하고 물었다. "하지만 당신 머리는 주황색이잖아요." 아니면 다른 의미가 있는 걸까?

"내 적들의 피를 의미하는 빨강이지요." 그는 불길하게 한쪽 눈을 깜빡이며 말했다. "농담입니다. 우리 동족들 사이에서는 이런 머리 색을 '빨강'이라 불러요. 화가의 관점에서는 그렇게 보이지 않겠지만요."

제비는 움찔거림을 억눌렀다. 봉숭아가 이 사람한테 가족사를 얼마나 털어놓은 걸까? 아니면 그저 말하다 보니 우연히 나온 표현일 뿐일까?

사소한 문제에 그다지 관심이 없는 베이는 뚫어져라 빨강을 관찰하고 있었다. "임무는 뭔가?"

"제작소 쪽은 경비가 삼엄하지요." 빨강이 말했다. "공작원들이 뚫고 들어가기가 쉽지 않습니다. 게다가 예전 지도자들의 어설픈 시도

덕분에 라잔인들의 경계심만 강해졌고요. 당분간 그쪽은 주시하고만 있을 생각입니다."

"그렇다면…" 베이가 말했다.

"고고학자와 예술품 수집가로 구성된 발굴단은 훨씬 경비 병력이 적지요. 산적이나 좀도둑을 막으려고 경비를 붙여놓기는 했지만, 주로 은밀히 행동하는 편입니다. 푸른 군복이나 자동인형 군대를 데리고 옛 사원이나 무덤 근처를 행진했다가는 중요한 물건을 보호하는 중이라고 광고하는 것이나 다름없기도 할 테고요."

"맞는 말이군. 하지만 그쪽 전략에도 위험 요소는 있을 것이다." 베이가 말했다.

"당신과 당신 연인이 이번 습격을 도와야겠습니다." 빨강이 말했다.

베이는 몸을 굳혔다. "나는 검의 달인이다. 검을 돌려주면 기꺼이 동행하겠다. 하지만 제비는 주둔지에 남겨주기를 바란다. 내가 확인한 한도 내에서는 그 어떤 무예 수련도 받지 않은 사람이니까."

예전이라면 조금 불쾌하게 들렸을 법한 소리지만, 제비는 최근의 경험 덕분에 자신이 싸움에 소질이 없음을 뼈저리게 깨달았다. 베이의 부친에게 잠깐이라도 가르침을 받을걸 그랬다. 그러나 무예란 예술과 마찬가지로 하루아침에 익힐 수 있는 것이 아니다. 게다가 지금 베이는 그를 보호하려는 중이다. 아무리 주황색 머리라고 해도 독립군이 신뢰하는 사람과 말싸움을 벌이다니, 베이에게 이로울 리 없는 일이었다. 그 사실이 내심 신경 쓰였지만, 베이도 그 정도는 이미 알고 무릅쓰고 있을 것이다.

"그럴 리가요." 빨강이 받아쳤다. 단호하고 완고한 목소리였다. "당신 연인은…" 제비는 그 호칭이 싫어지고 있었다. 자신의 존재를 단순하게 정의하는 것처럼 느껴졌다. "명성 높은 결투가나 저격수는 아니지만, 방위성과 그 주변 정원을 무너트린 함몰 사건의 직접적인 원인을 제공한 사람 아닙니까?"

정원까지? 제비는 순간 아찔해졌다. 그때는 피해의 규모를 제대로 확인할 시간조차 없었다. 대체 그가 옛 왕궁을 얼마나 무너트린 걸까?

"그건 어떻게 알았죠?" 제비가 물었다.

"생존자들에게서 흘러나왔지요." 빨강은 수상쩍을 정도로 모호하게 대꾸했다.

정원까지 무너졌다면 대체 생존자가 얼마나 남았을까? 지금, 이 순간까지 다른 예술가들 생각은 조금도 못 하고 있었다. 숀을, 사랑을 나누던 티아와 메벰을 생각하니 구역질과 죄책감이 뒤섞인 감정이 속에 엉히듯 퍼져 나갔다. 게다가 다른 하인들도 있었다. 가족을 부양하려고 라잔인들의 시중을 드는, 하찮은 육체노동을 택했다는 것 말고는 아무런 죄도 없는 이들이었는데.

당시에는 다른 방도가 없었다고 제비는 생각했다. 그러나 변명이 될 수는 없었다.

빨강과 베이는 여전히 말다툼 중이었다.

"우연한 사고였다." 베이가 말했다.

"사고일 리가요." 빨강이 받아쳤다. "화국에는 767년에 달하는 강수량 및 지진 기록이 남아 있습니다. 전자의 경우에는 황관보다도 오래됐지요. 화국의 수도는 지질학적으로 안정된 반도에서도 유별나게 안정적인 지역에 있습니다. 거기서 일어난 일은…" 그리고 그는 제비가 알아듣지 못하는 용어를 몇 가지 사용했다. 노래하는 느낌이 황관 말처럼 들렸다. "그리고 당신의 '예술가'가 그 능력의 원천이죠. 분명 독립군을 위해서도 그 능력을 사용할 수 있을 겁니다."

"당신은 여기서 뭘 얻는 거죠?" 제비는 물었다. 중매 자리에서 이리 저리 휘둘리는 청소년처럼 취급당하는 일에 지쳐버렸기 때문이었다. "당신은 외국인이잖아요. 왜 신경을 쓰는데요?"

봉숭아가 경고 또는 질책을 하듯이 눈을 가늘게 떴다. 그러나 빨강은 그런 질문을 자주 받아왔다는 투로 고개를 끄덕였다. 아마 실제로도 그랬을 것이다. 제비는 갑자기 자신이 시골뜨기가 된 느낌에 사로잡혔다.

"그쪽이 우리를 어떤 식으로 생각하는지는 몰라도, 서양 땅은 하나의 국가로 뭉쳐 있지 않습니다." 빨강의 목소리에서 억눌린 감정이 느껴졌다.

제비는 입 속을 꾹 깨물었다. 황관과 화국과 라잔 너머의 땅이 어떤 곳인지 아예 아무것도 모른다고 소리치고 싶지 않아서였다. 하판덴이 집무실 벽에 걸어놓은 지도를 힐끔거린 적은 있지만, 그 지도의 내용이 진실인지 대체 어떻게 알겠는가?

"우리 민족은 두 나라의 국경에서 불안한 삶을 살아온 이들입니다. 결국 전쟁이 일어나자 분단되어 삼켜져 버렸지요. 나는 도망쳐서 망명자의 삶을 택했습니다. 한때는 성직자가 될 생각이었습니다. 책과 의술을 좋아했지요. 그러나 생존하려면 책과 의술로는 부족했고, 나는 새로운 고향을 찾을 때까지 용병으로 일했습니다."

"여기가 마음에 들었나?" 베이가 물었다.

"때론 고향이 끔찍하게 그리워집니다. 하지만 이제는 이곳이 새 고향이니, 이곳을 위해 싸울 겁니다." 그리고 그는 고개를 들었다. "우리 임무를 도울 겁니까, 돕지 않을 겁니까?"

"할 수는 있어요." 제비는 베이가 제지하기도 전에 말했다. "하지만 전투가 벌어지는 곳 근처에는 가지 않을 거예요. 나도 아주 바보는 아니니까." 제비 본인도 확신할 수 없었지만, 빨강이 알아챌 리는 없을 것이다. 베이가 이방인을 앞에 두고 제비가 저지른 온갖 바보 같은 짓들을 나열한 것도 아니니까. 아니, 반쯤 이방인이라고 해줄까. "가방에서 필요한 재료를 꺼내 와야 해요." 특히 안료가 필요했다.

사람을 죽인다는 생각만으로도 속이 울렁거렸다. 어쩌면 멀찍이 떨어져서 지진을 일으키면 아무도 해치지 않고 라잔인들을 쫓아버릴 수 있을지도 모른다. 이런 계획을 꺼내봤자 아무 소용도 없겠지. 봉숭아 언니는 라잔인을 죽이는 일에서는 아무런 죄책감도 못 느낄 테니까.

베이는 한쪽 어깨를 으쓱했다가 축 늘어트렸다. "그대가 선택할 일이지. 적들이 그대를 공격하지 못하도록 최선을 다하겠다. 그대의 머리카락 한 올이라도 건드리는 자들은 내가 베어버리겠다."

제비는 '그런 부끄러운 소리 하지 말아요'와 '내 손으로 당신의 초상화를 남기겠어요. 앞으로 1만 년 동안 사람들의 입에 오르내릴 걸작이 될 거예요' 중에서 무슨 말을 해야 할지 고민했다. 그리고 양쪽 다 입 밖에 내지 않았다.

갈등하는 제비를 놔둔 채로, 베이는 봉숭아에게 말했다. "우리가 임무에서 빠지면 그대로 베어버릴 생각이겠지. 충성 시험이 아닌가?"

"아니라고는 하지 않겠어." 봉숭아가 말했다.

"나는 가족이잖아." 제비가 말했다. 그걸로 언니가 생각을 바꾸리라 생각해서가 아니라, 무슨 말이든 해야 했기 때문이었다.

봉숭아가 입을 열었다. "성명 인증서." 그게 전부였다.

"저 빨강이라는 사람을 아주 단단히 믿고 있나 보네." 다른 사람의 이야기로 화제를 돌리고 싶은 마음에, 제비는 이렇게 밀했다.

봉숭아와 빨강은 한참 서로를 지그시 바라보았고, 제비는 그들이 무슨 관계인지를 깨달았다. 봉숭아가 다른 사람을 저런 식으로 바라본 일은 지아 형부가 죽은 이후로 한 번도 없었기 때문이었다.

"내 결정을 후회하게 만들지 마." 봉숭아가 말했다.

제비는 저 말의 대상이 자신인지 빨강인지 알 수 없었다. 알고 싶지도 않았다.

*

이번 일은 쉬울 거야. 제비는 부대가 집결하는 모습을 보며 생각했다. 그냥 명령만 따르면 되는 거잖아.

요새 앞에 모습을 드러낸 아라지를 바라보며, 제비는 애초에 왜 기계 용을 요새에 들였는지 의문을 품었다. 그러나 이내 제비는 아라지가 베이의 부모님이 임시로 만들었던 것보다 훨씬 많은 안장이며 멜빵을 복잡하게 두르고 있다는 사실을 깨달았다. 독립군의 솜씨일 것이다. 아라지는 얌전히 무릎을 꿇었다. 마치 제비가 몇 년 전에 수입산 태피스트리에서 보았던 길들인 재규어 같은 모습이었다. 독립군 세 명이 아라지 위로 기어올라 등 위에 자리를 잡았다.

"이제 당신입니다. 결투가는 그다음이고." 빨강이 제비에게 말했다. 굳은 얼굴의 독립군이 베이에게 칼을 돌려주었다. 노려보는 눈빛이, 마치 칼끝을 누구에게 향할지 신중하게 생각하라고 윽박지르는 것 같았다.

제비는 명령에 따랐다. 용에 올라타는 일도 처음만큼 위태로운 느낌은 아니었다. 몸을 고정하면서, 제비는 자신의 뒤에 베이를 태우는 것이 빨강의 의도라는 사실을 깨달았다. 전투에 돌입하는 독립군을 뒤에서 베어버리지 못하게 하기 위해서일 것이다. 마지막으로 빨강이 베이 바로 뒷자리에 올라탔다.

행운의 매듭 부적을 잔뜩 사놓을걸 그랬어. 제비는 하늘로 솟구치는 아라지의 등 위에 탄 채로 생각했다. 아라지는 여럿을 태워도 조금도 힘들지 않은 듯 보였다.

이번에는 나무 꼭대기를 스칠 정도로 낮게 날았다. 첫 비행에서는 땅으로 추락해 죽을까 겁먹었지만, 이번에는 소나무와 정면으로 충돌할까 두려웠다. 제비는 어느 쪽이 더 두려운지 확신할 수가 없었다. 어쩌면 아라지는 정찰병의 시선을 피하려는 생각일지도 모른다. 상대방이 하늘을 확인하라는 명령을 받았을지도 모르는 상황이니까. 제비가 들은 옛이야기 속에서, 숲에 익숙한 사람들은 언제나 철새의 이동하는 모습 따위를 살폈다. 갑작스러운 용의 습격도 당연히 확인하고 병사들에게 알려줄 것이다.

이번에는 제비도 병사의 눈으로 주변을 둘러보려 애썼다. 풍경을 감상하고 화폭에 옮길 때 사용할 안료나 회화 기법 따위를 생각하는 일은 잠시 접어두었다. 예전에는 생생하거나 매혹적이라고만 느꼈던

요소들이 한층 불길하게 느껴지기 시작했다. 산등성이 뒤편에는 적병이 숨어 있을 것만 같았고, 반쯤 얼어붙은 강물은 퇴각하는 발길을 붙들 것 같았다. 이런 감상을 입 밖에 내지는 않았다. 전투로 단련된 독립군이라면 지형을 읽으려는 그의 시도를 우스꽝스럽다고 생각할 것이 뻔하니까. 둘만 있었더라면 베이는 미소를 머금었을 것이다. 그러면 제비는 자신의 걱정을 과장해서 말했을 것이다. 오직 그 웃음을 보기 위해서.

제비는 왼쪽으로 몸을 기울이고 얼룩덜룩한 바위 하나를 자세히 살피려 시도했다. 주변 능선의 굴곡과 너무 완벽하게 조화를 이루어서, 누군가 미적 효과를 노리고 그곳에 옮겨놓은 것이 아닌지 의심이 들어서였다. 베이는 그의 팔을 붙들고 부드럽지만 단호하게 원래 위치로 끌어당겼다.

"이제 거의 다 왔습니다." 그때 빨강이 말했다. 바람 소리에 묻혀 들리지도 않았지만. "보이죠?"

제비는 베이가 지적해 주기 전까지는 눈에 띄는 곳을 찾지도 못했다. 묘하게 대칭을 이루는 언덕이 보였다. 옛 왕조 시대의 무덤이 분명했다. 고귀한 학자 귀족이나, 때론 수많은 전투에 승리한 장군이나 유명한 예능인까지도, 내세에 사용할 물건들의 모형과 함께 매장하던 시절의 유적이었다. 학이 연회장에서 선보였던 것과 같은 가장 오래되고 귀한 유물은 이미 대부분 도굴꾼이나 수집가의 손으로 넘어가 모습을 감추었다. 반면 급이 낮은 무덤에서 출토되는 상징적이고 아무 쓸모도 없는 토기들은, 고작해야 수십 년 전부터 관심의 대상이 되었을 뿐이었다.

제비는 언덕 너머에서 독립군과 비슷한 막사를 발견했다. 천막들이 오차 없이 일렬로 늘어서 있다는 점이 다를 뿐이었다. 라잔인의 성격이 반영된 것이라고 제비는 짐작했다. 봉숭아의 언덕 요새에는 저런 식으로 직각에 집착하는 경향이 없었다.

아라지는 시야를 벗어난 장소에서 하늘을 한 바퀴 맴돌았다. 잠자리처럼 공중에 멈추는 것은 불가능했으니까. "어떻게 접근할까?" 아라지가 물었다. 부드러운 목소리인데도 금속이 부딪치는 것처럼 묘하게 명료한 느낌이 있었다.

"곧장 야영지 중심부로 날아 들어가죠. 전혀 예상 못 할 겁니다." 빨강이 말했다.

나도 예상 못 했는데. 제비는 멍하니 생각했다.

아라지는 매처럼 몸을 웅크리고 급강하했다. 너무 빨라서 제비는 눈이 빙빙 돌 지경이었다. 야영지 한가운데 떨어지자 먼지와 낙엽이 폭발하듯 피어올랐고, 운 나쁜 천막 두 개가 그대로 내려앉았다. 그러나 제비는 그 안에 운 나쁜 사람들이 들어가 있지는 않았으리라 확신했다. 착륙의 충격이 용의 금속 사지를 타고 올라와서 구불구불한 등골로 전해졌고, 뒤이어 제비의 등뼈로 올라오며 이가 떨리는 불쾌한 감각을 선사했다. 다음 주 내내 꼬리뼈가 쓰라릴 것이다.

아래쪽 경비병들은 라잔군의 푸른색 군복 차림이 아니라, 용병처럼 이런저런 복장을 짜깁기한 허술한 차림새였다. 하나같이 당황해서 소리만 지르는 모습이 우스꽝스러웠다. 아라지가 거칠게 휘두르는 꼬리를 피해 이리저리 달음박질치며 무기를 찾는 모습을 보며, 제비는 이번에도 아라지가 일부러 그들을 빗맞히고 있다고 확신했다. 조금이나

마 빨리 준비를 마친 경비병이 검을 뽑아 들더니 아라지의 뒷다리를 노리고 휘둘렀지만, 검은 부러졌고 그는 거칠게 욕설을 내뱉을 뿐이었다.

"전원 하선." 빨강이 명령했다. "당신도 내려요, 예술가 양반."

제비는 안전하게 아라지의 등 위에 남고 싶었다. '안전'에는 쌀포대처럼 이리저리 던져지지 않아도 된다는 의미도 포함되니까. 그러나 제비가 아무리 전략적 비겁함을 선호하더라도, 다른 사람들과 함께 싸움에 뛰어들라는 요청까지 거부하는 것은 무례한 짓이다. 물론 엄밀히 말해 제비가 싸움에 뛰어들 일은 없겠지만.

게다가 베이가 유탄에 맞아 쓰러졌을 때 그 옆에 있어주지 못한다면, 제비는 평생 자신을 용서할 수 없을 것이다.

아라지는 내려가는 사람들을 배려하는지 꼼짝 않고 서서 꼬리만 휘둘렀다. 경비병들은 이 기회를 알아차리고 재정비를 마치더니, 이번에는 용의 관절을 노리고 공격을 집중했다. 어쩌면 처음 제비가 생각한 만큼 멍청한 이들은 아닐지도 모른다. 그저 예상치 못한 상황에 당황한 것뿐이지.

주변의 싸움에 정신이 팔린 제비는, 손잡이를 놓치고 남은 1미터를 그대로 떨어져 내렸다. 착지하면서 혀를 깨물었는지 입에서 피 맛이 났다. 지아 형부가 즐겨 해주던 이야기가 떠올랐다. 말에서 잘못 떨어져서 죽거나 반신불수가 된 사람들 이야기였다. 목부터 떨어지지 않아서 다행이었다. 발목을 다친 정도로 끝났으니까. 접질리거나 골절된 모양이었다. 제비는 몸을 끌고 근처에서 유일한 안전지대인 아라지의 배 밑으로 들어갔다. 그리고 소중한 안료를 찾아 가방을 뒤졌다.

언제나 민첩한 베이는 단순히 안전히 착지한 정도가 아니라 마지막 두 번째 발판에서 그대로 뛰어내리며 공격을 감행했다. 제비가 고통에 정신을 못 차리고 목덜미에 느껴지는 죽음의 콧바람을 상상하며 떨고 있지 않았더라면, 분명 그녀의 수려한 동작에 깊이 심취해 버렸을 것이다. 베이의 칼끝이 번득이는 호선을 그리며 그 끝점에서 피 분수를 터트리는 모습에, 제비는 할 말을 잃었다.

빨강이 인솔하는 부대도 전원 안전하게 하선해서 공격에 가담했다. 제비는 그들에게는 별로 신경을 쓰지 않았다. 나중에 베이가 알려주기를 그들의 전투기술을 분석하기에는 최적의 기회였다고 한다. 사실 베이에게나 기회였을 것이다. 제비는 해설 없이는 훌륭한 전사와 형편없는 전사를 구분할 수 없는 사람이었다. 물론 그런 해설도 선원들 이상으로 복잡한 전문용어를 사용해서 온갖 무술 초식과 기술의 이름들을 난해하게 읊어대기 일쑤라, 영 도움이 되지 않는 경우가 많지만.

베이가 문득 움직임을 멈추었다. 지금까지 본 적이 없는 일이라, 그녀를 보던 제비는 당황했다. 그녀는 고개를 돌리지 않고 말했다. "제비, 거기 있나?"

준비가 너무 오래 걸린 모양이었다. "뒤 조심해요!" 제비가 소리쳤다. 지진을 불러오려 준비하는 동안, 아라지의 다리 너머에서 뭔가 휙 움직이는 것이 보였기 때문이다.

베이는 너무 늦게 몸을 돌렸다. 화살 하나가 날아와 그녀의 오른쪽 어깨에 박혔다. 베이는 오른손잡이였다. 제비는 갑자기 목청이 불타듯 쓰려 오는 것을 느꼈고, 다음 순간에야 자신이 그녀의 이름을 외치며 그쪽으로 달려가고 있다는 사실을 깨달았다. 그러나 다친 발목에 힘이 풀리면서, 그는 그대로 아라지 발치의 흙바닥에 고꾸라지고 말았다.

뒤이은 한순간 동안 제비는 무슨 일이 벌어졌는지 제대로 보지 못했다. 함성과 금속 부딪치는 소리가 귓전에 울릴 뿐이었다. 칼과 칼이, 칼과 용이, 다른 것도 있을까? 털썩 무너지는 소리는 사람이 의식을 잃거나 그대로 즉사하는 소리일 것이다. 발목에서 고통이 올라왔다. 제비는 흐느끼며 억지로 몸을 일으켜 무릎을 꿇었다. 베이가 죽은 거라면…

베이는 제비를 감싸듯 서 있었다. 검은 왼손으로 바꾸어 쥔 채였다. 아니, 양손 검을 왼손으로만 들고 휘두르고 있다는 쪽이 옳은 표현일 것이다. 어떻게 저럴 수 있지? 그래도 영웅담 속에 항상 나오는 일은 하지 않은 모양이었다. 화살대를 쥐고 뽑아서 적에게 던지거나 접근해서 그대로 찔러버리는 짓 말이다. 왜 그렇게 하지 않았을까? 제비는 멍하니 생각했다.

경비병이 이렇게 많은 것도 예상대로인 걸까?

"잠깐, 기다려, 그만! 말로 해결할 수도 있잖아요!" 날카로운 목소리가 들렸다.

제비는 새로 등장한 인물을 바로 알아보지 못했다. 진땀이 흘러 시야가 흐려졌기 때문이다. 그는 외투 자락으로 땀을 훔치고 눈을 가늘게 뜨며 베이 쪽을 바라보았다. 작고 땅딸막한 여성이 베이를 향해 달려오고 있었다.

제비는 너무 늦게 그녀를 알아봤다. "베이! 안 돼요, 멈춰요! 내가 아는 사람이에요!"그는 소리쳤다. 동시에 손을 뻗어 베이의 다리를 붙들려 했다. 피할 수 없는 상황이 벌어지는 것을 막기 위해서. 그러나 언제나 그랬듯이, 베이는 너무 빨랐다.

베이는 자신을 향해 달려오는 여성을 자신 또는 제비를 향한 위협으로 간주했다. 제비는 그렇게 생각하지 않았지만. 베이가 제비의 애원을 들었는지는 알 수 없었다. 너무 집중해서 알아듣지 못했을 수도, 그리 중요하지 않은 정보로 치부하고 넘겨버렸을 수도 있으니까. 물 흐르듯 숙련된 동작으로, 베이는 여성을 단칼에 참수해 버렸다.

머리를 잃은 학의 몸이 몇 발짝을 더 걸어오다 자신의 눈앞에서 무너졌고, 제비는 울음을 터트렸다. 죽음과 동시에 그녀의 엉덩이에서 여우 꼬리 세 개가 튀어나왔다. 머리는 깜짝 놀라 마지막 숨을 내쉬는 모습 그대로, 입을 벌린 채 근처 땅바닥을 굴렀다.

"내 친구였어요."제비는 베이의 등 뒤에 대고 말했다. "학이에요. 내 친구였어요."

18

믿을 수가 없어. 저녁이 되어 주둔지로 돌아오고 나서 끊임없이 곱
씹는 생각이었다. 제비는 독립군 두 명이 지키는 천막에 홀로 앉아 있
었다. 인력을 낭비할 여유가 없을 텐데도 굳이 두 명씩이나 붙였다는
점이 꺼림칙할 법도 했지만, 제비는 그쪽으로는 신경도 쓰지 않았다.
이곳 주둔지에는 감방이 없었다. 평소의 정신 상태라면 제비도 그 사
실을 다행으로 여겼을 것이다. 병사들은 자비롭게도 등불까지 하나
넣어 주었다. 그러나 그 불빛조차도 위안이 될 수는 없었다.

베이의 안부를 물어본 것도 한참 전의 일이었다. 독립군은 대답을
거부했고, 제비는 그 이상 캐묻지 않았다. 게다가 이제는 베이와 대화
를 나누고 싶은지조차도 확신이 서지 않았다. 그녀가 저지른 짓을 생
각하면.

"믿을 수가 없어." 이번에는 크게 소리 내 말했다.

"거기 좀 닥치고 있지." 병사 한 명이 쏘아붙였다. 대놓고 돌을 던지는 것만큼이나 명쾌한 표현이었다.

제비. 제비야. 아라지가 불렀다. **내가 그리 갈까? 널 태우고 여길 떠날 수도 있어.**

소용 없어. 제비는 멍하니 대꾸했다. **학이 죽었는데. 내 친구가 죽었는데. 학의 시체를 독립군들 손에 둘 수는 없어. 누구든 의식을 치러줘야 해. 그리고 네가 독립군과 싸우면 더 많은 사람이 죽을 거잖아. 그건 싫어.**

빨강의 말에 따르면, 작전은 매끄럽게 진행되었다고 한다. 아까 봉숭아에게 보고하는 소리를 바로 옆에서 듣기는 했다. 학이 죽었다는 것 외에는 아무것도 제대로 이해할 수 없었지만. 그는 무릎을 감싸고 쪼그려 앉은 채 구역질을 하지 않으려 애썼다. 멍하니 입을 벌리고 있던 잘린 머리와 축 늘어진 여우 꼬리의 기억이 계속 떠올랐기 때문이다.

조금 전 이어졌던 대화가 떠올랐다. 충성 시험이라고 해도 너무 잔인하군. 베이의 목소리는 잘 벼린 강철처럼 낮고 무거웠다. 당신은 분명 일부러 이 발굴단을 선택했겠지.

제비는 그에 대한 봉숭아의 대답을 떠올리려 했다. 아무것도 기억나지 않았다.

제비는 눈을 감고 가빠 오는 호흡을 다스리려 애썼다. 지금이야말로 명상이 정말로 도움이 될 만한 때였다. 물론 명상이 가능할 만큼 진정한 다음의 이야기겠지만. 숨을 들이쉬고. 숨을 내쉬고.

순간 제비는 간신히 비명을 억눌렀다. 왼손에 차갑고 축축한 것이 닿았기 때문이었다. 제비는 반사적으로 뒤로 물러나며 손을 내저었다. 경비병의 주의를 끌고 싶지는 않았다. 비나 눈이 내려서 천막이 새는 건 아니겠지? 오늘 하늘에는 구름이 별로 없었다. 싸늘한 공기가 고요하기만 한 것을 보면, 폭풍이 그렇게 빨리 몰려왔을 리도 없을 것 같았다.

순간 회색 물체가 눈앞을 훅 지나가며, 부드러운 털가죽이 피부를 스쳤다. 고양이 한 마리가 천막 구석에 웅크리고 있었다. 귀를 살짝 뒤로 젖힌 채, 옅은 초록색 눈으로는 제비를 바라보면서.

"…다시 보이면 그대로 국솥에 넣어버릴까 생각 중이야." 천막 바깥에서 경비병 하나가 말하고 있었다. "고기를 먹은 지도 제법 됐잖아. 요즘은 좁쌀하고 콩밖에 없다고."

"그러다 병 옮는다." 다른 경비병이 말했다. "그리고 괴롭힘당하던 고양이가 도망치면 고양이 재판이 열려서 괴롭힌 사람에게 저주를 내린다고. 우리 조부모님이 그러셨어. 그분이 해주신 여우 이야기는 죄다 사실이었는데, 고양이라고 아니라는 법이 있겠어?"

처음의 경비병이 코웃음을 쳤다. "너희 조부모는…"

제비는 대화에 흥미를 잃고 고양이 쪽으로 손을 내밀었다. 놀라지 않도록 천천히 움직이면서. 바로 전날 괜찮은 식사를 한 입장에서는 이기적인 생각일지도 모르지만, 그는 불쌍한 고양이가 굶주린 독립군에게 붙잡히기를 원치 않았다. 어차피 이 불쌍한 고양이는 뼈와 가죽밖에 안 남아 보였다. 회색 줄무늬 털가죽이 부드러워 보이기는 해도, 수척한 모습을 숨길 정도는 아니었다.

"얌전히 있어." 제비는 속삭였다. 고양이는 개와 달리 명령을 듣지 않는다는 것 정도는 알고 있었다. 찾아온 고양이가 호랑이 신선이라면 또 모를까. 아니, 그래도 안 들을지도 모르지. "네가 국솥에 들어가는 건 싫거든!"

그리고 제비는 목소리를 높였다. "뭔가 먹을 것 좀 없을까요?" 고양이 밥을 얻어내야 한다는 생각에 투정 부리는 목소리가 나온 걸까? 그렇게 생각하고 싶었지만, 제비 본인도 배가 고프니 확신할 수가 없었다. 조금 전에 가장 친한 친구의 죽음을 목격했다는 사실을 생각하면 끔찍한 일이었다.

"입 좀 닥쳐." 경비병 하나가 말했다. 동시에 다른 경비병도 입을 열었다. "그분 동생이잖아. 잘 대해주는 편이 나을지도 모른다고."

문득 다들 좁쌀밥만 먹고 있다면 고양이가 먹을 음식은 없을지도 모른다는 생각이 들었다. 고양이가 이렇게 마른 것을 보면 주변에 사냥감도 없을지 모른다. 이 고양이도 음식 찌꺼기를 찾아서 주둔지를 배회하던 것은 아닐까?

경비병들이 열심히 의논하다가 결국 상급자에게 문제를 떠넘기기로 결정하는 동안, 고양이는 구석의 걸레와 담요를 끌어다 열심히 잠자리를 만들었다. 잠시 후 경비병 하나가 그릇 하나를 텐트 입구로 밀어 넣었다. 너무 거칠게 밀어 넣어서 내용물이 일부 넘쳐흐를 정도였다. 뒤이어 숟가락도 하나 날아들었다. 젓가락은 없었지만. "그럼 즐겁게 먹으라고." 경비병은 다시 천을 내렸다.

"고맙습니다." 제비는 밖에 대고 소리쳤다. 멋대로 떨리는 목소리가 나왔다. 그 또한 마음에 안 들었다. 그는 입구 쪽으로 기어가서 그릇을 가져왔다. 좁쌀죽과 질기고 맛없어 보이는 풀뿌리가 대부분이었지만, 다행스럽게도 가늘게 찢은 고기도 한두 조각 보였다. 제비는 음식을 떠 넣고 조심스레 우물거렸다. 적어도 아직 온기는 남아 있었다. 새고기 느낌이었다. 입 속에서 비린내가 풍기는 것을 보니 누군가 사냥해 온 고기인 모양이었다.

일단 입에 고기가 들어가니 배 속이 심각하게 꾸르륵거리기 시작했다. 그러나 배고파 보이는 것은 고양이도 마찬가지였다. 제비는 한숨을 쉬고는 새고기 조각을 골라내서 자신과 고양이의 중간쯤 되는 곳에 놓았다. 고양이는 눈을 반짝이며 흥미롭게 고기 조각을 지켜보았다.

"그래, 옳지." 제비는 고양이를 달래듯 말했다. 경비병이 마지못해 베푼 호의를 고양이에게 낭비하는 셈이었지만, 그는 개의치 않았다. 행복한 하루를 보낼 자격은 누구에게나 똑같이 있다. 그 행복이 아무리 하찮은 것일지라도. 그는 계속 어르는 소리를 내며 천막의 자기 영역으로 돌아갔다.

고양이를 조금 더 안심시키기 위해서 제비는 눈을 감았다. 사실 그는 고양이에 대해서 아는 것이 별로 없었다. 물론 도시에서 길고양이를 본 적은 있었다. 봉숭아는 동물에게 무른 사람이 아니었기 때문에, 먹이를 줘본 적은 없었지만. 그러나 학이나 다른 괜찮게 사는 친구들은 겨울마다 음식 찌꺼기를 내놓곤 했다.

자연스럽게 친절을 베풀던 학의 모습을 떠올리자 다시 뜨거운 눈물이 차올랐다. 어쩌면 이 모든 끔찍한 일이 전부 상상일 뿐이고, 내일 아침에는 자신의 침실에서 깨어날지도 모른다. 학의 연회에서 얻어온 숙취에 시달린 채로, 부엌으로 비틀거리며 걸어가서 두통을 달랠 차를 끓이려 하면 봉숭아가 그를 꾸짖을 것이다. 그런 다음에는 미술상이나 푸줏간에 잠깐 들렀다가, 학을 찾아가서 한두 마디 대화를 나누고, 모든 것이 평소처럼 흘러갈 것이다.

천막 밖에서 재개된 말다툼 소리에 제비의 환상은 무너져 버렸다. 경비병의 말소리를 듣는 편이 현명할지도 모르지만, 제비는 고양이를 바라보며 한눈을 파는 쪽을 택했다. 고양이는 눈도 깜빡이지 않고 그를 마주 보았다.

"고기 조각을 너한테 낭비한 걸 후회하게 만들지 마." 제비는 간청했다.

고양이는 그를 빤히 바라보기만 했다. 하필이면 고양이한테 선행을 낭비했다는 사실에 기분이 상하기 시작했을 때, 고양이는 걸레 더미에서 빠져나와 음식 앞으로 다가가고 있었다. 제비는 숨을 꾹 참았다. 여기서 겁을 줘서 쫓아내고 싶지는 않았으니까.

고양이가 킁킁거렸다. 순간 고양이가 설명할 수 없는 고양이적 이유 때문에 음식을 거부할지도 모른다는 생각이 들었다. 어쩌면 고양이 귀족 출신이라서 최고급 고기만 요구하는 걸지도 모른다. 호랑이 신선도 있는데, 고양이 귀족이 없으리라는 법은 없으니까. 그렇다면 저렇게 굶주린 모습인 것도 이해가 될 법했다. 겨울이면 라잔 관료나 군인의 소유가 아닌 동물은 거의 다 굶주린다는 점이 문제긴 했지만.

갑자기 고양이가 고기를 게 눈 감추듯 먹어치우더니 그대로 야옹거렸다. 너무 순식간에 해치워서 못 보고 놓칠 뻔했다. 확신할 수는 없어도 고양이가 자신에게 조금 마음을 연 것만 같았다. 고양이는 귀를 앞쪽으로 쫑긋거리며 천천히 눈을 깜빡였다.

"…방금 들었어?"

"고기는 별로 없어도 털가죽으로 장갑을 만들 수도 있잖아. 내 장갑은 구멍이 숭숭 뚫렸다고. 이대로 가면 동상을 입을 거야."

고양이가 다시 야옹거렸다.

제비는 신음을 내뱉고는 고양이 쪽으로 몸을 던졌다. 가죽이 벗겨지는 일은 막아야 했다. 그러나 고양이는 아주 수월하게 제비를 피하더니 그대로 천막의 찢어진 구멍으로 빠져나갔다. 조금 전까지만 해도 있는 줄도 몰랐던 구멍이었다. 운이 좋으면 하루 정도는 더 국솥행을 피할 수 있겠지.

"…고양이 맞다니까."

경비병이 천막 옆면을 걷어찼다. 제비는 계속 텐트를 걷어차는 발을 보면서 항의하듯 신음했다. "그 안에 고양이 있지?"

"하나 지나가는 소리는 들었는데요. 보지는 못했어요."

"좋아, 보이면 알려달라고. 마음에 들었는지는 몰라도 먹을 고기가 늘어날 수도 있으니까."

고양이가 동족의 고기도 먹던가? 방금 좁쌀죽에 고양이 고기가 들어 있었을지도 모른다 생각하자 구역질이 올라올 것 같았다. "어, 설마 그 고기도…?" 닥쳐, 닥쳐. 머릿속에서 다른 목소리가 경고하기 시작했다. 정말로 알고 싶은 거야?

"아, 그거." 두 번째 경비병이 조금 친절한 목소리로 말했다. "그건 어제 사냥해 온 거야. 운 나쁜 새 한 마리지. 국솥 밑바닥에 조금 남아 있었던 거야. 운 좋은 줄 알아."

휴. "감사합니다." 제비는 최대한 굽신거리며 말했다. 넣어준 음식을 얼른 먹어야 한다는 생각이 들었다. 언제 또 음식을 먹을 수 있을지 모르니까.

좁쌀죽은 지나치게 싱거웠다. 제비는 독립군들이 소금도 아껴 쓰고 있으리라 생각했다. 풀뿌리는 억지로 씹어서 그대로 목구멍으로 넘겨버렸다. 설마 독초는 아니겠지. 일부 전통 약초 중에는 지나치게 많이 섭취하면 위험한 것들도 있고, 제비에게는 약초와 독초를 구분할 만한 지식이 없었다. 제비를 없앨 생각이라면 더 편한 방법이 여럿 있으니 독초일 리는 없겠지만.

제비는 식사를 마친 후 잇새에 낀 모래를 골라냈다. 누구나 하는 일이었다. 도시에서도, 심지어 봉숭아처럼 돌 골라내는 일에 집착하는 사람이 지은 밥을 먹고도. 그때 누군가 천막을 젖혔다. 갑자기 휘몰아쳐 들어오는 찬 공기에 제비는 몸을 떨었다. 외투가 이런 날씨에 좀 더 도움이 되었으면 좋았으련만. 밖은 이미 컴컴했다. 천막 막대에 달린 등불 하나만 사로잡힌 별처럼 빛나고 있었다.

봉숭아가 여왕처럼 당당하게 들어와서 자리에 앉았다. "좋은 소식과 나쁜 소식이 있어." 그녀는 서두도 없이 바로 이렇게 운을 뗐다. "아마 좋은 소식부터 듣고 싶겠지."

제비는 그를 가르친 그림 스승 하나가 봉숭아에게 편지를 보냈던 때를 떠올렸다. 그는 제비가 붓을 제대로 쥐려고 열심히 노력한다는 점을 칭찬하고 다른 모든 면을 깎아내렸다. 봉숭아는 그 스승이 '적극적으로 쓸모없다'라고 평가하고 해고해 버렸다. 제비는 이번에는 그토록 즐거운 결과는 나오지 않으리라 짐작했다.

"물론." 제비는 초조하게 대답했다.

"그거 충성 시험이 맞았어." 봉숭아는 말했다. 제비가 생각하던 좋은 소식과는 거리가 있었다. "그리고 네 연인은 통과했지."

제비는 영리하고 아름다우며 다른 독립군의 다섯 배는 되는 적을, 그리고 그녀와 같은 민족을 쓰러트린 베이를 칭찬하려고 입을 열었다가, 그대로 다시 다물었다. 그 '적'들 중에는 불쌍한 학도 있었으니까. "그럼 나쁜 소식은?" 봉숭아가 반응을 기다린다는 사실이 확실해지자, 제비는 이렇게 물었다.

"넌 실패했고."

"아." 뻔한 일이었는데도 제비는 멍청한 소리를 냈다. "실망시켜서 유감이네."

봉숭아는 자기 머리카락을 잡아당겼다. 순간이지만 제비가 기억하는 언니가 돌아온 것 같았다. "너를 이 모든 일에 말려들지 않게 하려고 얼마나 애썼는데." 제비는 순간 그녀가 조금 전의 습격 작전을 말하는 줄만 알았다. "정말 열심히 노력했어. 네가 그림을 원하길래 그림도 그리게 해줬지. 네가 얌전히 그림만 그리고, 피 튀기는 독립군 일에 개입하지 않았더라면 나도 충분히 행복했을 거야."

제비가 쓴웃음을 지었다. "내가 방위성에서 일하겠다고 나서서 전부 날려버린 거네."

"어쩌면," 봉숭아는 회한을 품은 듯 보였다. "어쩌면 내가 처음부터 너한테 전부 털어놓고 지냈다면 이렇게 안 됐을지도 몰라. 네가 걱정하는 걸 원하지 않아서…"

"학이었다고. 그냥 넘어갈 수는 없었어. 학이 있었단 말이야." 제비와 학은 화가 견습생 시절부터 알고 지내던 사이였다. 학은 이제 구미호도 세상의 변화에 발맞춰 제대로 된 직업을 가질 때라고 말하고 다

넜다. 고객 하나가 스승에게 주고 간 저질 찰흙으로 새로운 조소 작품을 실험해 보고 자랑스러워하던 학의 모습이 떠올랐다. 둥그런 형태의 행복해 보이는 돼지였다. 뭉글뭉글한 얼굴이 한쪽으로 살짝 기울어진, 자신의 실존에 너무 기뻐하던 찰흙 돼지의 모습을 떠올리자, 제비의 눈에서 다시 눈물이 솟아올랐다.

봉숭아가 너무 오래 침묵하고 있어서, 제비는 그녀가 이미 천막을 떠났고 자신을 비난하는 유령 같은 잔상만 남긴 것은 아닐까 생각했다. 그러나 그건 아니었다. 다만 봉숭아는, 그저 종종 하듯이 깊이 생각에 잠겼을 뿐이었다. 마침내 그녀가 입을 열었다. "학이 어떤 일에 개입하고 있었는지는 알고 있겠지."

"미술품 수집이 죽을 죄인 건 아니잖아!"

"생각해 봐, 제비. 그 여자는 라잔인 수집가들에게 예술품을 넘기고 있었어. 파괴하기 위해서 말이야. 파괴하는 이유는 너도 알고 있을 테고."

"학이 진짜로 내막을 알고 있었는지는 모르는 거잖아." 제비는 하판덴이 단순한 수집상에게 그런 정보를 넘겼으리라고는 생각지 않았다. 다른 무엇보다, 그랬다면 베이도 알았을 테니까.

봉숭아는 짜증 날 정도로 단호하게 말했다. "애초에 학에게 물어본 적도 없었지?"

"완벽하게 순수한 의도로 우리 예술품을 수집할 수도 있는 거 아냐!" 자신의 말이 입을 떠나는 순간, 제비는 그게 어떤 식으로 들릴지를 깨달았다.

봉숭아는 동생을 물끄러미 바라보기만 했다. "그래. 우리 예술품을.

우리 예술품이 우리 땅을 떠나도록. 우리한테서 빼앗아 가는 자원이 하나 더 늘어나는 거지."

"그게 무슨 소리야?" 제비는 항의했다. "우리는 수백 년 동안 예술품을 수출해 왔다고. 어떤 예술가라도 해외에 애호가가 생기면 좋아할걸. 돈은 돈이니까." 돈을 내는 사람이 주황색 머리카락을 가지고 있더라도. 제비는 이렇게 덧붙이고 싶었지만, 언니한테 그렇게까지 말할 수는 없었다.

"그거하고는 달라." 봉숭아는 입매를 찌푸리며 말했다. "저들은 우리 예술이 '원시적'이고 '이국적'이라서 좋아하는 거니까. '고상한' 라잔 예술과는 달리 말이야. 게다가 그 예술품이 파괴될 거라는 점도 생각을 해야지."

예전이라면 제비도 개의치 않았을 것이다. 사실 서양의 예술품 중에서 일부 과격한 부류에 대해서는, 그도 별로 다를 바 없는 생각을 품고 있었기 때문이다. 심지어 잘못 인쇄된 판화 한두 장을 그런 이유에서 사들이기도 했다. 친구들과 둘러앉아 품평하며 즐길 생각으로.

그러나 봉숭아의 이야기도 이해가 갔다. 아무리 하판덴 같은 사람이라도, 진심으로 가치를 인정하는 작품을 파괴하려 할까? 그러니까, 라잔의 예술품이라도? 도저히 그럴 거라고는 상상할 수 없었다.

"어쨌든 내가 실패했다는 거지. 별로 유감은 아니지만." 제비가 말했다.

봉숭아는 아주 잠시 입술을 오므렸다. "네가 실패할 거라고는 생각지 않았는데. 이렇게 된 이상 너를 감시할 수밖에 없어." 그녀는 자비롭게도 그 상황이 얼마나 고역일지는 언급하지 않았다. "하지만 지금

네 상황에서도 우리에게 큰 도움이 될 수는 있으니까."

"무슨 도움?" 제비는 다시 바짝 긴장했다.

"발굴단이 파낸 골동품 일부를 확보했어. 네가 일람표를 작성해 줬으면 좋겠어."

"그야 어렵지 않지." 제비는 이렇게 말하고는, 문득 다시 생각을 정리하고 덧붙였다. "그걸 어디다 쓸 건데?"

봉숭아는 우울한 웃음을 지었다. "라잔 놈들이 손댈 수 없는 곳으로 옮겨야지."

"서양인들한테 팔 거야?" 제비는 미처 자신을 통제하지 못하고 이렇게 물었다.

"파는 게 아냐." 그녀가 말했다. "라잔의 영향력 밖에서 도피처를 찾은 이 나라 사람들이 그 작품을 안전하게 가져올 수 있을 때까지 보관해 줄 거야. 기왕이면 자유를 되찾은 후가 되었으면 좋겠고."

어딘가 앞뒤가 안 맞았다. 그 소위 애국자라는 작자들이 받은 물건을 전부 팔아치우지 않으리라는 보장이 어디에 있단 말인가? 물론 서양인들도 화국의 예술을 매력적이라 여길 경우에나 가능할 테니, 어디까지나 가정일 뿐이었지만. 제비는 천천히 입을 열었다. "그 많은 예술품으로 대체 뭘 하려는 건데? 독립군이 쓸 자동인형을 만들려는 거지?"

봉숭아는 지그시 그를 바라보았다. "너는 이 일에 개입하지 않았으면 좋겠어."

봉숭아가 아니라고 말하지 않아서 더욱 고통스러웠다. "얼마나 오래전부터 알고 있었어? 자동인형하고 그 끔찍한 안료에 대해서?"

"네 생각만큼 오래된 건 아니야." 봉숭아는 의미심장한 침묵 후 이렇게 대답했다.

"과연 그럴까?"

"내가 예술 쪽에서 방위성의 활동을 알아채게 된 건, 예술품을 보면 언제나 네가 떠올랐기 때문이야. 어떤 종류의 작품이든."

봉숭아가 아닌 다른 사람의 말이었다면 기분이 나빴을 것이다. 자신의 작품은 다른 어떤 것과도 바꿀 수 없는 법이니까. 그러나 봉숭아의 말이라면 달랐다. 수년 동안 그를 지원해 왔으면서도, 아주 기초적인 유파 구분 외에는 아무것도 알아보지 못하는 사람이었으니까. 그녀는 심지어 서예의 서체조차 제대로 구별하지 못했다. 언니 덕분에 제비는 모두가 감식안을 가질 수도, 그런 능력을 계발할 인내력을 가질 수도 없다는 점을 받아들이게 되었다.

"좋아." 제비는 말했다. 자신의 속마음만큼이나 적대적인 말투로. "감정을 원하는 물건들을 가져와 봐."

그러나 봉숭아의 불쾌한 깜짝 선물은 아직 끝나지 않았다. "미리 경고해 두겠는데, 네가 도망치려 시도한다면…"

제비는 언니가 얼마나 잔혹한 사람일지 슬슬 깨닫고 있었다. 이게 연극이었다면 매력적인 성격이라 생각했을 것이다. 그러나 언니는 연극의 등장인물이 아닌, 실재하는 사람이었다. "굳이 말할 필요 없어." 그는 말했다.

봉숭아가 천막을 나섰고, 제비는 그 뒤를 따랐다. 방위성에서 시간을 보낸 후라서 그런지, 깍듯이 경례를 붙이지 않는 경비병들의 모습이 어색하게 느껴졌다. 대신 그들은 몸을 꼿꼿이 세우고 지나가는 봉숭아를 향해 정중하게 인사말을 중얼거렸다.

아라지는 천막 하나의 말뚝을 용수철처럼 빙빙 휘감은 채로 몸을 숨기고 있었다. 영리하지만 우스꽝스러운 모습이었고, 제비도 농담할 기분이었다면 웃음을 터트렸을 것이다. **제비?** 아라지는 걱정이 가득한 목소리로 말을 걸었다.

난 괜찮아. 진짜로 괜찮아서가 아니라 아라지가 걱정하기를 바라지 않았기에 한 소리였다. **나를 해치지는 않을 테니까.** 적어도 얌전히 구는 한은 그렇겠지.

어떤 예술가들의 힘이 모였길래 너 같은 존재가 탄생한 걸까? 제비는 지금까지 용의 행동을 곱씹어 보며 생각했다. 자연사한 사람들이나, 어쩌면 먼 옛날 여덟 신선처럼 우화등선한 사람들이라면, 자신의 작품을 희생해서 너 같은 존재가 탄생했다는 사실을 기껍게 여기지 않을까? 물론 라잔인들이 일부러 죽인 사람들이라면 이야기가 다르겠지만. 아라지는 자연에서 태어난 존재가 아님에도 항상 제비를 부끄럽게 할 정도로 사려 깊게 행동해 왔다.

내가 항상 지켜보고 있다는 걸 잊지 마. 옆을 스쳐 가는 제비에게, 아라지는 다짐했다.

봉숭아는 천막이 아니라 주둔지 한가운데의 널찍한 건물을 사용하고 있었다. 주둔지 자체가 과거의 언덕 요새 주변에 만들어진 것이 분명했다. 봉숭아는 병사들과 몇 마디 말을 나누고는 제비에게 들어가라고 손짓했다. 눅눅하고 곰팡이가 핀 장막이 문 역할을 하고 있었다.

천막에서 건물까지 이동하는 짧은 시간 동안에도 추위에 떨었던 제비는, 얼른 가장 큰 화로 옆으로 달라붙었다. 금속 녹과 윤활유 냄새와 지나치게 짙은 향 내음이 코를 찔렀다. 자원이 부족한 상황의 악취 대책이라기에는 너무 사치스러웠다. 어쩌면 라잔 관료에게 전해질 짐 꾸러미에서 훔친 것일지도 모른다.

"예술품은 여기 있어." 봉숭아는 퉁명스럽게 말했다.

제비는 한쪽 벽에 차곡차곡 쌓인 상자들 쪽으로 시선을 돌렸다. 일부는 움푹 패어 있었고, 일부는 더욱 불안하게도 진흙이 튀거나 말라붙은 핏자국이 보였다. 내용물이 과연 온전할까? 그는 예술품이 부서지기 쉽다는 사실을 새삼 되새겼다. 태우거나 찢어버리는 것만으로도 예술품의 존재 자체가 잊힐 수도 있다. 어떤 모습이었는지조차 아무도 기억하지 못할 것이다. 일부 비평가의 혹평이나 학자의 글줄 속에만 흔적이 남을 것이다.

언니의 시선을 받으며, 제비는 첫 상자를 열고 안쪽의 예술품을 찬찬히 살폈다. 이 상자에는 비단 두루마리와 종이가 섞여 있었다. 적어도 두루마리 중에 고풍스럽고 화려한 작품들이 없다는 점이 다행이었다. 끝없이 펼쳐지는 비단 위에 이상향을 그리고 글귀를 곁들이는 작품들 말이다. 이 건물에 있는 하나뿐인 탁자에는 그걸 전부 펼쳐놓을 수 없을 것이다.

"낙관이 여기 떡하니 찍혀 있는데." 제비는 투덜대며 말했다. 사실 그 정도로는 부족하기는 했다. 특정 유파의 무명 생도 시절에 스승에게 감사하는 의미의 작은 낙서를 화폭 구석에 남기곤 하던 사람이, 훗날에는 훨씬 유명하고 모든 면에서 동떨어진 유파의 시조가 되는 일이 종종 있었으니까.

"계속해 봐." 봉숭아가 말했다.

제비는 한숨을 쉬며 두루마리의 상태와 그림과 예술가에 대한 설명을 늘어놓았다. 사이사이에 보존 방법에 대한 날 선 지적을 섞어 넣기도 했다. 물론 봉숭아가 이 작품을 손상 없이 어딘가로 가져갈 생각일 경우의 이야기지만. "적어도 말아서 보관할 두루마리 상자 정도는 필요할 거야. 금세 엉망이 되거든. 들쥐가 둥지를 틀기도 하고."

　"제비야. 이런 곳에 여분의 두루마리 상자가 있을 것 같니?" 봉숭아가 말했다.

　"그냥 그렇다고." 다음 상자도 상태가 별로 좋지 못했다. 도자기 사이에 짚을 채워 깨지지 않게 만든 것이 전부였다. 물론 그걸로 충분할 리가 없었다. 화병 하나는 벌써 주둥이에 실금이 가 있었다. 제비는 성실하게 그 점도 지적했다.

　"그 결투가도 같은 말을 하던데." 제비가 볏짚을 더 채우라고 지적하자, 봉숭아는 투덜거리듯 말했다.

　제비는 눈을 깜빡였다. "베이한테도 물어봤어?"

　"지진이 일어나기 전에는 자기도 예술품을 수집했다길래. 그 여자의 '솜씨'를 너랑 비교해 볼 생각이었지."

　"어떤 면에서는 베이가 나보다 잘 알지도 몰라. 좋은 작품을 나보다 훨씬 많이 봤을 테니까." 제비는 인정하며, 내뱉은 말에 녹아 있는 보이지 않는 자부심을 언니가 알아차리지 못했기를 빌었다.

　봉숭아는 눈을 가늘게 떴다. "물론 그랬겠지. 그렇게 검술에 능숙한 사람이 예술에도 조예가 있다니 정말 웃기는 일이야."

　"웃기긴 뭐가 웃겨? 검술의 달인이라도 취미 정도는 가질 수 있잖아."

　"달인이라. 수련하는 모습을 봤나 보지?"

제비는 얼굴을 찌푸렸다. 제대로 이해하지 못하는 주제에 대해서 신나게 떠들 수는 없는 노릇이었으니까. "결투하는 모습을 본 적이 있어. 너무 빨리 흘러가서 무슨 일이 벌어졌는지도 모르겠더라고. 뭐야, 언니도 베이가 싸우는 모습을 봤잖아."

학의 잘린 머리가 다시 떠올랐고, 그는 입을 다물었다. 눈을 감으면 자신을 책망하듯 바라보는 학의 모습이 떠오를 것만 같았다. 그 여자를 막았어야지, 하고 속삭이면서.

"베이는 좀 어때?" 지금껏 묻지도 않았다는 사실에 살짝 양심의 가책을 느끼며, 제비는 봉숭아에게 말했다. "화살에 맞는 걸 봤는데…"

"그냥 어디 천막에 처박아 뒀다고 생각하는 거야? 상처가 덧나서 죽으라고?"

제비는 날 선 침묵으로 대답했다.

"그래. 우리를 믿지 못할 만도 하지. 하지만 우리 주둔지에도 의사는 있어. 충분히 실력이 증명된 사람이고." 마지막 한마디 덕분에 제비는 즉시 그 의사를 불신하게 되었다.

이상적인 세상이라면, 제비는 수심을 억누르고 즉시 베이의 병상으로 달려가 그녀를 간호했을 것이다. 그러나 현실의 제비는 화살에 맞은 상처를 치료하는 법 따위는 알지도 못했다. "화살을 어떻게든 할 수는 있는 거지?" 베이의 목숨이 언니의 손에 달렸다면, 그는 뭘 해서라도 언니에게 협조할 생각이었다.

"그림에서 하듯이 바로 화살을 뽑지 않은 게 현명했다고는 하더라." 봉숭아는 말했다. 제비의 머릿속에는 바로 그런 장면을 묘사한 온갖 훌륭한 작품들과 더불어 자신이 직접 그린 한심한 장면마저 떠올랐다.

"그러면 왜 안 되는 건데?" 다들 그게 멋지다고 생각해서 그림으로 옮긴 거잖아?

"화살촉 때문이야." 봉숭아가 말했다. "뽑으면서 상처가 찢어지거든. 지아도 산적을 토벌하다가 그런 식으로 흉터가 남았어."

제비는 물끄러미 언니를 바라보았다. 그는 아주 오랫동안 지아 형부의 이름을 입에 올리지 않으려 애써왔다. 상처가 남았음을 알고 있었으니까. 그러나 눈앞의 언니는 흘러간 옛 시절의 형부를 언급하고 있었다. 고통이 치유된 것처럼 보이는 모습이었다. 새로운 관계를 시작해도 될 정도로. 빨강하고는 얼마나 오래 알고 지낸 걸까? "아마 나처럼 한심한 화가 때문에 잘못 생각한 거겠지."

봉숭아는 눈을 깜빡였다. 그녀의 입꼬리가 슬쩍 올라갔다. "그래. 너 같은 화가 때문인 게 분명해." 언니가 농담을 받아들이다니, 흔치 않은 일이었다.

제비는 안도의 한숨을 내쉬었다. 이곳의 일 때문에 봉숭아가 바뀌었기는 해도, 자신의 언니라는 사실은 변하지 않았으니까. "베이를 보게 해줘." 그는 말했다.

"그럴 거야. 다음 작전도 도와달라고 네가 직접 말해준다면."

제비는 조금 어이가 없어졌다. "절대 멈추지 않는구나? 언제나 뭔가를 꾸미고 있어."

그녀 눈가의 잔주름이 순간 조금 깊어진 것 같았다. "제비야. 네가 네 살 적에는 빨래가 마술처럼 저절로 되는 줄 알고 있었잖니. 그때와 같은 거란다."

제비는 자기도 빨래를 도왔다고 항의하려 입을 열었지만, 순간 자신의 '도움'이 빨랫줄에 널린 속옷을 걷어다 휘두르며 신나게 깍깍거리던 것뿐이었다는 사실이 떠올랐다. 돌이켜 보면 어머니가, 또는 언제나 책임감 있는 맏이였던 봉숭아가 그의 목을 조르지 않았다는 사실이 놀라울 지경이었다. "알았어. 독립운동도 일거리라는 거지?" 제비는 조금 누그러진 태도로 말했다.

그 정도면 충분히 동의한 것으로 볼 만했는지, 봉숭아는 제비를 데리고 막사를 나가 다른 천막으로 들어갔다. 이 천막에서는 향인지 약초인지 모를 냄새가 풍겼다. 씁쓸하고 몸에 좋을 것 같은 냄새가 제비의 목 뒤편에 뒷맛처럼 엉겨 붙었다.

천막 안에는 빽빽하게 붙은 침상에 네 명의 환자가 누워 있었다. 제비는 그중에서 베이를 알아보고, 그녀가 머리를 짧게 친 모습에 놀라 소리를 질렀다. "꼭 저래야 했던 거야? 화살을 머리에 맞은 것도 아니잖아."

"제비." 베이가 말했다. 놀랄 정도로 연약한 목소리였다. "제비, 거기 있나?" 몸에는 거친 겉옷을 두르고, 화살이 꽂혔던 자리에는 지저분한 붕대가 감겨 있었다.

제비는 조심스레 베이의 침상 쪽으로 다가갔다. "나 여기 있어요." 그는 베이의 손을 지그시 누르고픈 충동을 억누르고, 무력하게 그녀의 팔을 쓰다듬기만 했다. "베이, 머리카락은 어떻게 된 거예요."

"내가 부탁한 거다. 거치적거리기만 할 뿐이니까. 전장에서는 청결을 유지하기 힘들기도 하고." 머리를 자른 것은 조금도 신경 쓰지 않는 듯했다. 제비는 벌써 그녀의 머리 타래를 손으로 쓸어 넘기던 일을 그리워하고 있었지만.

봉숭아가 헛기침을 했다. "당신 죽을 수도 있었어." 그녀가 말했다. 제비는 언니의 거친 목소리에 의아했다. 마치 감정을 억누르고 있는 것처럼 들렸으니까. "부상자의 몸으로도 우리에게 도움이 될 수는 있겠지만."

"이방인의 피를 타고난 사람한테 그런 관용을 보이다니 놀랍군." 베이가 나지막하게 말했다. "물론 돕지 않겠다는 소리는 아니다. 하지만 왜지? 강요해도 되는데 왜 구태여 부탁을 하나?"

봉숭아의 입꼬리가 올라갔다. "독립운동을 하는 데도 규칙이라는 게 필요하거든. 아니면 우리가 항거하는 의미가 사라질 테니까. 당신이라면 알고 있을 테지만, 우리 사이에서도 저항의 방법론 때문에 다툼이 일어나. 모든 것을 불태우고 남은 것을 자기들 몫으로 취하기를 원하는 자들도 있어. 라잔을 정복해서 우리가 당한 일을 고스란히 되갚아 주기를 원하는 자들도 있고. 라잔이 개입하지 않아도 알아서 분열되어 있달까? 어찌 됐든 우리가 저지른 일에는 훗날의 우리가 대가를 치르게 되겠지. 그래도 지금 이곳에 있는 내 부하들은 내가 정한 규칙을 따라야 해. 이것도 그런 규칙 중 하나고."

"고맙군. 기꺼이 따르도록 하지." 베이가 말했다.

제비는 안도의 한숨을 쉬고 자리에 앉아서, 전략 이야기를 나누는 베이와 봉숭아의 목소리에 귀를 기울였다.

19

이어진 며칠 동안, 봉숭아는 계속해서 휘하의 정찰병들과 비밀 이야기를 나누었다. 제비는 언니가 군사 훈련에 코빼기도 비치지 않는 모습에 깜짝 놀랐다. 제비는 혁명가 같은 사람들은 다른 무엇보다 무력을 중시하리라는 편견을 품고 있었다. 옛이야기 속의 산적들처럼 팔씨름으로 두목을 정할 거라고 생각했다는 소리다. (물론 현실의 산적들이 어떻게 행동할지는 제비로서는 알 턱이 없지만.) 그러나 언니는 기껏해야 다른 독립군과 바둑을 두고 있을 뿐이었다. 그리고 언니는 항상 이겼다.

봉숭아는 예술품이 든 상자를 다른 천막으로 옮겨주었고, 제비는 온종일 그 천막에 갇혀 지냈다. 제비는 분풀이하듯 분류 작업에 매달렸다. 그리고 봉숭아가 제공해 준, 젖은 자국이 남은 종이에 모든 것을 남김없이 기록했다. 천막 주변에는 경비병 한 명이 배정되었다. 두 번에 걸쳐 그와 대화를 시도한 끝에, 제비는 그가 귀가 먹었거나 자신의 말에 절대 반응하지 말라는 명령을 받았으리라는 결론을 내렸다. 어느 쪽이든 별 도움은 안 되는 일이었다. 심지어 화장실을 쓸 때도 그가 동행해서 지켜보았다. 위생상의 문제 때문에 주둔지의 다른 막사와 상당히 떨어져 있으니 어쩔 수 없었겠지만.

제비도 완전히 순진해 빠진 것은 아니라서, 아라지가 자신과 마음으로 대화할 수 있다는 사실은 봉숭아에게 알리지 않았다. 그가 일하는 동안, 아라지는 독립군의 활동과 여가 생활 이야기를 들려주곤 했다. **나도 도박해 보고 싶다. 근데 돈이 하나도 없어.** 제비는 이 말에 바짝 긴장했다.

너는 운이 나쁘니까 참는 게 좋을 거야. 제비는 말했다.

아라지는 이내 다른 쪽으로 관심을 옮겼다. **다들 머리 모양이 전부 달라!** 그리고 자신의 최신 관심사에 대해 지껄이는 일이 반복되었다.

사흘째에 이르자, 제비는 경비병 몰래 빠져나갈 수 없다는 사실을 받아들이기로 했다. 다른 방법을 찾아내기 전까지는 일단 얻어맞아 흙바닥에 처박히는 상황만은 피해야 하지 않겠는가. 제비는 경비병의 근육질 몸매를 힐끗거렸다. 저 이두근은 단순한 장식이 아닐 것이다. 베이라면 확인해 줄 수 있었을 텐데. 그러나 그녀와 단둘이서 이야기할 기회를 잡는 것은 아예 불가능했다.

아라지. 누군가 주워 온 낡고 형편없는 붓으로 화병 하나에 달라붙은 진흙을 떨어내면서, 제비는 아라지를 불렀다. 훌륭한 작품이었다. 학이라면 '14구역스러운 독특한 매력'이라고 불렀을 법한 살짝 비대칭인 모습까지도. 죽은 친구를 떠올리자 다시 가슴이 미어질 것 같았지만, 지금은 애도할 수조차 없었다. **아라지, 지금 바빠?**

용은 대답하지 않았다.

아라지?

아라지는 계속 침묵만 지켰다.

제비는 마른세수를 하며 신음했다. 경비병이 천막 한쪽을 걷어찼다. 다행스럽게도 상자가 쌓인 쪽은 아니었지만, 상자를 옮기지 않았다면 큰일이 났을 것이다. 순전히 운이 좋았다. 제비는 아랫입술을 깨물었다. 완전히 처음 경험하는 감옥에서 탈출할 방법을 찾으려 애쓰는 중인데, 예술품 목록을 정리하는 일에 집중할 수 있을 리가 없었다. 아라지가 독립군과 그들의 머리 모양에 홀딱 반해서 봉숭아 편을 들기로 한 것이면 어쩐다?

제비는 붓을 내려놓고 멍하니 화병을 바라봤다. 순백의 몸체 한쪽으로 갈지자로 그은 섬세한 빗살무늬가 들어가 있었다. 다른 곳에서 본 적 없는 양식이었다. 물론 도예는 그의 전문 분야가 아니기는 했지만. 그는 모든 예술 형식이 대체 가능하다 여기는 봉숭아의 인식을 혐오했다. 칼과 창도 그렇게 손쉽게 바꿔 쥘 수 있을까? 아마도 아니겠지.

아라지한테 왜 그렇게 신경이 쓰이는 걸까? 아라지도 자기 나름의 결정을 내릴 수 있는 것이 당연한데. 아니, 정확하게 말해보자. 아라지가 언니와 같은 편이 되었다는 생각만 해도 왜 그렇게 거슬리는 걸까? 봉숭아가 내비치던 라잔 정권에 대한 불신이 옳다는 것마저 이미 증명되었는데도. 이제 라잔 지배하의 삶이 화국 아래의 삶보다 낫다고 말할 수조차 없게 되었는데도.

그날 밤, 소중한 유물들과 함께 돗짚자리 위에 누워 있는데, 문득 아라지가 그의 이름을 부른다는 느낌이 들었다. 그러나 너무 피곤했던 제비는 "나중에"라고 중얼거리면서 그대로 잠들어 버렸다.

그는 한밤중이 되어 추위에 몸을 떨면서 자리에서 일어났다. 화로의 불이 꺼져 있었다. 그는 밖으로 나가려 시도하다가, 그대로 다른 경비병에게 정강이를 걷어차일 뻔했다.

"화장실이냐?" 경비병은 험악하게 물었다.

제비는 아니라고 말하려 하다가, 순간 화장실이 급하다는 사실을 깨달았다. "그리고 화로에 불도 꺼졌어요." 그는 이렇게 덧붙이며, 자신을 저체온증으로 죽게 방치하면 봉숭아가 기분이 나빠질 거라고 생각해 주기만을 빌었다.

경비병은 투덜거렸다. 함께 화장실에 다녀온 다음, 그녀는 마지못한 듯 화로에 불을 붙여주었다.

"고맙습니다." 제비는 이렇게 말했고, 경비병은 다시 투덜거리기만 했다.

추위에 잠이 전부 달아나 버렸다. **아라지?**

이번에는 용의 목소리가 응답했다. **나 여기 있어. 조금 바빴어서.** 나긋나긋한 목소리에서 얼핏 죄책감이 느껴졌다.

마음속 두려움이 한층 커졌다. **뭘 하느라 바빴는데?**

병사들과 훈련을 했어. 비행 훈련을 하면서 높은 곳을 두려워하는 사람은 없는지, 상승하거나 하강하거나 흔들릴 때마다 토하는 사람이 없는지 확인하기도 했고. 토하는 사람이 엄청 많더라! 냄새가 아주 고약하다고 했어.

바다와 비슷한 걸까? 제비는 얼굴이 녹색이 된 독립군이 용의 안장을 붙들고 있는 모습을 상상하다가, 그도 아라지도 바다 여행에 대해 아는 것이라고는 주위들은 이야기가 전부라는 사실을 깨달았다. **날씨가 궂은 것 같아.** 제비도 주둔지를 가로지르며 불어오는 바람에 대해서는 알고 있었지만, 화로가 더 있었으면 좋겠다는 생각 말고는 별로 신경 쓰지 않고 있었다. 물론 화재 걱정 따위도 조금도 하지 않았고.

아마 비슷하겠지? 아라지도 미심쩍은 투로 대답했다. **나는 바다를 본 적이 없는걸. 하지만 너도 바다 이야기를 하려고 나를 부른 건 아닐 거 아냐.**

그런 셈이지. 그게… 내가 도망치도록 도울 수 있을지 물어보려고 부른 거야. 물론 네가 결정할 일이고, 베이를 빼낼 방법은 아직 잘 모르겠지만.

처음으로 제비는 하판텐과 같은 사람들의 사고방식이 이해될 것 같았다. 아주 불쾌한 느낌이었지만. 최초에 자동인형 군대라는 발상을 떠올렸을 이름 모를 라잔인의 생각도 비슷했을 것이다. 모든 명령에 절대적으로 복종하는 병사가 있으면 정말 유용할 것이다. 실수도 하고 게으르고 악의를 품을 수도 있는 인간과는 다를 테니까.

문제는 아라지에게도 마음이 있다는 것뿐이다. 자동인형 또한 표현할 방법만 있으면 언제든 자기 생각을 표현할 수 있는 존재인 것이다.

제비에게는 다행스럽게도, 아라지는 아주 잠시만 머뭇거렸다. 그렇지 않았더라면 다가오는 전율에 숨이 멎을 만큼 고통스러웠을 것이다. **나는 형제자매 사이가 어떤 느낌인지 잘 몰라.** 부드럽지만 슬쩍 돌려 말하는 투였다. **하지만 너하고 너희 언니는 일을 어떻게 해야 하는지를 놓고 의견 차이를 보이는 것 같은데.**

좋게 말하면 그렇겠지. 제비는 말했다. 그는 비참한 기분으로 대체 언제부터 집안 상황이 이렇게 엉망으로 꼬인 건지를 생각했다. **너는 원하는 대로 해도 돼. 그러니까, 내 허락이 필요하지는 않다는 이야기야. 나는 그림을**

그리고 싶을 뿐이니까. 그래도 가끔은 언니의 말이 옳고, 화국의 독립을 위해 싸우는 일이 더 중요한 것이 아닐까 하는 생각이 들어.

너희 언니는 네가 또 지진을 일으키기를 원하는 거지?

대놓고 말하지는 않았지만, 그렇게 생각하고 있다는 건 분명해. '흐드러지는 봉황'이나 필요한 다른 안료가 거의 떨어졌지만 말이야. 지진을 일으키고 빠져나갈까 생각해 본 적도 있었지만, 주둔지를 파괴하지 않고 성공할 방법은 떠오르지 않았다. 아직 그 정도로 다급한 것은 아니었다.

이야기를 해보는게 어떨까.

그래야겠지. 제비도 동의했다. 아마도 내일쯤.

*

다음 날 아침, 제비는 모든 상자의 예술품을 다시 정리했다. 독립군 몇몇이 천막 바로 옆에서 싸움을 벌였기 때문이었다. 봉숭아는 모두의 앞에서 그들을 꾸짖었다. 제비한테도 그 소리가 아주 잘 들렸다.

상자 속 예술품은 대부분 그리 엉망으로 뒤섞이지는 않았다. 그리고 금속이나 돌로 만든 물품들은 거의 손상 없이 살아남았다. 긁힌 자국이 있는 청동 거울 하나, 한 줌 정도의 곱은 옥돌 장신구, 꿩 두 마리가 그려진 보석함 하나. 그러나 새로 찢어진 자국이 생긴 그림도 몇몇 보였고, 제비는 빈정대며 그 사실을 기록했다. 도자기는 세 개가 손상되었고, 하나는 아예 수선할 수도 없을 정도로 깨져버렸다.

점심시간이 지나서 한창 작업에 집중하고 있을 때, 어디선가 고함이 들려왔다. 설마 폭동인가? 처음에는 제비도 자신의 착각이거나,

어쩌면 제식이 동반되는 정체불명의 훈련일지도 모른다고 넘겨버리려 했다. 지아 형부가 제식에 대해 설명한 적이 있는데, 그때 제비는 웃기는 소리라고 치부하고 넘겨버렸다. 돌이켜 보면 그때 형부가 제비의 그림 실력을 비웃으며 보복하지 않은 것이 기적에 가까운 일이었다.

함성이 한층 커졌다. 제비는 문득 저 고함치는 목소리를 어디서 들은 것 같다고 생각했다. 라잔 억양이 들어간 화말이었다. 설마?

제비는 조심스럽게 천막 밖으로 고개를 내밀다가, 경비병의 잔뜩 찌푸린 얼굴을 마주하게 되었다. "우리 위험한 건가요?" 제비는 물었다.

"당장 도로 들어가. 네가 신경 쓸 일이 아니니까."

"제가 도울 일이 있다면…" 젠장. 제비가 지진을 일으킬 수 있다는 사실을 봉숭아가 말했을까? 여기서 경비병에게 사실을 알리면 자신을 더욱 적대시하게 되지는 않을까? 애초에 믿어주기나 한다면 말이겠지만.

제비는 화가 잔뜩 난 채로 경비병에게 몰려 막사 안으로 돌아온 다음, 바깥소리에 귀를 기울였다. 멍청한 생각이라는 것을 알면서도 몰래 빠져나갈 방법을 궁리하는 동안, 갑자기 봉숭아가 들어왔다. 얼굴이 빨갛게 달아올라 있는 모습이 뛰어온 듯했다. 눈동자에서 위험하게 타오르는 불꽃이 눈에 띄었다.

"대체 무슨…" 제비는 입을 열었다.

봉숭아는 말을 끊으며 고개를 저었다. "당장 따라와." 그리고 대답도 기다리지 않고 천막을 나섰다.

경비병은 그녀를 따라가라고 제비를 쿡쿡 찔렀다. 사실 다그칠 필요도 없었지만. 주둔지가 공격받는 상황이 아닌 것은 분명했다. 그런 일이라면 봉숭아가 그를 데려가느라 시간을 낭비할 리가 없을 테니까.

주둔지 한가운데에서, 독립군들이 원을 그리고 누군가를 포위하고 있었다. 두 명? 세 명인가? 제비는 안쪽을 제대로 확인할 수 없었다. 독립군들이 둘러싸고 있을뿐더러, 저마다 창이나 활이나 소총을 겨누고 있었기 때문이다. 주둔지 입구 쪽에 두 필, 아니 세 필의 말이 보였다. 세 번째 말은 주저앉아 있었다. 기병대 소속이었던 지아 형부에게 배운 것 외에는 말에 대해 거의 아는 것이 없었지만, 적어도 죽어가는 말 정도는 구분할 수 있었다. 죽어가는 말은 제비가 지금껏 본 적도 없는 화려한 안장을 얹고 있었다.

봉숭아는 바로 용건으로 들어갔다. "저들이 너희를 안다고 주장했어. 너하고 베이 말이야. 베이는 밖으로 나와서 저들의 신원을 확인해줄 만한 상태가 아니야. 낯선 자들을 부상자 막사에 들일 생각도 없고. 그러니까 네가 확인해 줘."

"어, 알겠어…" 제비는 미심쩍게 말했다.

경비병이 그를 앞으로 밀쳤고, 독립군들은 양옆으로 갈라지며 제비를 들여보내 주었다. 두 번째 추측이 옳았다. 세 명이었다. 모두 아주 잠깐이지만 분명 만났던 이들이었다. 베이의 부모님이었다.

"아는 분들 맞아." 제비는 안도해서 주저앉고 싶은 충동을 억누르며 말했다. 봉숭아가 베이의 부모를 죽이라는 명령을 내리지 않으리라는 보장이 없기 때문이기도 했다. 그는 한 명씩 가리키며 이름을 말했다. "드주게 케이지 대위. 혜자 씨. 의사. 의사는 항상 필요하잖아?" 봉숭아를 자극하면 안 된다는 걸 알면서도, 제비는 이렇게 덧붙였다.

"그리고 남규 씨. 서예가이자 통역가셔."

봉숭아는 거리낌 없는 얼굴로 세 사람을 둘러보았고, 제비는 다시 걱정에 사로잡혔다. 베이의 아버지는 이미 칼을 압수당한 상태였다. 독립군이 저 사람을 진짜 위협으로 여긴 것은 아닐 것이다. 목발까지 빼앗지는 않았으니까. 저분들이 왜 이곳까지 온 걸까? 봉숭아의 주둔 지는 어떻게 찾아낸 거지?

"여기 왜 왔는지 설명해 보실까?" 봉숭아가 말했다.

"용을 병력 수송 수단으로 사용하려는 시도가 들키지 않을 거라고 생각했나?" 드주게 대위는 침울한 얼굴로 말했다. "아슬아슬하게 라잔군을 피해 지하로 숨어 들어간 이후, 우리는 상부로 올라가는 보고서를 염탐하며 자네들 주둔지 위치를 찾으려 애썼네. 아직 군에 친구가 조금 남아 있거든."

제비의 머릿속에 베이네 부모님의 관사가 불타던 광경과 그곳을 포위하고 조여 들어가던 푸른 군복들이 떠올랐다.

"이제는 상관없지. 준비가 끝났으니까. 그리고 그걸로는 답변이 안 되는데." 봉숭아가 말했다.

"물론 그렇지." 드주게 대위의 억양이 더 진해졌지만, 아무도 그 점을 꼬투리 잡지 않았다. "내가 온 것은, 방위성이 조류학부 및 군부와 공모하고 있다는 사실을 전하기 위해서일세. 놈들은 자네들의 용을 되찾아 가려고 습격 작전을 준비하고 있어. 용은 아직 여기 있겠지."

갑자기 아라지의 머리가 독립군들 사이를 뚫고 비쭉 튀어나와서 드주게 대위 앞에 멈췄다. "용납할 수 없어요. 나는 절대 장관 대리에게 복종하지 않을 거예요."

"그쪽은 생각이 다르더군." 드주게 대위는 침중한 목소리로 말했다. "경고는 여기까지일세. 이 말을 전하려고 여러 마리의 말을 갈아타며 죽기 직전까지 몰아서 여기까지 왔어. 자네들이 이 정보를 어떻게든 사용해 줬으면 하네."

"그럼 당신은 탈영병이로군." 봉숭아는 말했다. 마치 그게 가장 중요한 일이라는 것처럼.

드주게 대위의 입매가 뒤틀렸다. "내 충성심은 우리 집과 함께 불타 사라졌다네. 내가 감당할 수 있는 일에도 한도라는 게 있거든."

"당신은 대위지. 그렇게 가볍게 포기할 수 있는 계급이 아닐 텐데." 봉숭아가 말했다.

"라잔군 대위에게도 원칙이 있다네. 확실히 해두지. 나는 자네들 때문에 여기 온 게 아닐세. 내 딸이 자기 나름의 결론을 내리고 이곳으로 왔기 때문에 온 거지. 그게 전부일세."

"솔직하게 말해줘서 고맙군. 이쪽으로 오는 병력이 얼마나 되지? 언제쯤 도착하고?"

"길어봤자 사흘, 아마 이틀 정도일 걸세." 대위가 대답했다. "나라면 이곳의 방어시설을 증축하거나 즉시 이곳을 비우고 도망칠 걸세. 유감스러운 일이지만, 지금 이곳 상황으로는 저들이 시험 중이던 신형 전차를 상대하기는 버거울 테니까. 선택은 자네들 몫일세."

"그럼 이 사람들은?" 봉숭아는 한데 붙어 있는 혜자와 남규 쪽을 손짓하며 말했다. 혜자는 눈에 잘 띄는 레이스와 러플로 가득한 서양식 드레스를 버리고, 제대로 말을 탈 수 있는 옷으로 갈아입고 있었다. 제비는 그 모습에 안도의 한숨을 쉬었다.

드주게 대위는 남규의 손에, 뒤이어 혜자의 손에 입을 맞췄다. 마치 전설 속에서 걸어 나온 것처럼 정중한 태도였다. "내 가족일세." 그는 단순히 이렇게만 말했다. "자네와 같은 민족이지. 나는 원하는 대로 처분하게. 하지만 가능하다면 이들만은 지켜주게나."

둘러싼 사람들 사이에 '부역자'라는 험악한 수군거림이 퍼져 나가기 시작했다. 그러나 봉숭아가 손을 들자 모두가 입을 다물었다. "이들의 안전은 내가 보증하겠다. 답례라고 생각해도 좋다. 다만 안전을 원했다면 차라리 다른 곳에 숨겨두는 편이 나았을 것 같군."

20

"정보가 필요해." 봉숭아가 말했다. "아라지, 혹시 도울 생각이 있다면…"

"나는 싸우고 싶지 않아." 용은 금속성 한숨을 쉬며 말했다. "하지만 너희가 도륙당하는 꼴을 보고 싶지도 않으니까. 적어도 뭐가 오는지를 확인하고 알려주기는 할게."

"저들의 정찰병으로부터 몸을 숨기기가 힘들 텐데." 드주게 대위가 말했다. "네가 저들을 볼 수 있다면 저들도 너를 볼 수 있을 게다."

"그럼 겁줘서 쫓아버리지, 뭐." 아라지가 말했다. "숫자가 적어질수록 너희들한테 유리한 거잖아?"

다들 이 제안에 미처 답변하기도 전에, 아라지는 그대로 공중으로 솟구쳐 올랐다. 제비는 멍하니 아라지를 바라보았다. 자신도 하늘을 날고 싶다고 갈망하면서, 동시에 조금 질투심도 느끼면서. 아라지에게 두루미나 잠자리처럼 날개가 있었더라면 조금 달랐을까. 단순히 자신의 의지만으로 하늘로 떠오르는 모습은 어딘지 기묘하게 느껴졌다. 그러나 아라지의 근원을 생각해 보면, 존재의 다른 모든 부분도 기묘하기는 마찬가지였다.

봉숭아는 제비가 알아듣지 못하는 전문용어로 명령을 내리기 시작했다. 독립군이 바쁘게 움직이는 동안, 그는 머뭇거리며 주둔지 한복판에 서 있었다. 일부는 방벽 쪽으로 향하고, 다른 일부는 수수께끼의 나무통과 짐짝 쪽으로 향했다. 어릴 적에 바쁜 집 안 한복판에 앉아서 봉숭아가 건네준 지혜의 고리를 풀던 느낌과 비슷했다. 당시에는 그리 오래 걸리지 않고 풀 수 있었다. 제비는 항상 회전시키거나 뒤집는 부류의 퍼즐에 강했다. 제비는 종종 고리를 완전히 분해해 버렸다가 꾸지람을 당하곤 했다. 그러나 지금은 사람들의 행동을 아무리 더하고 뒤집어 봐도 새로운 나쁜 소식밖에는 등장하지 않았다.

드주게 케이지는 경비병 두 명의 주시를 받으며 봉숭아와 함께 움직이고 있었다. 아마 오는 길에 무엇을 봤는지 물어보려는 생각일 것이다. 아니면 감시하기에 편해서일 수도 있고. 아니면 처형하거나, 아니면… 그만둬. 계속 나쁜 쪽으로만 생각하고 있잖아. 드주게 대위는 신변의 위험을 무릅쓰면서까지 이곳을 찾았다. 제비로서는 그가 만약을 대비해 또 다른 계획을 준비했기를 기대할 수밖에 없었다.

남규와 혜자는 계속 자기네 딸을 만나야겠다고 주장하고 있었다. 아무도 그들을 진지하게 받아들이지 않는 모습에, 제비는 두 사람을 부상병 막사로 안내해 주겠다고 제안했다. "베이가 다친 거니?" 남규가 물었다. "심하게 다친 거야?"

"오른쪽 어깨에 화살을 맞았어요." 제비가 말했다. "의사가 상처를 째고 화살촉을 빼냈대요. 지금 상태가 어떤지는 저도 몰라요." 지금 슬쩍 빠져나가 베이를 볼 수 있는 것도, 다들 다가오는 공격에 정신이 팔려 있기 때문이었다.

남규와 혜자는 시선을 교환했다. "우리가 도울 수 있겠군요." 혜자가 말했다.

그들은 막사 앞에서 걸음을 멈췄다. 경비병은 없었다. 젊은이 하나가 밖에서 낑낑대고 있기는 했지만. 저거 천막 기둥인가? 천막을 새로 세우는 거야?

"앞으로 몰려올 부상자들을 도우려고 여기 온 건가요?" 젊은이는 그들 쪽을 돌아보지도 않고 쏘아붙였다. "그게 아니라면 얌전히 비키기나 해요."

"천막을 추가로 세우는 중이겠지요? 이쪽은 가득 차서?" 혜자가 물었다.

"보면 몰라요?"

제비는 조금도 성내지 않는 혜자의 태도에 감탄했다. 그녀는 즉시 낯선 젊은이를 도와서 천막 꾸러미를 풀어내기 시작했다. 남규도 아무 말 없이 그녀를 거들었다.

얼른 가렴. 남규가 입을 벙긋거리며 제비에게 말했다. 제비는 조수가 정신이 팔린 틈에 막사로 들어갔다. 베이의 부모들이 따라오지 않는 상황이 의아하기는 했지만. 어쩌면 밀어닥칠 부상자들을 위해 천막 세우는 일이 진심으로 중요하다고 생각한 걸지도 모른다.

귀한 향을 쓸 수 없기 때문인지, 천막 안에는 약초를 태우는 냄새가 가득했다. 그러나 소변과 곪아가는 상처의 악취는 조금도 덮어지지 않았다. 제비는 이미 자리에서 일어나 검에 몸을 기대고 있는 베이의 모습을 보고 안도했다. 그러나 그녀의 수척해진 얼굴과 떡진 짧은 머리카락을 보자 그 안도는 충격으로 바뀌어 버렸다.

"우리 부모님이 여기서 뭘 하고 계시는 거지?" 베이가 매섭게 물었다.

제비는 5초 안에 최대한 말이 되는 설명을 어떻게든 조합해 냈다.

베이는 칼집을 허리에 찼다. 힘들어하는 모습이 눈에 띌 정도였다. 왼손도 오른손만큼이나 움직임이 둔했다. 그녀는 그대로 막사에서 걸어 나왔다. 제비는 그녀가 얼마나 고통에 시달리고 있을지 걱정되었지만, 여기서 물어봤자 아무 소용도 없을 것이 뻔했다. 베이라면 자신의 고통을 절대로 인정하지 않을 테니까.

"아버지는 어디 계십니까?" 베이는 나오자마자 이렇게 물었다. 제비는 부모님을 대하는 태도치고는 너무 쌀쌀맞다고 생각했다.

남규와 혜자가 실제로 무슨 생각을 했을지는 알 수 없었다. 조금도 내색하지 않았으니까. 혜자가 입을 열었다. "그이는 군대 일이라면 끼어들지 않고는 못 버티는 사람이잖니."

"어머니." 베이는 딸로서 지낸 오랜 시간 동안 벼려낸 놀라운 인내심을 발휘하고 있었다. "그렇지요. 군대 일이라면 반드시 따라다니시겠죠. 말참견밖에 할 일이 없더라도."

혜자는 상당히 모욕적인 손짓으로 응답했다. 베이의 입매가 움찔거리면서도 슬쩍 올라갔다.

혜자와 젊은이가 따로 대화를 나누지는 않았지만, 아무리 베이가 수척한 상태라도 천막 치는 일을 도울 정도는 된다고 암묵적으로 동의한 모양이었다. 그날 내내 제비도 곁에서 그들을 도왔다. 침상을 나르거나 지시에 따라 붕대를 갈아주기도 하면서. 즐겁지는 않아도 누군가는 해야 하는 일이었다.

조심해. 제비는 아라지에게 말을 걸어보았다. 아라지가 얼마나 멀리까지 갔을지 궁금하기도 했다.

나는 언제나 조심한다고! 아라지의 경쾌한 대답은 제비를 더욱 걱정시킬 뿐이었다.

다음 날 아침, 그림자 하나가 주둔지 상공을 뒤덮었다. 사람들이 놀라 흩어지는 사이로, 아라지가 좁은 공터에 착륙하며 몸을 용수철처럼 둥글게 말았다. "전차 2개 사단이 이쪽으로 향하고 있어. 인간과 자동인형 보병 부대가 뒤를 따르는 것도 보이고. 누군가 봉숭아한테 좀 알려줄래?"

젊은 독립군 한 명이 제대로 못 알아들은 것처럼 아라지를 향해 달려오다가, 머뭇거리며 멈추더니, 고개를 끄덕이고 반대 방향으로 달려가기 시작했다.

제비는 남은 시간을 베이와 함께 보내며 전차 부대를 기다렸다. 제비는 그녀의 용기를, 예술품을 구하려는 결의를, 자신도 반쯤 부상자면서 근면하게 다른 부상자들을 돕는 모습을 얼마나 흠모하는지 알려주고 싶었다. 그러나 기회는 찾아오지 않았고, 제비는 끝내 말을 꺼내지 못했다.

공격은 예고 없이 시작됐다. 공중에서 매의 울음소리 같은 찢어지는 괴성이 들린 순간 제비는 밖에 있었고, 바로 하늘을 올려다보는 실수를 저질렀다. 아라지는 바로 꼬리를 휘둘러 제비와 제비 옆에 있던 베이, 베이의 부모님, 젊은이까지 쓰러트렸다. 아마 천막과 그 안에서 신음하던 부상자들도 똑같이 엎어졌을 것이다. 제비는 욕설을 내뱉고 싶었지만 이미 입 안에 흙이 가득했다. 자리에서 일어나 상황을 살피고 싶어도, 용의 꼬리가 온몸을 누르고 있어서 꼼짝할 수 없었다.

이제 끝이야. 제비는 치밀어 오르는 짜증 속에서 생각했다. 아라지가 불안정해진 게 분명해. 아니면 하판텐이 멀리서도 명령에 복종하게 만드는 방법을 개발해 냈거나. 아니면…

세상이 폭발하며 붉은 화염과 열기가 타올랐다. 제비는 비명을 질렀다. 누군가 살갗을 횃불로 지진 것처럼 따가웠다.

끔찍한 고통이 영원처럼 온몸을 훑고 간 후에야 간신히 다시 소리가 들리기 시작했고, 그제야 제비는 자신이 잠시 귀가 먹은 상태였음을 깨달았다. 귓속이 계속 웅웅거리며 울리고 있었다. 그래도 명령을 내리는 봉숭아의 목소리가 들리기는 했다. 언니가 살아남았다니 온갖 조상신과 신령님들께 감사를 드려야 할 일이었다.

"…포격인가?" 언니는 묻고 있었다.

"새로운 종류의 소이탄입니다." 빨강은 이렇게 대답하고 쿨럭거리며 기침했다. "두 번째 포격에 당하면 끝장이겠군요. 직격당하지 않은 게 다행이지요. 200미터쯤 짧았는데도 이 꼴이라니. 정면 출입구는 아슬아슬하게 버티고 있습니다. 다음 포격이 오기 전까지 수리할 수 있을지 모르겠지만…"

봉숭아가 그의 말을 잘랐다. "내가 저격수는 아니지만, 알고 지낸 저격수가 좀 있지. 다음번에는 조준이 못 미치지는 않을 거야. 우리 머리 위를 지나쳐 떨어지겠지. 그렇게 거리를 가늠한 다음 세 번째 포탄으로 우리를 정확하게 맞힐 테고. 나라도 그렇게 하겠어. 정문을 수리해? 빌어먹을, 그럴 시간이 없어. 당신 말이 맞아." 언니가 대놓고 욕을 하는 모습은 처음이었다. "당장 여기를 버려야 해."

"요새를 나가면 그대로 하나씩 사냥당할 텐데…"

"여기 머물면 단번에 사냥당하지. 전원 이동을 시작한다."

"아라지?" 제비는 숨을 토해내듯 말했고, 다행스럽게도 다시 목소리가 나온다는 사실을 깨달았다. 크고 작은 상처 때문에 등짝이 쓰라리기는 했지만. "이젠 일어나도 돼."

"다들 괜찮은 거야?" 아라지는 불안하게 물었다. "이거 말고는 전부 감쌀 방법이 떠오르지 않았어."

"그냥 경고를 해줬으면 훨씬 좋았겠지만."

베이는 고개를 저었다. 그녀를 돌아본 제비는 다시 움찔했다. 상처가 터진 모양이었다. 선명한 붉은 얼룩이 붕대를 적시고 있었다. "시간이 부족했을 거다. 철수 명령은 들었을 테니, 얼른 움직이지. 부상자를 여기서 빼내야 한다."

"너야말로 다시 부상자가 되게 생겼잖니." 혜자가 제비가 하려던 말을 대신해 주었다. "그래도 걸을 수 있으니 도움은 되겠구나."

"어머니." 이번에는 베이의 인내심도 조금 닳아 없어진 듯했다. "저는 부상자여도 검을 쓸 수 있습니다."

방금 사람들 머리 위에서 터졌던 폭죽을 어떻게 검으로 상대한다는 걸까? 소이탄이라는 물건이 어떤 식으로 작동하는지도 알 수가 없었다. 그러나 베이는 검을 들어야 마음이 가라앉는 사람이다. 어쩌면 이런 상황에서는 그게 가장 중요한 일일지도 모른다.

"너희 언니한테 허락을 맡기에는 시간이 부족하겠지만…"베이가 입을 열었다. 그 순간, 제비는 자신이 할 일이 남았음을 깨달았다. "지진 말이다. 전차가 있는 곳까지 간다면, 마지막으로 지진을 한 번 더 일으킬 수 있을까?"

제비는 눈을 질끈 감았다. 늦건 빠르건 벌어질 일이긴 했다. 이제는 다른 방법이 없었다. 아라지가 그렇게 싫어하는 사람 죽이는 일을 시키는 것보다는 낫지 않을까? 적어도 제비에게는 동족을 지킬 능력이 있었다. 같은 민족이라는 큰 개념까지는 아니더라도, 최소한 자신의 언니를 지킬 힘은 있었다.

"안료가 필요해요." 특히 마지막 남은 '흐드러지는 봉황'이 필요했다.

베이는 얼른 달려갔다가, 견디기 고통스러울 정도의 시간이 흐른 후에야 돌아왔다. 숨을 몰아쉬는 그녀의 손에는 봉숭아가 압수해 갔던 가방이 들려 있었다.

"아라지. 우리를 전차 근처까지 데려가 줄 수 있어?" 제비의 이가 덜덜 떨리기 시작했다. 사실 전차 근처로는 조금도 가까이 가고 싶지 않았다. 그대로 꼬리를 내리고 어디 커다란 바위 뒤에라도 숨어 있고 싶었다. 제비는 영웅심이나 용기와는 거리가 먼 사람이었다. 그런 것은 언제나 지아 형부의 몫이었다. 그런 최후를 맞이한 것도 사실 그 때문이었을 것이다. 베이조차도 영웅심 덕분에 죽을 뻔했다. 그러나 여기서 도망칠 수는 없었다. 라잔인들이 독립군을 쓸어버리도록 놔둘 수는 없었다.

"응. 서두르자." 아라지가 말했다.

베이는 한쪽 팔만 이용해서 훌쩍 아라지에 올라탔다. 제비는 그 모습에 감탄했지만, 동시에 그녀가 기절해서 자기 혼자 일을 마무리해야 할지도 모른다는 두려움에 사로잡혔다. 제비는 용의 등판에 바싹 달라붙었다. 누군가 공중에서 그들을 습격한다면, 베이가 몸을 자유롭게 움직일 수 있어야 한다는 생각에서였다. 물론 즉시 어리석은 생각이라고 깨닫기는 했지만. 그래도 어쩌면, 하판덴이 베이 몰래 제작한 새로운 용을 부리고 있을지도 모른다.

아라지는 그대로 허공으로 솟구쳤다. 제비는 발밑에서 위태롭게 기울어지는 땅을 보며 마른침을 꿀꺽 삼켰다. 하늘로 날아오름과 동시에, 포물선을 그리며 주둔지 쪽으로 날아가는 두 번째 포탄이 보였다. 아니, 주둔지에 정통으로 명중하지는 않을 것이다. 곡선에 익숙한 제비는 포물선의 끝점이 어디일지 예측할 수 있었다. 언덕 요새 너머에 떨어질 것이 분명했다. 봉숭아가 예측한 그대로였다.

제비는 포탄이 사로잡힌 별이나 불타는 주먹처럼 생겼거나, 아니면 온갖 색깔이 뭉쳐 불길하게 윙윙 돌아가는 소용돌이일 것이라 상상했다. 그러나 어느 쪽도 아니었다. 포탄은 그저 한쪽 끝이 뾰족한 검은색 금속 원통일 뿐이었다. 길게 늘인 총알 같았다. 총알은 땅에 떨어지며 폭발하지는 않지만.

수많은 북을 동시에 두드리는 것처럼 괴성을 울리며, 아라지는 그대로 포탄 쪽으로 몸을 날렸다.

"안 돼!" 제비는 소리쳤다. 폭발하는 물건에 얻어맞는 것보다 더 나쁜 일은, 이제 곧 폭발할 물건에 정면으로 돌진하는 것뿐일 테니까.

아라지는 조금도 망설이지 않고, 마치 명궁의 시위를 떠난 화살처럼 그대로 속도를 올렸다. 제비는 차마 포탄을 바로 쳐다보지 못하고 시선을 내렸다. 포탄의 그림자가 독을 품은 뱀처럼 쏜살같이 땅 위를 달려 나가는 모습이 보였다. 순간 제비는 멀리서 이 광경이 어떻게 보일지를 상상했다. 하늘과 대지가 서로를 향해 돌진해 가는 것처럼 느껴지지 않을까.

충돌 직전의 아주 짧은 순간, 용기를 그러모으는 법 따위는 조금도 모르는 제비는 눈을 질끈 감았다. 살짝 후회가 섞인 생각이 머릿속을 스쳤다. 우린 전부 죽었어. 벌써 죽고 싶지는 않았는데.

"꽉 잡아!" 베이가 그에게 소리쳤다.

제비는 반사적으로 안장 꼬리를 꽉 붙들었다. 덕분에 제비는 그대로 거꾸로 떨어져서 아래쪽 땅으로 추락하는 일을 피할 수 있었다. 다음 순간, 아라지가 그대로 몸을 틀며 어깨로 포탄을 튕겨냈기 때문이었다. 마치 세상에서 가장 빠르고 정확한 황소 같은 돌진이었다.

화염과 연기가 제비의 세상을 자욱이 뒤덮었다. 숨을 쉴 수가 없었다. 아니, 실수로 연기를 들이쉰 덕에 끔찍한 기침에 시달려야 했다. 먼지와 재가 반쯤 기도로 넘어가 버렸기 때문이었다. 용은 계속 날아갔다. 제비는 한참이 지난 후에야 아라지가 포탄의 방향과 직각으로 날아갔다는 사실을 유추해 냈다. 그 빌어먹을 물건이 폭발하기 전에 최대한 거리를 벌리기 위해서였다.

"제비!" 베이가 부르는 소리가 들리기 시작했다. 잔뜩 갈라진 목소리였다. "제발, 살아 있다고 말해줘."

"살아 있어요." 제비가 캑캑거리며 대답했다. 그리고 눈을 한쪽씩 억지로 뜨다가 곧바로 후회했다. "우리 어떻게 살아 있는 거예요?"

"아라지가 몸을 돌려 폭발을 막았다." 베이가 대답했다. 조금 전에 땅이 괴상한 각도로 다가오던 모습도 그걸로 설명할 수 있을 듯했다.

"적들은 저쪽에 있어." 아라지가 경고하듯 말했다.

"이제 너를 쏠 거 아냐." 제비는 당황하며 말했다. 적어도 전차 부대는 이제 아라지를 목표로 삼을 것이다.

높은 곳에서 보니, 전차는 마치 수레에 대포를 올린 것처럼 우스꽝스럽게 보였다. 물론 바퀴 대신에 무한궤도가 달려 있기는 하지만. 전차의 포신 몇 개가 방향을 돌려 아라지를 조준하는 모습이 똑똑히 보였다. 제비는 움찔하며 물러나면서도 그 모습을 마음속에 담았다.

"나는 쟤들보다 빠르니까." 우쭐한다기보다는 단호하게 확신하는 투였다. "내가 시선을 끌 테니까, 얼른 작업을 완료해야 해."

제비와 베이는 용의 등에서 내려와 언덕 뒤편에 몸을 숨겼다. "그것만으로는 오래 못 버틸 거다." 베이가 말했다. "언덕 너머로 포격해서 목표를 맞힐 수도 있으니까. 하지만 전차로 직접 노리기에는 목표물이 너무 작지."

"그거 좋은 일이죠?" 제비는 불안하게 물었다.

베이는 제비의 팔을 잡아끌었다. 왼손을 쓰는데도 상당한 힘이 느껴졌다. 제비는 처음으로 그녀가 왼손으로 검을 뽑을 수 있도록 칼집을 반대쪽에 묶었다는 사실을 깨달았다. 대체 얼마나 철저하게 대비하길래 양손 수련을 하는 거지? 제비가 왼손으로 그림을 그려본 적은, 스승 한 명이 왼손을 쓰면 선입관에서 해방될 수 있다고 주장했던 때 한 번뿐이었다. 흥미롭지만 써먹기 힘든 결과물이 나왔다. 하긴 예술가들은 실수해도 손을 잃을 일이 별로 없기는 하다. 아니면 팔이나.

아니면 머리나.

베이는 그를 붙들고, 다가오는 군대에서 멀어지는 쪽으로 끌고 갔다. 그리고 입 모양으로 말했다. "저쪽에는 보병이 있다. 고개를 내밀면 마음껏 총알을 퍼부어 우리를 벌집으로 만들어 버리겠지. 아라지가 저들의 총격을 유인해 줄 테고…" 용은 동의하듯 쉿 소리를 냈다. "여기까지 오는 자들이 있다면 내가 그대를 보호해 주겠다."

이게 좋은 생각인지 잘 모르겠어요. 제비는 이렇게 말할 뻔했다. 그러나 그는 베이와 눈을 마주쳤다. 눈동자가 검의 심지처럼 검게 빛나고 있었다. "당신한테는 상대도 안 될 거예요." 제비는 무모한 말을 내뱉고는, 그녀에게 입을 맞추었다. 노린 곳은 입이었으나 입술이 닿은 곳은 볼이었다. 베이가 고개를 틀었기 때문이었다.

"움직여라." 베이가 검을 뽑았다.

제비는 '흐드러지는 봉황'과 다른 여러 안료를 꺼냈다. 베이의 도움을 받아 여름 궁전에서 가지고 나온 물건이었다. 베이가 그의 곁에 머물렀다면 훨씬 안심되었겠지만, 그녀는 이미 하늘을 선회하는 매처럼 앞으로 튀어 나가고 있었다. 언덕 꼭대기에 모습이 드러나지 않게 바싹 몸을 낮춘 채였다. 제비는 수통에서 물을 조금 따른 다음, 당장 조달할 수 있는 물건들을 섞어 조잡한 물감을 만들기 시작했다. 남은 평생 동안은, 땅 한 뙈기를 볼 때마다 온갖 끔찍한 기억들이 떠오를 것이다. 가면이라든가. 괴물이라든가. 희생양이라든가.

이제부터가 가장 싫었다. 자신의 작업에 집중하느라 베이를 확인할수 없으니까. 귓가에는 포병대의 포격 소리가 똑똑히 들려오는데도. 앞으로는 불꽃놀이를 구경하러 갈 때조차 폭음이 들리면 펄쩍 뛰어오르거나 근처의 엄폐물 아래로 뛰어들게 될 것이다. 전쟁은 멀리서 보기에는 아름답다. 서사시나 역사책 속에서 읽거나, 가장 예쁘게 보이는 시점에서 진형을 묘사한 삽화를 구경할 때는 분명 아름다웠다. 그러나 가까이서 본 전쟁은 마치 배를 때리는 주먹처럼 느껴졌다. 차이점은 주먹 쪽이 훨씬 살아남기 쉽다는 것뿐이었다.

나는 너를 버리지 않을 거야. 아라지가 말했다. 제비는 순간 온몸에 소름이 돋았다. 아라지는 몸을 분해해 여러 마리의 빠르게 움직이는 목표물이 되는 쪽을 택한 모양이었다. 예전에 한 것처럼, 무수히 많은 거미로. 그중 두 마리가 제비 쪽으로 되돌아왔다. **아직 아무도 네 위치를 못 찾은 것 같아.**

제비는 누군가 용의 뒤를 밟아서 자신의 위치를 발견할 수 있다는 생각조차 하지 못하고 있었다. **고마워.** 제비는 고마우면서도 조금 당황한 기분으로 중얼거렸다. 이번에는 지진에 휘말리고 싶지 않았다. 지진의 효과 범위를 제한할 방법이 있을까?

고함과 비명과 포격의 소음이 뒤얽히며 허공을 가득 메웠다. 소총 소리도 더해졌다. 음악 쪽으로 재능이 있는 사람이라면 저런 온갖 소리 속에서도 아름다움을 찾을 수 있을지 모른다. 세상에서 가장 파괴적인 타악기 합주로 여긴다든가. 제비는 뭐든 지푸라기라도 가져와 귀를 막을걸 그랬다고 생각했다. 이대로 가면 앞으로 귀울림이 영영 사라지지 않을 것 같았다.

살갗이 쓸리는 것에도 개의치 않고, 제비는 언덕 사면의 흙을 긁어 냈다. 얇게 깔린 흙과 자갈과 튼튼하고 이름 모를 잡초 뿌리 아래로 조금이지만 암반이 드러났다. 다음으로 제비는 붓을 꺼냈다. 애석하게도 이번 작업이 끝나면 버리고 새 붓을 구해야 할 듯했다. 이렇게 좋은 물건을 낭비하기는 싫다고 생각하면서도, 제비는 그림을 그리기 시작했다.

붓 끝에서 흘러나온 문양이 모래투성이 바위 위에서 빠르게 아무는 흉터처럼 응고되기 시작했다. 그가 마지막으로 그렸던 문양은 고스란히 기억 속에 남아 있었다. 마치 두개골의 봉합선 위에 낙인을 찍은 것처럼. 황홀경에 사로잡힌 채로, 제비는 지난번에 그렸던 문양을 똑같이 그리려다 정신을 차렸다. 그리고 마지막 경계선을 수정하여 지진의 힘이 가해지는 영역을 통제하려 시도했다.

제비는 흙이나 돌의 성질에 대해 제대로 공부한 적이 없었다. 화국인이라면 누구라도 알고 있을 풍수지리의 기초적인 원칙 정도가 그가 아는 전부였다. 제대로 된 지관과 돌팔이를 구분하기에도 부족한 지식이기는 하지만. 제비는 행운이든 불운이든 운을 억누를 수는 없다는 느낌이 들었다. 방향이나 흐름을 바꿀 수 있을 뿐이다.

게다가 물리나 공학도 배워본 적이 없었다. 그림과 직접적으로 연관이 있는 내용, 이를테면 빛 원색의 구성 요소 정도가 고작이었다. 제비는 언제나 이론보다는 응용에 관심이 많았다. 안정성이 강하지만 무한하지는 않은 한정된 영역에 인공적으로 힘을 투사해서 지반을 부수고 토사를 무너트릴 경우의 결과는, 지금껏 생각해 볼 이유조차 없었다.

발밑의 땅이 우르릉거리며 울리기 시작했다. 제비가 자신이 무엇을 잘못했는지를 고민하는 순간, 땅울림이 갑작스럽게 멎었다. 그리고 기분 나쁜 후루룩 소리와 함께 전차 부대 발밑의 땅이 열리더니 그 위의 모두를 삼켜버렸다. 비명이 들리기에는 너무 먼 거리였지만, 상상하기에는 충분했다. 능선에 올라가면 목표물이 될 뿐이라는 지아 형부의 말조차 잊은 채로, 제비는 아래 광경을 조금 더 자세히 확인하기 위해 언덕 꼭대기로 기어 올라갔다.

전차들은 제비가 만들어 낸 수렁으로 모조리 빠져들고 있었다. 느리지만 아무도 빠져나오지 못했다. 제비는 눈앞의 광경을 받아들이지 못하고 입을 쩍 벌렸다. 땅이 갈라지며 입을 벌렸다가, 다물었다가, 다시 벌렸다. 그 모든 현상이 완벽한 원형 안에서만 일어나고 있었다. 마치 보이지 않는 장벽이 그 이상으로 퍼져 나가는 것을 막는 듯했다.

뭐라 이름 붙이기 힘든 본능 때문인지, 아니면 갑작스레 바닥에 생긴 그림자 때문인지, 제비는 고개를 들었다. 아라지의 거미들이 서로 타고 오르며 반짝이는 금속 기둥을 만들었다. 원래의 용 형태로 돌아가는 중이었다. 예전에는 본 적이 없는 광경이라, 제비는 순간 경탄에 말을 잃었다.

"제비, 엎드려!" 용이 소리쳤다.

제비는 눈을 깜빡이다가, 문득 헐벗은 개나리 덤불 아래 사람이 엎드려 있는 모습을 발견했다. 손에 지팡이가 보였다. 눈에 익은 물건이었다. 소총 개머리판이 달린, 하판뎬의 지팡이였으니까. 다만 지금은 아래쪽을 분리해서 소총 총신이 드러나 있었다. 나무 지팡이라면 저렇게 번쩍일 리가 없었다.

제비는 공포에 사로잡힌 채로 멍하니 총신을 바라봤다. 나를 겨누고 있잖아. 하지만 내 할 일은 끝났는데. 뒤이어 엎드려야겠다는 생각이 떠올랐다. 그러나 몸을 움직일 수가 없었다.

마지막 남은 전차가 흙과 부서진 바위 더미 속으로 끌려 들어갔고, 대지는 굉음과 함께 끓어올랐다.

소총의 총구에서 불빛이 번쩍였다. 용은 그대로 매처럼 날렵하게 날아들어 하판덴을 뭉개며 착지했지만, 이미 너무 늦어버렸다.

처음에는 아무것도 느껴지지 않았다. 다음 순간 엄청난 고통이 복부에 작렬했다.

"제비!" 베이의 목소리였다. 그녀의 얼굴은 마치 일렁이는 물에 비친 것처럼 조각나 보였다. "여길 떠나면 안 되는 거였… 제비, 이렇게는… 얼른 그대를 치료해야…"

제비는 그녀를 보며 웃다가, 악취가 섞인 소금물 비슷한 것을 토했다. 배 속이 왜 고통스러운 비명을 지르는지 영문을 알 수가 없었다. "우리 해낸 거죠?"

"이 바보!" 베이의 목소리가 꾸짖는 것만 같았다. "서로 돌아가며 부상당하면 어떻게 하나?"

뒤이어 제비는 고통에 의식을 잃었다.

21

제비는 갑자기 정신이 들었다. 마치 힘겹게 수영하다 수면 위로 올라오는 느낌이었다. 마지막으로 헤엄을 쳐본 것이 열한 살 때라는 점을 생각하면 특히 더 놀라운 일이었다. "나 죽은 거구나." 그렇다면 눈앞이 일렁이는 것도 설명이 됐다. 저승은 모든 초점이 엇나간 세계인 걸까? 어쩌면 예술가들을 위해 특별히 마련한 지옥일지도 모른다.

"운이 좋아서 빗맞은 거예요." 무심한 목소리가 말했다. "걸을 때마다 아플 테지만, 고통에 비하면 심각한 부상은 아니에요. 이미 상처는 전부 꿰맸어요."

제비는 기억을 뒤져 이름을 하나 찾아냈다. 혜자 씨였다. 베이의 어머니이자 양의에게 배운 의사였다. 제비는 서양 의술에서 어떤 약을 쓰는지조차 몰랐다. 자는 동안 묘하게 맛없는 약이라도 먹인 걸까? 하긴 묘하게 맛없는 약을 먹이는 것은 화국 전통 의술에서도 마찬가지다. 침을 놓거나 푸닥거리를 할 때도 있지만, 제비는 양쪽 모두 별로 경험이 없어서 뭐라 말하기 힘들었다. 게다가 누군가 침을 잔뜩 찔러놓았다면 분명 알아차렸을 것이다. 아무리 가는 침을 쓴다고 해도.

"이건?" 제비는 이렇게 말하고는, 나머지 문장을 완성하려고 안간힘을 썼다. 할 말이 떠오르지 않았다. 무슨 일이 있었더라… 전투? 그래, 전투가 있었지.

제비! 이번에는 아라지였다. 깨어났구나. 용의 여왕님 감사합니다.

깨어났네. 온전히 확신할 수는 없었지만, 제비는 이렇게 대답했다.

"앉아봐요." 제비가 몸에 들러붙는 담요에서 벗어나려고 사투를 벌이는 모습을 바라보며, 혜자는 이렇게 말했다. 아까 말한 대로 고통스러웠다. 총상에서 고통이 뿜어져 나오는 느낌이었다.

"하판덴이 우리를 쫓고 있어요. 막아야 해요." 제비의 목소리는 신음에 가까웠다. 무슨 일이 일어났는지 기억하려 안간힘을 썼지만, 소용이 없었다. 아무래도 기절하는 건 그리 현명한 선택이 아니었던 듯했다.

"당신이 성공했어요." 혜자는 여전히 차분하게 말했다. "대지가 갈라지며 굶주린 용처럼 전쟁 기계를 전부 빨아들여 버렸어요. 2개 사단이 있던 자리에 금속 쪼가리밖에 남지 않았어요. 아직도 때때로 흙이 소용돌이치는 모습이 보여요. 손자의 손자가 태어날 때까지도 아무도 저 전장 가까이에는 가지 않겠지요. 불운이 찾아올까 두려울 테니."

내가 그런 짓을 했다고? 조각난 기억이 고통스럽게 하나씩 되돌아왔다. "결국 내가 해버렸어요…" 제비는 간신히 그 말을 입에 담았다. 토하고 싶었다. 가장 안정된 원소인 대지가 자신을 파묻으려 덮치던 순간의 공포가 떠올랐다. 땅 위에 있던 사람들에게는 얼마나 더 끔찍했을까? 몸을 의지하던 땅이 갑자기 수렁으로 바뀌었는데?

"일어났다면 만나봐야겠어." 바깥에서 다그치는 목소리가 들려왔다.

"당신 언니예요." 혜자는 똑같은 어조로 말했다. "가라고 말해줄까요?"

"네? 아뇨, 들여보내 주세요." 여전히 시야는 뿌옇기만 했다. 일시적인 증상이었으면 좋겠다는 생각이 들었지만, 덕분에 덩어리의 색채와 명암을 판별하기는 쉬워졌다. 첫 그림 스승이 가르쳐 준 잔재주와 비슷했다. 눈을 가늘게 뜨고 일부러 초점을 빗나가게 만들어서, 그림의 세부 대신 전체적인 큰 덩어리를 보는 것이다. 유용한 기술이기는 해도 영원히 그런 세상만 보고 싶지는 않았다.

거리를 두면 제대로 얼굴을 구별할 수 없으니, 봉숭아 또한 제대로 알아볼 수는 없었다. 그러나 등을 꼿꼿하게 세우고 걷는 모습은 언니가 분명했다. 어디서든 저 걸음걸이는 알아볼 수 있을 것이다. "살아 있었네." 제비는 이렇게 말하고는, 요령 없이 곧바로 다음 질문을 던졌다. "베이는 어디 있어?"

"잠들어 있지." 봉숭아가 말했다. "혜자가 수면제를 먹였어. 머저리처럼 사방을 돌아다니길래, 그대로 놔두면 피가 부족해질 것 같아서."

어쩐지 베이다운 행동이라고 생각했다. "내가 쓰러진 다음에는 어떻게…?"

"네 용이 하판텐을 제거했어." 봉숭아가 말했다. "직접 본 건 아니야. 베이가 보고한 거지. 남은 유해는 우리가 가져왔고."

제비는 다시 속이 뒤틀리는 것 같았다. **정말이야?** 그는 아라지에게 물었다.

의미심장한 침묵이 흘렀다. **웅. 하판덴이 죽지 않으면 네가 죽는 상황이었으니까. 선택할 수밖에 없었어.**

제비는 용의 목소리에 실린 고뇌를 느끼며 입 속을 지그시 깨물었다. **이렇게 만들어서 미안해.** 다른 무슨 말을 할 수 있을까?

너를 겨눈 건 그 사람인걸.

"나한테 알리지도 않고 빠져나갔더구나." 봉숭아가 말했다. 제비는 다시 언니에게 주의를 돌렸다.

이번에도 봉숭아는 고함을 지르지 않았다. 이렇게 차분하게 타오르는 것보다는 대놓고 꾸짖는 편이 차라리 나을 텐데. "아무것도 안 하고 얌전히 뒤편에 빠져 있을 수는 없었어." 그는 마음이 상해서 이렇게 되쏘았다.

"이 바보야." 봉숭아의 목소리는 한층 조용하고 훨씬 격렬했다. "그러다 죽으면 어쩌려고."

"우리가 어떻게든 전차를 처리하지 않았더라면 다 함께 죽었을 거잖아!"

봉숭아는 제비의 어깨를 붙들었다. 제비는 고통에 비명을 질렀고, 봉숭아는 황급히 손을 뗐다. "이 바보야." 그녀는 이 말만 계속 반복했다. 제비는 봉숭아의 얼굴이 젖어 있다는 것을 깨닫고 경악하며 동시에 당황했다.

"날 걱정한 거야?" 제비도 목이 메고 있었다.

"이 바보야." 봉숭아는 같은 말을 한 번 더 뱉었다. "너는 가족이잖니. 취미 고르는 눈은 끔찍하고 연인 고르는 눈은 미심쩍지만. 당연히

네 걱정을 하지. 네가 쓰러져서 어딘가 흙바닥을 구르고 있지 않을까 얼마나 마음을 졸였는데."

"할 말이 있어. 베이 이야기야." 더는 언니를 속일 수 없었다. 어쩌면 지아 형부의 죽음 이야기를 꺼내기에는 최악의 순간일지도 모른다. 미리 말했어야 했지만 마땅한 기회가 없었다. 그리고 제비는 자신의 연인이 형부를 죽였다는 소식을 좋게 말할 방법이 없다는 사실을 조금씩 깨닫고 있었다.

"베이는 지금…"

"아니, 그 뜻이 아니야." 제비는 다급했다. 언니의 말을 무례하게 끊을 정도로. "베이가 지아 형부를 죽인 결투가야."

봉숭아는 그대로 침묵에 빠졌다.

저질러 버렸어. 뒤이어 제비는 한 가지 사실을 깨달았다.

지금 베이가 잠들어 있다면, 봉숭아가 처형을 지시하더라도 제대로 반항조차 할 수 없을 것이다. 적어도 베이가 몰래 안전하게 빠져나갈 수 있을 때까지라도 기다려야 했는데. 하지만 가봤자 어딜 갈 수 있을까?

그런 상황까지 가면 내가 베이를 지켜줄게. 아라지가 말했다. **물론 필요하다면 말이지만.**

"나 지금 언니 표정이 안 보여." 제비는 말했다. 사실이지만 멍청하게 들리는 소리였다. "아직 전부 흐릿하게만 보이거든."

"그렇겠지요." 혜자가 끼어들었다. "복부에 입은 상처가 회복되는 동안은 조심해야 해요. 처음에 받은 충격도 아직 남은 듯하고요. 시간이 지나면 괜찮아질 거예요. 위험한 행동만 하지 않으면." 그녀가 '바보 같은'이라는 표현을 사용하지 않은 것이 위안이 되었다.

혜자가 말을 마친 후, 봉숭아가 입을 열었다. "알고 있었어."

"뭘 알아?" 제비가 물었다.

"제비야. 나는 모든 부서의 수석 결투관의 움직임을 파악하고 있었단다. 당연히 전쟁 당시의 기록도 살펴봤지. 그게 비밀이라고 생각한 거니?"

제비는 입을 다물지 못한 채 언니를 바라봤다.

"용서나 복수 같은 문제가 아니야." 봉숭아는 굳은 목소리로 말했다. "베이는 우리 목적에 유용한 사람이지. 내 개인적인 감정은 중요치 않아. 그저 내 시야에서 최대한 빨리 사라져 주면 좋겠다고만 말해 두고 싶네."

제비는 고개를 숙였다. 봉숭아가 독립운동에 투신하면서 무엇을 버렸는지를 어렴풋이 깨달았기 때문이었다. 문득 이런 생각이 들었다. 그럼 나는 언니와 연인 중에서 선택해야 하는 걸까?

"지진 말인데." 봉숭아가 갑자기 물었다. "다시 쓸 수 있겠니?"

봉숭아가 명령할 때마다 지진을 일으킬 수 있다면, 그를 베이와 떨어트려 여기 붙들어 두려 할까? "힘들 것 같아. 일단 '흐드러지는 봉황' 안료가 더 필요해. 남은 걸 전부 써버렸거든."

"그렇구나."

"그리고 난 이제 할 생각 없어." 제비는 떨리는 목소리로 덧붙였다. "대지 그 자체에 빠져 죽다니… 사람은 그런 식으로 죽어선 안 돼. 구식 방법으로 싸우고 싶다면, 그건 상관없어. 하지만 나는 절대 다시 지진을 일으키지 않을 거야. 방법도 누구에게도 알려주지 않을 거고."

"그럼 상당히 곤란해지겠구나."

"절대로 안 돼."

뒤이은 짧은 침묵 동안, 제비는 봉숭아가 자신을 고문하려 들지는 않을까 조바심에 사로잡혔다. 지금 몸 상태를 보면 그리 오래 버티지 못할 것이 분명했다.

"그래, 아무래도 무리겠구나." 가뿐하게 포기하는 봉숭아의 어조는 예상보다 훨씬 두렵게 여겨졌다. 표현할 수는 없었지만. "하지만 우리 쪽 사람들이 연구하는 것까지 막을 수는 없겠지. 어쨌든 지금은 장례부터 준비해야 하니까."

제비의 입이 바싹 말랐다. 순간 입천장에 혀가 달라붙은 것만 같았다. 그런 현실적인 문제를 미처 생각조차 하지 못하다니. 죽은 이들의 혼백이 들러붙어 저주를 내릴지도 모르는데. "얼마나 죽었어?"

"우리 쪽, 아니면 저쪽? 전차 2개 사단에 보병까지 합치면 수천은 되겠지. 우리 쪽에서는⋯ 포병대의 포격에 40명쯤 목숨을 잃었어. 네 용이 끼어들지 않았더라면 학살극이 펼쳐졌을 거야."

미안해. 제비는 다시 무력하게 중얼거렸다.

천막의 입구가 젖혀지며 쐐기꼴 금속 머리통이 안을 기웃거렸다. 용의 시선이 제비를 붙들었다. 타오르는 등잔만큼이나 형형한 눈빛이었다. "사람이 죽은 것 자체가 유감일 뿐이야. 네가 다친 것하고."

"나는 전장에서 멀리 떨어져 있었잖아." 제비는 항변했다. "그 커다란 폭탄을 나한테 겨눈 것도 아니었고." 아라지는 커다란 폭탄에 스스로 뛰어든 쪽에 가까웠지만, 그게 중요한 일은 아니었다. 그 상황을 봉숭아 앞에서 언급하고 싶지는 않았다. 그랬다가는 다시 과보호하는 언니 상태로 돌입할지도 모르는 일이니까.

아라지는 땡그랑거리는 불협화음을 냈다. 제비는 그 소리가 못마땅한 헛기침과 비슷한 느낌이라고 추측했다. "제비. 총하고 활이 상대라면 상당히 먼 거리에서도 목숨을 잃을 수 있어."

제비는 아라지가 말하는 내내 눈썹을 찡긋하며 다른 쪽으로 화제를 돌리자는 신호를 보냈다. 그러나 아라지는 전혀 알아듣지 못했다. 결국 제비는 포기하고 입을 열었다. "그래도 네가 사람을 죽이게 하고 싶진 않았어. 나 때문에 그럴 필요까진 없었는데."

용은 놀랍도록 부드러운 동작으로 제비의 어깨에 주둥이를 부볐다. "원칙을 지키려다가 그 원칙으로 보호하려던 사람들을 잃게 된다면 그게 무슨 소용이겠어? 나는 전쟁이 싫어. 하지만 그렇다고 또 다른 학살을 용납할 수는 없잖아? 방금은 평화로운 해결 방법이 없는 상황이었어."

제비는 말없이 고개만 끄덕였다. 울컥하며 목이 메어 왔다.

봉숭아가 헛기침을 했다. "내일 장례를 치를 거야. 아라지가 무덤을 파는 일을 도왔지. 그 엄청난 힘이 여러모로 도움이 돼."

제비는 치밀어 오르는 울음을 간신히 삼키고 쉰 목소리로 말했다. "괜찮은 묏자리는 찾은 거야?"

"너 꽤 오래 기절해 있었거든." 봉숭아가 말했다. "그동안 근처 마을에 연락해서 지관을 찾았어. 땅 자체가 끓어오른 곳에 와달라고 설득하느라 상당히 돈을 쓰기는 했지만." 제비는 자신이 벌인 짓이 떠올라 움찔했다. "그래도 와서 묏자리를 확인하고 장례를 치러줄 거야."

"나도 가야 해." 제비는 눈을 질끈 감으며 말했다.

"네가 원한다면야." 봉숭아가 말했다.

"내일… 라잔인들의 장례도 치를 거야?"

언니의 얼굴에서 흐릿한 형체가 일렁였다. 문득 언니의 표정을 제대로 읽을 수 없어 다행이라는 생각이 들었다. "물론이지. 그 작자들의 원혼이 우리를 괴롭히면 곤란할 테니까."

"아직 걸으면 안 돼요." 자리에서 일어나는 제비의 모습을 보며 혜자가 말했다.

"지라이 하판덴의 시체를 보고 싶어요. 처리하기 전에요. 벌써 처리했다면 어쩔 수 없지만."

"보기 좋은 꼴이 아니야. 내 말 믿어." 봉숭아의 얼굴이 다시 일렁였다. "이렇게 말하면 너무 직설적일지도 모르지만… 짓눌린 고깃덩이밖에는 남지 않았거든."

제비는 입매를 굳혔다. "죽었는지 직접 확인하고 싶어."

혜자가 입을 열었다. "그건 별로 좋은 생각이 아니라고 말해두고 싶지만, 당신이 우리 딸아이와 비슷한 사람이라면 그냥 몰래 빠져나가려 시도하겠죠. 내가 부축하겠어요."

"알았어." 봉숭아가 말했다. "대신 다녀와서는 쉬는 거야. 명심해."

어떻게 보면 시야가 흐린 것이 차라리 축복이었다. 독립군은 전사자들을 언덕에 줄지어 늘어놓았고, 경비병이 서서 시체를 노리는 포식자들을 쫓아내고 있었다. 혜자는 그곳으로 가면서 머리 위에서 새 떼가 선회하고 있다고 알려주었다.

제비는 임시 목발을 짚고 시체 사이를 절뚝거리며 나아가다가 마침내 라잔인 전사자들이 누워 있는 곳에 도착했다. 전장에서 회수된 시신은 놀랄 정도로 수가 적었다. 아니, 놀랄 일은 아닐지도 모른다. 혜자가 묘사했던 땅바닥에 일어난 소용돌이를 생각하면.

"세월이 흘러 언덕이 낮아지기 전까지는 구덩이가 남을 거예요." 혜자는 전사자들 사이로 제비를 안내하며 말했다. "적어도 그렇게 휑하니 뚫려 있으니, 한밤중에 잔뜩 술에 취해서 지나가지만 않는다면 빠질 일은 없을 테지요."

"더 이상 사람들이 거기 빠져 죽지 않았으면 좋겠어요." 메마른 목에서 갈라진 목소리가 흘러나왔다. "나는 예술가지, 살…" 제비는 말을 끝맺지 못했다. 살인자가 아니라고? 내 손으로 수많은 사람을 죽여놓고서?

"나도 사람을 여럿 죽였어요. 사실 그래서 베이의 아버지와 만나게 된 거지요." 혜자가 살갑게 말했다.

"혜자 씨가요?" 제비는 자신의 죄책감에서 잠시 벗어나며 물었다. 당연하지만 혜자가 의도한 그대로였다.

혜자의 표정이 슬쩍 바뀌었다. 웃음일까? 찌푸림일까? "서양인 의사들 사이에는 규칙 같은 것이 있어요. 치료 과정에서 꼭 필요하지 않다면, 절대 환자에게 의도적으로 해를 끼치지 않을 것. 예상할 수 있겠지만 수많은 논란을 불러일으킨 규칙이죠.

나는 이방인인데도 우리 스승 휘하에서 가장 촉망받는 제자가 되었어요. 그러나 나는 그 규칙을 따르겠다는 선서를 하지 않았고, 그들은 결국 나를 내쳐버렸죠. 고향으로 돌아온 후에는 꽃송이 구역에서 남규와 함께 살게 되었고, 한때는…" 제비는 여기서 그녀가 미소 짓고 있다는 사실을 확실히 깨달았다. 아주 섬뜩한 미소이기는 했지만. "라 잔의 보급기지를 망치려고 독을 만들기도 했어요. 침략전쟁이 벌어지 기 몇 년 전의 일이었죠. 라잔인들이 교역이나 첩보 따위의 다양한 명 목으로 병력을 숨겨 들어오던 당시에요."

"전 그게 헛소문인 줄로만 알았어요." 제비가 말했다. "적어도 제가 들은 내용은 평범한 식중독하고 별로 다를 게 없어 보였거든요."

"독살에는 굳이 언급할 필요 없는 다양한 문제점이 존재하거든요." 혜자는 이렇게 말했다. 의도한 것은 아니었지만, 제비는 그 때문에 한 층 호기심이 강해졌다. "그중 하나는, 동시에 다수를 독살하려 하면 필연적으로 생존자가 생길 수밖에 없다는 거예요. 섭취량도 정확히 맞출 수 없고, 내성도 저마다 다르게 마련이니까요."

제비는 고개를 끄덕였다.

"드주게 케이지 대위는 침략전쟁이 시작되기 한참 전부터 화국에 주둔하고 있었어요. 조정에 라잔과 공모하는 세력이 있었기 때문이었 죠. 그는 내 독약에 당하지 않았어요." 여기서 이야기의 흐름은 제비 의 예상에서 완전히 벗어났다. "그이는 그 맛있는 팥떡을 안 먹는 사 람이었거든요. 내가 그렇게 먹음직스럽게 만들어서 독을 넣었는데. 하지만 그에게도 다른 장교들처럼 하인이 붙어 있었고, 그는 자기 떡 을 하인들에게 줬죠. 그리고 주변 사람들이 전부 앓아누우니까 의사 까지 부른 거예요."

혜자의 목소리가 한층 나긋해졌다. "그리고 어리석게도 내가 갔지 요. 내가 공들인 야심작을 관찰하고 싶었거든요. 내가 몸담고 있던 파 벌에 보고도 해야 했고요."

"당신 정말 끔찍한 사람이군요." 제비는 소리쳤다. 혜자의 의술 스승이 그녀를 꺼린 이유가 이제야 이해가 됐다.

"그렇게 부르고 싶다면야, 그런 셈이죠. 나는 항상 생로병사의 모든 순간에 흥미가 있었어요. 당연하지만 생명이 끝나는 순간도 거기 포함되죠."

그리고 그녀는 무릎을 꿇고, 하판덴의 시체를 덮은 천을 들쳤다. 제비의 생각만큼 악취가 심하지는 않았다. 겨울이라 시체가 빨리 썩지 않아서일 것이다. 작은 위안이었다.

제비는 몸을 수그리고 엉망이 된 시체 앞으로 얼굴을 가져다 대었다. 초점을 잡기 위해서였다. 두부에 심각한 상처를 입었음에도, 제비는 하판덴의 얼굴을 가로지르던 엄격한 주름을 알아볼 수 있었다. 이제는 고통으로 일그러져 두 번 다시 펴질 일이 없겠지만. 두개골 후부는 완전히 함몰되어 있었다. 제비는 몸을 부르르 떨었다.

하판덴의 잔혹한 최후에서 벗어나기 위해, 제비는 다른 할 말을 찾기 시작했다. "그러면 대위의 너그러움에 감복해서 생명을 소중히 여기게 되신 건가요?"

혜자는 웃음을 터트렸다. "당신이 그런 식의 끝맺음을 원한다면 그렇다고 할까요? 나는 임무를 완수할 방법을 찾고 있었어요. 그이가 나를 설득해서 마음을 돌렸죠."

제비는 그 설득이 어떤 식으로 이루어졌는지 묻지 않았다. 대답을 들으면 서로 어색해질 것 같았다. 베이의 괴팍한 어머니는 그런 껄끄러운 상황 정도는 너끈히 대처할 수 있겠지만, 제비 자신은 힘들 것이었다. "그 후로 다른 사람에게도 독을 먹인 적이 있나요?"

혜자는 잠시 생각을 정리하듯 끙 소리를 냈다. "독? 독살은 안 했죠. 살인도 아주 오래 고민한 다음에야 저질렀고요."

"아직도 당신의 치료를 받으려는 사람이 있다는 게 놀랍네요." 제비는 말했다. '앞으로 다시는 당신의 의료 도구나 약 근처에도 가지 않을 거예요'라는 뜻을 나름 정중하게 표현한 셈이었다.

"그런 생각도 타당하죠." 혜자가 말했다. "하지만 생명을 치료하려면 생명의 전체 주기를 이해해야 하는 법이랍니다. 자궁에서 무덤까지요. 그리고 환부만 보면 상처를 벌린 것처럼 보여도, 그게 곧 환자의 목숨을 구하는 치료일 수도 있답니다."

"꼭 우리 언니처럼 말씀하시네요."

"그렇죠. 당신 언니라면 이해할 거예요."

제비는 문득 한 가지 사실을 깨달았다. 혜자는 지금 그가 하판덴의 죽음에 대해 느끼고 있을 죄책감을, 가장 에두르는 방식으로 덜어주려 하는 것이었다. 제비는 최대한 어색하지 않게 들리도록 노력하며 운을 띄웠다. "그 저기, 저는 괜찮아요. 죽어야만 하는 사람이었잖아요. 우리를 쫓고 있었고요. 이제 저 사람 후임은 아예 백지 상태에서 다시 시작하려고 애써야 하겠죠. 그 계획을 포기하지 않는다면 말이지만요."

"이자의 시체가 어떤 상태인지를 들었을 때 당신 토할 뻔했잖아요." 혜자가 지적했다. "당신은 베이가 아니에요. 그 아이는 직업 때문에 폭력에 익숙해져 있죠. 하지만 이 사회에서는 예술가에게까지 인간을 살점과 뼈와 연골의 집합체로 생각하라고 요구하지는 않아요."

"그건 무슨 뜻이에요?" 제비는 호기심을 참지 못하고 물었다. 그의 시선은 다시 하판덴의 유해 쪽으로 향해 있었다. "그런 걸 요구하는 사회도 있다는 건가요?"

"서양에는 예술가들에게 해부를 허용하는 나라도 있답니다. 인체의 해부학 지식을 습득하도록 말이죠." 혜자가 말했다. 너무 말도 안 되는 소리여서, 그녀가 만들어 낸 소름 끼치는 농담이라고 치부해 버리긴 했지만. "아마 이곳에서는 절대 그럴 일은 없겠죠." 혜자의 목소리에는 애석함이 묻어났다. 제비는 그녀가 그림을 취미로 택하지 않아 다행이라고 생각했다.

"이제 충분히 봤어요." 제비는 말했다. 거짓말로 자리를 피할 필요가 없어서 다행이라는 생각이 들었다. "완전히 끝났다고는 못 하겠지만요. 다른 장관 대리가 와서 이 사람의 자리를 차지하겠죠. 보복하려 들 테고요. 더 많은 사람이 죽을 거예요."

"그렇지요." 혜자가 말했다. "하지만 독립군 쪽에서도 그 정도는 대비해 놓았을 거예요." 그녀는 하판덴 위로 다시 삼베 천을 덮었다. "이제 당신도 의무 막사로 돌아가야 해요."

"베이를 보고 싶어요."

그녀는 잠시 머뭇거리다 입을 열었다. "당연히 그렇겠죠. 한 가지 물어볼게요. 내 딸아이가 당신에게 어떤 존재인가요?"

왜 그런 당연한 질문을. "왜요? 그게 중요한가요?"

"내가 괴짜라는 사실은 잘 알지만, 그래도 부모거든요. 그리고 진짜인지 확신은 못 해도, 예술가에 대해서 떠도는 소문도 잘 알고 있어요." 외국에서 의학을 공부하면서도 예술과 결혼한다는 예술가들의 이야기는 들었던 모양이었다. "당신은 어쩔 생각인가요?"

제비는 미친 듯이 웃음을 터트리고 싶은 충동을 애써 참아냈다. 베이는 기절해 있고 제비 본인은 총상에서 회복 중인데, 혜자는 미래 계획을 묻고 있다니. "따님을 걱정하신다면 염려 마세요. 예쁜 애인을 줄지어 사귀느라 베이를 버릴 일은 없을 테니까요. 만약… 만약 베이가 저를 원한다면, 저도 베이를 원할 거예요. 베이가 저를 원하는 한은요. 아직 언니 의견은 안 물어봤지만, 그래도…" 입에서 쏟아지는 말을 막을 수가 없었다. "그래도 상관없어요. 어차피 가문을 이을 사람은 내가 아니었으니까요."

게다가 봉숭아는 이미 분명히 선을 그었다. 제비가 베이를 선택한다면 가족에 등을 돌리는 행위로 간주하겠다고.

혜자가 말했다. "당신의 언니는, 당신 생각보다 훨씬 더 당신이 행복하기를 바라요. 항상 전략과 계획과 의무에 따라 행동하는 것처럼 보이더라도요. 이건 확신할 수 있어요."

"저도 그랬으면 좋겠네요." 제비는 말했다.

혜자는 어느 부상자 막사로 제비를 데려갔다. 경비병 한 명이 막사를 지키고 있었다. 아마 봉숭아의 부하들이 그녀를 신뢰하지 않기 때문일 것이다. 베이가 지금까지 그렇게 많은 일을 해왔는데도. 제비는 성낼 기력조차 끌어 올릴 수 없었다. "필요한 게 있으면 불러요. 할일이 있어서." 혜자가 말했다.

물론 그러시겠죠. 당신은 다른 사람들이 이상하게 볼 만큼 그 일을 사랑하니까요. 섬뜩할 정도로 죽음에 심취해 있는 의사라도 맡은 일만 충실히 해내면 상관없는 걸까? 제비는 드주게 대위와 남규와 그녀의 사랑 이야기가 어떻게 흘러갔을지가 궁금해졌다.

남규는 베이의 침상 옆에 앉아 있었다. 베이는 얕은 잠에 빠진 채 괴로워하고 있었다. 몸을 움찔거리며 알아들을 수 없는 소리를 중얼거렸다. "남규 씨?" 제비는 공손하게 곁에서 말을 걸었다.

"혜자는 우리 딸아이가 곧 회복될 거라고 하더구나." 남규가 말했다. "물론 칼 쓰는 팔이 온전히 회복되려면 조금 시간이 걸리겠지만 말이다."

"그건… 나쁜 일이겠죠?"

"글쎄다." 남규가 말했다. "이 아이와 네가 품은 계획에 따라 달라질 일 아니겠느냐." 그는 빙그레 미소를 지었지만, 제비는 그 아릿한 표정의 의미를 제대로 읽어낼 수 없었다. "그 용에게도 자기 나름의 생각이 있다고 들었다."

아라지의 거미 한 마리가 달각 소리를 냈고, 제비는 소스라치게 놀랐다. 천막 구석에 있는 모습을 알아보지 못했던 것이었다. "용 형태에서 일부만 거미가 될 수도 있는 거야?"

"무덤 파는데 꼬리가 엄청 길 필요는 없잖아." 아라지가 대답했다. "지켜줄 누군가가 하나라도 더 있는 게 네 마음이 편할 것 같아서."

"응, 그렇네. 고마워." 제비는 말했다.

남규는 가볍게 한숨을 쉬더니 입을 열었다. "혜자에게 도움이 필요한지 확인해 봐야겠구나. 잘난 척하는 케이지를 꾸짖고 있을지도 모르니, 기꺼이 동참해야겠지."

제비는 아래로 손을 뻗었고, 거미는 그의 손을 가볍게 눌렀다. "너는 이제 어떻게 할 거니?" 제비는 불규칙한 베이의 숨소리에 귀를 기울이며 아라지에게 물었다.

아라지가 미처 대답하기도 전에, 베이가 움찔거렸다. 어쩌면 제비의 목소리 때문일지도 몰랐다. 그녀는 제비와는 달리 정신을 차리자마자 일어나려 시도하지 않았다. 참으로 놀라운 일이었다. "제비. 그대보다 먼저 일어날 수 있을 줄 알았는데."

"내가 고집을 부려서 그래요. 저… 혹시… 해도…?"제비는 입을 맞추는 시늉을 했지만, 곧바로 밀려오는 새로운 고통에 말을 끝맺지 못했다. 제비는 상처의 존재감을 느끼며 생각했다. 빌어먹을. 너 때문에 사랑하는 사람에게 입도 못 맞출 것 같아?

베이는 힘없이 웃음을 터트렸다. "그 정도로는 나를 해칠 수 없어, 제비." 그녀는 턱을 지그시 들었고, 제비는 그녀의 입술에 자신의 입술을 포갰다. 부드러운 키스였다. 그녀에게 고통을 주고 싶지 않았으니까. 얼굴은 여전히 희끄무레한 잔상처럼 보였지만, 제비는 그녀의 몸짓에 너무도 익숙해져 있었다. 그녀의 머뭇거리는 움직임은 단순히 부상 때문이 아니었다. 부상으로 그녀의 움직임이 느려질 리 없었으니까. 그녀는 망설이고 있었다.

"내가 당신을 떠날 리가 없잖아요, 바보." 제비가 말했다.

베이는 힘겹게 오른팔을 들었다. 붕대로 둘둘 감싸인 상태인데도, 그녀는 제비 쪽으로 손가락을 까불거려 보였다. "지금 이 상태로는 조금 힘들겠지만…" 제비의 얼굴이 확 달아올랐다. 실제로 그 손가락으로 뭔가를 한 적이 있다는 점은 중요하지 않았다.

"천막에 우리만 있는 것도 아니라고요!" 제비가 다급히 말했다.

"다들 이런 대화는 여러 번 들었을 거다." 베이가 말했다. 제비는 그제야 그녀가 부상으로 얼마나 심한 충격을 받았는지를 깨달았다.

제비는 그녀의 손을 붙들어 자신의 가슴에 대고 지그시 눌렀다. "나는 여기 머물고 싶지 않아요." 지금은 진실밖에 말할 수 없었다. "하지만 당신이 여기 머물 생각이라면, 나도 따르겠어요." 봉숭아 문제는 어떻게든 피할 수 있을 것이다. 예를 들면, 베이와 함께 망명길에 오른다든가.

"그 문제 말인데." 베이가 입을 열자, 제비의 심장은 두려움으로 달음박질하기 시작했다. "아라지하고 이야기를 좀 해봤다."

"네?" 제비는 이야기를 마저 듣기가 망설여졌다.

아라지는 종소리와 한숨의 중간 정도 되는 소리를 내며 주의를 끌었다. "나는 장례식이 끝나면 떠날 생각이야. 여기 있어봤자 방위성의 시선을 끌기만 할 테니까."

"그렇겠네." 제비는 슬픔을 억누르며 말했다. "그… 그건 맞는 말이네…"

"너희도 나랑 함께 가자고 권하고 싶었어. 너하고 베이 말이야." 아라지는 말을 이었다. "혼자인 건 싫거든. 너무 오래 혼자였단 말이야. 지하실에서 사슬에 묶인 채로."

제비는 숨을 멈추었다. "베이, 당신은요?"

"나는 받아들일 생각이었다." 베이는 제비의 손을 지그시 누르며 말했다. "사실 떠나기가 괴롭기도 하지. 그러나 어머니는 내 팔에 대해 단호하게 선고를 내리시더군. 왼손을 오른손만큼 자유자재로 쓸 수 있게 되기 전까지는, 결투가로서의 내 생명은 끝난 셈이다."

"아냐, 안 돼, 안 돼요. 그럴 리가 없어." 베이에게 결투가 어떤 의미인지, 제비가 모를 리 없었다. "왼손으로 싸울 수 있잖아요. 왼손으로도 웬만한 결투 사범은 이길 수 있잖아요. 그렇게 포기하면 안 돼요. 그리고… 가족이 그립지 않겠어요?"

"단순히 그런 문제만은 아니다." 베이는 제비의 손가락을 천천히 쓰다듬으며 하나씩 부드럽게 펴주었다. "내가 어렸을 때 아버지께서 해주신 말이 있다. 전쟁에서 승자는 까마귀밖에 없다고. 당시에는 이해하지 못했지만, 이제는 알 것도 같다. 수천 년 전에 어떤 현인이 이런 말을 했다지? 전장에 나가야 한다면 이미 패배한 것이나 다름없다고. 모두가 무언가를 잃게 된다. 부모, 형제, 자녀, 친척. 언제나 순수한 이들이 목숨을 잃지.

제비, 두 번째 전쟁이 다가오고 있다. 그조차 시작일 뿐일지 몰라. 그대의 언니는 이미 싸울 준비를 마쳤을 것이다. 그대가 의식이 없는 동안 대화를 나누었다. 내가 그녀의 아내를 베어버린 후로 계속 준비해 왔다더군." 베이의 목소리는 평온했다. "그러나 준비가 안 된 사람이 너무나 많다. 예술가, 부적 행상인, 청과상, 재단사, 그저 하루하루 살아가는 것만으로도 만족하지만, 다시 총구가 불을 뿜기 시작하면 선택의 여지가 없을 사람들."

제비는 떨리는 손을 애써 진정시켰다. "그럼 우리는 뭘 해야 하는 거죠?"

천막 입구에서 봉숭아의 목소리가 들려왔다. 갑자기 찬 공기가 훅 밀려 들어왔고, 누군가의 기척을 이미 느꼈으면서도 제비는 움찔했다. "화국의 예술품을 지라이 하판덴의 후계자들이 넘볼 만한 곳에 놔둘 수는 없지. 파괴해 버릴 테니까. 하지만 우리 손으로 파괴할 수도 없어. 수많은 예술가와 그들의 노력을 배신하는 일이니까." 예술가를 언급하는 부분에서 목소리가 아주 살짝 누그러졌다. 그녀의 눈길은 제비를 향하고 있었다.

"뭐야. '흐드러지는 봉황'을 만드는 데 사용할 게 아니었어?" 제비는 비꼬듯 물었다.

"화국 예술품은 안 되지." 봉숭아는 제비의 어조에는 전혀 반응하지 않으며 대꾸했다. "라잔 예술품을 사용해도 충분할 거야. 손에 넣을 수 있다면. 옛 수집품도 아직 남아 있고, 가끔 수입되어 오는 물건도 있으니까."

"그러면 안 돼." 제비는 중얼거렸지만, 봉숭아는 말을 멈추지 않았다.

"도로 가져올 수 있을 때까지 우리 예술품을 안전한 곳에서 보관할 사람이 필요해. 그 가치도 알고, 추적해 오는 자들로부터 지킬 수 있는 사람이. 라잔인들은 분명 자기네 예술가들을 살해하고 자기네 귀중한 그림까지도 전부 파괴해서 전쟁 병기를 만들 거야. 전쟁 병기야 우리가 처리해야 할 문제지만, 우리 민족의 예술품에까지 그 더러운 손을 뻗으면 곤란하지.

그 일에 배분할 정도로 인력이 넉넉한 편은 아니야. 하지만 너와 베이와 아라지가… 너희가 화국의 예술품을 먼 땅으로 가져가 준다면, 지도에도 없는 외딴곳으로 가준다면, 그만큼 안전해질 수 있겠지. 그리고 너희를 추적하려는 라잔인이 나온다면 우리 병력이 무찌를 수 있을 거야."

제비는 한 가지 생각이 떠올랐다. "달나라. 전부 가지고 달나라로 가는 거야."

22

장례식 날 아침은 안개가 자욱했다. 별로 좋은 징조는 아니었지만, 날씨는 얼마든지 더 나빠질 수 있었다. 게다가 봉숭아는 조금 짜증이 섞인 투로, 원혼들이 다음 작전을 방해하지 못하도록 서둘러 끝내고 싶다고 말했다. 대부분의 화국인처럼 혼백의 존재를 믿는 제비는 언니의 그런 결정을 반겼다. 미신의 문제만이 아니라, 여전히 그 많은 죽음이 현실로 느껴지지 않기 때문이기도 했다.

생존자들은 언덕 사면에 모여 섰다. 사방에 방금 파헤쳤던 흙무더기가 가득했다. 추운 날씨인데도 흙냄새가 생생했다. 제비는 반사적으로 이 풍경을 표현할 색을 생각했다. 짙은 갈색의 흙 위로, 옅은 암갈색을 덮어서 희뿌연 겨울 햇살에 말라붙은 대지를. 밤새 싸락눈이 내린 곳에는 가벼운 흰색 붓질을. 말라붙은 잡초는 텁텁하고 흐린 노란색으로. 아니면 전체 풍경을 수묵화로 표현할 수도 있을 것이다. 수

많은 사람이 목숨을 잃었다는 사실을 느긋하고 무심한 붓놀림으로 덮어버리는 것이다.

봉숭아의 연설이 이어졌다. 과거 연설과 선전물 이야기가 나오자 모여 선 사람들은 엄숙하게 고개를 끄덕였지만, 제비는 무엇을 언급하는지 알아듣지 못했고, 그렇다고 옆 사람을 붙들고 물어볼 상황도 아니었다. 거칠게 오르내리는 어조가 아니라 말의 실제 의미에 집중하려고 애써보기는 했지만, 결국 멍하니 언니를 바라보며 그 표정을 기억하는 것밖에는 할 수 없었다. 다행히도 시야는 이제 또렷해진 후였다.

봉숭아는 더 늙어 보였다. 그녀와 가까운 사람이 아니면 알아차리기 힘들 정도였지만. 제비는 그 사실을 이제야 깨달았다는 점이 당황스러웠다. 서양화가라면 그녀의 눈매와 입가의 주름이 한층 깊어졌으며, 서 있는 자세도 뻣뻣하다는 사실을 지적했을 것이다. 그러나 제비는 예술이란 사물과 인간의 내면에 깃든 본질을 그려내야 한다고 믿었다. 상당히 오랫동안, 그의 눈에 비친 봉숭아는 비탄에 빠진 과부의 모습이었다. 방위성의 일을 받아들인 다음에야 언니가 그 이상의 새로운 목적과 새 연인을 찾았음을 깨닫게 되었다. 언니가 비탄 때문에 과거에 얽매이는 일을 단호하게 거부했다는 사실도.

지금 이 모습 그대로 언니를 그릴 거야. 제비는 생각했다. 무덤 위에 서 있지만, 살아 있는 사람들에게 둘러싸여 있는 모습으로. 세 번째 그림 스승이 떠들어 댔던 정신적인 균형이 존재하는 모습으로. 당시 어렸던 제비는 흥미가 있는 척하며 적당히 흘려듣곤 했었다. 이제는 더 자세히 듣지 않은 것이 한탄스러웠다.

봉숭아의 연설이 끝났다. 제비는 한마디도 기억할 수 없었지만. 그러나 어차피 자신에게 내용을 캐물을 사람도 없었다. 설령 누군가 내용을 묻는다 해도 감정이 북받치는 연기로 빠져나갈 계획이었다. 진짜로 감정이 북받쳐 오르기도 했다. 비록 그 이유가 연설 때문은 아니었지만.

베이는 조심스레 제비의 어깨를 두드렸다. "언니가 그립겠군."

제비는 서둘러 고개를 돌리고 얼굴을 문질렀다. 눈이 따끔거렸다. "그렇게 티가 나요?"

"그대의 언니니까. 괴로운 것은 당연한 일이다."

"언니랑 같이 갈 수는 없어요. 언니는 여기서 독립군을 이끌어야 하니까." 자신이 언니와 함께 남을 수 있었다는 말은 하지 않았다. 그러려면 마법의 문양으로 사람을 죽여야 했을 테니까. 그리고 베이를 포기해야 했을 테니까.

"그런 뜻으로 한 말이 아니다." 베이는 중얼거렸지만, 그 이상 말을 잇지는 않았다. 제비는 내심 안도했다.

봉숭아는 빨강의 품에 안겼다. 사람들은 삼삼오오 흩어져 갔다. 제비는 줄지어 늘어선 무덤을 물끄러미 바라보았다. 화국의 전통대로 아무런 표식도 남기지 않았다. 날씨의 변덕에 달린 일이기는 하지만, 어쩌면 작은 봉분도 그대로 흘러내려 평탄한 땅으로 변할지도 모른다. 후일 제사를 올리려 찾아오는 사람들은 혼백의 속삭임에 의지해 자리를 찾아야 할 것이다. 물론 아무도 찾지 않을지도 모르지만.

베이가 입을 열었다. "하판덴에게 인사를 하고 올 생각이다. 그대는 굳이 오지 않아도…"

"당연히 가야죠." 제비는 이렇게 말하며 베이에게 한쪽 팔을 내밀었다.

베이는 최대한 제비에게 무게를 싣지 않으려 애썼고, 제비는 그것을 자존심 때문이라 여겼다. 그는 아무 말 않고 함께 하판덴의 무덤 앞까지 걸음을 옮겼다. 적어도 베이는 그곳이 하판덴의 무덤이라고 주장했다. 누군가, 아마도 아라지가? 기록을 남겨두었으리라 생각했지만, 제비는 지금까지 아예 관심조차 주지 않았다.

머리 위로 그림자가 드리웠다. 아라지였다. "너희도 온 거야?" 아라지가 물었다.

"너라면 무덤에 오줌이라도 싸는 게 아닌 이상 상종도 하기 싫을 줄 알았는데. 이런 표현을 써서 미안하지만." 제비가 말했다.

아라지는 상당히 심드렁하게 대꾸했다. "믿든 안 믿든, 나도 여름 궁전 사람들에게서 상당히 다양한 어휘를 배웠거든. 게다가 나는 녹스는 걸 싫어한다고. 알잖아?"

제비는 괜히 땅을 차보다가, 그곳이 누군가의 무덤이라는 사실을 깨닫고 움직임을 멈추었다. 설령 그곳이 자신을 고문한 하판덴의 무덤이라고 해도, 해서는 안 되는 일이었다. 제비는 베이를 바라보며 어색하게 물었다. "그 사람이 그리워요? 그러니까, 몇 년 동안 그 휘하에서 일했잖아요. 조금 감상이 다를 것 같은데."

베이를 곤란하게 만들지도 모르는 질문을 괜히 던졌다는 생각이 들었다. 그러나 베이는 제비 쪽으로 한층 무게를 실으며 한숨을 쉴 뿐이었다. "자신의 책무를 지나치게 신봉하는 사람이었지. 그게 강점이자 약점이었다."

"나는 그 사람이 죽어서 기쁜데요." 제비가 말했다. "이렇게 인정하면 끔찍하게 들리려나요? 그저 후임으로 더 나쁜 사람이 오지만 않았으면 좋겠어요." 그리고 제비는 잠시 생각에 잠겼다. "솔직히 말하자면, 훨씬 고약한 사람이 그 자리에 있었을 수도 있잖아요. 나를 때리기는 했지만… 그래도 절제하고 있었고요." 마지막은 마지못해 덧붙인 말이었다. 그러나 지금 그 사람의 무덤 앞에 서 있는 이상, 그의 혼백을 모욕하고 싶지는 않았다.

베이는 무릎을 꿇으려는 듯 몸을 움직였고, 제비는 서둘러 그를 도우려 했다. 베이는 희미한 미소를 머금은 채로 그의 손길을 거절했다. "다친 곳은 팔이다. 다리가 아니라."

"미안해요. 바보 같았죠." 제비는 시무룩하게 말했다.

베이의 입가에 주름이 잡혔다. "나를 수석 결투가로 받아들일 만한 부서는 그곳 말고도 여럿 있었다. 내가 원했으면 선택할 수 있었지. 내가 혼혈임에도 불구하고 원한 이들도, 내가 혼혈이라서 원한 이들도 있었다. 아무리 라잔인이라도 그런 문제를 이성적으로 대하는 사람들은 언제나 존재하기 마련이니까. 그러나 방위성의 계획에 대한 소문이 들려왔고, 나는 그걸 막을 수 있는 위치에 있고 싶었다. 그래서 하판덴의 수하로 들어간 것이다. 물론 그때는 여기까지 오게 될 줄은 생각도 못 했지만."

"우리 인간이 미래를 볼 수 없는 게 다행이죠. 저 사람은 죽어야만 했으니까요." 제비는 말했다. 단순히 제비에게 저지른 짓 때문만이 아니었다. 베이는 그를 구출하려고 자신의 직위를 내려놓아야 했다. 그조차도 그녀가 그 사실에 고통스러워했다는 정도는 느낄 수 있었다.

베이는 부상당하기 전과 거의 비슷할 정도로 사뿐하게 자리에서 일어섰다. "이만 가지. 준비할 것이 많다."

"잠깐만요. 학의 무덤도 있을 거예요." 제비가 말했다. 그녀의 무덤은 봉숭아한테 물어봐서 알고 있었다. "걔한테도 작별 인사를 하고 싶어요."

아라지가 학의 무덤으로 데려가 주었다. 겉보기로는 다른 무덤들과 똑같은 모습이었다. 제비는 눈을 감으며 생각했다. 이런 식으로 전부 끝나게 되어서 유감이야. 불쌍하고 가엾은 학. 화국의 다른 구미호들에게는 더 나은 미래가 있기를.

"제비." 베이가 속삭였다.

제비는 짜증을 내려고 고개를 들었다가, 문득 누군가 자신을 지켜보고 있다는 사실을 깨달았다. 꼬리 아홉 개 달린 여우가 거리를 둔 채로 호박색 눈을 빛내며 이쪽을 보고 있었다. 가족일까? 제비는 학의 유족에 대해서는 지금껏 생각해 본 적이 없었다.

"학은 좋은 친구였어요." 제비는 구미호 쪽으로 고개를 숙였다.

구미호도 마주 고개를 숙였다. "당신도 그렇습니다. 그 아이를 구하려 해줘서 고마워요." 여우는 낮은 목소리로 말했다.

제비가 눈을 한 번 깜빡이자, 여우는 모습을 감췄다.

제비는 마지막으로 차를 함께 들면서 봉숭아와 작별 인사를 나누었다. 봉숭아가 내온 율무차는 단맛이 나는 묽은 죽에 가까웠지만, 추운 날씨에 시달리던 제비에게는 오히려 이쪽이 나았다. 장례가 끝난 후로도 날은 조금도 풀릴 기색이 없었다. 서쪽에서는 거센 바람이 불어

오기 시작했다.

베이는 세 명의 부모님에게 작별을 건네려고 자리를 비웠다. 따라서 제비는 끍힌 자국이 가득한 탁자를 사이에 두고 홀로 언니를 마주해야 했다. 할 말이 떠오르지 않아서 입을 꾹 다문 채로. 장례식장에서 훌륭하게 연설했던 봉숭아도(물론 제비는 한마디도 기억할 수 없었지만) 그저 차를 홀짝이며 생각에 잠겨 있을 뿐, 입을 열지는 않았다.

결국 침묵을 깨트린 건 제비였다. "언니한테 또 작별 인사를 하고 싶지는 않아."

"그렇다고 여기 머물면서 독립군에 들어오고 싶은 것도 아니잖니." 봉숭아는 평소와 달리 온화한 투로 대꾸했다. "내가 제시하는 조건을 들어주지도 않을 테고. 너는 전사가 아니야. 그게 잘못인 건 아니란다. 벼농사를 짓고, 수레바퀴를 수리하고, 만물의 이치와 세상의 바람직한 모습을 화폭에 옮길 사람도 필요하기 마련이니까. 지아는 항상 너를 괴롭혔지. 물론 그이도 악의가 있었던 것은 아니지만, 그만두라고 말렸어야 하는데."

"신경 안 썼어." 제비는 신음하듯 말했다.

"그래도." 봉숭아는 율무차를 조금 길게 홀짝였다. "아라지가 양쪽을 왕복하면서 서신을 전달하고 보급품을 운반해 줄 수 있다더구나. 나도 달나라가 어떤 곳인지는 별로 아는 것이 없단다. 조류학부가 그곳에 기지를 세울 계획이라는 것만 알고 있어. 그래도 네가 제대로 보급을 받을 수 있다니 한결 마음이 편하더구나."

제비는 말없이 고개만 끄덕였다.

"그렇게 높이 올라가면 대기가 희박해질 거야. 거의 없는 것이나

다름없을지도 모르지. 하지만 아라지를 타고 있으면 마법 덕분에 안
전할 거라고 하더구나."

"그건 잘된 일이네." 제비는 이렇게 말했지만, 사실 날아가다 고산
병에 시달릴 거라고는 생각해 본 적이 없었다. 대체 달이 얼마나 높이
있길래?

"준비한 물건이 있단다." 봉숭아가 말했다. "지나치게 실용적인 선
물이기는 하지만, 어차피 내가 그런 사람이라는 사실은 너도 알고 있
잖니."

제비는 언니의 자기비하적 농담에 당황한 나머지 제대로 반응하지
도 못했다.

봉숭아는 나무로 만든 길고 둥그런 통을 꺼냈다. "우리도 쉽게 구
할 수 있는 물건은 아니야. 그래도 너한테는 이게 꼭 필요할 것 같더
구나."

"이게 뭔데?" 제비는 나무통을 받아서 양쪽 끝을 만지작거리다가
여는 법을 알아냈다. 안의 내용물은 용기와는 달리 반짝였다. 나무가
아닌 금속이었다. "망원경이야?"

"이게 있으면 별자리를 살필 수 있지." 봉숭아가 말했다. "그리고
하늘로 날아오르는 라잔군 원정대도 확인할 수 있을 거야."

"무슨 말인지 알겠어." 제비는 한숨을 쉬었다. "경계를 늦추지 않고
있을게. 뭐, 어쨌든 베이가 해주겠지. 베이는 나보다 훨씬 경계심이
강하니까."

봉숭아의 입매가 슬쩍 움찔거렸다. "베이한테 많이 배우도록 해."

"언니는…" 너무 용감해. 이렇게 속삭이고 싶었지만, 목구멍이 말

라붙어 닫혀버렸다.

봉숭아는 말을 이었다. "옛 시절에는 화국의 통치자들조차 사관이 남긴 역사 기록을 읽을 수 없었다고들 하지. 침략당할 때마다 항상 그 기록부터 우선 피난시켰고. 이번 침략자들은 결국 전부 불태워 버렸지만."

"언니." 제비는 입을 열었다. 언니가 무슨 이야기를 하려는 걸까.

"이제 그런 역사는 하나도 남지 않았어. 학자들의 서간에서 군데군데 인용한 것이 전부겠지." 봉숭아의 목소리는 한층 격해졌다. "하지만 아직 유물은 있어. 온 나라의 유물을 전부 모아들이는 건 불가능하겠지만, 이걸로도 시작은 될 거야. 모아들이는 대로 올려 보내서 네게 맡길게. 우리 생애 동안에 그 물건들을 원위치로 돌려놓을 수 있으면 좋겠네. 그렇지 못해도… 그래, 적어도 너와 있는 동안은 안전할 테니까."

"그렇지만 언니는 위험하잖아." 제비가 말했다.

"그럼. 이미 한참 전에 받아들인 일이란다." 봉숭아가 말했다.

제비는 목깃에 손을 넣고 뒤적이다가 푸른색 매듭 부적을 꺼냈다. 아직도 이걸 몸에 지니고 있다는 것 자체가 기적이나 다름없었다. "이걸 보면서 날 생각해 줘." 언니의 초상화를 그려서 목걸이로 만들어 건넬 수 있었으면 좋았을 텐데. 아니면 거미줄에 거꾸로 매달린 용을 그린 낙서라도. 그러나 지금은 이 부적밖에는 줄 것이 없었다.

봉숭아는 부적을 소중히 손으로 감쌌다. "항상 가지고 다닐게. 그리고 제비야."

제비의 가슴이 아프게 두근거렸다. "응?"

"항상 연인을 소중히 여겨야 한단다. 그런 사람과 사귀는 일 자체는 이해할 수도 없고, 절대 인정하는 일도 없겠지만…" 그녀는 말을 멈추고 차분히 단어를 골랐다. "내가 이해할 수 없더라도 너희가 서로 행복해질 수 있다면, 그게 중요한 걸지도 모르겠구나."

"고마워." 제비는 이렇게 답하고, 대화가 더 위험한 쪽으로 흘러가기 전에 서둘러 자리를 떴다.

다음 날 새벽, 얼음처럼 시리게 밝아 오는 지평선을 바라보며 제비와 베이는 떠날 채비를 했다. 제비는 눈을 찡그리며 하늘의 그믐달을 바라보았다. 아무리 용의 도움을 받는다고 해도, 저곳에 간다는 사실이 아득하게만 느껴졌다.

봉숭아의 부하들이 이미 아라지의 등에 엄청난 수의 꾸러미를 쟁여 놓은 후였다. 제비와 베이가 몸을 추스르는 동안 장비도 강화하고 균형을 잡는 법도 연구한 것이 분명했다. 아라지는 얌전히 서 있었지만, 제비와 베이가 다가오자 눈 속에서 불꽃이 일렁이기 시작했다.

"달나라까지 가려면 엄청난 속도로 하루 내내 날아가야 할 거야." 아라지가 말했다. "나를 지탱해 주는 마법의 힘이 너희들도 지켜줄 테고. 그걸로 안 되면 돌아오면 돼."

"나는 준비됐어." 제비는 마지막으로 주둔지 쪽을 힐긋거리며 말했다. 굳이 그럴 필요가 있었을까? 머지않아 하늘에서 내려다보게 될 텐데. 새를 제외하면 그 누구에게도 허락되지 않은 각도에서 볼 수 있게 될 텐데.

"나도 준비됐다." 베이가 말했다. 그녀는 한쪽 팔만 사용해서 능숙하게 자리에 올랐다. 제비는 순간 그녀가 용의 등에서 굴러떨어질지도 모른다 생각하며 머뭇거렸다. 물론 쓸데없는 걱정이었다. 베이는 몸을 고정한 다음 제비를 향해 손을 흔들어 보였다.

다음에는 제비 차례였다. 이건 절대 안 익숙해질 것 같아. 제비는 이렇게 생각하며, 베이보다 훨씬 힘겹게 몸을 놀려 자기 자리로 올라갔다. 아무래도 베이의 건강보다는 자신의 균형 감각 쪽을 더 걱정해야 할 듯했다. 문득 자신이 베이의 훈련 상대가 되어야 할지도 모른다는 끔찍한 생각이 떠올랐다. 만에 하나 아라지가 거절한다면 남는 것은 한 사람뿐이니까.

"다들 단단히 고정했지?" 아라지가 물었다. "너희들이 반쯤 가서 떨어지면 정말 괴로울 거야."

"농담으로라도 그런 소리는 하지 마." 제비가 말했다. 그는 용을 타고 달나라로 날아가는 그림을 머릿속에서 전부 고쳐 그리는 중이었다. 다른 무엇보다 안전 장비를 단단하게 채워야 할 테니까. 직접 용에 타보기 전에는 생각해 보지 못한 부분이었다. 문득 화첩을 꺼내서 아래쪽 세상의 감상을 간단하게 기록할까 하는 생각도 들었다. 하지만 베이라면…

"제비? 준비 다 됐나?" 베이가 물었다.

"잠시만요." 제비는 꿈지럭거리며 수첩을 꺼냈다. 연필을 떨어트리지 않기만을 빌 수밖에 없었다. 날아가면서 붓과 먹을 사용할 수는 없을 테니까. "준비 끝났어요."

아라지의 몸이 웃음으로 진동했다. "도착하면 네 그림 보여줘야 해. 높이 올라갈수록 공기가 싸늘해질 거야. 아마 태양과 별빛이 길을 밝혀주기는 하겠지만."

봉숭아의 부하들은 대부분 그들을 전송하러 나와 있었다. 아니, 그보다는 이제부터 펼쳐질 장관을 즐기러 온 쪽에 가깝겠지만. 어느 쪽이든 제비에게는 별로 상관없었다. 베이는 고개를 들더니 배웅하는 사람들에게 손을 흔들었다. 제비도 한 박자 늦게 그녀를 따라 하려다, 그만 화첩을 떨어트릴 뻔했다.

아라지가 천상을 동경하는 잉어처럼 풀쩍 뛰어올랐다. 물론 이미 용이기는 했지만. 바람이 주변을 휩쓸고 지나갔다. 마치 하늘의 심장을 꿰뚫고 들어가는 느낌이었다. 제비는 아래를 내려다보았다. 주둔지가 벌써 저 아래로 멀어지고 있었다. 순식간에 책 한 권의 크기가 되었다가, 점 하나가 되었다가, 뒤이어 완전히 사라져 버렸다.

아래쪽으로 보드라운 천과 그림자를 기워 맞춘 듯한 대지의 모습이 펼쳐졌다. 제비는 정신없이 손을 움직이기 시작했다. 빗금을 그리는 대신 연필심의 평평한 면을 이용해 대충 음영을 채웠다. 공중에서 보니 높이 때문에 아래쪽 풍경이 흐릿해졌고, 제비는 그 모습에 다시 한 번 감탄했다. 화국의 수많은 산 덕분에 그런 현상 자체는 어릴 적부터 알고 있었지만, 인간 예술가로서는 보통 상상할 수 없는 지점에서 관찰하게 되자 감탄을 억누를 수가 없었다.

"제비." 베이가 불렀다.

"저 그림 그리느라 바빠요." 공중에서 바라본 산맥이 만들어 내는 흰색과 녹색의 깔쭉깔쭉한 모양새에 사로잡혀 있던 제비는 소리쳤다.

"제비." 이번에는 베이의 목소리에서 느껴지는 경탄이 제비의 관심을 붙들었다. "주변을 좀 봐라."

제비는 고개를 들었다가 순간 자신도 모르게 숨을 멈췄다. 사방에서 별들이 따사로운 눈빛처럼 반짝이고 있었다. 제비가 입을 떡 벌리고 보고 있자니, 별 하나가 그를 향해 깜빡여 보였다. 바람도 시린 기운 없이 그저 상쾌하기만 했다. 희미하게 모과와 계피 향기가 느껴졌다.

하늘 높은 곳에 천상의 궁정이 있다는 사실은 이미 알고 있었다. 그러나 그들의 모습을 직접 보게 될 줄은 몰랐다. 여러 천상의 존재들과 나방 날개가 달린 여우나 개구리 등의 반려동물들이 구름과 성운의 가느다란 가닥 위에 걸터앉아 있었다. 천상의 존재들은 부채를 펄럭이며 자신들도 놀랐다는 듯 제비를 향해 웃어 보였다. 한 명은 환영하듯 빛나는 잔을 들어 보이기도 했다.

베이의 눈빛이 누그러졌다. 제비가 그녀를 향해 질투심을 끌어올리기도 전에, 그녀는 제비를 한층 더 부드럽게 돌아보았다. "제비. 천문학자들의 보고서 내용을 들은 적은 있지만, 내가 직접 이런 광경을 보게 될 줄은 몰랐다. 그것도 이렇게 가까이서."

제비의 연필도 움직임을 멈추었다. 이제는 화첩도 필요치 않았다. 지금 이 광경을 남은 평생 기억하게 될 것이 분명했기에.

문득 그는 화첩과 연필을 가장 가까운 주머니에 쑤셔 넣고 대신 망원경을 꺼냈다. 무슨 충동에 그렇게 했는지는 그때도 훗날에도 알 수가 없었다. 봉숭아의 선물을 떨어트렸다가는 절대 자신을 용서할 수 없었을 텐데도. 달에 도착한 다음에 꺼내는 편이 훨씬 나았을 텐데도. 천상의 존재들에게 관심이 있기는 했지만, 망원경으로 엿볼 생각은 아니었다. 그들에게 망원경을 겨누는 짓은 분명 무례한 행동일 테니까.

대신 제비는 망원경을 눈에 댄 채로 아래쪽 세상을 내려다보았다. 바다 끝자락이 휘어져 있는 모습이 눈에 들어왔다. 상상조차 못 하던 일이었다. 봉숭아가 오래전부터 설명해 왔는데도, 제비는 내심 세상이 평평한 곳이라고 믿고 있었다.

"베이." 제비는 목멘 소리로 말했다. "화국이 아주 조그맣게 보여요. 반도의 모양은 지도에 그려진 것과 똑같은데, 들어간 색만 다르네요. 그리고 저기 한쪽에 있는 저 섬들은… 저게 라잔 열도겠네요."

"그게 전부가 아니다." 베이가 말했다. 제비의 목소리에서 무얼 들었는지 몰라도, 그녀는 지금 분명 긴장하고 있었다.

"나도 보여." 아라지가 말했다. 매의 눈을 가지고 있으니 당연한 일이겠지만.

조금 전까지도 천상의 존재들을 만나느라 기쁨에 겨워 있었지만, 제비는 다시 겁에 질려버렸다. 거대한 강철 전함들이 대선단을 이루어 화국으로 향하고 있었다. "저게 독립군일 리는 없어요. 아무리 우리 언니라도 쇠로 만든 대함대가 있다는 사실까지 나한테 숨기지는 않았을 거예요."

"망원경 이리 주겠나." 베이가 말했다. 제비는 간신히 그녀에게 망원경을 넘겼다. 망원경을 들여다본 그녀의 표정이 한층 더 굳어졌다. 절망으로 하얗게 질린 얼굴이었다. "본 적 있는 깃발이다. 서양 나라들의 국기다. 저들이 화국을 손에 넣은 다음에는…"

베이가 말을 끝맺지 않아도 충분히 알 수 있었다. 저들은 라잔군을 물리친 다음에는 화국의 독립군을 굴복시키려 할 것이다. 서양의 위협에 대한 하판덴의 주장이 옳았던 것이다.

섬뜩한 침묵 속에서, 아라지와 베이와 제비는 그대로 하늘로 날아갔다. 그들을 환영하는 달의 품을 향해서.

흐드러지는 봉황의 색채

초판 1쇄 찍은날 2023년 1월 9일
초판 1쇄 펴낸날 2023년 1월 17일
지은이   이윤하
옮긴이   조호근
펴낸이   한성봉
편집   김학제·신소윤·권지연·전소연·문정민
디자인   정명희
마케팅   박신용·오주형·강은혜·박민지·이예지
경영지원   국지연·강지선
펴낸곳   허블
등록   2017년 4월 24일 제2017-000050호
주소   서울시 중구 퇴계로30길 15-8[필동1가 26] 2층
페이스북   facebook.com/dongasiabooks
인스타그램 instargram.com/dongasiabook
트위터   twitter.com/in_hubble
블로그   blog.naver.com/dongasiabook
홈페이지   hubble.page
전자우편   dongasiabook@naver.com
전화   02) 757-9724, 5
팩스   02) 757-9726

ISBN   979-11-90090-83-4 03840

※ 허블은 동아시아 출판사의 SF 브랜드입니다.
※ 잘못된 책은 구입하신 서점에서 바꿔드립니다.

만든 사람들

책임편집   신소윤
크로스교열 안상준
디자인   정명희
일러스트   이빈소연
본문조판   최세정